MONTSERRAT ROIG
Die violette Stunde

Buch

Natàlia Miralpeix, aus dem Ausland nach Barcelona zurückgekehrt, wird sich während eines Mittelmeeraufenthalts der abkühlenden Beziehung zu ihrem verheirateten Geliebten Jordi Soteres bewußt. Denn Jordi, so glaubt sie zumindest, wird zu seiner Frau Agnès zurückkehren. Vor ihrer Abreise schickt Natàlia Briefe und Tagebuchaufzeichnungen ihrer Mutter Judit an ihre Freundin Norma, eine Schriftstellerin. Sie bittet Norma, das Material in einen Roman zu verarbeiten, da sie selbst nicht dazu in der Lage sei. Während Natàlia am Mittelmeer ihre Liebesgeschichte Revue passieren läßt, verschmilzt in Normas Gedanken das weit zurückliegende Schicksal von Natàlias Mutter immer stärker mit Normas eigenem Leben und Erlebtem. Es entsteht ein vielschichtiges Flechtwerk dreier Frauenbilder, die, ohne es zu wissen, enger miteinander verbunden sind, als sie es sich je eingestehen würden. »Die violette Stunde« ist ein beachtliches literarisches Meisterwerk, das mehr verrät über das Leben der Frauen in Spanien als jeder Film von Pedro Almodovar.

Autorin

Montserrat Roig wurde 1946 in Barcelona geboren und lebte dort bis zu ihrem Tod 1991. Sie arbeitete als freie Journalistin für Zeitungen und das katalanische Fernsehen. Ihre Literaturkritiken am Sonntagmorgen im Radio sind heute noch unvergessen. Als »Die violette Stunde« 1981 in Spanien erschien, war das Buch eine Sensation, weil hier eine junge Autorin so sensibel wie erbarmungslos realistisch, so spannend wie geheimnisvoll Frauenschicksale in Barcelona beschrieb. Der Roman wurde zum größten Bucherfolg Kataloniens.

MONTSERRAT ROIG

Die violette Stunde

Roman

Aus dem Katalanischen
von Volker Glab

Mit einem Nachwort
von Rosa Montero

GOLDMANN

Originaltitel: »L'hora violeta«

Die Übersetzung des Romans wurde ermöglicht durch die
freundliche Unterstützung der Kommission
der Europäischen Gemeinschaft.
Das Nachwort aus dem Spanischen wurde von
Brigitte Haussmann-Koepsell übersetzt.

Die deutschsprachigen Zitate von Homer wurden entnommen
aus »Odyssee«, übertragen von Anton Weiher.
Mit freundlicher Genehmigung des
Artemis + Winkler Verlages, München

Der Goldmann Verlag
ist ein Unternehmen der Verlagsgruppe Bertelsmann

Taschenbucherstausgabe 6/98
Copyright © der Originalausgabe 1980 by Montserrat Roig
Copyright © der deutschsprachigen Ausgabe 1992
by Elster Verlag GmbH & Co KG, Baden-Baden
Umschlaggestaltung: Design Team München
Umschlagfoto: Elke Hesser, Paris
Satz: DTP Service Apel, Hannover
Druck: Elsnerdruck, Berlin
Verlagsnummer: 44043
FB · Herstellung: Heidrun Nawrot
Made in Germany
ISBN 3-442-44043-2

1 3 5 7 9 10 8 6 4 2

Für Tertu Eskelinen, die mir an einem violetten
Spätnachmittag zugehört hat.
Für Juan Manuel Martín de Blas, der mir gesagt
hat, daß es auch Morgenstunden in derselben
Farbe gibt.
Und, wie immer, für Joaquim Sempere

At the violet hour, when the eyes and back
Turn upward from the desk, when the human
engine waits
Like a taxi throbbing waiting,
I Tiresias, though blind, throbbing between
two lives,
Old man with wrinkled female breasts, can see
At the violet hour . . .

T. S. *Eliot,* The Waste Land

Inhalt

Frühling 1979

Eines Tages gab mir meine Freundin Natàlia ein paar Notizen, die sie sich über ihre Tante, Patrícia Miralpeix, gemacht hatte, dazu ein paar Briefe von Kati, sowie das Tagebuch der Judit Fléchier, ihrer Mutter. Nicht daß Judit ein Tagebuch geführt hätte, eher waren es lose Blätter, auf die sie ein Datum geschrieben hatte. Als Natàlias Vater, Joan Miralpeix, gestorben war, fand Tante Patrícia sie und gab sie ihrer Nichte. Es war nichts Besonderes an ihnen. Natàlia schickte mir den ganzen Papierwust zu, und nach ein paar Tagen rief sie mich an:

»Meine Tante hat mir den ganzen Papierkram gegeben und mir gesagt, ich soll damit machen, was ich will. Ich habe mir gedacht, daß du etwas damit anfangen könntest. Ich hätte gern, daß du irgend etwas über Mama und Kati schreibst. Auf die gleiche Weise, wie du über dich und mich schreiben würdest.«

Ich war gerade fertig geworden mit einem dicken Buch über die Katalanen in den nationalsozialistischen Konzentrationslagern und hatte, ehrlich gesagt, keine große Lust mehr, weiter die Vergangenheit aufzuwühlen. Die Geschichte der Deportation hatte mich halb krank und skeptisch gemacht. Und da wollte Natàlia, daß ich in die Welt zweier Frauen eintauche, die ich nicht gekannt hatte, obwohl ich das eine oder andere über sie in früheren Romanen geschrieben hatte. Augenblicklich interessierte das Thema mich so gut wie gar nicht. Eine Woche lang ließ ich den Haufen Papier auf dem Tisch im Arbeitszimmer liegen – kurz zuvor erst war Ferran mit seinen Schreibmappen ausgezogen, und ich hatte mehr Platz. Ich wagte nicht, das Paket zu öffnen. Ich fand an dem Gedanken nichts Verlockendes, über zwei Frauen aus dem Bürgertum zu schreiben, die sich ihrer eigenen Lage nicht bewußt gewesen waren. Schließlich rief ich Natàlia an:

»Sieh mal, ich kann mich nicht für den Gedanken begeistern, noch einmal über deine Mutter und Kati zu schreiben. Das ist kalter Kaffee.«

»Du mußt es einfach lesen«, erwiderte Natàlia. »Du sollst ja keine Biographie daraus machen. Mir hat die Lektüre sehr geholfen.«

Ich wollte ihr sagen, daß Kati und Judit Menschen seien, keine Romanfiguren. Wozu soll man sie jetzt in Erinnerung rufen, wo soviele Reportagen gemacht werden müssen? Für mich waren Kati und ihre Mutter tot, mausetot. Ich wollte Natàlia sagen, daß es Tage gibt, an denen ich mich nicht hinunter auf die Straße traue, damit ich nicht die Löcher sehen muß, in die man die Hausmeisterinnen des *Eixample* gesteckt hat. Ohne Licht, ohne Luft. Ich kann den Anblick der grauen Haut und der erloschenen Augen meiner Hausmeisterin nicht ertragen. Sie ist eine Frau, die kaum auf die Straße hinausgeht, die lebt wie ein Maulwurf, den lieben langen Tag riecht sie nach Gas, vor der ich immer die Flucht ergreife, wenn sie mir erzählt, daß sie in ihrem Dorf in Kastilien nur zweimal im Jahr, an Weihnachten und an dem Tag der Weizenernte, Fleisch aßen. Ich wollte sie daran erinnern, daß wir uns fest vorgenommen hatten, ein Buch über die verrückten Frauen zu machen, die im Irrenhaus von Sant Boi vor sich hin faulten. Wollte sie daran erinnern, daß wir noch eine Reportage über Maria Felicitat machen mußten, das Mädchen, das von seiner Mutter in einer fünfundzwanzig Quadratmeter großen Wohnung mit dem Hammer erschlagen worden war.

Ein Mensch hat mehr als tausend Gesichter . . . Und es reicht schon, wenn es dir gelingt, in einem Roman drei oder vier zum

Vorschein kommen zu lassen. Jedenfalls versprach ich Natàlia, daß ich die Papiere durchlesen würde. Sie wartete meine Antwort gar nicht ab, und am nächsten Tag gab mir die Hausmeisterin einen Brief, den man bei ihr abgegeben hatte. Ich weiß nicht, ob es Natàlias Brief war, oder die Papiere von Judit und Kati, oder vielleicht die innere Leere, die die Trennung von Ferran in mir hinterlassen hatte, aber Tatsache ist, daß ich beschloß, etwas – was, wußte ich nicht – über Judit und Kati zu schreiben. Lassen Sie mich Ihnen zuvor aber noch Natàlias Brief aufschreiben:

»Fünf Jahre ist es her, daß ich nach Barcelona zurückgekommen bin, und ich glaube immer noch, die Müdigkeit des ersten Tages zu verspüren, als ich in Tante Patrícias Wohnung ankam und feststellte, daß es den Garten mit dem Zitronenbaum nicht mehr gab. Beim Spazierengehen im Innenhof, auf den mit Teer eingefaßten Lichtkuppeln, versuchte ich, den Garten meiner Kindheit vor meinen Augen wieder entstehen zu lassen. Ich rief mir den Duft der Zitronenbaumblätter in Erinnerung. Ich wollte, daß das Plätschern des Wassers wieder in mir wach wurde, das aus den beiden Putten geflossen war, das Knirschen der Schuhe auf dem Kies . . .

Ich glaube, wir sind nicht in der Lage, die Wirklichkeit zu schätzen, bis sie nicht Erinnerung geworden ist. Als ob wir so noch einmal leben wollten. Deshalb glaube ich, daß die Literatur noch einen Sinn hat. Literatur ist nicht Geschichte. Die Literatur erfindet die Vergangenheit neu, mit Hilfe einiger Details, die, und sei es auch nur in unserer Vorstellung, wirklich gewesen sind.

Ich wollte das leuchtende Grün der Efeublätter wieder vor mir sehen, und das war vergeblich. Die Umrisse der Blätter wurden nicht klar, die genaue Farbe wollte mir nicht einfallen, sondern nur eine Skizze, ein Schatten. Die Erinnerung setzte sich aus einem Gemisch von Farben, Gerüchen zusammen, die je nach meinem Willen Gestalt annahmen. Ich setzte die Erinnerung nach meinen Sinneseindrücken zusammen, machte meinen eigenen Zeitablauf daraus.

Aber über den Zitronenbaum wollte ich eigentlich nicht reden, auch nicht über die Oleanderblätter, ebensowenig über den Geruch von Tante Patrícias Garten.

Seit vier Jahren photographiere ich das, was wir Wirklichkeit nennen. Ich habe Erfolg, was mir nicht sehr schmeichelt, ich kenne das Elend im Lande. Die Kritiker sagen über mich, daß ich einer der besten Photographen Kataloniens bin. Sie sagen Photograph, denn wenn sie Photographin sagen würden, wüßte ich nicht, mit wem sie mich vergleichen könnten ... Außerdem macht es mir Spaß, der Beste in irgendeiner Sache zu sein, in einem so kleinen Land wie dem unseren! Eine Zeitlang habe ich es geglaubt. Wenn du ein bißchen aus dem Rahmen fällst, wird über dich gesprochen ... Nicht daß sie dein Werk kennen würden, nein. Sie schmeicheln deiner Eitelkeit, und schon meinst du, daß du bereits ein kleines Genie bist. Klein, an der Größe des Landes gemessen.

Und wenn du eines Tages innehältst, das fertige Werk betrachtest und vergleichst, mußt du feststellen, daß du eine aufpolierte Mittelmäßigkeit im Land der aufpolierten Kleinkrämer bist ... Gerade heute habe ich mit Jordi darüber gesprochen. Ich sagte zu ihm, daß wir Photographen nach der grausamsten Wirklichkeit Ausschau halten, nicht, um das Leid zu lindern, sondern, um es abbilden zu können und dafür bewundert zu werden. Ich habe ihm gesagt, daß ich Lust hätte, das Photographieren für eine Weile aufzugeben, ich habe es ein bißchen satt, ständig nach dem flüchtigen Augenblick des Geschehens Ausschau zu halten, die präzise, äußere Realität abzulichten. Als ob meine Augen eine ständig nach außen gerichtete Kamera wären. Ich habe Lust, meine eigene Bilderfolge zu erforschen. Jordi hat mich angelächelt, abwesend. Auch er hat seine Macken. Sie sind irgendwo zwischen Experimentierlust und dem, was man als »engagierten Schriftsteller« bezeichnet, anzusiedeln. Er ist ein Mann des Wortes, wie Du, und er geht von einer konkreten Sprache und konkretem Wissen aus. Er hat das Glas Milch in einem Zug ausgetrunken und ist gegangen. Er hatte es eilig, wollte sich mit Anna, einer alten Studienkollegin, treffen. (Jordi hat's immer eilig. Wenn ich ihn in einem Bild beschreiben sollte, dann muß ich Dir sagen, daß er, kaum möchte ich über etwas reden, etwas besprechen oder mich ihm einfach mitteilen, ganz konfus seine Papiere in die Tasche packt und mir antwortet, daß er nicht warten könne, es eilig habe. Ich sehe Jordi vor mir, wie er voller Ungeduld Papiere in die Tasche steckt. Ich sehe Jordi, die Blätter, die Tasche und höre die Worte: Jetzt nicht, jetzt nicht, wir reden später drüber . . .) Mit Anna hatte Jordi sich vor zwei Tagen verabredet. Scheinbar hatte es ihm sehr gefallen, sich mit der früheren »Geliebten« der Studentenführer aus den sechziger Jahren zu treffen. Mit »Friseurfrisur«, wie er sagt.

Jetzt bin ich alleine und stelle mich dem weißen Blatt Papier und dem Kugelschreiber. Vielleicht hätte ich Dich vor ein paar Monaten nicht gebeten, etwas über Judit und Kati zu schreiben, aber Papa war da noch nicht gestorben. Und ich hatte noch keine Belege, ich meine die Belege aus Mamas Tagebuch und die Briefe der Familie. Du wirst es nicht glauben: Dieser Haufen Papier hat mich dazu gebracht, über mich selbst nachzudenken. In mein Inneres zu schauen (Hast Du schon mal versucht, Dich im Spiegel anzusehen, ohne darauf zu achten, ob du gut aussiehst oder noch jung genug bist? Ich meine, hast du versucht, dich im Spiegel anzusehen und nur in Deine Augen zu sehen, Deinen Blick? Versuch's mal: Es ist schwer, sich selbst lange Zeit auszuhalten, ganz und gar nackt . . .)

Weißt Du, ich hege den Verdacht, daß Jordi zu Agnès zurück will. Und den Grund errätst Du nie . . . Ich habe gehört, daß er sich in ein viel jüngeres Mädchen als mich verliebt hat. Ein Mädchen, das wohl nicht soviel von ihm verlangt und ihn so lieben wird, daß ihre Liebe mit der zu Agnès vereinbar ist. Ist das nicht zum Lachen? Ich weiß nicht, wer mir neulich gesagt hat, daß die Männer, egal, wie großzügig und klug sie auch sein mögen, wenn sie dich ersetzen wollen, immer auf der Suche nach dem Weibchen sind, nach der Schönheit und der Jugend. Ich vermute, daß ich diese Bemerkung wohl in Feministinnenkreisen gehört haben muß, die darauf lauern, alles, was auch immer passieren mag, in das Schema »böser Mann« und »Frau als Opfer« zu pressen. Oder warst vielleicht Du es, die mir das gesagt hat? Ich nehm's Dir nicht übel. Ich hätte Dir das gleiche gesagt. Und ich habe das gedacht, als Ferran solange gezögert hat, bis er Dir sagte, daß er sich in eine von diesen Gazellen verliebt hat (na ja, darüber will ich ja eigentlich gar nicht reden, das tut hier nichts zur Sache).

Jordi und Du, Ihr habt die Sprache, um Euch verständlich zu machen. Ich habe die Bilder, und eine Zeitlang dachte ich, daß ich in jedem Photo einen großen Teil von mir selbst ließ. Jetzt weiß ich es nicht mehr. Für Jordi ist die Politik fast ein körperliches Bedürfnis. Für mich könnte Schreiben der erste Schritt hin zur Gelassenheit sein. Aber ich fürchte, daß ich nicht die Wahrheit sagen würde, wenn's um Judit und Kati ginge. Ich stecke da mit drin. Und es stört mich, daß Mama mehr Judit war als mir eine Mutter. Das habe ich in den Papieren entdeckt, wie Du sicher bereits bemerkt hast. Ehrlich gesagt, weiß ich nicht mehr, was an den beiden mich jeweils mehr interessiert: Ihre Persönlichkeit oder die Beziehung, die sie untereinander hatten. Sie sind sie selbst geworden, während sie sich liebten, da bin ich sicher. Und als die Beziehung in Katis Tod ein Ende fand, verlor Judit auch ein gutes Stück von sich selbst.

Ich habe versucht, auf eigene Faust die Geschichte meiner Mutter und die von Kati aufzuschreiben. Ich wollte mir Mama lebendig vorstellen, in der Küche. Als ich noch ein junges Mädchen war und sie noch die Seele des Hauses. Ich habe ein paar Zeilen geschrieben, die mehr oder weniger so lauteten:

›Heute kamst Du mir müde vor, die Ringe unter Deinen Augen sind dunkler geworden, Du pflegst Dich gar nicht. Ich bin nach Hause gekommen und gleich in die Küche gegangen. Du warst gerade dabei, das auszupacken, was Du auf dem Markt eingekauft hattest. Du sahst schlecht aus im Gesicht, und das habe ich Dir nicht gesagt. Sílvia bruzzelte gerade eine Hühnerkeule für Marius. Encarna spülte das Geschirr. Eine Welt der Frauen. Ich bin ins Eßzimmer gegangen, um nicht allzu lange mit Euch zusammen sein zu müssen. Die Pflanzen auf der Galerie glänzten in der Sonne.‹

An dieser Stelle habe ich dann aufgehört. Der Schluß gefiel mir nicht. Zum einen der abschätzige Beigeschmack von diesem ›Welt der Frauen‹. Dann der Satz ›Die Pflanzen auf der Galerie glänzten in der Sonne‹. Das war ein literarischer Ausbruch aus der Welt der Frauen. Was hat das Bild der Pflanzen auf der Galerie mit meiner Vorstellung von Mama in der Küche zu tun? Da hatte ich mich festgefahren und konnte nicht weiter schreiben. Vielleicht würde ich weitermachen, wenn meine Mutter noch am Leben wäre, über sie zu schreiben, könnte ein Versuch ›realer‹ Versöhnung sein. Aber was bringt es, über Mama zu schreiben, sie, besser gesagt, noch einmal zu beschreiben, wenn sie schon tot ist? Mir fällt auf, daß ich mir widerspreche. Genau darum bitte ich ja Dich, Norma. Jedenfalls frage ich mich, ob dies nicht ein Symptom dafür ist, daß ich noch immer nicht genug wie ein Aasgeier bin, daß ich immer noch glaube, daß die Kunst, um der Gerechtigkeit willen, praktischen Nutzen haben muß.

Vor gar nicht allzu langer Zeit war ich Zeugin eines Streites zwischen Jordi Soteres und einem seiner Freunde, einem Arzt. Sie stritten sich, ob die Ärzte Produzenten sind oder nicht. Ich meine, ob sie zur Welt der Produktion, der Produktionsmittel, gerechnet werden müssen. Es sah ganz danach aus, als ließe das Thema sie nicht mehr los, und da sie sich nicht einigen konnten, holten sie *Das Kapital,* um nachzulesen, ob Meister Marx die

Befürchtung des Arztes bestätigte oder nicht, daß seine Arbeit unter die Produktionsmittel falle.

Ich mußte lachen über den Streit. Nie war mir in den Sinn gekommen, mich so was über meine Arbeit zu fragen, ich hatte nie nachgedacht, ob ich, als Photographin – und folglich als Frau, die weder Autos noch Waschmaschinen herstellt – in dieses Schema hineinpaßte. Ehrlich gesagt, interessiert es mich herzlich wenig, zu wissen, ob meine Arbeit zu nichts nutze ist, also nicht nützlich ist. Jordi sagte zu mir, bei euch Frauen sieht es so aus, als ob die Arbeit nicht eure Sache wäre.

Früher hätte ich das als Vorwurf aufgefaßt. Na ja, ich glaube, ich schweife ab . . . Zurück zu Mama und Kati (vielleicht erzähle ich Dir das alles wegen ihrer Papiere, ich weiß nicht). Wie gesagt, glaube ich, daß ich, wenn Mama noch leben würde, einen Brief an sie so angefangen hätte: ›Heute kamst Du mir müde vor, die Ringe unter Deinen Augen sind dunkler geworden, undsoweiter undsofort.‹ Ich hätte es getan, um mich zu verstehen und um sie zu verstehen.

Aber als meine Mutter noch lebte, haßte ich sie. Aber genau weiß ich nicht, ob ich tatsächlich Haß für sie empfand. Eher ging sie mir auf die Nerven. Ihre Vergangenheit ging mir auf die Nerven, ihr Versagen als Mutter. Ich wollte sie nicht zu Hause haben. Jahrelang lebte sie wie eine Tote, auch in der Zeit, bevor sie den Schlaganfall hatte. Sie nervte mich. Ich liebte sie. Sie fing wieder an, mich zu nerven. Immer mit den ausdruckslosen Augen. Vielleicht habe ich erst angefangen, darüber nachzudenken, als sie tot war. Und nachdem ich von zu Hause abgehauen war. Eines schönen Tages, in England, wurde mir bewußt, daß sie gestorben war.

Zwei Jahre waren seit ihrem Tod vergangen. Ich sagte mir: Sieh an, deine Mutter ist tot. Als ich den Brief von meinem Bruder Lluís bekam – damals sprach ich nicht mit Papa – wurde mir das gar nicht bewußt. Mein Zuhause war eine andere Welt. Ich gehörte ihnen nicht, weder im Leben noch im Tod. Ich glaube, es ging mir so wie den Ehemännern, die ihre Frauen erst dann lieben können, wenn diese tot sind.

Ich hätte damals nicht eine Zeile schreiben können. Ich hatte kein anderes Bild von Mama, als das, das sie mir in der letzten Zeit geboten hatte. Du hast Teile dieses Bildes in einem Deiner Romane niedergeschrieben und dabei einige meiner Eindrücke aufgegriffen. Dann hast Du noch eine gehörige Portion Intuition hinzugefügt und ein bißchen von der Familiengeschichte, die Du Papas Vertraulichkeiten im Irrenhaus und den langweiligen Gesprächen verdanktest, die ich immer nach dem Frühstück mit Tante Patrícia führte. Aber Katis Briefe und Mamas Tagebuch haben mir geholfen, sie wirklich zu verstehen. Oder ist es vielleicht so, daß ich jetzt bereit bin, sie zu verstehen, und vorher nicht? Was meinst Du? Die Papiere haben mir auch die Wahrheit über die Liebe meiner Mutter zu meinem sehr früh verstorbenen Bruder Pere enthüllt. Es war keine schuldbewußte Liebe, wie die so vieler Mütter, die ein geistig behindertes Kind haben. Was ich so lange geglaubt hatte. Es war eine ganz andere Liebe, als ich sie mir damals vorstellen konnte, und trotzdem ganz schön nutzlos. Oder gibt es überhaupt Lieben, die nicht nutzlos sind?

Die Papiere haben mir deutlich gemacht, daß die Mama der Nachkriegszeit nichts zu tun hat mit der Judit der früheren Jahre. Ich glaube, daß meine Mutter der Nachkriegszeit nicht gleichzeitig zu der Zeit und in dem Raum lebte, die ihr biologisch entsprachen. All das hat mich darauf gebracht, daß wir uns ein Bild von den andern, je nach der Beziehung, die wir zu ihnen haben, machen. Nachdem ich die Papiere mehrmals durchgelesen habe, passiert es mir, daß ich sie verwechsle, als wären sie eine einzige Person, oder Du und ich, und auch Agnès – auf die ich, wie ich zugeben muß, eifersüchtig bin. Alle Frauen der Welt, die sich verloren hatten oder zerbrochen waren. Ich hatte das Gefühl, daß es galt, durch die Worte all das zu retten, was die Geschichte, die große Geschichte, also die der Männer, ungenau gemacht, verdammt oder idealisiert hatte. Bis hierher, ist da nicht die Kunst der verbissene Versuch des menschlichen Wesens, sich selbst in Freiheit zurückzuerobern? Glaubst Du nicht, daß auch wir Frauen innerhalb der Kunst, also innerhalb des Traumes frei sein können? Ich stelle mir Dein ironisches Lächeln vor. Du denkst bestimmt, Natàlia redet Blödsinn, weil sie noch nie einem Kind den Hintern abgewischt hat. Dann laß das eben bleiben.

Weißt Du was? Ich glaube, Du und ich, wir sind zu spät dran. Du wirst sagen, daß ich mehr ›erlebt‹ habe als Du, weil ich gereist bin, jede Form von Einsamkeit akzeptiere und weiß, daß meine Liebe zu Jordi eine relative ist. Jedenfalls habe ich manchmal den Eindruck, daß das ›Lebens‹-Barometer Intensität anzeigt, nicht Verzettelung. Und ich habe mich aufgeteilt, mich verzettelt unter meinen Liebhabern, Emilio, Sergio, Jimmy . . . ich habe mich in Hunderte von Teilchen, Fragmenten, Einzelteilen meiner selbst aufgeteilt, ich habe mich aufgeteilt, um mich nicht wiederzufinden. Einsamkeit kann für einen Mann der erste Schritt zur Macht und zur Kunst sein. Für eine Frau bedeutet sie Leere, Wahnsinn oder Selbstmord. Verloren in Tausende von Teilchen, die durch die Männer gemacht wurden, unter den Genies verteilt, was bleibt da noch von uns? Deswegen interessiert mich die Geschichte von Judit und von Kati. Diese beiden glaubten, eine ganz kurze Zeitlang, sie könnten dem Schicksal ihres Geschlechts ein Schnippchen schlagen. Ist das für uns nicht eine echte Hoffnung?

Nein, ich weiß doch, daß Du Dich wundern wirst über das, was ich Dir da nahelege. Ich sehe Dich vor mir, wie Du mich ganz entgeistert fragst: Ja, hattest du mir denn nicht gesagt, daß Judit die große Liebe deines Vaters war? Hattest du mir denn nicht erzählt, daß sie sich bis zu ihrem Tode geliebt hatten, so sehr, daß Joan Miralpeix verrückt wurde, als deine Mutter nicht mehr war? Was habe ich dann also in meinem Roman geschrieben? Nein, glaub nicht, ich hätte Dich angelogen. Die Liebe zwischen meinen Eltern hat es gegeben. Aber es war eine Form von Liebe. Aufgabe der Schriftsteller ist es, alle Formen erzählen zu können. Das ist nicht mehr meine Sache. Ich gebe Dir die Materialien. Was willst Du mehr? Verarbeite sie. Du hast mehrere Lösungswege: Daß Joan Judit liebte, diese ihn aber nicht liebte. Daß Mama und Papa sich trotz der Umstände liebten. Daß Mama Papa liebte, weil dieser sie liebte. Daß Mama sich schon so an ihn gewöhnt hatte, daß er schon ein Teil ihrer selbst war. Daß Papa sich ein Bild von ihr machte, vor allem nach ihrem Schlaganfall und nach ihrem Tod. Wie Du siehst, laufen alle Lösungswege auf ein und dasselbe hinaus: Daß wir nichts von ihnen wissen, oder zumindest herzlich wenig.

Allerdings geht es mir in der Hauptsache nicht um meine Eltern. Mich interessiert die Beziehung zwischen Mama und Kati und zwischen dieser und Patrick mehr. Die lassen mich über uns nachdenken, über Dich und mich. Ich weiß, daß irgendwann einmal meine Beziehung mit Jordi in die Brüche gehen wird. Sie war nie sehr intensiv, vielleicht, weil sie für uns von vornherein etwas Provisorisches an sich hatte. Das sagt man oft, heutzutage. Solange es so weitergeht, daß alles zu Ende geht . . . Wir sind gebrannte Kinder. Ich ahne Deine Vorwürfe voraus: ›Du engagierst Dich nie richtig für etwas, sei es in der Liebe oder in der Arbeit, alles betrachtest du aus der Distanz. Glaubst du, daß man die Liebe mit kaufmännischen Begriffen messen muß? Mal sehen, was du mir gibst, dann gebe ich es dir Unze für Unze zurück . . .‹ Ich kann das nicht ändern. Wir Frauen müssen einen großen Teil von uns selbst tief in unserem Inneren für uns bewahren. Wenn wir uns ganz und gar hingeben, stehen wir am Ende da wie eine Biene ohne Bienenkorb. Ja, ich weiß jetzt schon, daß Du den Kopf schütteln wirst, wenn Du diese Zeilen hier liest. Was soll ich machen? Ich bin fast zehn Jahre älter als Du. Die Jahre fallen schon ins Gewicht.

Katis und Mamas Liebe zueinander war stark, weil sie sie für ewig hielten. Sie dachten, daß sie nie zu Ende gehen würde, trotz dieses so schmutzigen Krieges, wie ihn die Leute nennen, die ihn miterlebt haben. Jordi verlangt recht wenig von mir: nur die Kontinuität des bereits Existenten. Unsere Zeit ist zu mittelmäßig, als daß wir tiefe Gefühle empfinden könnten. Aber es ist schon ganz schön traurig, daß wir einen Krieg brauchen, um lieben zu können. So wie die beiden Frauen, so wie Patrick und Kati . . . Und jetzt weiß ich auch, daß Mamas Liebe zu Pere, meinem mongoloiden Bruder, so groß war, weil sie auf der Erinnerung an die im Krieg Verschwundenen basierte. Und der andere Bruder, Lluís . . . Armer Lluís. Die Verbissenheit, mit der er uns allen beweisen will, daß er glücklich ist – also, daß er erfolgreich ist – ist nur vorgeschoben, um die Angst zu verbergen, die er empfindet. Eine Zeitlang habe ich versucht, ihn zu verstehen. Vor allem, weil Du ihn in Deinem Roman als die negativste Person dargestellt hattest. Ich glaube, Du bist dabei etwas zu weit gegangen. Natürlich sah das gut aus: Lluís war ein direktes Kind des Faschismus, und aus diesem Abenteuer konnte er nur entweder verkorkst oder als Kämpfernatur herauskommen. Aber ich glaube, daß Du Dich zu sehr auf meine Seite geschlagen hast. Aus Haß auf das andere Geschlecht, mehr nicht? Nein, Lluís ist weder ganz gut noch ganz böse. Wie wir alle, ist er halb gut, halb böse. Der einzige Unterschied ist der, daß er es nicht weiß, und da er es nicht weiß, akzeptiert er sich selbst nicht.

Wegen alledem, was ich Dir hier nach und nach erzählt habe, sehe ich mich nicht in der Lage, die Papiere von meiner Mutter und Kati zu manipulieren. Und ich schreibe manipulieren im wahrsten Sinne des Wortes. In diesem Fall kommt mir das nicht abwertend vor. Kati und vor allem Judit stehen mir zu nahe, als daß ich gerecht zu ihnen sein könnte. Oder vielleicht möchte ich es aus Stolz nicht machen? Nein, das glaube ich nicht. Bei Patrícia, da traue ich mich. Trotz alledem gefallen mir in Deinem Roman am besten die Seiten, auf denen Du Dich mit ihr beschäftigst. Ich verstehe nicht, warum Du den Roman nicht mit ihrer Stimme hast ausklingen lassen, mit dem Monolog vor

Judits Leichnam. So hattest Du es doch im Entwurf vorgesehen, nicht wahr? Patrícia konnte auch den gequältesten Personen noch eine ganz besondere Note verleihen. Schließlich und endlich sind sowohl Patrícia als auch Encarna zwei unbedarfte Menschen. Sie stehen für den gesunden Menschenverstand, und das ist die einzige Philosophie, die mich interessiert. Oder vielleicht interessieren die beiden mich, weil die große Geschichte sie mehr als alle andern verdrängt hat. Jetzt lachen alle, auch ich, über Tante Patrícia. Obwohl sie siebenundsiebzig ist, benimmt sie sich immer noch wie ein junges Mädchen. Die mahagonifarben gefärbte Lockenfrisur, die lackierten Fingernägel, die grellbunten Kleider. Sie sagt, daß sie das ›wirkliche Leben‹ entdeckt hat. Und weißt Du, was das ist, ihr wirkliches Leben? Nun, der Xarel.lo jeden Abend, die großen Eisbecher, die Besuche in den großen Kaufhäusern. Sie hat keinen Céntimo mehr, aber sie hat eine besondere Begabung, sich egal womit ein schönes Leben zu machen. Ja, ich weiß, daß Du und ich das für Selbstaufgabe halten. Aber sie ist glücklicher als wir, weil sie weiß, daß es das Glück nicht gibt. Weißt Du, was sie neulich getan hat? Also, sie hat Encarna und deren Mann, Jaume, zu sich nach Hause eingeladen, Oper anschauen – Patrícia hat ihre halbe Lebensversicherung für einen Farbfernseher ausgegeben. Und sie hat ihnen gesagt, sie sollten sich fein anziehen, weil die Oper, übrigens *Aida,* eine Aufzeichnung aus dem Liceu sei. Encarna hat sich eigens ihr Brautkleid hergerichtet und daraus ein Abendkleid gemacht, lang mit schwarzen Seidenvolants. Jaume hatte keinen Smoking, aber er hat sich todschick angezogen. Und Tante Patrícia behängte sich mit dem ganzen Familienschmuck, den sie noch nicht versetzt hatte. Sie stellte die von Mäusen angeknabberten und durchlöcherten Empire-Stühle mit den Satinpolstern schön in Reih und Glied vor dem Fernseher auf. Und zu dritt erlebten sie, elegant und vornehm, einen ›unvergeßlichen‹ Abend, um es mit Tante Patrícias Worten zu sagen. Ganz bestimmt wären weder Du noch ich, noch Jordi, noch Ferran in der Lage, etwas so zu genießen, ohne es hinterher zu hinterfragen. Und wenn man mir solche Sachen erzählt, die von Leuten erlebt werden, die keinerlei Neigung haben, sich unsterblich zu machen, die also nicht daran denken, ihre Erlebnisse in Bilder oder Literatur umzusetzen, in solchen Augenblicken beneide ich Dich am meisten. Ich würde so gerne schreiben können, mit treffenden, überzeugenden Worten. So schreiben, daß kein Bild billig wäre und die Adjektive die Wahrhaftigkeit des jeweiligen Substantivs untermalen würden.

Und wieder sehe ich Dein ironisches Lächeln vor mir. Kein Wort mehr, ich erkläre Dir nur mein Anliegen. Ich weiß, daß ich das selbst niemals tun kann, dazu fehlt's mir an Ausdauer. Ich könnte das auch auf das ›Klima‹ im Lande schieben, es ist ein krankes, neurotisches Land, das niemals seine Aufbauphase beendet. Aber Du würdest sagen und hättest damit recht, daß das eine billige Ausrede der Mittelmäßigen sei: Das ›Klima‹, das sind wir.

Als Du Deinen Roman über die Liebe zwischen Mama und Papa, über die Leidenschaft Tante Patrícias für Gonçal Rodès veröffentlicht hattest, da habe ich Dir vorgeworfen, daß Du Dich von den Tatsachen hast fortreißen lassen, so in der Art ›Pau hat gesagt, und Pere hat gedacht‹. Daß Du dem Charme der äußeren Geschichte erlegen seist, und daß Du außer bei zwei oder drei Personen die Soziologie nicht aus dem Spiel lassen konntest. Ich sagte Dir – und Du weißt es bestimmt noch, weil Du ein gutes Gedächtnis hast und somit sehr nachtragend bist –, daß Du fast einen Sittenroman geschrieben hättest. Jetzt, nachdem einige Zeit vergangen ist, muß ich anerkennen, daß Du zumindest den Roman geschrieben hast. Ich kann nicht schreiben. Ich habe die Materialien dazu, sie sind in meinem Körper und meinem Kopf, aber ich kann sie nicht aufschreiben.

Ich habe Angst davor, etwas zu erschaffen, weiß, daß ich nie soweit kommen werde, Harmonie zwischen meiner sinnlichen und meiner mentalen Erfahrung sowie der Realität herzustellen, die hilft, sie mit Leben zu erfüllen. Aus all diesen Gründen habe ich Dir Mamas und Katis Papiere zusammen mit meinen Notizen über Tante Patrícia überlassen. Ich weiß, daß Du mich brauchst, um das Projekt zu realisieren. Und ich weiß, daß Du mir dafür dankbar sein wirst. Mal sehen, ob Du es schaffst.

Ich liebe Dich

Natàlia«

DIE VERLORENE STUNDE

(Natàlia und Agnès)

Natàlia liest auf einer
Mittelmeerinsel die *Odyssee*

Wild peitscht die See gegen die Felsen. Der Gischt spritzt auf und leckt heftig am Sand. Die Frau des Fischers, die einen karierten Kittel und ein Haarnetz auf dem Kopf trägt, blickt angestrengt zum Leuchtturm, zur Mole hin. Das Wetter ist umgeschlagen, und der Mann kommt nicht zurück. Ich höre, wie die Frau des Fischers einer Ausländerin erzählt, daß das Boot klein, aber doch stabil sei. Die Ausländerin weiß nicht, was sie zu ihr sagen soll, sie tröstet sie, und ich sehe, daß sie sich bemüht, sie auf das Schlimmste vorzubereiten. Ein paar andere Ausländer stippen unbeteiligt Brot in riesige Milchschalen. Der Himmel ist grau verhangen, und zum Horizont hin ist er mit schwarzen Flecken übersät. Die Wellen rollen weiter heran, als würden sie von einer finsteren Kraft angetrieben. Eine nach der anderen, brechen sie sich, tobend und kraftlos, auf den spitzen Steinen. Das Meer weist eine zarte, fein abgestufte Farbskala auf: flaschengrün-himmelblau-kobalt.

Ich würde es gerne photographieren, vielleicht könnte ich es dann besser ausdrücken.

Diese kleine Insel hier öffnet sich zum Meer hin durch lauter kleine einsame Strände. Die Leute auf der Insel stützen die kleinen Feigenbäume mit Pflöcken, denn der kalte Nordwind, die *Tramuntana,* bläst hier kräftig. Rinder und Schafe weiden rings um die unfruchtbaren Böden. Es ist eine geradezu hellenische Insel, die sich seit Urzeiten unverändert gehalten hat.

Ein lauer Wind weht den Sand so hoch, daß es aussieht, als

wäre er feiner Regen, und trägt das Tosen der Brandung land-einwärts. Jordi, weißt du was? Ich würde hier gerne das Klagen der Kirke hören, dieser Zauberin, die die Historiker schlecht gemacht haben, weil sie die Männer in Tiere verwandelte. Vielleicht bestand ihre einzige Sünde darin, Odysseus zu lieben. Jordi, merkst du, daß ich das Wort Sünde gebrauche? Kirke verzauberte die Männer, weil sie eine Göttin war und nicht das Leiden als Waffe einzusetzen wußte. Kirke wollte keine Frauen-Opferrolle spielen. Jordi, ich will auch keine Frauen-Opferrolle spielen. Auch Kalypso wollte nicht leiden. Der Dichter erzählt, Jordi, daß sie unter Tränen den Krieger gehen ließ, in den sie sich verliebt hatte. Sieh mal, was hier steht:

Zäh seid ihr Götter und Eifersucht quält euch mehr als die andern;
Tut so verwundert, wenn offen und frei eine Göttin zum Manne
Schlafen sich legt, wenn eine sich einen zum lieben Freunde macht.

Klar, Odysseus will zurück nach Hause. Nach Hause, Jordi. Und das, obwohl er zu Kalypso sagt, daß Penelope an Schönheit und Größe ihr nicht das Wasser reichen kann. Aber, klug ist sie schon. Und wenn's ums Schlußergebnis geht, da ist Klugheit Gold wert! Jedenfalls haben sie vor ihrem Abschied der Liebe gefrönt (ich mag dieses Verb »frönen«. Aber heutzutage verwen-det das ja sowieso jeder) und lagen sich in den Armen. So sagt es der Dichter, und der hatte große Ahnung von Schönheit und Worten. Und daran denke ich, mein lieber Jordi, während ich versuche, mich daran zu erinnern, wie ich in deinen Armen der Liebe »frönte«. Weißt du, daß ich mich fast nicht mehr daran erinnere?

Und am Ende hat Penelope gewonnen. Sie war eben eine kluge Frau. Diese Frau spann ein hauchdünnes Spinnennetz mit

ihrem Weben und Auftrennen um die Erinnerung des zurück-
kehrenden Ehemannes. Ein Netz für Odysseus, gesponnen aus
lauter Wehklagen, Seufzern, nächtlichen Tränen. Aus Verzweiflung. Hör mal! Suche bloß keine Parallelen zu deiner Frau, die
gibt es nicht. (Vielleicht ist das gelogen.)

Ich weiß schon, was du denkst, mein Geliebter: Daß ich halb
Kalypso und halb Penelope bin. Was soll ich dir sagen . . . Du
bist nicht Odysseus, einverstanden? Odysseus hatte viel Ahnung
vom Kriegführen und vom Regieren. Er hatte viel Ahnung
davon, wie man mit den Göttern redet und wie man bis zum
Tode tapfer ist. Sag, Geliebter, gibt es heute noch solche Männer?

Aber Odysseus hatte keine Ahnung von Gefühlen. Die meisten von euch Männern haben doch keine Ahnung von Gefühlen. Euch überkommen sie, erscheinen vor euch wie verwünsch-
te Seelen, verletzen euch und überraschen euch. Sieh dich an:
Du bist immer ganz verblüfft, wenn eine Emotion dich überkommt und dich nicht losläßt. Du weißt nicht, was du damit
anfangen sollst. Verstehst du mich . . . Dir fallen Wörter ein, die
du nicht unter Kontrolle bekommst, dir quillen Tränen aus den
Augen, die du gleich wieder zu verbergen versuchst. Du siehst
woanders hin, wenn deine Augen feucht werden. (Ich spüre, wie
der Haß an mir frißt, und es tut mir weh.)

Ja, Geliebter, Odysseus hatte viel Ahnung vom Kriegführen
und vom Regieren. Und davon, tapfer zu sein, bis zum Tode.
Odysseus war nicht der Liebling der Götter, weil er zu lieben,
sondern weil er zu kämpfen vermochte. Er war zum Kämpfen
geboren worden, und dazu, sein kleines Land zu regieren.
Kirke, Kalypso und Penelope, klug seit der Zeit, da das Son-
nenlicht die Erde erwärmt, kennen die Mittel und Wege, ihn
zurückzuhalten. (Und ich habe es nicht verstanden, dich zu
halten. Welche Rolle spiele ich?) Die beiden ersten, um sich ihm
hinzugeben, Penelope, um ihn sich zu erhalten. Kalypso und
Kirke, obwohl unsterblich, wußten, daß sie ihn über kurz oder

lang verlieren würden. Penelope, die nichts anderes war als eine Frau von Engelsgeduld, sollte als Siegerin hervorgehen (als Stärkste, da hast du's).

Schämte sich vor den Phaiaken, mit Tränen die Augen zu netzen.

Siehst du, Odysseus, der »Städtezerstörer«, schämte sich seines Weinens. Ja, ich weiß, daß du dich nicht schämst, wenn du weinst, mir gegenüber behauptest du das wenigstens. Aber du kannst es nicht (obwohl ich dich zweimal habe weinen sehen und mich sehr gut daran erinnere). Nicht so Penelope, Penelope wußte, daß, je mehr sie weinte, ihr desto eher die Götter helfen würden. Desto eher würde sie siegen. Es machte nichts, daß die Jahre verstrichen und nichts als Leid und Verzicht mit sich brachten. Da konnten die Tage immer gleich verrinnen, einer wie der andere. Das machte nichts aus, mein Geliebter. Penelope, die die Welt nicht anders sehen konnte als durch Odysseus' Augen, würde ihn schließlich zurückgewinnen. Odysseus hatte große Angst, und wenn erst einmal das innere Feuer seiner Leidenschaft verglüht sein würde, käme er nach Ithaka zurück. Die Welt hörte nicht auf, seiner sterblichen Seele feindselig zu begegnen. Nur in Ithaka würde er Frieden finden.
     Du auch, nicht?

Seit langem weine ich nicht mehr. Ich müßte mich sehr anstrengen zu weinen. Ich gebe zu, daß mich die Leichtigkeit fasziniert, mit der Normas Augen feucht werden können. Oder Sílvias. Na gut, die rennt ja immer mit dem Tempo in der Hand herum. Neulich hat sie zu mir gesagt: Das Leben rennt an mir vorbei, und was habe ich gemacht? Ich wußte nicht, was ich ihr sagen sollte. Ich habe nicht soviel Geduld wie Norma, um alle möglichen Geständnisse ertragen zu können. Es gibt Frauen, die mich unheimlich nervös machen. Sílvia, zum Beispiel. Mir ist klar, daß Lluís ein Faulpelz ist und sie ausgenutzt hat. Aber es gibt Frauen, die genau das Schicksal haben, das sie verdienen. Was hat sie nur an meinem Bruder gefunden? Jetzt versuche ich ihn so zu betrachten, als wäre er ein Filmschauspieler, und sehe ihn so vor mir: Geheimratsecken, leblose Augen, Bauchansatz; mit dem Glas Bourbon in der Hand gesteht er mir, wie arm er dran ist, vor allem seit Papas Tod ... (Niemand hat mich an dem Tag weinen sehen). Wenn er mir das sagt, dann erweckt er nicht etwa mein Mitgefühl, nein, er schafft es, mich zu verwirren. Mir ist er als Erfolgsmensch lieber, wenn er mit seinen Freunden lacht, wenn er einem Mädchenhintern hinterhersieht ...

Die See hat sich beruhigt, aber der Fischer kommt nicht zurück. Der Mann von der Kneipe sagt zu der Frau, daß das merkwürdig sei, daß schon alle Boote zurück seien, aber, wer weiß, vielleicht sei der Mann direkt nach Eivissa gefahren. Ich kann mich am Meer nicht satt sehen. Ein weißes Segel durchkreuzt den Horizont, und ein zarter Sonnenstrahl streichelt mich. Ich spüre, wie die Erinnerungen in mir aufsteigen und sich wieder auflösen. Worte, die sich von alleine in meinem Kopf bilden und unter dem Rauschen der Wellen verstummen. Ich denke an dich, Jordi, und auch an Penelope. Als wärt ihr beide ein und dieselbe Person. Ja, ich weiß schon, du hast nichts mit deiner Frau zu schaffen. Ich weiß, daß du dich deiner Feigheit schämst, das hast du mir so oft gesagt! Betrachtete Penelope das Meer oder mied sie es und floh sie landeinwärts? Penelope hatte auch ein Recht zu lieben (diesen Satz würde ich niemals laut aussprechen). Penelope liebte, wie man eben einen richtigen König lieben mußte: mit Ruhe und Demut. (Meine Frau ist ja so langweilig, sagtest du zu mir.) Rasend und verliebt gefiel ihnen Kirke. Genau wie Norma. Weißt du, Jordi, Norma sagt mir immer, daß sie verliebt sein muß, um schreiben zu können. Wie ich sie beneide. Was dich angeht, da hatte ich eigentlich mehr von einer Freundschaft geträumt, wozu es leugnen? Mir scheint, mein Problem, unser Problem, ist, daß wir die Welt auf unsere Weise gestalten wollen. Du mit deiner abstrakten Liebe zur Menschheit. Als ich . . . mit dreiundzwanzig Jahren die Memoiren der Simone de Beauvoir las, da verspürte ich eine Art Unbehagen, weil ich genauso leben wollte wie die französische Dame, und ich glaube, ich setzte mir in den Kopf, nach einem Jean-Paul Sartre zu suchen. Ich wollte die Welt nach meinem Kopf haben. Darum konnte ich, als ich dich traf, es gar nicht fassen. An dem Abend damals, weißt du noch? Da brachtest du mich in ein mieses Lokal und erzähltest mir die ganze Zeit nur was über die Partei, über die Toten bei SEAT, die *Assemblea de Catalunya* . . . Du berührtest die Finger meiner Hand, sie waren noch schmutzig aus der Dunkelkammer und sagtest zu mir, weißt du, daß du mir gefällst? Ich konnte es nicht fassen . . . Ich war so blöd, daß ich dir nur meine Sexualität anzubieten hatte. Und du warst überrascht, hattest das nicht erwartet. Wir durchstreiften ein nieseliges, stilles Barcelona, bis um vier Uhr morgens. Wir sprachen über Politik, über die tschechischen Dissidenten. Wir sprachen viel. Und vor der Haustür meines Studios sagte ich zu dir: Warum kommst du nicht mit rauf? Gleich darauf tat es mir leid. Du wolltest nicht mit raufkommen, das las ich an deinen Augen ab, die immer ein bißchen überrascht aussehen. Aber du kamst mit in die Wohnung, und ich bot dir etwas zu trinken an, dir, der du nichts trinkst. Und ich legte für dich das zweite Klavierkonzert von Brahms auf. Und ich sagte mir, du hast alles verdorben, Mädchen . . . Schnell hatte ich dir das Studio gezeigt. Von der Terrasse aus schauten wir auf Barcelona. Mit dem Glas in der Hand. Du erzähltest mir von deiner Frau, sie ist ein gutes Mädchen, sagtest du zu mir. Und von deinen Kindern, sie sind Agnès' Werk. Wir stießen ein paarmal zusammen und lachten nicht dabei. Vielleicht, wenn wir gelacht hätten . . . Und dann sind wir ins Bett gegangen. Ich war ausgehungert nach Sex, um es ohne Umschweife zu sagen. Ich warf dich aufs Bett und wollte dich fertig machen. Nein, das stimmt nicht. Ich war nicht ausgehungert nach Sex. Ich wollte nur, daß du bliebst, nicht fortgingst. Du bemerktest es. Und sagtest zu mir, ich muß gehen. Als die Umrisse deines Körpers sich im Flurlicht abzeichneten, verspürte ich dieses Loch im Magen, von dem Norma sagt, daß man es verspürt, wenn man sich verliebt. Nein, Jordi, ich habe mich nicht in deinen Verstand verliebt. Auch nicht in deine allgemein anerkannte Aufrichtigkeit. Ebensowenig in deine Großmut. Ich habe mich in deine Gestik beim Durchqueren des Flurs im Gegenlicht verliebt. Da siehst du's, so was Blödes.

Ja, alles mußte nach meinem Kopf gehen. Die Männer, die Welt. Sieh mal, ich habe Vater erst verstanden, als er verrückt geworden war. Als er nur noch ein Schatten seiner selbst war, da habe ich ihn dann geliebt. Und vielleicht liebe ich dich jetzt, wo du weggehst, mehr denn je. Warum sind wir so, sag?

Und ihrer einer vereinte, unter des Schiffes Flanke,
der Liebe sich, etwas, das allen Frauen, den Armen!,
den Kopf verdreht, und seien sie auch noch so ehrbar.

Ich habe über Kirke geredet (oder über Norma). Später werde ich über Kalypso reden. Sie wurde mit einem Bedürfnis nach Sexualität geboren ... Athene? Athene verkleidet sich als Mann, um zu Telemach zu gehen. Die Göttlichste von allen, die Mutter. Und, da sie Mutter war, sprach der Dichter sie von jeglicher Schuld frei. Ihr verdreht die Sache mit der »Liebe« nicht den Kopf. Offenbar wußte der Dichter nicht, wie er mit ihr verfahren sollte, ob mehr als Göttin, mit weiblicher Sittsamkeit, oder mehr als Mutter, die alles in Ordnung bringt. Für den Dichter muß es sehr schwer gewesen sein, eine Person wie Athene einzuordnen.

Nie werden sie etwas über mich erfahren, Jordi. Deswegen verzeihe ich dir nicht, daß du mich so klein gesehen hast. So schwach.

Siehst du, auch wenn sie noch so aufrichtig sind, heißt es, daß alle Frauen wegen dieser Sache mit der Liebe den Kopf verlieren. Das war bei mir nicht der Fall, Jordi.

Der Wind treibt die Wolken weiter weg, und die Morgensonne beginnt zu wärmen. Aber die Wellen brechen sich immer noch tosend, als trügen sie die Schreie aller Toten bis zum Sand heran. Aller toten Frauen, die nicht von den Dichtern besungen wurden. Ganz und gar tot sind sie. Ich werde jeden Sonnenstrahl auffangen. Ganz beständig breiten sie sich auf meiner Haut aus (das ist Literatur, aber es gefällt mir). Norma würde zu mir sagen, daß jeder Sonnenstrahl um seiner selbst willen geliebt werden muß, ich ihn für mich festhalten muß, in mir, als ob er dort verblaßte, als wäre ich der Endpunkt aller Dinge in meiner Umgebung. Norma ist zu lebenstüchtig. Ich beneide sie. Mir ist, als würde sie zu mir sagen: Mädchen, man muß die Meerwassertropfen lieben, die hin und wieder mein Antlitz benetzen, den Salzgeruch muß man lieben. Man muß die Salzkruste ablecken, die sich auf meinen Armen bildet, auf meinem Bauch, auf den Schenkeln, den Füßen . . . Die Felsen streicheln, die mich schützen. Und den Wind, der meine Erinnerungen abtötet. Norma, die Sinnliche.

Auch wenn sie noch so aufrichtig sind, alle Frauen verlieren den Kopf wegen der Sache mit der Liebe . . . Die Armen, sagt der Dichter. Die Frauen dürfen ruhig von der Leidenschaft überwältigt lieben. Auch wenn sie noch so aufrichtig sind, werden sie es büßen müssen. Alle, außer Penelope, die siegreich war, weil sie litt, werden verdammt werden. Seht euch Klytämnestra an, die verletzte Mutter. Was war ihre Sünde? Daß sie Ägist liebte, oder daß sie nicht warten konnte?

Norma: Aber, möchtest du mit ihm zusammenleben?

Natàlia: Nein, der Gedanke an eine Partnerschaft erschreckt mich.

Norma: Was also? Was willst du?

Natàlia: Ich liebe ihn eben, ich liebe ihn! Und ich kann ihn einfach nicht anrufen, ständig muß ich warten, warten. Ich hab's satt!

Norma: Aber vielleicht denkt er nicht das gleiche. Vielleicht hat er nicht die gleichen Vorstellungen wie du von menschlichen Beziehungen.

Natàlia: Ich weiß gar nicht mehr, welche Vorstellungen ich habe. Ich bin einundvierzig Jahre alt. Verstehst du? Ich weiß nur, was ich nicht will.

Norma: Ich glaube, du hast schon immer das Leben negativ gesehen. Du entledigst dich dessen, was du nicht willst, aber du versuchst nicht, das zu bekommen, was du willst. Ständig bist du auf der Flucht.

Dieses Gespräch, man glaubt es kaum, kann ich mit Norma führen. Aber nicht mit dir.

Darum sei denn auch du jetzt zum Weibe niemals zu gütig! Manches sage, doch bleibe auch manches ein tiefes Geheimnis . . .

Agamemnon warnt Odysseus und sagt zu ihm: »denn Weibern ist nicht mehr zu trauen«. Merkst du, Jordi, daß niemand sich Gedanken gemacht hat, ob Klytämnestra auf Agamemnon hätte warten müssen? Er wurde vom Dichter in den Himmel gelobt, gerade, weil er den Untergang der halben Welt verursacht hatte. Der eine Stadt wie Troja dem Erdboden gleich gemacht hatte. Ja, Jordi, ich weiß schon: Ich weiß, daß du mir recht geben wirst. Es gibt Männer, die, wie du, scheinbar dabei sind zu lernen, uns rechtzugeben. Ihr habt den Rückzug angetreten. Als ob ihr euch nicht auf eigenem Terrain befändet. Ihr fühlt euch darauf unbehaglich.

Der Fischer ist nicht angekommen, und das Warten fällt nicht mehr so auf wie vorher. Es sieht so aus, als wollten alle die bösen Gedanken dadurch vertreiben, daß sie sich wieder an die Arbeit machen. Dann und wann verirrt sich ein Blick zum Haus des Fischers hin, in dem es totenstill ist. Die Vorhänge aus Netzen sind heruntergelassen. Der Geruch nach Gedünstetem steigt mir aus der Küche des Gasthauses in die Nase. Würde Norma ihn riechen, sie würde über die Felsen kraxeln.

Weißt du, daß du mir gefällst?, sagtest du zu mir und berührtest dabei meine Finger, die vom Photolabor schmutzig waren. Und ich kam mir vor wie ein kleines Mädchen. Heiße Ohren. Leerer Raum um mich herum. Ich hätte nur zu gerne ein Bild gemacht von deiner Art, mich anzusehen. Ich weiß nicht, ob das Abbilden der Realität nicht ein Akt der Überheblichkeit ist. Oder der Rache. Wen interessiert es schon, daß man ein Bild festhält, ein Bild, das sich Tag für Tag wiederholt, in jedem Winkel der Erde? Kein Bild wird neu erfunden. Jede Photographie reproduziert Handlungen, Bewegungen, Gesten, Blicke, Lachen und Weinen, die sich jederzeit überall ereignen.

Norma: Wenn wir alle so dächten, müßten wir uns im Schatten eines Baumes ausstrecken und uns am Bauch kratzen.

Natàlia: Siehst du nicht, daß wir uns wiederholen. Daß wir nichts Neues mehr sagen?

Norma: Na und? Die Kunst bringt das Leben in Ordnung. Außerdem: Merkst du denn nicht, daß jetzt zum erstenmal wir Frauen uns trauen, Kunst zu schaffen?

Natàlia: Wir werden nichts verändern.

Norma: Du bist eine Pessimistin. Oder bist du nur aus Prinzip anderer Meinung?

Norma hat recht, Jordi. Am liebsten gebe ich contra. Und manchmal weiß ich nicht, warum ich was sage. Nur, damit man mich hört. Um mich zu bestätigen. Wenn du mir ein bißchen widersprochen hättest, wenn du mir nicht so oft recht gegeben hättest . . . Ich hätte gedacht, daß du mich tatsächlich beachtetest. Aber das läßt sich jetzt auch nicht mehr ändern. Immer wieder glaube ich, daß ich zu spät auf Dinge und Leute stoße. Um einen Beruf zu haben, bin ich ja auch Photographin geworden. Aber das war sowieso egal, ich hätte noch tausend andere Sachen machen können. Na schön, wen interessieren meine Photos schon, die nichts anderes tun, als das zu wiederholen,

36

was der Menschheit passiert ist, seit Anbeginn der Welt? Man sagt, ich sei eine gute Photographin, na und? Sogar die Steine sind es leid, irgendwelche Gemütsregungen in den Gesichtern sich widerspiegeln zu sehen, Freude darin zu sehen, als würde diese ewig andauern, um dann zu sehen, daß diese, plötzlich, in Leid umschlägt. Ich habe gelesen, daß Ibsen sagte, das Leben sei nicht tragisch, sondern lächerlich. Nein, das Leben ist, zumindest so, wie wir es leben, nun wirklich nicht tragisch. Auch nicht lächerlich. Das Leben wiederholt sich eben einfach in uns selbst und in den anderen. Und wir glauben immer, wir seien die ersten, die so was erleben. Deswegen habe ich Norma gebeten, daß sie etwas über Judit und Kati schreiben soll. Aber ich werde ihr nichts über mein Leben sagen. Das nun nicht. Ich denke immer, daß die »Themen« die anderen Leben sind, nicht mein eigenes.

Mein Leben ist das einzige, was ich habe, ich muß es so beenden, wie ich es angefangen habe. Wie ein Kreis. Ohne Unterbrechung.

Norma: Du bist zu stark, Natàlia. Du machst mir angst. So, als hättest du kein Mitgefühl mit dir selber.

Nein, Norma wird nichts über mich erfahren. Noch will ich es wissen. Da lasse ich keinen dran. Ich werde mich mit Zähnen und Klauen wehren. Keiner wird etwas erfahren. Und jetzt, wo unsere Geschichte aus ist, Jordi, ist es, als würde der Vorhang endgültig fallen. Es ist aus. Wenn ich gegangen bin, Stille. Rein gar nichts. Deshalb habe ich mich nie selbst photographieren wollen. Ich werde alles mitnehmen, Jordi. Ich werde dein Bild, das sich im Flurlicht abzeichnet, mit mir nehmen, dein Bild vom ersten Tag, als du mit zu mir heraufkamst. Oder als du zu mir sagtest, weißt du, daß du mir gefällst?

Meine Geschichte ist nicht einzigartig. Sie ist langweilig. Und während ich die Gesichter der anderen photographiere, vergessen sie meins. Die Nonnen in der Schule würden mich bestimmt der Sünde des Hochmuts zeihen.

Aber niemand wird mir diese schönen Augenblicke innerhalb

von Raum und Zeit rauben können. Wenn die Erinnerungen wieder in mir aufsteigen. Die Erinnerungen tauchen nämlich nur auf, wenn du nicht glücklich bist. Das ist das, was sich so oft wiederholt, Jordi, erinnern ist zweimal leben. Vielleicht ist es das, was uns unterscheidet: Seit du Politik machst, erinnerst du dich an nichts mehr. Träume hast du auch nicht. So, als hättest du nie eine Kindheit gehabt. Und wie kann man einen Mann lieben, der keine Kindheit gehabt hat? Norma sagt, daß man ohne Erinnerung nicht leben kann. Obwohl ich den Eindruck habe, daß sie versucht, die Vergangenheit auszulöschen, ständig, immer auf der Flucht, sich Personen und Lieben erfindend. Ich verstehe sie nicht, ständig überfällt sie diese Art Leidenschaft, die sie den Dingen entgegenbringt . . . Manchmal habe ich das Gefühl, als würde ich mich in die Erinnerung flüchten, weil ich nicht in der Lage bin zu leben. Als hätte ich den Riegel vorgeschoben. Aber die Erinnerung ist Literatur, Neuschöpfung.

Und ich würde nur allzu gerne in der Lage sein, die beiden Dinge nicht zu trennen.

Sie zog sich das rosa Kleid an, das eine, das Jordi so gut gefiel. Sie war eine ganze Weile in der Badewanne liegengeblieben, vom Wasser sanft umspült. Vorher hatte sie Lavendel und Rosmarin ins Wasser getan, und sie fühlte sich, als wäre sie eine Blume, die mit Wasser begossen würde. Sie zog das rosa Kleid an, weil Jordi sie abholen kam. Er hatte am Telefon gesagt: Ich möchte mit dir reden, es ist sehr dringend, könnten wir uns sehen? Agnès hatte Jordi seit über sechs Monaten nicht gesehen.

Sie war fest entschlossen: sie würde das rosa Kleid anziehen. Sie dachte nicht lange darüber nach. Sie betrachtete ihre Beine, als sie in der Wanne lag, die Beine, die er so oft geküßt hatte. Sie wollte sich in Erinnerung rufen, wie Jordi mit seinen Lippen darüber fuhr, wollte sich in Erinnerung rufen, wie froh sie gewesen war. Er sagte zu ihr, deine Beine sind die schönsten, die ich je gesehen habe.

Danach arbeitete er sich hoch bis zum Unterleib, bis zur Höhe der Brüste. Meine Berge, sagte er. Agnès gefielen die Worte, die Jordi ihr ins Ohr flüsterte. Deine Beine und deine Brüste sind die schönsten, die ich jemals gesehen habe, Kleines. Und sie fragte ihn ergeben: Noch nie? Ganz ernst antwortete er ihr, noch nie.

Das war sehr lange her, all das.

Er küßte ihr mal die eine Brustwarze, mal die andere. Er streichelte sie mit seinem Ohr, bis er sich in ihre Arme fallen ließ. Ich bin müde, Agnès, sagte er. Und dann fuhr sie ihm mit der Zunge ins Ohr, sie wußte, daß er das gern hatte.

Seit jenem Tag hatte sie das rosa Kleid nicht mehr angezogen. Seit jenem Tag, dem ersten in einer Reihe von Morgen, die ganz leer waren. Seit jenem Tag, an dem Agnès das Gefühl gehabt hatte, daß sie alles träumte, daß nichts wirklich war, so wie eine Theaterszene, die sie gezwungenermaßen ansehen müßte.

Vor den Morgen hatte sie mehr Angst als vor den Nächten, denn sie wußte, daß die Alpträume noch nicht zu Ende waren. Sie wachte mit ausgedörrtem Mund auf, er fühlte sich an wie grauer Staub und Haare, als ob sie noch schwanger wäre.

Nachts träumte sie, daß ein sehr scharfer Wind ihr ins Gesicht blies, ein Wind, der alles mit grauem Staub überzog, so als wäre er ein Laken, das sich auflöste. Der Staub trocknete ihr den Mund aus, drang durch alle Poren des Körpers ein, raubte ihr beinahe den Atem. Es war ein pulverfeiner Staub, wie der, der aus Bergwerken aufsteigt. Über lange Zeit verfolgte die Staubwolke sie. Sie hüllte sie ganz ein, trocknete ihr die Kehle aus. Und am Morgen hatte sie wieder das haarige Gefühl, der bittere Geschmack einer Haarsträhne, die sie nicht ausspucken konnte. Jordis Abwesenheit löste in ihr also keine Traurigkeit aus. Vielleicht, weil sie keine Zeit zum Traurigsein hatte, vielleicht, weil sie ihre ganze Kraft aufbringen mußte, um gegen den Staubschleier und gegen die Bitterkeit der Haarsträhne, die ihr am Gaumen klebte, zu kämpfen. Sie wollte kein Drama machen, nicht wie ihre Mutter. Wie die Mutter, die in der Diele vor der Wohnungstür auf die Knie gefallen war und den Vater angefleht hatte, er solle sie nicht verlassen. Das war schon lange her, aber sie hatte immer dasselbe Bild von der Mutter vor Augen: wie sie da vor der Wohnungstür kniete, sich an die Riegel klammerte, einen langen, langgezogenen Schrei ausstieß. So war der Vater weggegangen. Darum hatte sie, als sie Jordi Soteres kennengelernt hatte, als Jordi zu ihr gesagt hatte, ich liebe dich, ihn ganz fest an ihre Brust gedrückt und nur zu ihm gesagt, vielleicht innerlich den gleichen verzweifelten, langgezogenen Schrei der Mutter ausstoßend, verlaß mich nicht, verlaß mich niemals. Vielleicht hatte sie es ihm nicht mit Worten mitgeteilt, aber es war der Schrei der Mutter, wie sie sich in der Diele an die Wohnungstür klammerte, was da ganz aus ihrem Inneren in ihr aufstieg. Und sie hatte sich an Jordis Körper geklammert, wie die Mutter sich an die Wohnungstür geklammert hatte. Ihre Hände waren wie Haken gewesen, und sie hatte angefangen, ihn mit unerhörter Heftigkeit zu streicheln, so, wie sie es bisher von sich nicht gekannt hatte. Jordi und die Wohnungstür wurden zu ein und derselben Sache, und jetzt erinnerte sie sich an die Wildheit, die sie verspürt hatte, als sie mit den Händen nach Jordis Glied gegriffen hatte, um es bis zur Besinnungslosigkeit auszusaugen. Sie wollte seinen Penis verschlucken, ihn bis zum letzten Flüssigkeitstropfen auslutschen, bis nichts mehr von ihm übrigblieb, als ob sie auf diese Weise ein für allemal das Bild der vor der Wohnungstür knienden Mutter zerstören könnte.

An welchem nur erahnten Strand erwartet stets allein
ein geliebtes Gespenst mich, zäh, zäh, herrenlos?

Ich weiß nicht, warum ich jetzt an diese Verse von dem spanischen Dichter Aleixandre denke. Vielleicht weil ich mich schon als Schatten ansehe, als Gespenst. Ich höre gern das Rauschen des Meeres, das meine Füße leckt. Das, nein, das würde ich niemals schreiben. Ich bin nicht wie Norma, zum Glück. Norma wartet immer darauf, den literarischsten, sublimsten Satz zu sagen, wenn sie Publikum um sich hat. Ich verstehe sie nicht, diese Norma. Ich sehe einen sehr jungen Burschen mit zerzaustem Haar vor mir, mit schmalem Rücken, biegsam wie eine Gerte, der sich auf einen Felsen setzt. Fast noch ein Jüngling. Und ich weiß nicht, ob er eine Vision ist oder ein weiteres Gespenst, das auf mich wartet. Ich glaube, vor allem in Krisenmomenten suchen wir Zuflucht in der Kultur und in der Kunst. Warum sonst sollte ich auf diesen wunderbaren, nackten Rükken aufmerksam geworden sein, wenn nicht wegen Visconti? Oder wegen Mann. Die Vision ist verschwunden und läßt in mir einen sehnsuchtsvollen Nachgeschmack zurück. Das wirst du nicht verstehen, Jordi. Hast du nicht irgendwann einmal gesagt: Ich weiß nicht, was Verzweiflung ist. Ich schreibe mehr Literatur als Norma, und das will schon was heißen. Der Bursche taucht auf einem anderen Felsen wieder auf. Nein, ich hätte ihn nicht bewundert, wie ich das jetzt tue, wenn da nicht *Der Tod in Venedig* gewesen wäre. Schauen ist eine richtige Übungssache, ich bin noch Anfängerin. Da siehst du's, Jordi, seit unsere Liebe zerbrochen ist, tu ich nichts anderes mehr als schauen. Ich habe betrachten gelernt. Oder habe ich das etwa mein Leben lang getan? Jeden Winkel deines Körpers, jeden verborgenen Teil. Die tausend Gesichter, die der Mann während des Liebesaktes hat. Niemals hat er ein einziges Gesicht. Als gäbe es viele Menschen in einem einzigen Mann. Das Mienenspiel verändert sich von einem Zustand zum anderen, von der Zärtlichkeit zur Raserei. Bis hin zur Lust, aus dem Zimmer zu fliehen. Und genau das wolltest du doch mehr als einmal, nicht wahr? Und, danach, die Rückkehr. Du schautest mich überrascht an, als wüßtest du nicht, was du da neben mir solltest. Als würdest du mich nicht wiedererkennen. Wer weiß, wo du mit den Gedanken warst. Ich wagte nicht, dich danach zu fragen. Ich fühlte mich wie ein Eindringling.

Wir Frauen sind daran gewöhnt, betrachtet zu werden. Norma sagt, das, was ich tue, ist Betrachten. Aber ich habe den Eindruck, daß ihr uns ständig anschaut, belauert, mit den Augen auszieht, mustert, bewundert. Weißt du noch, wie du zu mir sagtest, als wir beschlossen hatten, uns zu trennen, ich liebe dich nicht nur, sondern ich bewundere dich auch. Und ich wollte nicht bewundert werden, Jordi. Ich weiß nicht, ob du das verstehst. Es war, als ob ich ein Teil deiner Umgebung wäre: die Familie, die Politik. Und Natàlia. Alles mußte harmonisch sein. Bis du nicht mehr konntest. Du konntest es nicht ertragen, ein hin- und hergerissener Mann zu sein. Indem du ins traute Heim zurückkehrst, ordnest du das Puzzle wieder.

Ich merke, daß der Mann aus der Gaststätte auch aufs Meer hinaus schaut. Danach wendet er den Kopf zu dem Haus mit den Vorhängen aus Netzen. Er schüttelt ihn leicht und geht ins Haus. Ein Fischer kann nicht umkommen, wenn die See ruhig ist. Warum kommt er dann nicht zurück?

Ja, ich komme mir ein wenig gespenstisch vor. Ich habe erst vor kurzer Zeit angefangen zu leben, als wäre mit Papas Tod ein für allemal mein Kindertraum zerbrochen, der Traum, der in meiner Jugend angefangen hatte, sich aufzulösen. Die Freude am Leben, wenn du dir seiner noch nicht bewußt bist, endet bald. Ist flüchtig wie ein Windhauch.

Und, es ist kaum zu glauben, Jordi, ich glaube, ich habe an dem Tag angefangen zu leben, an dem du zu mir gesagt hast, weißt du, daß du mir gefällst?

Anfangs sagte sie es sich beim Erwachen, im Morgengrauen. Sie sagte sich, das alles wird der Wind verwehen, Peng!, und alles wird wie weggeblasen sein, wie das Laub im Herbst. Es waren schwarze Worte, Worte, die sie nicht hören wollte. Nein, sagte sie sich, das ist eine Täuschung, das ist nicht die Wirklichkeit, er wird zurückkommen und zu mir sagen, Agnès, mein Kleines, ich bin sicher, ich liebe nur dich. Die Mutter tröstete sie, er ist ein guter Junge, er wird zurückkommen, weil er in dir gefunden hat, was er in keiner anderen Frau je finden wird. Du mußt Geduld haben.

Geduld, der Widerhall der Mutter nach den Alpträumen der Nacht.

Ich liebe nur dich, würde er sagen. Und sie würde sich hingeben. Sie würde lächeln, ohne etwas zu sagen, denn Agnès kann sich nicht gut ausdrücken. Und er macht das so gut, das Reden.

Schwarze Worte, die weit über die Berge ihres Körpers hinaus verstreut sind. Geduld, sagte die Mutter. Und sie würde lächeln. Solches dachte sie jeden Morgen, während die Alpträume sich in ihrem Kopf auflösten.

Und sie zog das rosa Kleid wegen alledem an, weil sie wußte, daß ihm das Kleid gefiel, das mit winzigen Blumen übersät war, wie eine Muskatrose. Guck mal, sagte Jordi, wenn du ganz nah rangehst, sehen sie nicht wie Rosen aus, sondern wie Ameisen. Das rosa Kleid schmiegte sich eng um ihre Taille, und sie wirkte schlanker.

Sie wußte, daß es ihm sehr gefiel. Er hatte es ihr mehr als einmal gesagt. Er sagte zu ihr, mein Kleines, dieses Kleid steht dir besonders gut, du bist schön in dem rosa Kleid, es steht dir so gut wegen deiner dunklen Haare. Ihr erschien es ganz selbstverständlich, daß er solche Sachen zu ihr sagte, deswegen liebten sie sich ja.

Aber bis zum heutigen Tag hatte sie es nicht mehr angezogen. Sie glaubte, das brächte Unglück. Jedesmal, wenn sie es betrachtete, wie es da im Schrank hing, kamen ihr, völlig konfus, die schwarzen Worte in den Sinn. Ich bin nicht verliebt in dich, so was geht vorbei, weißt du? Und ihr kam es so vor, als würde sie tief hinuntergezogen in einen eiskalten Brunnen. Diese Eiseskälte kam von ganz weit her, ich bin nicht verliebt in dich, aber ich glaube, ich liebe dich noch. Sie wünschte sich, daß das eine ganz große, dreckige Lüge war, eine ekelhafte Lüge. Sie sagte nur, als

43

würde jemand sie hin und her wiegen, das kann nicht wahr sein, das kann nicht wahr sein.

Und danach schwieg sie, weil die Worte sich in ihren Kopf bohrten wie glühende Nägel. Warum sagst du nichts?, fragte er. Und Agnès wußte nicht, was sie ihm sagen sollte. Das war ein Traum, er war gar nicht da, sondern nur das Echo, in dem die Worte widerhallten.

Jordi nahm ihre Hand und sagte zu ihr, jedenfalls, Agnès, waren das sechs sehr gute Jahre, vielleicht die besten Jahre meines Lebens. Und sie verstand ihn nicht, er sagte ihr, daß er sie liebte, fügte hinzu, daß er an ihrer Seite die besten Jahre seines Lebens verbracht hatte, sie verstand nicht, daß er zu ihr sagte, weißt du, es ist aus, es ist aus.

Sie fühlte sich wie eine junge Frau nach dem Examen, zu der man sagt, Senyoreta, Ihre Arbeit war sehr ordentlich, aber jetzt brauchen wir Sie nicht mehr. Und seither träumt sie dieses komische Zeug, träumt, daß sie in eine Prüfung muß und nicht weiß, worüber, daß eine schwarze Wolke sie umschwebt, sie einhüllt und ihr den Atem nimmt, eine dichte Wolke, die ihr die Luft abschnürt, die aus ihrem Magen in die Kehle steigt, weil man ihr gesagt hat, daß sie einen Kurs bestehen muß, und sie nicht weiß, welchen, wenn sie den Kurs nicht besteht, fällt sie durch. Und sie weiß weder, worin man sie durchfallen lassen will, noch, worüber ihre Prüfung gehen soll.

An dem Tag, als sie das rosa Kleid zum letzten Mal angezogen hatte, das sie dann schön im Schrank hatte hängen lassen, hatte er zu ihr gesagt: Agnès, du mußt dein eigenes Leben leben, du bist zu sehr von mir abhängig. Sie konnte es nicht fassen. Ihr Leben war das Jordis. Wieso sollte sie ein anderes wählen? Klar, Agnès kann sich so gut wie nicht ausdrücken, und darum hatte sie nur zu ihm gesagt, das kann nicht wahr sein, das kann nicht wahr sein. Sie fühlte sich wie damals, als sie in die Nonnenschule ging und ohne Grund bestraft wurde und dann sagte sie zu sich, die bestrafen dich, weil du dumm geboren bist, so bist du und wirst dich nicht mehr ändern, und sie bedankte sich für die Strafe wie für eine Wohltat. Sie hatte sie verdient. So fühlte sie sich, als Jordi zu ihr sagte, es ist aus, es ist aus, du mußt dein eigenes Leben leben.

Ihr Leben, das waren die kurzen Ausflüge, die sie in die Pyrenäen unternahmen, oder die Wochenenden in Sitges, als die Kinder noch nicht auf der Welt gewesen waren. Sie wünschte sich, daß er ihr noch einmal ins Ohr flüsterte, wie damals am Anfang, mein Kleines, du weißt gar nicht, wie sehr ich dich liebe.

Sie trug das rosa Kleid, aber er berührte sie nicht, noch näherte er sich ihr so weit, um ihr zu sagen, das ist komisch, von weitem sehen sie aus wie Muskatrosen, und von nahem sind es Ameisen. Und gleich dachte sie an Adrià und an Marc, der noch nicht laufen konnte, und sie taten ihr sehr leid. Und die Kinder?, sagte sie zu ihm. Die Kinder? Ich werde immer ihr Vater bleiben, Agnès, darüber brauchst du dir keine Sorgen zu machen. Und er hatte sie nicht mehr angeschaut. Sie hätte ihn so gerne getröstet, ohne zu wissen warum. Er wirkte so traurig.

Deshalb zog sie das rosa Kleid an, um Szenen zu wiederholen, die vorüber waren, so, als wäre es möglich, sie wieder aufleben zu lassen, nachdem sie in alle Winde zerstreut worden waren. Aber auf ihre Art. Sie wollte, daß alles sich noch einmal abspielte, wie in einem Film. Sie kniff mit aller Kraft ihre Lider zu, als ob sie, wenn sie die Augen öffnete, ihn noch einmal vor sich sehen könnte. Er streichelte ihr Kleid und sagte, kaum zu glauben, von weitem sehen sie aus wie Muskatrosen, und in der Nähe verwandeln sie sich in Ameisen. Sie ging die Treppe hinunter und sah seine Umrisse im Auto. Er hatte die Scheinwerfer ausgeschaltet und schaute nach vorne, sein Blick starrte ins Leere. Sie dachte, mal sehen, wie lange es dauert, bis er das mit den Muskatrosen und den Ameisen zu mir sagt. Jordi sah sie nicht, seine Gedanken waren Gott weiß wo.

Ja, ich beneide Norma. Wie die Priesterin in der Oper von Bellini, will Norma auf nichts verzichten. Weder auf die Welt der Männer verzichten, noch darauf, ganz Frau zu sein. Sie will überall gleichzeitig sein. Sie will, wie die Priesterin, über das Leben der anderen entscheiden. Sie will die Liebe als Geliebte und als Mutter auf eine absolute Art ausleben, sie will eine Künstlerin sein. Ich weiß nicht, wieviele Normas ich kenne: die Schriftstellerin, die Journalistin, die Mutter, die Geliebte. Immer ist sie die Hauptfigur. Sie will ganz intensiv das private und das öffentliche Leben ausleben, Uff!, ich kann ihr nicht folgen. Sie entzieht sich mir.

Natàlia: Macht dich das nicht müde, immer daran zu denken, daß jeder beliebige Augenblick der faszinierendste jeden Tages ist?

Norma: Warum?

Und sie fragt mich, warum?, und reißt dabei ihre großen Augen auf. Manchmal denke ich, sie schauspielert nur. Mir geht ihre Manie auf die Nerven, sich in Leben und Sterben ihrer Zeitgenossen einzumischen. Oft sage ich zum Spaß zu ihr, sie soll die armen alten Exilanten in Ruhe lassen, weil sie sich ihnen gegenüber wie eine barmherzige Schwester benimmt. Und dann schaut sie mich wieder auf diese Art an, als ob sie nichts dafür könnte. Ich halte das nicht aus. Ich glaube, daß die Art und Weise, wie sie Interviews und Reportagen macht, falsch ist. In Wirklichkeit tut sie nichts anderes, als sich selbst in einem äußeren Spiegel zu betrachten. Ja, Jordi, ich weiß schon, daß sie dich auch fasziniert. Obwohl sie dir, manchmal, das wirst du nicht leugnen, angst macht. Wenn sie in meine Wohnung kam, hörtest du ihr gebannt zu. Du folgtest ihr mit den Augen, wenn sie aufstand, lächeltest zufrieden, wenn sie dir einen Kuß auf jede Backe gab, erfreutest dich an ihrer Überschwenglichkeit. Manchmal denke ich, sie wirkte zugleich anziehend und abschreckend auf dich. Darum hast du auch in jener Augustnacht mit ihr geschlafen ... An jenem Tag zerbrach für mich die angebliche Solidarität unter Frauen, von der die Feministinnen immer reden, in tausend Stücke. Aber wen wolltest du herausfordern? Ihre Stärke oder meine Geduld? Wovor hattest du mehr Angst?

Norma ist eine sehr unsichere Frau, weißt du? Deshalb kann sie sich so begeistern für das letzte Buch, die letzte Oper, den letzten Film oder die letzte Liebe. Ja, ich weiß schon, daß du mir jetzt sagen wirst, daß Norma einfühlsam auf der Seite der Frauen und der Schwachen steht, und daß sie, wie die große Priesterin bei Bellini, große Opfer bringen kann. Mensch, bist du naiv ... Glaubst du, in einer Zeit wie unserer, ist irgendwer in der Lage, große Opfer zu bringen? Das ist nicht mehr in Mode. Vielleicht doch, vielleicht ist Norma ja eher in der Lage, freudig auf dem Scheiterhaufen verbrannt zu werden, als das zu ertragen, was sie »verschlafenes-monotones-Alltagsleben-ach-ich-halt's-nicht-mehr-aus-ich-hau-ab-nach-Singapur« nennt.

Natürlich kann sie mich nicht belügen. Ich schaff es nicht, mit ihr ihre Dummheiten zu besprechen, aber mir kann sie nichts vormachen, nein. Ich weiß, daß sie alle Register ziehen kann, wenn sie dem Interviewpartner ein Geständnis entlocken will. Norma wurde erzogen in den veralteten Wertmaßstäben des *Eixample,* des Viertels, von dem man sagt, daß es einst herrschaftlich war. Folglich ist Norma verlogen und frivol, und vielleicht hätte sie ihre Mutter umgebracht, nur um einen brillanten Satz für die Nachwelt zu hinterlassen. Nein, mir macht sie nichts vor.

Norma: Dir fehlt es an Ironie und Humor.

Natàlia: Was soll ich machen, Mädchen. So bin ich nun mal. Wer sagt's denn? Ihr fehlt's doch auch an Humor. Ich nehme an, sie würde gerne ein schönes Opernszenario für ihre Autobiographie schaffen. Mir scheint aber, daß sie nur bis zur Zarzuela, also einer Art Operette, gekommen ist.

Norma: Du weißt ja, Natàlia, mein Wahlspruch lautet, daß das Leben nicht tragisch, sondern lächerlich ist.

Natàlia: Du weißt doch, daß das von Ibsen ist, meine Liebe.

Norma: Ach ja?

Und sie reißt die Augen auf, voller Verwunderung, als hörte sie das zum ersten Male. Mir macht sie nichts vor, nein. Sie macht mir auch nichts vor, wenn sie aus ihrem Fundus an Sprichwörtern die vier oder fünf stehenden Redewendungen herauszieht, die sie ständig wiederholt. Eine der Redewendungen, die sie am allerliebsten mag, lautet »Man muß auf den Grund des Brunnens hinabsteigen, um neu anzufangen«. Oder »Man muß in der Mittelmäßigkeit überleben«. Als ob sie das nicht selbst wäre, mittelmäßig. Manchmal, wenn irgendeine Freundin in Tränen ausbricht, weil sie sich sehr unglücklich fühlt – fast immer wegen des gerade aktuellen Liebhabers, oder, ganz einfach, weil sie keinen hat –, dann reißt Norma ihre riesigen Augen auf und fragt sie, ja, gefällst du dir denn selbst nicht? Unnötig zu sagen, daß sie selbst keineswegs an solche Sprüche denkt, wenn sie selbst Konflikte hat. Parolen, sonst nichts.

Norma: Du bist stark, Natàlia.

Das sagst du mir auch. Da hätten wir sie also, die starke Frau aus der Bibel. Du mußt das Mädchen, das noch in deinem Inneren steckt, vergessen, vor allem, wenn du soviele Kindsköpfe um dich herum hast.

Norma: Du magst die Frauen nicht, Natàlia.

Was weiß sie denn davon? Aber ich kann eben nichts dafür, Kindfrauen verwirren mich. Darum hast du an dem Tag, an dem du beschlossen hast, nach Hause zurückzukehren, zu mir gesagt, du hast ein männliches Denken. Und du sagtest es zu mir wie ein Lob. Nein, aber ich bin nicht wie Norma, die sich dem Mann, den sie liebt, in die Arme wirft und die Leidenschaft bis zum letzten auslebt. Zumindest bin ich danach nicht so fix und fertig. Ich nehme mich in acht.

Nein, niemals wird man etwas über mich erfahren. Das Meer bringt mir, unaufhörlich, meine Träume zurück. Ich betrachte die bunten Sterne und schließe die Augen, um an deine Augen zu denken, Jordi. Deine halb verblüfften, halb ins Leere stierenden Augen. Flaschengrün. Niemand wird je erfahren, daß ich aus deinen Augen Kraft geschöpft habe, wie ich das noch nie bei irgendeinem Mann getan habe. Du sagst, ich hätte ein männliches Denken, und weißt nicht, daß ich mein Leben damit zugebracht habe, nach eurer Männerweisheit zu suchen, die ihr jahrhundertelang zu bewahren verstanden habt . . . Sergio, Emilio, Jimmy. Und du Jordi. Ich konnte die Kultur nie bezwingen, verinnerlichen wäre das richtige Wort, die ihr fern des heimischen Herdes zu schaffen wußtet, als es galt, die Natur zu besiegen. Das ist es, was ich am meisten an dir bewundere, Jordi. Diese nüchterne Beziehung, die du zur Welt hast, deine Gedanken über sie, ohne Groll oder Bitterkeit. Wie jener Ausspruch von Leonardo, den du einem Artikel vorangestellt hast: »Die intellektuelle Leidenschaft vertreibt die Sinnlichkeit.« Siehst du, ich habe es nicht verstanden, meinen Verstand, noch meine Sinnlichkeit zu bearbeiten. Deshalb komme ich mir so ausgetrocknet vor. Steril.

Natàlia: Heutzutage muß man sich schämen, wenn man Kinder hat.

Norma: Aber man lernt soviel mit ihnen! Wieso darauf verzichten?

Natàlia: Das ist die neue feministische Mystik.

Und jetzt du, Jordi. Du, der du den intellektuellen Genuß unter allen anderen Genüssen am meisten hochgehalten hast, kehrst jetzt zu deiner Frau zurück.

Agnès wachte jeden Morgen mit einem ausgetrockneten Mund auf, spuckte imaginäre Haare aus, wie damals, als sie schwanger war.

Wie damals, als sie schwanger war. Damals betrachtete sie sich im Spiegel und sah ein Ungeheuer, eine Mißgeburt, so daß sie nicht wußte, ob dieser Anblick ihr gefiel oder sie abstieß.

Manchmal hatte sie den Eindruck, daß die Mißgestalt sie erfreute, andere Male mied sie den Anblick, als ob es der Körper eines anderen Wesens wäre, nicht der Körper einer Frau, sondern der eines Ungeheuers, das sich ihres Gesichts bemächtigt hätte. Und sie dachte, das ist alles eine Täuschung, wer hat mich in das da verwandelt?

Sie betrachtete ihren Bauch, einen aufgeblähten Bauch, straff, glänzend, poliert wie eine Sommerfrucht – oder wie ein Fußball –, ein dunkler Streifen genau in der Mitte, der senkrecht zu den Hüften verläuft, der den Ball in zwei Hälften teilt, ein schmaler, aber sichtbarer Streifen, ein Streifen, von dem du nichts ahnst, wenn du einen flachen Bauch hast, und der jetzt, wo du zum erstenmal ein Körpergefühl entwickelst, dir sehr gerade, obszön, schamlos, wenn auch manchmal etwas zickzackförmig erscheint, ein Streifen, der – ohne es zu sein – leicht behaart wirkt. Der Nabel wird flach wegen der Spannung, zieht sich, zieht sich, als würde er gleich aufspringen, nimmt eine ovale Form an, und die überschüssige Haut sieht aus wie ein Visier, ein brauner, nach innen gestülpter Nabel, und Adern, die kreuz und quer über die straffe Haut verlaufen, Adern, die sich so klar abzeichnen wie die auf den Brüsten.

Sie fragte sich: Bist du ein Ungeheuer? Man sagte zu ihr: Jetzt bist du auf dem Gipfel der Reife, der Fraulichkeit angelangt. Man besäuselt dich mit Wiegenliedermusik, wie schön, bald wirst du Mutter sein, und die Brüste hängen runter mit dem dunklen Hof, schwarzen Flecken, die die Brustwarze umgeben, der dunkle Hof, aggressiv und rundlich, der sich immer mehr ausbreitet, von Mal zu Mal schwärzer und tiefer wird, die Adern teilen sich bis zur Brustwarze, Rinnsale, Ströme entspringen und versiegen, aber immer münden sie in der Brustwarze, in der hängenden Brust – und du kannst nichts machen –, und da drinnen in dir, was hast du da?

Man sagte zu ihr: Das ist das große Wunder, die Natur, wie weise sie doch ist. Aber Agnès stellte sich den Schnabel eines

Vögelchens vor, das sie pickte, das sich plötzlich in einen riesigen schwarzen Raben verwandelte, mit leuchtendem Gefieder, ein schwarzer Rabe, der krächzt, obwohl du ihn nicht hörst, der dir innerlich Krallenhiebe versetzt, die Krallen, die du unter der straffen Haut spürst. Du weißt nicht, ob es ein Rabe mit blutverschmiertem Schnabel ist, der danach trachtet, deine Eingeweide zu verschlingen, deine Innereien, alles, was du in dir drin hast, der sich an deinem Todesgestank labt, oder aber ob es ein Vampir ist, ein kleiner Vampir, der dir das Blut aussaugt, vor allem, wenn es sich bewegt und du nicht weißt, was das ist, was da innen drin sich bewegt, ohne daß Agnès zu ihm gesagt hätte, beweg dich. Agnès sieht ihn nicht, aber sie spürt, wie er sich bewegt, es ist nur eine Kraft, die von ganz weit her kommt, die sich in einer Ecke zusammenrollt, wie ein haariges Knäuel – sie kam ihr haarig vor, weil das Ekelgefühl in der Nase und das Brennen im Mund nie nachließen, und manchmal kam es ihr vor, als quollen die Haare durch ihre Kehle –, ein Knäuel, das sich danach im Unterleib aufrollte, und dadurch entstand ein so starker Druck, als ob die Haut kurz vor dem Zerplatzen wäre, als ob es sie in Fetzen reißen würde, als ob die Adern platzen würden und dadurch Tausende von Sternen aus irgendeiner seltsamen Galaxie entstünden. Und die Hitzewellen, die sie im ganzen Körper spürte, der kurz davor war, sich zu öffnen, zu zerplatzen.

Dann wurde ihr Körper steif, es war eine unwillkürliche Steifheit, die der andere hatte entstehen lassen. Wo war er, der andere? Was war er? Der Rabe, der Vampir, der unbekannte Körper, der sie beherrschte und in Erstaunen versetzte . . . Das klebrige, haarige Knäuel, das bis zum Halse schlug, das war der andere, der andere, der ein Teil ihres Körpers war, aber nicht sie war, der in ihr drin war, aber nicht zu ihr gehörte.

Agnès ging durch die Straße, und alle schauten sie an, die einen hefteten ihre feuchten, leer blickenden Augen auf sie, sahen sie so unverwandt an, als ob sie sie gleich mit einer Nadel durchstechen würden, und die anderen bewegten den Mund, als würden sie gleich die Zunge herausstrecken, und die Augen und der Mund, lauter Augen, lauter Münder, ließen sie nicht in Ruhe, durchbohrten sie, schossen Blitze, verschlangen sie, während der Druck zunahm, von Mal zu Mal stärker, die Schwerfälligkeit verließ sie nicht, und sie hätte sich gerne zusammengekauert, damit ihre Haut nicht platzte, aber die Augen verfolgten sie wie Blitze, wie Dolche, sie spürte, wie alle männlichen Blicke heiß an ihr hinauf- und hinabglitten, was machst du da, du Ungeheuer, Ungeheuer, mit dem offenen, aufgeschlitzten Bauch, den Äderchen – kleinen Rinnsalen und Strömen – die platzen und versiegen werden und dabei elliptische Umlaufbahnen bilden werden, wie die Planeten, und dann wird der Klumpen rauskommen, der Vampir oder der riesige Rabe mit flammendem Gefieder, und man wird ihr sagen, daß sie ihn lieben muß. Und tatsächlich, Agnès wird ihn lieben . . .

Ich habe das Gefühl, immer zu spät gekommen zu sein. Zur Photographie, zum Feminismus, zur Liebe. Überall fremd. Wenn ich zu einer Frauenversammlung gehe, fühle ich mich ganz fern von diesen jungen Frauen, die an etwas glauben. Wenn sie die Männer ausbuhen, damit sie nicht zu den Versammlungen hinzukommen und sich danach gegenseitig zuzwinkern. Wenn sie auf die Straße gehen und für Abtreibung demonstrieren und das Recht auf ihren eigenen Körper einfordern. Ich betrachte meinen Körper jeden Morgen. Früher war das nicht so. Als ich mit Emilio schlief, bemerkte ich gar nicht, daß ich einen Körper hatte. Ich lenkte nur seine Hand zwischen meine Beine, und ich erinnere mich, wie er sie immer wieder wegzog und zu den Brüsten zurückkehrte. Ich habe meine Brüste noch nie gemocht. Einmal, als ich Emilio in der Universität abholen kam, hörte ich, wie ein Freund zu ihm sagte, ja, sie hat eine gute Figur, aber einen Hängebusen. Ich spürte meine Brüste gar nicht. Nach einem Besäufnis in Llavaneres habe ich mir allerdings meinen jungen Körper einmal angeschaut. Es war ein flüchtiger Augenblick: Er drang gar nicht richtig in mein Bewußtsein. Ich sah die Figur der Natàlia, einer jungen Frau. Aber ich machte die Augen ganz schnell wieder zu. Und später hast du, Jordi, keinerlei Bemerkung über ihn fallen lassen. Scheinbar sind solche Bemerkungen tabu bei Leuten, die Politik machen. Du hast mich geliebt, ich weiß, aber wortlos. Unsere Liebe bestand aus Schweigen und Ausflüchten. Hin und wieder glittest du mit deiner Hand den Rücken entlang, als wolltest du ihn einfangen. Alles war zu flüchtig. Und jetzt weiß ich nicht mehr, wie ich meinen Körper anschauen soll. Der Bauch ist faltig, als hätte ich Kinder gehabt, der Busen hängt runter, ich habe Zellulitis an den Pobacken und gebeugte Schultern.

Norma: Jeden Morgen bringe ich eine ganze Weile damit zu, meine Beine zu betrachten. Das ist eine regelrechte Übung.

Ich achte gar nicht auf meinen Körper. In meiner Wohnung habe ich keinen großen Spiegel.

Norma: Manchmal betrachte ich mich im Spiegel und sage mir: Das ist der Körper, den er liebt.

Ich glaube, Jordi, daß einem nur dann bewußt wird, daß man einen Körper hat, wenn man jemanden an seiner Seite hat, der ihn liebt. Aber du achtetest nicht auf ihn. Ich auch nicht. Wir liebten uns wie zwei Verklemmte, ohne etwas zueinander zu sagen. Ohne Freude. Und dabei habe ich geglaubt, daß du an mir als einziges meine Sinnlichkeit mochtest. Darum habe ich in der Nacht, als du zu mir raufkamst, nachdem du zu mir gesagt hattest, weißt du, daß du mir gefällst?, mich auf dich gestürzt und habe dich so leidenschaftlich umarmt. Ich hatte große Angst, Jordi. Angst, dich zu verlieren. Und, na du siehst ja, ich denke das, was man im allgemeinen denkt, wenn etwas zu Ende geht, daß es immer eine andere geben wird, die die Früchte aufheben wird. Das Warten wird einem lang, wenn eine Liebe zu Ende geht.

Ich versuchte es dir in nüchternem Tonfall zu sagen. Um nichts auf der Welt möchte ich, daß du mich eine hysterische

Frau schimpfst. Ich möchte nicht, daß du mich Szenen machen siehst. Ich sagte zu dir, es wird immer eine andere geben, die die Früchte aufheben wird. Ich habe immer versucht, dich nicht zu enttäuschen, nicht wahr, Jordi? Ich weiß sehr gut, daß du meine letzte Chance bist. Und das soll nicht heißen, daß es mir an Mut fehlen könnte, nein. Es ist eher ein armseliges Gefühl der Niederlage. Du mußt das Gefühl doch auch haben, auch wenn du es mir nicht sagst. Es ist eine Niederlage, zu deiner Frau zurückzukehren. Ins traute Heim zurückzukehren. Du und ich, wir sind wie zwei Schiffe ohne festen Kurs, ohne Hafen, in dem wir anlegen könnten (zu literarischer Satz, Vorsicht). Aber dieses Gefühl frißt mich auf wie eine offene Wunde.

Norma: Hast du dich denn nicht im Spiegel betrachtet, Mädchen? Die oberste Maxime, die man befolgen muß, um sich in diesem Scheißleben nicht unterkriegen zu lassen, ist: Es wird immer noch häßlichere Frauen als dich geben.

Ich halte Normas Frivolität nicht aus. Man sagt, sie sei fröhlich und vital. Ich glaube eher, sie ist einfach sehr frech, sie geht durchs Leben wie eine Siegerin. Und glaub bloß nicht, ich wäre eifersüchtig auf Agnès, deine Frau. Warum? (Aber wenn du an den Wochenenden zu ihr nach Hause gegangen warst, da stiegen Bilder von euch beiden in mir auf, die mich erblassen ließen.) Ich versuchte, keine Eifersucht an den Tag zu legen, wenn ein Mann mich verließ. Ich weiß nicht, ob das Masochismus ist, aber oft sage ich mir, wie einen Lehrsatz: Er wird dich verlassen, er wird dich verlassen. Auch Emilio hat mich verlassen. Vom Gefängnis aus hat er zu mir gesagt: Es wird besser sein für dich, Mädchen, wenn wir uns nicht mehr sehen. Ich empfand auch keine Eifersucht, als Jimmy mich wegen Jenny verließ, dem brünetten Mädchen mit den Kätzchenaugen und den Pfirsichbacken. Ein echter Hogarth.

Nein, es ist keine Eifersucht. Es ist etwas anderes: Vielleicht ein leichtes Gefühl von Ermüdung, der Unfähigkeit, noch einmal von vorn anzufangen. Werde ich etwa alt? Ich habe nicht die geringste Lust, mich noch einmal zu verlieben. Genau. Als hätte ich mein ganzes Pulver verschossen und könnte nur noch warten. Aber ich bin zu jung zum Sterben. Und ich kann nicht noch einmal geboren werden. Was soll ich inzwischen tun? Von nun an wird mein Leben wie in einem Wartesaal verlaufen, oder wie auf einem Umsteigebahnhof.

Als Marc auf die Welt kam, gingen die Schmerzen weg, und Agnès fühlte sich so leicht, als ob ihr Flügel gewachsen wären.

Man sagte ihr, du hast einen Jungen bekommen, und sie wollte ihn sofort sehen, um nachzuprüfen, ob alles am rechten Fleck war. Aber danach wollte sie nur noch mit Jordi zusammen sein, weil sie ein Kind von dem Mann, den sie liebte, bekommen hatte. Jordi war so müde, daß er bald schlief wie ein Murmeltier, und dabei hatte doch Agnès entbunden. Er hatte sich auf das Klappbett gelegt, das in der Ecke des Zimmers stand, und Agnès beobachtete ihn im Schlaf. Sie dachte, er sieht aus wie ein Kind.

Agnès war kein bißchen müde, sie wollte nur reden. Sie hörte gedämpfte Schritte im Flur, die näher kamen. Es war alles so eigenartig, was mit ihr geschah. Damals hatte sie angefangen, das Gefühl zu haben, sie sei ein Zug, der immerzu raste und den niemand aufhalten konnte. Jordi war vor lauter Ermüdung eingeschlafen; er war direkt aus einer Versammlung gekommen, die kein Ende nehmen wollte, einer Versammlung, die fast zehn Stunden gedauert hatte und die er abgebrochen hatte, als er erfuhr, daß bei Agnès die Wehen einsetzten. Er erzählte ihr, während er sie in einem Taxi in die Klinik brachte, daß die Versammlung langweilig gewesen sei, hart, und daß er sich sehr hatte zusammenreißen müssen, um nicht reinzuschlagen. Es gab noch immer Parteimitglieder, die sich an der Vergangenheit festklammerten und nicht mitbekamen, daß sich einiges änderte. Deswegen war er, als Marc geboren war, so schnell eingeschlafen.

In der Klinik herrschte ein lebhaftes Schweigen, ein Schweigen, das hin und wieder durch das Weinen irgendeines Kindes zerrissen wurde. Aber Agnès dachte nicht darüber nach, ob es sich um das Weinen ihres Sohnes handelte, sie fühlte sich fern von all dem, was gerade passiert war. Man hatte ihr die Last abgenommen, und jetzt fühlte sie sich matt, kraftlos, als hätten sie ihr alles Blut mit einem Gummischlauch ausgesaugt. Sie betrachtete einfach nur Jordi, der schlief, und versuchte sich die zähe Versammlung vorzustellen, die Diskussionen, die ihn so geärgert hatten.

Sie hatte nicht mehr den Raben mit dem blutverschmierten Schnabel im Bauch, und das wollte sie Jordi erzählen. Ihm sagen, daß sie sich innerlich leer fühlte, leicht, und daß sie Lust hatte, sich herumzuwälzen, sich zu bewegen, wegzugehen, was wollten sie denn noch von ihr?

Sie wollte nicht im Bett liegenbleiben und dabei die toten Stunden verstreichen lassen und hinnehmen, daß die Zeit ihr zwischen den Fingern zerrann, sie wollte hinaus und neu anfangen. Obwohl sie ja noch nicht wußte, was sie anfangen sollte. Sie hatte eine mysteriöse Pflicht erfüllt und beobachtete Jordis unruhigen Schlaf, hoffte darauf, daß er wieder erwachte, um es ihm erzählen zu können.

Aber Jordi schlief weiter, und kleine gelegentliche, unruhige Zuckungen zeigten ihr, daß er in tiefen Schlaf gesunken war. Er schnarchte und wälzte sich unruhig hin und her, irgend etwas ließ ihn nicht ruhig schlafen. Sie fühlte sich blöd. Er hatte ihr nichts gesagt, aber Agnès ahnte etwas, das brauchte ihr niemand zu erzählen. Es sah so aus, als ob Jordis Schlaf ihn nur provisorisch verbarg. Jedenfalls kündigte sein unruhiges Hin- und Herwälzen ein Aufwachen an, das früher oder später würde stattfinden müssen. Jordi hatte angefangen, ihr auszuweichen. Wie? Das konnte sie nicht erklären. Es war so schwer zu bestimmen. Die Gereiztheit, die er wegen jeder Kleinigkeit an den Tag legte, das müde Gesicht, wenn er zu Hause blieb, seine Unlust, über Adriàs erste Witze zu lachen . . . Tage über Tage, an denen sie nichts zueinander sagten, nur das unbedingt Notwendige, damit der Haushalt lief. Sie wußte alles. Es war leicht. Aber sie verscheuchte die schwarzen Gedanken und verbot ihnen, zu Worten zu werden.

Ich kann mich nicht beklagen über dich, Jordi, du hast dich sehr gut benommen. Du bist so gut, so ehrlich (ich hasse deine Güte, deine Ehrlichkeit). Du weißt gar nicht, wieviel Mühe es mich kostet, Normas schwarzseherisches Geschrei zum Schweigen zu bringen, die klassische Geschichte vom Opfer und vom Folterknecht. Als ich die Memoiren der Beauvoir las, glaubte ich, daß es nie einen Schuldigen gäbe. Aber das ist leicht gesagt, nach all den Jahren, wenn man ausreichend gelebt hat. Wenn dein Bild mit deiner Person übereinstimmt. Aber ich weiß nicht, wie ich bin, Jordi. Man sagt, ich sei stark, unabhängig. Sílvia meint, daß mein Leben sehr intensiv gewesen ist, da hast du's. Erinnerst du dich noch daran, als du mir sagtest, daß du zu Agnès zurückkehren würdest. Du sagtest mir, ich kann ihre verträumten Augen nicht ertragen. Sie kommt mir vor wie verrückt, sie fixiert mich und sagt nichts zu mir, als ob sie durch mich hindurchsehen würde. Sie hat abgenommen, ist nur noch ein Strich in der Landschaft. Ich mache mir Sorgen um ihre geistige Gesundheit. Und du hast mich ganz fest umarmt. Wie ein kleines Kind, Jordi, du hast wie ein kleines Kind geweint. Und dann hast du zu mir gesagt, drück mich ganz fest, drück mich ganz fest. Was habe ich zu dir gesagt, Jordi? Ach ja, mach dir keine Sorgen, habe ich zu dir gesagt, mach dir keine Sorgen. Und du hast mir geantwortet, du schaffst das schon, du bist wie ein Fels.

Das hast du zu mir gesagt, Jordi: Du bist wie ein Fels. Wie ein Felsen. Klar, daß du nicht sahst, wie ich in tausend Stücke zerbrach, wie ich an einer Mauer zerschellte. Du hast mich noch nie weinen sehen, Jordi. Du wirst mich niemals weinen sehen. Wie ein Fels.

Ja, du hast dich sehr gut benommen. Wenn du mich nun

siehst, gibst du mir zwei Küsse auf die Wangen. Und jetzt, auf der Insel, bist du freundlich zu mir. Wir reden, als ob nichts geschehen wäre. Wenn uns einer sehen könnte, er würde es nicht glauben.

Norma: Siehst du denn nicht, daß die Männer keine Ahnung von der Liebe haben?

Ich weiß gar nicht, warum ich schon so lange nicht mehr an die Sache mit der Liebe denke. Irgendwann hat Norma mir einmal gesagt, daß sie, ich weiß nicht wo, gelesen habe, daß Madame de Staël sagte, daß die Liebe für die Frauen die Geschichte bedeutet, für die Männer dagegen nur eine Episode. Und ich habe dich danach gefragt. Ich habe zu dir gesagt, bedeutet die Liebe für dich die Geschichte oder eine Episode? Und du hast mir geantwortet, ich glaube, für die Männer bedeutet sie eine Episode. Aber nicht alle haben mir so geant- wortet, Jordi. Frederic, zum Beispiel, der Theaterkritiker, der nie seinen Roman zu Ende schreiben wird, der sagte mir, für die Männer könnte sie eine geschichtliche Episode oder aber eine Geschichte in Episoden sein. Oder mehrere Geschichten. Da hast du's. Wo ich gerade von Frederic rede. Du wußtest, daß ich ein paarmal mit ihm geschlafen hatte, und hast mir gegenüber nichts gesagt. Du hast nur festgestellt, daß Frederic dir gefalle. Wenn du mir was gesagt hättest.

Weißt du, wenn wir, ein paar Frauen, uns treffen, dann tun wir nichts anderes, als über euch Männer zu reden. Manchmal habe ich Angst, daß es das ist, was uns vereint. Wenn eine von uns eine Beziehungskrise hat, dann stürzen wir Freundinnen uns auf sie wie die Geier. Und bestimmt kann man von unseren Augen das berühmte »Siehst du? Ich hab's dir doch gesagt«, ablesen. Es gibt keine dauerhafte Liebe, alle Gefühlsdinge gehen schlecht aus. Das ist die Solidarität unter Frauen. Aber ich nehme mich in acht, von mir erfahren sie nichts.

Der hat schon recht, der alte Homer. Wir Frauen können noch so aufrichtig sein, wir verlieren den Kopf wegen der Liebe.

Du, Jordi, hast ja an Marx geglaubt wie die ersten Christen an Christus glaubten. Deine Liebe zur Menschheit war so abstrakt, daß du es jetzt zu eilig hast, dir konkrete Sachen anzueignen. Hast du jemals jemanden geliebt, Jordi?

Norma: Hast du jemals jemanden geliebt, Natàlia?

Und jetzt lebst du zwischen Verlust und Verblüffung. Aber du hörst nicht auf zu denken, daß es weitergehen muß. In welche Richtung, Jordi? Du sagst mir, daß es vorwärts gehen muß, auch wenn es nur aus Pflichtbewußtsein heraus geschieht. Ja, Jordi, ich weiß schon, was du zu mir sagen wirst: Daß unsere Zweifel typisch sind für die müßigen Leute in den reichen Ländern. Ganz bestimmt würde eine chilenische Frau in meinem Alter, die vorzeitig gealtert ist und nicht weiß, wie sie ihre Kinder satt kriegen soll, mich voller Haß ansehen. Vielleicht bräuchte ich jetzt gerade diesen haßerfüllten Blick. Verstehst du, Jordi? Das Land, dieses Land, scheint sich in kurzer Zeit sehr verändert zu haben. Wenn du die jungen Leute hören würdest. Aber nein, du hörst sie nicht, du kannst sie nur mit Grausen beobachten. Wir sind keine Engel. Wir sollten mehr an unseren teuflischen Anteil denken.

Norma: Fällt dir das auf, Natàlia? Wir ziehen uns gerne schön an, schmieren uns mit Cremes gegen die Zellulitis ein, gehen andauernd zur *Schönheitspflege* – früher sagten wir dazu Masseurin – und obendrein leiden wir darunter, daß wir den Sozialismus nicht durchgesetzt haben.

Natàlia: Haben wir aufgehört, an ihn zu glauben?

Norma: Ich weiß es nicht . . . Vielleicht ändern sich ja eines Tages die Dinge einmal, nicht wahr?

Du hast es gesagt, Jordi: Die Revolution ist nichts weiter als ein Windhauch im Laufe der Geschichte. Bis sie eintritt, was sollen wir da machen? Eines Tages kam Norma zu uns nach Hause. Ich erinnere mich gut daran, du warst auch da. Eines der ersten Gespräche, während derer wir anfingen, über unsere Enttäuschung zu reden. (Jetzt reden wir soviel darüber, daß es einem schon auf den Geist geht.) Ich habe den Tisch gedeckt und du hast die Omelettes gemacht. Wir haben uns über die Schlechtigkeit des Menschen unterhalten. Einer von uns, ich weiß nicht, wer, vertrat die Ansicht, daß der Kapitalismus vielleicht der überlegenste Zustand der bösen Macht sei. Du bist an die Decke gegangen. Und ich habe geschwiegen, Norma nicht, sie kann sich ganz gut mit dir streiten.

Du bist vor allem an die Decke gegangen, als ich sagte: »Ihr in der Partei.« Und du hast mir geantwortet: Ja gehörst du denn nicht zur Partei? Nein, ich habe mich nie als der Partei zugehörig gefühlt. Ich bin keine Kommunistin, ich habe keinerlei Glauben. Du könntest mir entgegenhalten, daß ich haufenweise Photos für die Parteizeitschriften gemacht habe, du könntest mir entgegenhalten, daß ich mir Tage und Nächte um die Ohren geschlagen habe im Wahlkampf, du könntest mir entgegenhalten, daß ich, wenn die Ärmel hochgekrempelt werden müssen, in der ersten Reihe stehe. Aber ich fühle mich nicht zur Partei zugehörig, Jordi. Mein Verantwortungsgefühl ist eine Möglichkeit, meine Denkfaulheit zu kaschieren. Deswegen bin ich zu den Versammlungen gegangen, Jordi, und habe mich Stunden um Stunden im Photolabor eingeschlossen. Weil es meinen Tag ausfüllte. Eine Art Flucht. Vor allem, wenn es dämmerte und die Fensterscheiben in meiner Wohnung beschlugen. Ich halte diese Tageszeit nicht aus, wenn die Stunden kürzer werden. Ich verließ dann schleunigst das Haus, um unter Leute zu kommen, war bereit, alles zu tun, was sie von mir verlangten. Ich erinnere mich, daß ich nach den Erschießungen im September der Partei beigetreten bin, nach dieser so dichten und so blöden Nacht, in der ich vier Valiumtabletten schlucken mußte, um schlafen zu können. Ich bin der Partei beigetreten, weil ich nicht wußte, was ich tun sollte, Jordi. Und ich habe es dir gesagt, ich gehe in die Partei, weil ich die Schnauze voll habe, richtig voll. Und du hast nur gelächelt. Ich weiß, daß es kein triumphierendes Lächeln war, ich weiß, daß es eine Art war, mich mehr anzunehmen.

Deine flaschengrünen Augen sagten mir, jetzt gehörst du ein bißchen mir, nicht so, wie es sonst irgendein Mann meinen würde, im Sinne von Besitz, nein, es war etwas anderes, eine Art, deinen Wunsch, ein bißchen verstanden zu werden, auszudrücken. Aber abends kamst du wieder zu mir zurück und erzähltest mir, ich habe dem Generalsekretär gesagt, daß du in die Partei eintreten willst, und er hat mir geantwortet: Ach, war sie denn noch nicht dabei? Klar, für den Generalsekretär war es logisch, daß ich bereits zur Partei gehörte, ich war deine Geliebte, und das reichte doch schon, Jordi.

So bist du an dem Tag, als wir den *Marquès de Riscal* tranken, den Norma mitgebracht hatte, an die Decke gegangen, meinetwegen, und hast mich gefragt, warum ich behaupten würde, ich gehörte nicht zur Partei, und warum ich die verdammte Angewohnheit hätte, alles zu verallgemeinern. Und ich habe dir nur gesagt, daß ich es aus Lust und Laune machte, und während ich dir das sagte, sah ich mich als junges Mädchen; ich sah vor mir das Mädchen, das zu seinem Vater sagte, daß sie aus Lust und Laune abgetrieben hätte.

Norma: Na, nun regt euch mal nicht auf. Sonst hau ich ab, hört ihr?

Wir hatten eine ganze Flasche ausgetrunken und blieben eine ganze Zeitlang schweigend. Solches Schweigen konnte, selbst wenn Norma da war, stundenlang dauern. Als ob die Wörter aus dem Zimmer weggingen und nicht zurückkommen könnten. Wir fanden nicht die Worte, um uns auszudrücken. Wir waren keine Freunde – oder Liebende –, sondern drei Personen, die sich kaum kannten und zusammen aßen. Immer war es Norma, die, als die frivolste von uns, das Eis brach.

Norma: Ich weiß nicht, warum wir uns wegen irgendwelcher Ideen streiten. Es gibt so vieles, was ich nicht verstehe. Sieh mal, in zehn Jahren werden die Computer die Welt beherrschen. Bis dahin wollen wir uns den Spaß doch nicht verderben lassen.

Ich mußte mir auf die Zunge beißen, um ihr nicht eine

Unverschämtheit an den Kopf zu werfen. Vor allem, weil du und ich ernsthaft miteinander sprachen und sie daherkam und unser Gespräch mit ihrem dummen Geschwätz abwürgte. Ich verstehe nicht, warum du Norma so toll findest. Seit einigen Jahren höre ich von ihr nur so dummes Zeug wie: Solange die Leidenschaft anhält, genieße sie. Auch: Wir müssen in der Gegenwart leben. Als ob wir den Eindruck gehabt hätten, bisher die Auserwählten gewesen zu sein, und uns jetzt die Rechnung präsentiert würde. Heilige Einfalt. Seit wann hat denn das praktische Leben etwas mit der revolutionären Theorie zu tun gehabt? Jetzt verschließen wir die Augen vor einem neuen Attentat im Baskenland, und dank der Macht der Gewohnheit gelingt es uns, es zu vergessen. Seit einiger Zeit vernehme ich immer dieselben Worte, sie fallen aus unseren Mündern, drehen einen Kreis, wie ein Schöpfrad, und kehren dann genau zum Ausgangspunkt zurück. Die Wörter entstehen und verhallen in einer Kreisbewegung. Die Wörter trennen uns, Jordi. So, als ob wir auf zwei verschiedenen Sternen lebten. Als ob jeder Kopf auf eine andere Art strukturiert wäre und es keine Möglichkeit gäbe, auf einen gemeinsamen sprachlichen Nenner zu kommen. Darum konnte ich mir das Lachen nicht verkneifen, als du zu mir sagtest, auch wenn ich mich von dir trenne, bedeutet das keinen Bruch. Also, da fand ich dich wirklich zum Lachen, Jordi. Wenn das kein Bruch ist, was dann? Würdest du mir bitte den Gefallen tun, unsere Beziehung zu definieren, hm?

Weißt du, was ich denke? Also, daß das, eine gemeinsame Sprache zwischen einem Mann und einer Frau zu finden, nichts weiter ist als ein Trugschluß der Romantik. Das denke ich.

Gestern abend hätte ich gerne mit dir reden wollen, dir sagen, was ich in jenem Augenblick dachte. Aber meine Gedanken verloren sich, sobald ich dich ansah. Hier, auf dieser schönen Insel, vor uns die ruhige See, haben wir beschlossen, uns zu trennen. Du hast meine Hand gedrückt und zu mir gesagt: Ich werde dir immer dankbar sein, und ich habe ganz fest die Augen geschlossen, ich weiß nicht, ob ich damit das festhalten wollte, was du mir sagtest, oder den Augenblick, in dem du es zu mir sagtest. Du sagtest: Du wirst schon sehen, wir werden unsere Geschichte verändern, und ich dachte an den verdammten Marxismus, der uns dazu zwingt, das zu verändern, was bereits tot ist, also die Illusion. Du bist ins Zimmer gekommen und hast dich neben mich gesetzt, ich lag flach, hatte Kopfschmerzen, mein Körper schälte sich. Ich hätte dir gerne gesagt, wie ich das sah, daß mein Verlangen mich verließ, wie ein Windhauch, auf welche Art die Träume der Jugend verschwunden waren, wenn man glaubt, daß man alle Ecken und Enden der Welt kennenlernen wird, daß man alles wissen wird. Ich hätte dir gerne von der Verzweiflung erzählt, die wie eine Dohle ist, die sich von dem ernährt, was ganz in unserem Innersten ist, bereits abgestorben ist, hätte dir gerne von der Notwendigkeit erzählt, anonym zu bleiben, ein unbeschriebenes Blatt, nichts zu sein. Aber du brauchst präzise, durchdachte, klare Worte, um zu begreifen. Und mir fielen lediglich Bilder ein. Und ich war so blöd, daß ich dir nur sagen konnte: Ich mache Photos, weil ich weiß, daß ich nicht glücklich sein werde. So was Unbedarftes. Du hattest es zu leicht. Du sagtest zu mir, das ist ja furchtbar, du solltest so handeln wie die Stoiker, die, wenn sie feststellten, daß das Glück unerreichbar ist, es in seine Grenzen verwiesen. Aber ich will keinen so hohen Preis zahlen, Jordi. Ich lebe lieber. Leben?, fragtest du mich, ja, und was hast du vorher getan?

Eben, was habe ich denn vorher getan? Seit du zu mir gesagt hast: Weißt du, daß du mir gefällst?, habe ich mich in deine Welt eingemischt, die mir harmonischer vorkam als meine. In deiner Welt gab es eine Zukunft, eine Selbstauflösung für die kollektiven Sehnsüchte. Du hast alles geopfert für die Partei. Zuerst deine literarische Karriere, dann die Frau, die Söhne, jetzt mich. (Das gefällt mir nicht, ist zu melodramatisch.) Einer Partei, die der große Mutterschoß im Untergrund war. Die »Partei«. Gott, der Vater, die einzige mögliche Ressource, um unter dem Terror zu überleben. Wenn die selbstlosesten Kämpfer »die Partei« sagen, beziehen sie sich nie auf sich selbst, sondern auf eine Art Magma, das auf ihre Köpfe herabregnet, ein Magma ohne konkretes Gesicht. Und, wie können wir für eine gesichtslose Masse kämpfen? Erklär mir das, Jordi. Ich habe es gestern abend nicht geschafft, als ich über das Glück reden wollte. Über so was spricht man nicht in unseren Kreisen. Aber eines Tages war Marius zu mir nach Hause gekommen und hatte mich gefragt: Bist du glücklich?; ich war wie vom Donner gerührt, zündete mir eine Zigarette an, wurde nervös, wie konnte er es wagen, mich so was zu fragen? Keiner hatte mich das je gefragt, Jordi. Und mir kam es so vor, als ob Marius eine Ungeheuerlichkeit beging. Am besten hat es noch Tante Patrícia getroffen, die sagt, daß sie nie glücklich gewesen ist, daß sie es sich aber auch nicht vorgenommen hatte. Klar, daß es mehr Selbstmorde gibt, sagt sie, jetzt, wo sie das mit dem Glück erfunden haben! Das Glück ist eine Erfindung, da hast du's.

Vielleicht warst du der Mann, den ich am meisten geliebt habe, Jordi. Vom ersten Augenblick an hast du mir zugestanden, daß ich meinen Verstand gebrauchte. Und das tun die Männer im allgemeinen nicht. Mit Emilio hatte ich eine flüchtige, jugendliche Liebe. Eigentlich, wie bei jeder Jugendliebe, glaube ich, daß ich mich in das Bild verliebt hatte, das Emilio von sich entwarf. Und das Bild löste sich auf wie der Tau beim ersten Sonnenstrahl, als er bei seiner Haftentlassung zu mir sagte, alles ist aus, Mädchen. Mit Sergio habe ich den reinen Sex entdeckt, den bloßen Sex, und mit ihm meinen eigenen Körper. Aber wir haben nie das Geheimnis ergründet, das Geheimnis, das bewirkt, daß sich zwei Körper und zwei Seelen in einem einzigen vereinigen (das gibt's, weißt du). Ich weiß nicht, ob die Romantik diese Harmonie in die Welt gesetzt hat, die, ebenso wie die Werbung für Elektrogeräte, alle Welt glauben läßt, daß das erreichbar ist. Mit der Romantik wurde nicht die Liebe populär, sondern ihr Scheitern.

Als ich dich kennenlernte, dachte ich, Jordi behandelt mich wie ein menschliches Wesen. So was Blödes. Was für ein menschliches Wesen könnte ich denn da meinen? Das ist ein Wort, das eine sehr unterschiedliche Bedeutung haben kann, je nachdem, wer es gebraucht. Es ist offensichtlich, daß, wenn Nixon von menschlichen Wesen gesprochen hat, er nicht die gleichen Wesen meinte, wie wenn ein andalusischer Bauer, ein Palästinenser oder eine Hausfrau von ihnen gesprochen hätte. Ein menschliches Wesen, so ein Witz. Und jetzt, wo du zu mir sagst, ich werde dir immer dankbar sein, jetzt fühle ich, daß ich ein Nichts bin, oder besser gesagt eine leere Nußschale. Genau.

Norma: Manchmal packt mich die Angst, und ich denke, daß wir, die wir alles wollen, die großen Verliererinnen sein werden.

Sicher ist, Jordi, wir haben die traditionellen fraulichen Druckmittel wie Unterwürfigkeit, Resignation, Idealisierung dessen, was man unsere »Seele« nennt, abgelehnt, sind Penelopes gewesen, haben die Phase der Kirke durchlaufen – die Phase, in der du dich für dein Geschlecht rächst, indem du die Männer betörst –, und sind, vielleicht, nicht naiv genug, um eine Kalypso abzugeben . . .

Norma: Das sagt schon Doris Lessing, wir Frauen sind entweder lesbisch, verbittert oder beleidigt.

Natàlia: Ich glaube, es gibt auch Männer, die einfach beleidigt oder verbittert sind.

Norma: Aber das ist etwas anderes. Wir Frauen sind verbittert gegenüber dem Mann. Die Männer können wenigstens verbittert gegenüber der ganzen Welt sein.

Natàlia: Aber das Ganze mit dem Feminismus hat zur Folge, daß wir die Rolle der Starken spielen müssen.

Norma: Mach dir nichts draus. Wenn wir sterben, werden wir viel reicher sein.

Natàlia: Sei nicht blöd.

Norma: Und auf unserem Grabstein wird stehen: Hier ruht eine Beleidigte, eine Verbitterte, die sich nicht traute, eine Lesbierin zu werden. Allerdings hat sie ein sehr erfülltes Leben gehabt. Sieh mal, soll ich dir etwas erzählen?

Natàlia: Schieß los.

Norma: Neulich bin ich, als ich gerade aus der U-Bahn kam, über ein paar Jünglinge gestolpert, die eine Umfrage machten. In der Schule hatte man ihnen aufgetragen, die Leute zu fragen, was für sie am meisten im Leben zähle. Offenbar haben die meisten geantwortet, Gesundheit oder Glück, oder Liebe.

Natàlia: Und was hast du gesagt?

Norma: Nun, Freundschaft.

Sie wußte nicht, daß sie einmal Natàlia mehr hassen würde als sonst irgendwen in diesem Leben.

Das war lange Zeit später, nachdem er zu ihr gesagt hatte, ich glaube, ich bin nicht mehr verliebt in dich, aber ich liebe dich immer noch. Lange Zeit später, nachdem sie sich zum letztenmal das rosa Kleid angezogen hatte, das Kleid, das von weitem wie mit Muskatrosen bedruckt aussah, und von nahem stellten sie sich als Ameisen heraus. Viel später, nachdem sie die Eiseskälte verspürt hatte, die sie in einen Brunnen ohne Grund hineinzog, – viel später, nachdem sie den trockenen Mund gehabt hatte, das Gefühl, als ob er voller Haare wäre, wie während ihrer Schwangerschaft. Viel später, nachdem sie geglaubt hatte, an dem feinen Nieselregen zu ersticken, der ihr die Augen trübte, in die Nase eindrang und sich auf ihre Haut legte, als wäre er eine zweite Haut. Viel später, nachdem sie die schwarzen Worte gehört hatte, die sich in ihren Kopf bohrten wie glühende Nägel. Und wieder stieg das Bild von der riesigen, massiven Wohnungstür in der Diele in ihr auf, die Wohnungstür voller Riegel und Ketten, stumm und imponierend, für immer verschlossen, und das Bild der Mutter, die mit ihren Fingernägeln an der Tür entlangkratzte, während sie schrie und wimmerte.

Der Name der Natàlia Miralpeix nahm verschiedene Formen an, und die einzelnen Buchstaben tanzten um sie herum. Als sie die Sache erfuhr, begann sie, sich für sie alle möglichen Foltern auszudenken. Wir haben die beiden im Kino gesehen, die sahen ja so süß verliebt aus. Und Agnès wußte nicht, wen sie mehr haßte, Natàlia oder die Stimmen, die sie mit allen möglichen Nachrichten versorgten. Oder das Telefon: Wohnt Jordi Soteres noch da?, wir haben ihm etwas Wichtiges vom Zentralkomitee auszurichten. Mitgefühl war nichts für Parteimitglieder, aber verlangte sie das denn, Mitgefühl? Sie verlangte es auch nicht von den früheren Freunden, die sich jetzt offenbar weggeschlichen hatten wie Diebe in der Nacht. Keiner rief sie an, als hätte sie plötzlich ein Stigma bekommen, das nicht einmal die Zeit auszulöschen vermochte. Ihr Leben reduzierte sich also auf eine Kiste, die sich pünktlich jeden Morgen öffnete: die Jungen und die Arbeit im Kindergarten. Drumherum herrschte eine vollkommene Stille, eine undurchdringliche Stille, eine Totenstille, die Stille, die man in der Wüste wahrnimmt, nur gelegentlich unterbrochen durch das Brausen der Nachtwinde. Gegen wen kämpfte sie an? Sie wußte es nicht. Die Alpträume kehrten pünktlich jede Nacht wieder. War das der Kampf, zu dem sie aufgerufen worden war? Sie würde es niemandem sagen. Sie bestand nur noch aus Staub und dem Büschel Haare in der Kehle. Sie hatte aufgehört, körperlich zu sein.

Jeden Sonntag tauchte Jordi auf und spielte mit den Jungen. Er fing an, ihnen teure Spielsachen mitzubringen, was er sonst nie getan hatte. Und dann blieb er eine ganze Weile wie versteinert stehen und schaute ihnen zu, ohne zu wissen, was er tun sollte. Die Jungen empfingen ihn freudig, vielleicht wußten sie die Besuche des Vaters jetzt mehr zu schätzen als früher. Und Jordi pflegte nur eine Spur seines Besuches zu hinterlassen: den Kulturbeutel mit der Zahnbürste, dem Rasierpinsel, der Seife und dem Eau de Cologne *pour homme*. Der Kulturbeutel wurde bald zu einem Symbol männlicher Präsenz. Als Jordi ihr die schwarzen Worte gesagt hatte, ich bin nicht mehr verliebt in dich, weißt du, aber ich liebe dich immer noch, hatte Agnès ihm nur erwidern können, hier wirst du immer daheim sein. Und wenn sie es recht bedachte, wußte sie nicht einmal genau, warum sie es zu ihm gesagt hatte. Vielleicht bannte sie ja auf diese Weise das Bild von der Mutter vor der Wohnungstür. Hier wirst du immer daheim sein. Sonntags empfing sie ihn freudig, sie gaben sich einen Kuß auf jede Wange und fragten sich gegenseitig, wie geht's dir. Agnès würde ihm nie etwas sagen über den grauen Staub, der sich auf ihrer Haut festsetzte, noch über die Haare, die ihren Mund austrockneten. Und der Kulturbeutel wurde sehr sorgfältig auf der Konsole im Badezimmer deponiert, beherrschte die Wohnung, war die allmächtige Figur auf dem Altar. Das eine oder andere Mal rief Jordi sogar aus, wie schön ist es doch daheim. Und die Jungen fielen über ihn her und kitzelten ihn unter den Achseln oder im Nacken. Er las ihnen *Tim und Struppi* vor, während sie das Essen zubereitete, das sie sich am Vortag minutiös überlegt hatte. Der Bratenduft erfüllte die Wohnung und alles schien eine genaue, haargenaue Nachbildung dessen zu sein, was früher gewesen war. Aber fröhlicher, weil es Teil eines Rituals war. Oft schlief Jordi bei den Kindern und ging dann am Montag ganz früh weg, noch bevor Agnès aufwachte. Kaum aufgestanden, rannte Agnès ins Bad: Das einzige, was Jordis Abwesenheit anzeigte, war die leere Konsole.

Norma sagte zu ihr, ich verstehe nicht, was ihr macht, Jordi und du. Das hat doch keinen Sinn. Wie hältst du das aus, daß er jeden Sonntag kommt und auf glückliche Familie macht? Ich bin eben froh, daß er zurückkommt, warum sollte ich das verbergen? Sie fühlte sich glücklich, wenn Jordi kam und sie nach den Kindern fragte . . . Die Kinder gehören zur Frau, sagte Norma. Merkst du nicht, daß der Mann das weiß, daß er deswegen sich Gesetze zu seinen Gunsten ausgedacht hat? Sie dachte bei sich, daß Norma recht hatte, war er denn nicht weggegangen, als es ihm gepaßt hatte, hatte er sie nicht nächtelang alleine gelassen, in denen sie den grauen Staub mit Valium und einer Flasche Wein hinunterspülte? . . . Anfangs kam Jordi im Morgengrauen heim und legte sich ins Bett wie ein Einbrecher. Agnès tat so, als hörte sie ihn nicht, aber sie wachte dann stundenlang über seinen Schlaf. Danach blieb Jordi länger weg. Er sagte zu ihr, ich werde jetzt drei Nächte pro Woche nicht zum Schlafen heimkommen. Und Agnès preßte das Kissen ganz fest an sich und kämpfte dabei verzweifelt gegen die Vorstellung von den langen Liebesnächten an, die Jordi mit Natàlia verbrachte. Ein anderer Körper, ein anderer Blick, andere Augen. Würde er zu ihr auch die gleichen Worte sagen, so was wie Kleines, mein Kleines? Nein, diese Worte konnte sie sich bei Natàlia nicht vorstellen. Sie bewunderte Norma, die war wirklich tapfer. Die war die einzige, die alleine leben, ihr eigenes Leben gestalten konnte. Norma hatte keine Angst. Sie beneidete sie um die Sicherheit, mit der sie sagte, die Kinder gehören zur Frau. Und sie beneidete sie, weil sie all das in Worte fassen konnte, was ihr passierte, das mit dem Staub, der sich in der Kehle festsetzte . . . Woraus war Norma gemacht? Warum war sie anders als sie? Einmal tauchte Jordi mit glänzenden Augen und sehr hohem Fieber zu Hause auf. Er hatte Grippe. Agnès machte ihm das Bett und pflegte ihn eine ganze Woche lang. Jordi sagte immer wieder, wie schön ist es doch daheim . . . Und Agnès dachte, jetzt gehört er mir, ganz mir. Aber Norma schüttelte den Kopf, du mußt lernen, dein eigenes Leben zu leben, Agnès, du bist zu sehr auf ihn fixiert. Und die Mutter sagte, er kommt zurück, und ob der zurückkommt. Du mußt warten können. Er braucht dich, dich und die Jungen. Aber weder Norma noch die Mutter halfen ihr, mit dem grauen Staub fertig zu werden, der sie jeden Morgen umgab. Solange sie das Brennen im Hals spürte, konnte sie nicht aufhören, an ihn zu denken.

Sie hatte zu ihm gesagt, hier wirst du immer daheim sein. Genauso, wie eine Mutter es tut, wenn sie sich von dem Sohn verabschiedet, der zu einer Reise in ferne wilde Länder aufbricht. Sie würde sein sicherer Heimathafen sein, auf ihn warten. Nicht so, wie die Mutter das getan hatte, mit ihrem stoßweisen, gebrochenen Wimmern, sondern mit Geduld. Um sich herum würde sie den Traum des Wartens spinnen und bis zum Tod das Symbol für seine Rückkehr lieben: den Kulturbeutel auf dem Altar im Badezimmer. Darum nahm sie ihn auf, als er zu Hause mit Grippe auftauchte, darum sagte sie zu Norma, ich bin froh, daß er zurückgekommen ist.

Der Haß auf Natàlia entstand erst später, nistete sich nach und nach in ihr ein. Der Haß nahm die Gestalt eines Nachtfalters an, der sich vom Licht angezogen fühlt und stirbt, wenn er hineinfliegt. Der Nachtfalter war das Ding, das nach den Alpträumen entstanden war, ein bräunlicher, schmutziger Fussel, der aus dem grauen Staub auftauchte. Sie würde Natàlia in ihren Träumen aufhängen. Sie würde sie am höchsten Galgen aufhängen. Und Agnès würde nicht auf ihr Wehgeschrei eingehen. Sie würde lachen, wenn sie hören würde, wie sie um ein bißchen Mitleid flehte.

Erst sehr spät wurde ihr bewußt, daß sie ihn verloren hatte, lange nachdem Jordi zu ihr gesagt hatte, weißt du, ich bin in eine andere Frau verliebt, aber ich liebe dich immer noch. Lange, nachdem sie die Ratschläge der Mutter und von Norma und auch die des Kapitäns Haddock angehört hatte. Die Bitterkeit kam nach und nach, in Gestalt einer Schlange, die sich in ihrem Unterleib wand. Die Schlange belauerte sie und ergriff von ihr Besitz. Und sie fing an, Gefallen zu finden an der süßen Rache, die sich in einem schwarzen, dickflüssigen Meer gebildet hatte, das sie jede Nacht untergehen ließ und das sie jeden Morgen, in der Stunde, wenn sie aufstehen und den Kindern das Frühstück machen mußte, verriet. In der Stunde, wenn sie in den Kindergarten gehen und sich lächelnd und zärtlich um die Bälger der andern kümmern mußte. Die Zärtlichkeit verriet die Bitterkeit, und Agnès wollte nichts als hassen. Das half ihr zu leben.

Jordi verschwand einen ganzen Monat lang. Von Zeit zu Zeit rief er sie an, um sich zu erkundigen, wie es ihnen ging, ihr und den Jungen. Manches Mal antwortete Agnès mit brüchiger

Stimme, dann wieder war sie liebevoll. Und immer war sie überrascht über ihre eigene Stimme. Wie bin ich? Gegen wen kämpfe ich an?, fragte sie sich. Dann bat Jordi sie, die Kinder jeden Sonntag holen zu dürfen, und Agnès stellte den Fernseher besonders laut, um sich selbst nicht zu hören. Sie hatte das Gefühl, in Klammern zu leben. Sie hätte gerne daran geglaubt, daß eines Tages eine starke Flut alles wegschwemmen würde, die schwarzen Worte, die ihr wehgetan hatten, und die Stimme des Fernsehsprechers begleitete sie durch alle Zimmer der Wohnung. Sie hätte gerne geglaubt, daß all das, was ihr widerfuhr, nicht wirklich sei, daß es ein Traum sei, der bald zu Ende gehen würde.

Sie hatte schon oft davon gelesen, von diesen zyklischen Ehekrisen, wenn ein Zeitpunkt kommt, in dem alles in Tausende von Stücken zu zerbrechen scheint. Es war nur eine Frage der Geduld, großer Geduld. Die Mutter sagte ihr immer wieder, er ist ein guter Junge, er wird zurückkommen, das ist eine Jugendtorheit. Laß ihn erst mal in Ruhe.

Laß ihn in Ruhe, laß ihn in Ruhe. Sie hatte das Gefühl, als hätte man sie vom natürlichen Lauf der Tage abgetrennt.

Sie hatten schwere Zeiten durchgemacht. Sie hatten kein Geld gehabt, Jordi mußte häufig untertauchen, sich verstecken, wenn wieder einmal eine Verhaftungswelle gegen die Parteimitglieder lief. Keiner wußte so gut wie sie, was es bedeutete, ein Leben im Untergrund mit jemandem zu teilen. Sie gab ihr Studium auf und fing in dem Kindergarten an. Aber es mußte sein, daß Jordi sich politisch engagierte, eines Tages würde sich alles ändern. Ihre flüchtigen, seltenen Treffs waren voller Leben. Danach wurde die Partei legalisiert, und die Treffs hatten keinen Sinn mehr. Sie sahen sich seltener, wohnten aber in derselben Wohnung zusammen, mit den Kindern. Sie hatte den Eindruck, daß es die Sache wert war, daß sie das Studium an den Nagel gehängt hatte, die zehn Stunden Plackerei im Kindergarten, während sie Marc bei der Mutter ließ und kaum Zeit hatte, sich um Adrià zu kümmern. Sie trafen sich nachts, fix und fertig von der ganzen Arbeit. Sie sprachen kaum miteinander, aber die Augenblicke, in denen sie sich gegenseitig fragten, was hast du heute gemacht?, machten sie glücklich. Das war ihre Belohnung.

Dann und wann stieg Wut in ihr auf, und sie glaubte, daß das kein Leben wäre, aber alle Welt redete es ihr ein. Alles war provisorisch, würde eines Tages zu Ende sein, sie hatten ja solche Hoffnung. Jordi sagte zu ihr, weißt du, ich bin Kommunist aus ethischen Gründen. Agnès bewunderte sein Pflichtbewußtsein, seinen Verzicht auf das Romaneschreiben, was ihm am meisten gefiel. Er sagte zu ihr, bald hänge ich die Politik an den Nagel, ziehe mich zurück und werde nur noch schreiben, aber die Stunde ist noch nicht gekommen. Sie sehnte die endlosen Gespräche herbei, während sie in aller Eile das Abendbrot richteten und einander erzählten, wie der Tag verlaufen war. Oft bemerkte Agnès, daß Jordi ihr nicht zuhörte, der todmüde war und in Gedanken ganz woanders, weit weg war. Aber er saß an ihrer Seite. Und auch im Bett. Die beiden Körper kuschelten sich aneinander und hofften auf die Erholung in der Nacht, die wie ein Niemandsland war.

Er verschlampte seine Papiere, machte ja so ein Durcheinander. Agnès, mein Liebes, weißt du, wo ich den Artikel vom Generalsekretär gelassen habe? Er ist handschriftlich, und wenn ich ihn verloren haben sollte, ich wage gar nicht daran zu denken, was dann passieren könnte. Er wühlte die Ordner durch, die Schreibmappen, die mit Zeichnungen von Adrià durcheinander lagen, die Stapel von Tageszeitungen, die sich in einer Ecke des unaufgeräumten Arbeitszimmers auftürmten, dazwischen ausgeschnittene Artikel, die er noch einordnen mußte. Er konnte nicht ruhig bleiben. Aber Agnès fand das Papier für ihn, zog es wie eine Trophäe aus dem total verstaubten Papierwust heraus. Sie triumphierte. Du bist ein Schatz, sagte Jordi. Und dann ging er in aller Eile weg.

Gegen wen kämpfte sie an, gegen wen?

Ich beobachte dich, wie du dich gerade im Sitzen, das Gesicht zum Meer hin gewandt, räkelst. Ich sehe dich aus den Augenwinkeln an, aber du siehst nicht zu mir her. Wenn du zu mir her sehen würdest, würde ich so tun, als bemerkte ich es nicht. Aber ich hoffe, du tust es nicht. Du wirst es nicht tun, du Dummkopf. Wie bei unserem Streit in der Wohnung. Du wirst dich kaum daran erinnern. Warum haben sich mir bestimmte Bilder so eingeprägt? Ich saß am anderen Ende des Sofas und blätterte, als ob nichts wäre, die Seiten einer Zeitschrift durch. Vielleicht ließ ich irgendeine spitze Bemerkung fallen, die weh tat, die du aber nicht verstandst. Ich hatte die vage Hoffnung, daß du sie aufgreifen und sie dank deiner logischen Gedankengänge hin und her wenden würdest. Aber du verstandst mich nicht, dachtest, daß ich genau das sagte, was ich sagen wollte. Du warst verwirrt, schautest mich mit perplexen Augen an, ich verstehe dich nicht, sagtest du mehrmals zu mir, ich verstehe dich besser, wenn ich deine Bilder sehe, dann weiß ich sehr wohl, was du sagen willst. Vielleicht, wenn wir uns gestritten hätten.

Wir waren ein Liebespaar, und sehr oft wirkten wir wie aus einem Bergmann-Film entsprungen. In der Nacht, in der wir beschlossen, es zu lassen, zum Beispiel. Wir standen in der Küche, einander gegenüber, an die Wand gelehnt. Woran dachten wir wirklich? Hin und wieder fanden die Worte zueinander, aber die Schweigephasen waren länger (das könnte ich in keinem Bild ausdrücken). Du sagtest zu mir, ich habe Angst, ich könnte zuviel für dich bedeuten, du mußt dein eigenes Leben leben. Es war das erste Mal, daß du mir das sagtest. Ein Mann sehnt im allgemeinen nicht die Freiheit seiner Freundin herbei, wenn er sie nicht gerade loswerden möchte. Ich spürte den Stachel der Eifersucht, beneidete die Geliebten, die du nach mir haben würdest, jüngere Körper als meiner. Ich hatte viele, sich überlagernde Bilder vor Augen, du, wie du eine andere Frau küßtest, sie begehrtest, dich in ihr verlorst. Und ich begann, mich nach deinem Körper zu sehnen, nach deinem Keuchen, deinen

Bewegungen. Du sagtest, wir waren fast ein Paar, was werden wir von nun an sein, Jordi? Du standst auf, nahmst deine Sachen und gingst fort. In jener Nacht hätte ich mir gewünscht, daß du Sex durch Zärtlichkeit ersetzt hättest. Daß du neben mir geschlafen hättest, wie du das früher getan hattest, wie ein Kind, an meinen Körper gekuschelt. Ich bildete mit meinem Körper eine Kuhle, und du kuscheltest dich hinein. Du atmetest in mir. Ich strich dir über die Haare, befeuchtete sie. Was soll das heißen, Jordi, fast ein Paar sein? Und du wirst es nicht glauben, aber ich hatte einen Satz parat, den ich zu dir sagen wollte: So sehr ekelst du dich vor meinem Körper?

Mit einem Mal war mir bewußt geworden, daß mein Körper verfaulte, ich schnupperte an mir und bemerkte den schlechten Geruch, daß ein penetranter Gestank von den Beinen heraufzog. Mein Schoß sonderte einen starken Gestank ab, als ob die Verwesung meiner Leiche eingesetzt hätte. Ich konnte den Mief meines Körpers nicht ertragen, diesen Todesgestank. Ich trug eine Leiche in mir drin, Jordi, spürte, wie sie von mir Besitz ergriff. Und nicht, daß mein Körper sich auflöste, nein, keineswegs. Ich hätte ihn gerne leblos vor mir gesehen. Aber der Geruch war da, es schien, als ob mein Schoß sich auflöste, die Verwesung war offensichtlich. Ich konnte nichts dagegen tun, daß du den Gestank wahrnahmst, der dir den Atem raubte. Deswegen flohst du vor mir, weil ich stank.

Weißt du, daß du mir gefällst?, sagtest du beim ersten Mal, als wir zusammen ausgingen, zu mir. Und mir kam es unwahrscheinlich vor, daß ein so ehrlicher Mann wie du so etwas zu mir sagen könnte. Aber nach einiger Zeit hieltst du meinen Gestank nicht mehr aus. Du gingst nicht durch mein Zimmer. Du nahmst deine Sachen und gingst fort. Ich vernahm kaum das Geräusch der Tür, als sie ins Schloß fiel.

Natàlia: Man sagt, ich sei der Partei auf vaginalem Wege beigetreten.

Norma: Nun sei nicht so puritanisch, was ist schon dabei,

wenn man sagt, daß du der Partei auf vaginalem Wege beigetreten seist?

Natàlia: Es stimmt nun mal nicht.

Norma: Ständig müssen wir verbissen unseren Körper in Teile zerlegen. Du bist der Partei durch die Vagina, durch die Seele und durch den Verstand beigetreten. Oder nicht?

Daß Norma einfach jeden Satz mit: oder nicht? abschließen muß.

Heute, beim Frühstücken, hast du zu mir gesagt, die Zeit der großen Revolutionen ist vorbei, jetzt geht es darum zu überleben, Widerstand zu leisten. Widerstand zu leisten, wogegen, Jordi? Kannst du mir das mal erklären? Gegen die letzte Erfindung, die Neutronenbombe? Eine perfekte Bombe, da gibt es nichts, sie läßt die Menschen verschwinden und die Häuser stehen. Falls dann einer überleben würde, fände er alles fertig vor. Um anzufangen, hast du zu mir gesagt, daß die Mutlosigkeit daher käme, daß der Kommunismus in der Praxis nirgendwo Erfolg gehabt hätte. Aber dann hast du einen Rückzieher gemacht und hinzugefügt, aber ich habe Hoffnung, wenn's nicht wegen der Neutronenbombe wäre, oder wegen dem Faschismus, könnten wir immer noch etwas aufbauen, es gäbe immer noch Hoffnung.

Ein Glück, Jordi, daß du so denkst. Mich haben nicht die gleichen Gründe wie dich dazu bewogen, Kommunistin zu werden. Ich weiß nicht, warum ich Kommunistin geworden bin. Aber du bist im Gefängnis gewesen, dich haben sie gefoltert, du bist ein Held gewesen, Jordi. Ein Vorbild.

Ein Vorbild, dem wir nicht nachzueifern wagten, zu unzerstörbar, zu leuchtend war es. Ich erinnere mich gerade an einen Sonntag, kaum ein paar Monate her, vor Mars Tod, da fuhren wir nach Castelldefels Paella essen. Kurz zuvor war ein Gastanklaster neben einem Touristencampingplatz in die Luft geflogen. Du kamst am Tag nach dem Unfall zum Essen in meine Wohnung und hattest die Zeitungen dabei. Die Schlagzeilen lauteten, wir haben Hiroshima noch einmal erlebt, Feuerbälle rennen verzweifelt zum Meer. Zum erstenmal verspürte ich da die eiskalte Angst, die zu bestimmen mir so schwer fällt. Die Nachrichten berichteten in allen Einzelheiten, wie die Feuerbälle sich ins Wasser stürzten, um dort zu sterben. Verbrennungen dritten Grades, verkohlte Leichen. Angesengtes Fleisch. Der Körper einer Frau, nur noch Haut, auf einem Zeltdach liegend. Die Photos zeigten uns einen Haufen aufgereihter Körper. Bündel aus verkohlten Knochen, darunter die eine oder andere Hand, verkrampft oder so ausgestreckt, als flehe sie um Gnade. Wir sprachen kaum darüber, du hattest es eilig, du mußtest einen Artikel über die Dissidenten in der Sowjetunion in die Druckerei bringen.

Wir trafen uns also in Castelldefels. Mit dabei waren Màrius mit Ada, Norma mit Mar und Graziella. Du wolltest nachkommen, hattest dich mit Agnès zum Essen verabredet (ein ganzes Durcheinander von Gefühlen überfällt mich, wenn ich ihren Namen ausspreche.) Wir hatten die Paella vorbestellt, in einem Landhaus, das oben auf dem Hügel lag. Von da oben sahen wir den Strand, und in der flirrenden Luft wirkte das Bild ganz verschwommen. Nicht weit von uns verlief eine Landstraße. Darauf sah man Würmer, die sich auf einem silbernen Streifen vorwärtsschlängelten. Es waren die Autos, die dort in endloser Schlange fuhren. Die Sonne brannte, und ich mußte an einen Feuerball denken. Die nackten Körper, die da lässig im Sand lagen, erinnerten mich einen Augenblick lang an die verkohlten Leichen, vielleicht, weil das Licht sehr intensiv war. Ich versuchte, an den warmen Sand zu denken, der die Körper einbettete, aber mir schoß der Gedanke an den Tod durch den Kopf. Und es gab keinerlei Anlaß, hier daran zu denken. Früher dachte ich nicht so oft an den Tod. Màrius sagte, wißt ihr das denn nicht, ein mit atomaren Abfällen beladener Zug fährt unterirdisch durch Barcelona. Aber wir wollten nicht darüber reden, wir aßen genußvoll unsere Paella.

Und wenn wir nach Lleida ziehen und es wieder besiedeln würden?, fragte Norma. Lleida? Und warum gerade Lleida? Weil die Lleidataner in Barcelona leben und es dort keine mehr gibt, außer den Alten, könnten wir ein verlassenes Dorf vorfinden. Und was würden wir tun? Mar geriet in Begeisterung, ich werde eine Kneipe aufmachen. Na, und ich ein Bordell, sagte Graziella. Während ich noch überlegte, kamst du, setztest dich in eine Ecke und sahst dir alles an, ich weiß nicht, ob du uns zuhörtest. Wir fingen an, uns Berufe auszudenken, Màrius sagte, er würde gerne ein Theater aufziehen, und Norma schrie, wie immer, daß sie die Lokalzeitung herausgeben würde, für den Klatsch. An dem Tag haben wir viel gelacht, vielleicht wegen der Paella, wegen der *Cune*-Flaschen, vielleicht weil wir lebten, ich weiß es nicht. Mar war nach wie vor begeistert von dem Vorhaben, sie sagte, daß sie tagsüber als Friseuse arbeiten und am Abend die Kneipe führen würde, und zwar eine Kneipe mit Billardtischen und Dartscheiben. Graziella hatte ihrer lateinamerikanischen Phantasie freien Lauf gelassen und begeisterte sich für das Liebesbordell. Auf einmal sprachst du, und alle hörten wir dir zu: Ist euch schon aufgefallen, daß wir noch nicht gesagt haben, was wir essen würden? Wer würde das Land bearbeiten? Und wir brachen in Gelächter aus. Irgendwer, ich weiß nicht, ob es Norma war, sagte, ein Glück, daß wir dich haben, du bist doch der einzige echte Marxist von uns allen.

Du hattest uns, wieder einmal, gezeigt, daß du nach wie vor gradlinig warst. Die meisten von uns, außer Màrius, waren aktive Parteimitglieder gewesen, aber jetzt zahlten wir unseren Mitgliedsbeitrag, und damit hatte es sich. Und da man diesen Betrag überweisen konnte, brauchte man nicht einmal mehr in das Parteibüro des Viertels zu gehen. Wir schrien viel, während wir die Wiederbesiedelung Lleidas organisierten. Nur du nicht, du saßt in einer Ecke und beobachtetest uns. Nicht daß du uns verurteiltest, nein, da war etwas anderes, vielleicht, weil du Frivolität einfach nicht ausstehen kannst. Aber wir hatten viel

Spaß miteinander bei dem Gedanken an den auserwählten Ort. Leben bedeutete in diesem Fall, den Tag zu verbringen mit Stunden voller Müßiggang, nicht mit Arbeit. Keiner, außer dir, Jordi, hatte an die Arbeit gedacht, noch an das Geld. Wir hatten die Paella gegessen und drei Flaschen durchaus trinkbaren Wein geleert. Und die Feuerbälle und die Neutronenbombe vergessen.

Ich sehe dich, aber du bist weit weg. Du schaust zum Horizont. Ich kenne diese Art Blicke, es ist der Blick eines Verliebten. Ich weiß, daß du nicht ehrlich zu mir gewesen bist, du hast zu mir gesagt, ich muß zu Agnès zurück, aber ich weiß, daß du zu ihr zurückkehrst, weil du jemanden gefunden hast, der nicht soviel von dir verlangt wie ich. Ein Mädchen, das immer lacht, das nichts von dir will, das dir eine schöne Zeit schenkt. Ich weiß, daß du zur Zeit keine andere Art von Liebe ertragen kannst. Aber ich konnte dich auf keine andere Art lieben, Jordi. Du gibst dich zu sehr hin, hast du zu mir gesagt, als wäre es ein Vorwurf. Und vielleicht hast du nie erfahren, daß ich so was zum erstenmal tat, daß ich mich zum erstenmal in der Lage fühlte, so zu handeln, vor allem, nachdem ich aus England zurückgekommen war und meinen Vater zu mir nach Hause geholt hatte. Gestern habe ich von dir geträumt, du kamst und gingst und nahmst dabei verschwommene Umrisse an, die ich nicht zu definieren wüßte. Du sagtest zu mir, ich liebe eine Fee mit traurigen Augen, und gingst weg. Du hattest mir mehr als einmal gesagt, daß ich traurige Augen hätte und dir deswegen gefiele. Aber ich war nicht deine Fee im Traum. Nein, wir können nicht mehr zurück, Jordi. Als ich aufwachte, kam ich mir albern vor und hätte gerne deine Worte ausradiert. Ich weiß, daß du das niemals sagen würdest, von wegen, ich liebe eine Fee mit traurigen Augen. Warum ließ ich es dich dann also im Traum sagen? Wieso erlauben wir uns diesen Luxus, im Unterbewußtsein? Ich selbst würde mich schämen, es dir laut zu sagen. Zu dem jungen Mädchen sagst du bestimmt andere Sachen, die ich nie erfahren werde. Oder vielleicht sagst du zu ihr die gleichen Sachen, die du auch zu mir gesagt hast. Norma hat mir erzählt, daß sie mir ähnlich sähe, aber jünger wäre. Was willst du eigentlich wiederholen? Den Kreis noch einmal neu beginnen? Nein, ich weiß, daß nicht Agnès dich dazu gebracht hat, nach Hause zurückzukehren. Agnès ist dazu geboren, alles zu ertragen, nichts von dir zu verlangen. Agnès ist tot. Agnès existiert nicht. Schön, das ist gelogen, sie existiert doch. Sie existiert, um dich zu pflegen, wenn du krank bist, wie damals, als du die Grippe hattest. Mit dir habe ich vier Jahre zusammengelebt, die einzigen kraftvollen Jahre meines Lebens, ich weiß nicht, ob du mich verstehst. Und es ist sehr schwer, die Liebe abzuwürgen, wenn sie schön ist.

Dann und wann sehe ich die Frau des Fischers, die nach Westen schaut. Sie schiebt den Kopf durch den Vorhang aus Fischernetzen und schüttelt ihn langsam. Ich möchte nicht ihre Angst teilen müssen, das ist nicht meine Sache (Norma würde sagen, du kümmerst dich kein bißchen um das Leiden der anderen. Aber ich glaube, man muß den geeigneten Augenblick zum Trauern auszuwählen verstehen.) Das Tosen des Meeres leistet mir in meiner Einsamkeit, die gerade angefangen hat, Gesellschaft. Eine halb freiwillige Einsamkeit. Eigentlich habe ich mein ganzes Leben damit zugebracht, mich für das Alleinsein zu entscheiden, immer dann, wenn es gerade darum ging, mit jemandem, oder mit einer Erinnerung, oder mit einer Stadt zu brechen. Ich weiß gar nicht, wo die Einsamkeit endet und wo die Selbstbestimmung anfängt. Deswegen finde ich diese jungen, hübschen Feministinnen so lustig, die selbstbestimmt sein wollen. Es ist fast unmöglich, die Grenze zwischen der einen und der anderen Sache zu bestimmen. Du möchtest selbstbestimmt sein, wenn du dich als Sklavin gefühlt hast. Und ich habe mich nicht als deine Sklavin gefühlt, Jordi. Jetzt werde ich wieder zum hartnäckig wartenden Gespenst. Worauf warte ich eigentlich, Jordi?

Norma: Vielleicht darauf, in Würde alt zu werden?

Worte. Norma nervt mich, ständig will sie den richtigen Satz zum besten geben. Sätze. Bin ich sicher, daß ich auf das Alter warte? Am traurigsten ist, daß nicht du alt wirst, sondern daß mit dir die Dinge deiner Umgebung alt werden. Die Dinge . . . Wir Frauen reden über Dinge. Ihr Männer redet über Ideen. Was ist denn schlimmer, Jordi? Mit anzusehen, wie die Dinge älter werden, oder festzustellen, daß auch an den Ideen der Zahn der Zeit nagt? Dinge können durch andere ersetzt werden. Aber was ist mit den Ideen? Ich habe mit angesehen, wie der Garten meiner Kindheit verschwand, meine Mutter ist von mir gegangen, ohne daß wir je miteinander richtig gesprochen hätten, zu meinem Vater habe ich erst zurückgefunden, als er schon völlig weggetreten war, mein Wohnviertel hat sich verändert, die Stadt hat sich in ein absurdes, formloses Monster verwandelt. Ich habe alle Familiengespenster sterben sehen. Ich habe auch mit angesehen, wie sogar meine eigenen Erinnerungen älter wurden, um dann mit der Zeit zu verschwinden. Manchmal habe ich das Gefühl, ein Hauch der Vergangenheit zu sein, so, als ob das einzig Reale der Zitronenbaum in Tante Patrícias Garten gewesen wäre, die Weihnachtsfeste, die Spiele, die Nacht vor Dreikönig*. Die Krähenfüße sind, vielleicht, ein sanftes Vorzeichen des Todes, und ich denke, ein Glück, das Ganze hier ist bald vorüber. Aber es ist nicht gerecht, daß das auch dir so ergeht, Jordi. Du bist jünger als ich, und ich kann einfach nicht mit ansehen, wie die Ideen, die dich zu dem Mann gemacht haben, der du bist, auch veralten werden. Mein Tod wird ein persönlicher sein, ich werde gehen, und mit mir meine Dinge. Wenn deine Ideen veralten, Jordi, wäre das furchtbar: Das wäre dann ein allgemeinerer Tod. Aber genau das geschieht eben gerade, du kehrst zu Agnès zurück, weil sie dir keine Probleme macht,

---

* In Katalonien, ebenso wie in Spanien, bringt nicht das »Christkind« den Kindern die Geschenke, sondern die Heiligen Drei Könige, und zwar in der Nacht vom 5. auf den 6. Januar.

du wirst mit anderen Frauen ausgehen können, die nichts weiter von dir verlangen, als die Gegenwart zu leben, du wirst nicht ständig in allen Dingen ehrlich sein müssen. Denn die Partei verlangt von dir nichts weiter als das soziale Engagement. Weißt du, manchmal frage ich mich, wie uns die künftigen Generationen benennen werden. Wie sie unser Zeitalter sehen werden. Vielleicht wird es das Zeitalter des Scheiterns sein, oder das der Naiven. Sie werden uns auslachen und sagen, daß wir uns für nichts und wieder nichts Gedanken gemacht hätten. Es wird noch soweit kommen, sagtest du mir einmal, daß niemand mehr wissen wird, was die Dritte Internationale war. Warum sollten sie es wissen, Jordi? Ich glaube eher, daß sie nichts denken werden. Sicher bin ich, daß sie uns nicht bewundern werden, weil sie kein abgeschlossenes Werk sehen werden. Und man kann kein Zeitalter bewundern, in dem nichts aufgebaut wurde.

Das Meer hat sich ganz und gar beruhigt, ich vermute, daß das Verschwinden des Fischers langsam nicht mehr verstanden wird. Das Flaschengrün hat sich durchgesetzt gegen das Blau des tosenden Wassers. Die Dämmerung bricht an, und die blasse Sonne geht im Westen unter. Wieder ist ein Tag langsam verstrichen, ein weiterer Tag, der unsere Trennung näher bringt, Jordi. Und unsere Begegnungen erschöpfen sich in langen Schweigephasen und unumgänglichen Worten. Wir haben Angst davor, uns nachts zu begegnen. Beziehungsweise, du hast Angst davor, mir in der Nacht zu begegnen. Du wirst denken, daß ich Lust habe, mit dir zu schlafen, dich zu besitzen und von dir besessen zu werden, wie wir das früher taten. Und du merkst nicht, daß ich mir das nicht wünsche. Sondern, in deinen Armen einzuschlafen, darin ganz klein zu werden, mich da hineinzukuscheln, den Schweiß deiner Achsel zu riechen, dein Herzklopfen, das Glucksen in deinem Bauch zu hören. Nur das, Jordi. Aber für dich hat das Zusammenschlafen keinen Sinn, wenn es nicht einen praktischen Zweck erfüllt: den körperlichen Kontakt, der oftmals ein Zeichen der Verzweiflung ist.

Der Wind, ein Südwestwind, streichelt mich voller Zärtlichkeit. Ich frage mich, ob man, um gut schreiben zu können, leiden muß. Du hast wahrscheinlich in dem Augenblick aufgehört zu schreiben, als du das kollektive Leiden für dich gewählt und das private Leiden außer acht gelassen hast. Als du dich der Menschheit im allgemeinen widmetest, hattest du persönlich nichts zu erwarten. Was kann man vom Anonymen, vom Unpersönlichen erwarten? Wir glauben immer, daß die Masse dankbar ist, Jordi. Und die Masse ist doch nichts. Wir haben Angst davor, jedem einzelnen Gesicht entgegenzutreten, es losgelöst von der Gesamtheit zu betrachten. Es ist leichter, das zu lieben, was man nicht kennt. Und dann heißt es, was für eine selbstlose Liebe. So ist das bei dir, Jordi.

Aber ich will geben, weil ich zu nehmen hoffe. Das ist wohl der Irrtum. Vielleicht gebe ich in Wirklichkeit nichts. Vielleicht bin ich ja nicht empfänglich für Ideen und für Gefühle. Es hat mir immer gefallen, wenn das Leben an mir vorbeilief, ohne daß ich selbst daran teilnahm. Darum tu ich so, als würde ich mit meiner Arbeit als zumindest engagierte Photographin alles geben. Wie du, Jordi, mit der Politik. Einmal interviewten Norma und ich eine sehr berühmte Schriftstellerin, sie hatte alle möglichen Preise bekommen, und ihre Werke wurden pausenlos wieder aufgelegt. Norma bewundert sie wie verrückt, vielleicht, weil sie noch als eine »junge-bekannte-Schriftstellerin-die-seit-einigen-Jahren-viel-versprechend-ist« gilt. Und ich weiß nicht, ob sie von diesem Image loskommt. Norma sagte zu der Schriftstellerin, in Ihrem Werk tritt ein Zweikampf zwischen Mann und Frau zutage. Ach ja?, sagte die Frau, und dabei huschte ein Lächeln über ihr Gesicht. Ja, fuhr Norma fort, eine unterschwellige Aggressivität des Weiblichen gegenüber dem Männlichen, und mir scheint, Sie wollen damit sagen, daß Beziehungen zwischen Mann und Frau so gut wie unmöglich sind. Und die Schriftstellerin brach in Gelächter aus, als machte ihr das großen Spaß. Das tut sie oft, sie lacht los, wenn du es am wenigsten erwartest. Sie sah Norma aus aquamarinfarbenen Augen an und fragte: Ja, glaubst du denn, daß sie möglich sind? In jenem Augenblick, Jordi, hielten sowohl Norma als auch ich die Beziehungen für möglich. Alle Ansprüche der Frauen heutzutage, fügte die Schriftstellerin hinzu, haben doch etwas Aufgesetztes an sich. Aus gesellschaftlicher Sicht interessiert es mich nicht, und aus persönlicher Sicht hat die Frau das Spiel schon gewonnen, eine Frau gewinnt immer: Wenn nicht in der Arbeitswelt, dann gewinnt sie in der Mutterschaft oder in der Liebe. Norma und mich machte diese Bemerkung wütend.

Trotzdem glaube ich, daß die Schriftstellerin sich damit, ohne es sich bewußt zu machen, der These einiger Radikalfeministinnen annäherte, die für Privatleben und Mutterschaft eintreten, vielleicht, weil sie Angst vor der Welt da draußen haben, eurer, der unbekannten, wilden, feindlichen Welt. Die Schriftstellerin erzählte uns, daß der erste Rat, den sie erhalten habe, als sie gerade zu publizieren angefangen hatte, von dem Chefredakteur einer Zeitung stammte. Er sagte zu ihr, Senyoreta, überstürzen Sie nichts mit dem Publizieren, leben Sie erst, und schreiben Sie dann. Klar, daß sie zuerst gelebt und dann geschrieben hat. Es blieb ihr ja nichts anderes übrig. Ich glaube, sie hat mehr gelebt, als sie wollte. Die Schriftstellerin, die ihre Kindheit zwischen Blumen verbracht hatte, in einem Barcelona, das es so nicht mehr gibt, konnte, als sie den Ratschlag des Chefredakteurs hörte, nicht voraussehen, was für ein Leben ihr da bevorstand: Ein Krieg, der die Zukunft eines ganzen Landes zerstören würde, die Rückkehr der Schatten, der Inquisition, der Grausamkeit, von all dem, das dazu führen sollte, daß meine Mutter, Judit, sich verschloß und nichts mehr von der Welt draußen wissen wollte. Danach, noch ein Krieg, vielleicht ein noch viel größerer, grausamerer, das Exil, was fast das Nichts bedeutet, die Rückkehr nach Hause und die mehr oder weniger selbstgewählte Isolation. Jordi, glaubst du, diese Frau hat deshalb so gut geschrieben, weil sie gelitten hatte? Vertrieben von den geliebten

Dingen ihrer Kindheit und Jugend, von den Gerüchen, dem feinen Regen unserer Stadt . . . Muß man leiden, um dazu zu kommen, das Leiden für unnötig zu halten?

An dem Tag, als wir zum Interview kamen, sah die Schriftstellerin uns, die beiden jüngeren und unsicheren Frauen, die sie vor sich hatte, an, so, als wollte sie irgendein Geheimnis hinter den aquamarinblauen Augen vor uns bewahren. Was sie wohl dachte, werden wir nie erfahren. Aber es sah so aus, als ob sie uns beiden Frauen, die wir ihre Töchter hätten sein können, sagte: Sucht das Glück auf den Pfaden der Kunst und auf den Pfaden des Lebens. Und beide Dinge kommen niemals zusammen. Ihr müßt wählen.

Jedenfalls, Jordi, bin ich an deiner Seite glücklich gewesen. An deiner Seite gab es farblose, unbedeutende Tage, und das ist eine Art, glücklich zu sein. Ruhige Tage, an denen ich deinen Körper erforschte wie einen Fluß, der niemals endet (ich gebe es zu, ich kann den Gedanken nicht ertragen, daß einmal eine andere Frau von diesem Wasser trinken wird). Ich schlürfte dein Sperma mit einem Genuß, der ganz tief aus meinem Innersten entsprang, dank dir habe ich das Lebenswasser getrunken, wie die Franzosen sagen. Wenn wir durch die stillen Zimmer in Tante Patrícias Wohnung rannten und du mich fragtest, in welchem Zimmer wollen wir uns heute lieben?, und wenn wir eine ganze Weile über das Drumherum diskutierten. Man hörte Großvaters Uhr, die partout nur dreimal schlug. Und ganz ruhig empfingen wir uns, ohne Lärm zu machen. Aber es ist aus mit dem Sex, und wir finden offenbar nichts, womit wir ihn ersetzen können. Nur dein Schweigen.

Natàlia: Können ein Mann und eine Frau sich nur mittels Sexualität verstehen? Das wäre zum Verzweifeln.

Norma: Und wenn wir, in Wirklichkeit, alles nur der Romantik zu verdanken haben, die uns nämlich weismachen wollte, daß es eine »ewige« Beziehung zwischen beiden Geschlechtern gibt? Und wenn wir, in Wirklichkeit, in Herden leben würden, voneinander getrennt, und uns nur treffen würden, wenn wir uns begehren?

Glaubst du, daß das so ist, Jordi? Wenn Norma sich in solchen Hypothesen äußert, spüre ich den kalten Wind, der mir ins Gesicht bläst. So wie damals, als die Gespräche, die unter den Frauen in Gang gekommen sind, zuerst wie ein kindlicher Schrei der Selbstbehauptung klangen, wie das Zwitschern eines Vogels im Frühling, und wie der aggressive Anspruch auf Weiblichkeit, der die deutliche Kluft zwischen den beiden Geschlechtern zeigte. Den Abgrund. Bis jetzt hatte der Gedanke an die Suche nach dem Mann uns davor geschützt. Und jetzt müssen wir sagen, daß wir den Märchenprinzen nicht mehr wollen, während unser Unterbewußtsein immer noch nach ihm verlangt. Manchmal, wenn ich ein Buch lese, das unter den Feministinnen Furore gemacht hat, so ein Buch, das die Beziehungslosigkeit und die Sprachlosigkeit zwischen den beiden Geschlechtern deutlich herausstellt, habe ich schlaflose Nächte. Diese Deutlichkeit blockiert mich. Das Bewußtsein darüber und der Wunsch nach Freiheit – ich muß sagen, daß ich lange Zeit an den Feminismus als neue Ethik geglaubt habe – machen mir Sorgen und Angst. Ich fühle mich schuldig, glaube, daß ich keinen Mann habe richtig lieben können. Ich spiele keine Rolle gut. Es kommt mir so vor, als hätte ich mein Leben damit zugebracht, das Geschehen zu beobachten, als ob ein Gott mich in einen Logensessel gesetzt hätte. Ich kann nicht mehr tun: Ich stehe nicht auf der Bühne, auf der die Schauspieler perfekt ihre Rollen spielen, aber ich stehe auch nicht im Olymp, wo das Publikum ein Stück ausbuhen kann, wenn es nicht nach seinem Geschmack ist.

Ich erinnere mich an ein Abendessen bei einer Verlegerin. Das Abendessen fand statt, weil eine französische Schriftstellerin nach Barcelona gekommen war, die nur Bücher für Mädchen schrieb. Sie war eine ältere Frau mit harten Gesichtszügen und unsteten Augen. Schon bald kam das Gespräch auf das Haupt-

thema jedes Abendessens unter uns Frauen, die wir uns eman-
zipiert nennen: die mangelnde Kommunikation mit den Männern. Die Französin, die Verlegerin und eine Dichterin vertraten
die Ansicht, daß die lesbische Liebe die einzige Möglichkeit auf
der Gefühlsebene darstelle. Zwischen zwei Frauen entsteht kein
Machtverhältnis, behauptete die Französin. Zwei Frauen wissen
die Zärtlichkeit mehr zu schätzen, sagte die Dichterin. Norma
behauptete, ich weiß nicht, ob sie einfach nur widersprechen
wollte, daß sie Zärtlichkeit bei mehr als einem Mann angetroffen habe. Das glaube ich nicht, sagte die Französin, ein Mann
stellt über kurz oder lang immer sein *Ego* zur Schau, dabei
kommt seine verletzte Eitelkeit zum Vorschein, und er wird von
dir fordern, daß du entweder seine Tatkraft oder seine Stärke
bewunderst. Er wird sich unwohl fühlen, wenn du nur Zärtlichkeit von ihm willst. Ich habe die Selbstsicherheit bewundert, mit
der sie ihre Meinung zum Ausdruck brachte, sie schien eine
starke Frau zu sein, die hatten die Männer nicht in Stücke
gerissen. Norma, die nie ruhig bleiben kann, trat für eine
mögliche sexuelle Aussöhnung ein. Wir schrien alle. Wollt ihr
damit sagen, wagte ich zu sagen, daß die Unterscheidung des
Sexes nach geschlechtlichen Merkmalen keine Erfindung ist? Ich
habe feminine Männer kennengelernt . . . Ich fühlte mich abge-
urteilt, alle Blicke fielen auf mich, als ob sie sich wunderten, daß
es im erlauchten Kreise der Auserwählten eine Streikbrecherin
gibt. Seht mal, ich glaube, daß das Streben nach Macht bei
beiden Geschlechtern vorkommt, sagte die Verlegerin, das einzige, worauf es ankommt, ist, daß du von demjenigen, der
gerade deinen Weg kreuzt, egal, ob es ein Mann ist oder eine
Frau, profitieren kannst. Alles ist eine Frage der Bedürfnisse,
keine Beziehung ist endgültig. Eben, und solange das andauert
. . . kann's uns keiner mehr nehmen, schrie Norma und verschlang dabei ein riesiges Stück Dauerwurst. Die Französin fing
wieder damit an, ich glaube nicht, sagte sie, daß es da eine
weibliche Komponente bei den Männern gibt, wenn das so

wäre, warum haben sie sie dann nicht öfter gezeigt? Und die Künstler?, fragte ich, die fühlen sich doch wehrlos gegenüber der Aggression der männlichen Zivilisation. Ja, ja, fiel mir die Dichterin ins Wort, aber sie profitieren von ihrem männlichen Äußeren. Du hast recht, sagte ich. Nein, die Männer sind doch bezaubernd, sagte die Gastgeberin, sie stehen uns so sehr zur Seite! Sie gleichen einem Dekorationsstück in unseren Wohnungen.

Wir lachten alle. Trotz Streiterei herrschte da eine Solidarität. Eine gemeinsame Sprache, vielleicht nicht nur aus Worten, noch aus Gedankengängen oder vielleicht nicht ausschließlich aus diesen beiden Dingen bestehend. Gemeinsam waren da auch Lachen, Lächeln, Umarmungen, Zärtlichkeiten. Es war so, als würden wir uns untereinander zuzwinkern. Wenn ich mich in einer reinen Frauenrunde befinde, fühle ich mich ganz entspannt. Da mußte ich nicht unter Spannung stehen, weil keine Machos uns belauerten. Es kam nicht darauf an, irgendetwas beweisen zu müssen: weder Klugheit, noch Selbstsicherheit, noch Brillanz. Alles war inbegriffen. Auch Spiele waren erlaubt: Du konntest Quatsch machen, Komödie spielen, niemand sieht dich an, als kämst du vom Mars. Wir spielten Gräfin, reiche, großbürgerliche Dame, Mama oder Kameliendame, egal was. Es gab nichts zu gewinnen, auch nichts zu verlieren. Ein Blick konnte alles ausdrücken, ein Schrei, zwei oder drei Ballettschritte. Und wer würde es wagen, zwei oder drei Ballettschritte in der Redaktion einer Tageszeitung zu machen, in der Sitzung des Zentralkomitees der Kommunistischen Partei, im Parlament? Und trotz alledem fühlte ich mich einen kurzen Augenblick lang fremd, war drauf und dran zu fliehen.

Wir verabschiedeten uns halb besoffen voneinander. Die Verlegerin blieb mit der Französin und der Dichterin zurück. Während wir die Treppe hinunter gingen, stupste Norma mich am Ellbogen und sagte zu mir, jetzt werden sie eine *ménage à trois* machen, mal sehen, wer gewinnt! Ich dachte für mich, daß

Norma da einen richtigen Macho-Kommentar von sich gab, daß es keinerlei Unterschied zwischen Frauen und Männern gab, wenn es darum ging, über Sex zu reden. Du bist aber ganz schön gehässig, antwortete ich ihr. Und was werden wir tun, sagte sie zu mir und riß dabei ihre riesigen Augen auf, uns bleibt nur die Selbstbefriedigung!

Aber, als ich den Schlüssel ins Schloß meiner Wohnung steckte, fühlte ich einen heimlichen Stolz, als hätte ich eine Siegestrophäe erhalten. Du warst in meinem Bett und erwartetest mich dort. Ich hatte einen Mann im Bett, der schlief. Im Dunkeln legte ich mich neben dich. Ich hörte, wie du atmetest, flach und abgehackt. Du schliefst wie ein Fötus, umarmtest das Kissen. Nur wenn du schläfst, kommt das Kind in dir zum Vorschein, das du tagsüber verleugnest. Meine Mutter, hast du mir mehrmals gesagt, war eine spröde Frau. Als du klein warst, hatte sie dich nie geküßt. Und es tat dir weh, das zu sagen, weil deine Familie liberal und republikanisch eingestellt gewesen war. Ich kuschelte mich an dich und tastete nach deiner Brust, die mir immer wie ein Hafen vorgekommen ist, oder wie eine kleine, friedliche Bucht. Dein Körper strömte die Wärme von jemandem aus, der schon seit einer Weile schläft, er war angenehm warm. Dieser Körper erwartete mich, um mich aufzunehmen. Du murmeltest irgend etwas vor dich hin, während du dich umdrehtest, ohne das Kissen loszulassen. Mit der rechten Hand fing ich an, deine Wirbelsäule zu streicheln, sachte, ganz sanft. Ich zählte die Kugeln des Rosenkranzes, eine nach der anderen, von oben nach unten. Es war eine sanfte Berührung, fast eine musikalische. Die Noten stiegen aus meinem Innern hoch, ich hätte zu gerne eine kleine Melodie komponiert, wie einen Kontertanz. Dein Körper bewegte sich wieder, du ändertest deine Lage. Du öffnetest ein Auge und lächeltest mich an. Und du küßtest mich ganz fest, so, als wolltest du ganz in mich eindringen. Du hörtest nicht auf, mich zu küssen, sagtest nichts, nur dein Mund, den du ganz fest auf mich drücktest. Danach, ohne Übergang, legtest du dich auf mich. Du drücktest mich voller Leidenschaft an dich, tatst mir fast weh.

Ich ging in die andere Ecke des Zimmers, wollte zuschauen, wie Jordi Soteres mit Natàlia Miralpeix schlief. Und ich sah, wie ein Mann ganz schnell aufhörte, ein kleiner Junge zu sein, es eilig hatte, groß und stark zu werden, sah einen Mann, der eine Frau ganz fest an sich drückte, die er begehrte. Du gabst den Takt an. Und der Körper der Frau, die angefangen hatte, den anderen Körper zu streicheln, nur um Aufmerksamkeit auf sich zu lenken, ließ es schließlich mit sich geschehen. Passiv. Das Mädchen, das die Szene von der Ecke aus beobachtete, erinnerte Natàlia an das Gespräch des gleichen Abends bei der Verlegerin zu Hause. Das Mädchen erinnerte sie an das, was die Französin gesagt hatte, ein Mann will, daß du seine Männlichkeit bewunderst, seine Stärke. Und mein ganzer Körper zerfiel in Einzelstücke, die Hände auf die eine Seite, die Vagina auf die andere, der Rücken zerfiel in tausend Teile, der Bauch platzte, nichts ließ sich mehr zusammensetzen. Als wäre alles in dem immensen Kosmos zerstreut worden und als gäbe es keine Möglichkeit mehr, die Teile wieder zusammenzusetzen. Das Mädchen in der Ecke sagte zu mir: Los, streng dich an, lege deine Seele rein, merkst du nicht, daß Sex nur eine Frage der Psyche ist? Aber das Puzzle war auseinandergefallen, und der Körper, der auf dem Bett lag, fand die Teile nicht. Das Mädchen in der Ecke sprach weiter, ich kann dir nicht helfen, wenn du dich nicht konzentrierst . . . Die Worte vom Abendessen jagten sich gegenseitig, als wären es Wolken an einem stürmischen Tag, der Wind trieb die Teile immer weiter weg, mein Kopf tat mir weh. Gib mir meine Psyche zurück, bat ich das Mädchen in der Ecke. Nein, sie gehört mir, erwiderte dieses. Gib sie mir zurück, bat ich erneut, immer hoffnungsloser, geknickter. Nein, nein, ich bin die Psyche. Dein Körper spürte bald meine Passivität, die Spannung nahm ab, und nach und nach lockertest du deine Muskeln. So, als ob du gezwungen würdest, aus irgendeiner fernen Welt zurückzukehren, in der du den andern Körper zu treffen gehofft hattest, und man dir gesagt hätte, du hast ihn verloren, du hast ihn verloren, du hast ihn nicht, man hat ihn dir weggenommen. Ein Mann ging in die andere Ecke des Zimmers. Und es lief doch so gut, sagte der Mann aus der Ecke zu mir. Und meine Psyche antwortete dir, es tut mir leid. Warum hast du mich denn dann geweckt?, fragtest du mich. Und ich sagte zu dir, daß ich große Lust gehabt hätte, mit dir zu schlafen, aber nicht gewußt hätte, wie. Du drehtest dich auf die andere Seite um und starrtest an die Decke. Dein linker Arm lag schützend auf deinem Gesicht, als würde irgendein Scheinwerfer dich blenden. Ich hatte gar nicht vor, dich zu penetrieren, sagtest du zu mir, ich wollte dir nur Genuß verschaffen. Nach und nach kamen die Puzzleteile zu mir zurück, aber es waren alte, verbrauchte Teile, sie waren auch nicht mehr heil, so, als hätte sie jemand zerrissen. Ich erzählte dir von dem Gespräch beim Abendessen, und du brauchtest eine Weile, bis du etwas zu mir sagtest. Als du es dann tatest, sagtest du nur zu mir: Warum müssen wir wie Atlas sein, warum müssen wir die Last der Geschichte auf unsere Schultern laden?

Und ich erinnerte mich an das, was Norma einmal zu mir gesagt hatte, als sie gerade eine Reportage über die alten ehemaligen katalanischen KZ-Häftlinge gemacht hatte. Norma hatte viele schlaflose Nächte, konnte die Erzählungen von den Obsessionen der Ex-Häftlinge nicht ertragen, Visionen von Gaskammern, Krematorien, elektrischen Zäunen, Leibern, die am Galgen schaukelten . . . Viele Nächte lang hatte Norma denselben Traum gehabt: Eine lange Landstraße voll von Bergen blutigen, verstümmelten Fleisches. Gefolterte Leiber, in Stücke gerissen. Und Norma lief barfüßig über die Landstraße, bemühte sich, nicht auf die zerstückelten Gliedmaßen zu treten. Hin und wieder jedoch rutschte Norma aus, das Blut war noch nicht getrocknet, war feucht, gallertartig. Im Hintergrund erhob sich, wie ein Schatten, der Schornstein des Krematoriums, das auf sie zu warten schien, um sie zu verschlingen. Ich glaube nicht, sagte Norma damals zu mir, daß wir vierundzwanzig Stunden am Tag eine solche Extrembelastung durchstehen können, auch die Angst läßt nach, muß nachlassen.

Und du hast mich gefragt, warum wir immer die Last der Geschichte auf unseren Schultern tragen müssen, wie Atlas. Vielleicht hätte ich damals einsehen müssen, daß man Kompromisse machen muß, aber ich verpaßte die Gelegenheit, und jetzt ist es zu spät.

In jener Nacht ging das Mädchen in der Ecke fort, und im Bett blieben unsere Körper zurück, zerstückelt, unvollständig.

Seit durch Jordis Abwesenheit die Wohnung so leer wirkte, erinnerte Agnès sich mehr an ihre Kindheit. Und sie hatte keine Ahnung, warum, zwischen Alpträumen, dem haarigen Geschmack im Mund, der Berührung mit dem grauen Staub, das Bild von der Großmutter vor ihr auftauchte, oder gar das des Jungen, der ihr zwei Finger einer Hand ins Loch steckte.

Sie rollte sich unter den Laken zusammen und ließ ihre Erinnerungen aufsteigen, als kehrte sie an den Anfang aller Dinge zurück. Sie schloß ganz fest die Augen und hörte fast auf zu atmen. Jetzt kommt die Großmutter, sagte sie sich. Die Großmutter, die nichts zu tun hatte mit den verkrampften Händen der Mutter, die sich an die Tür mit den Riegeln klammerten. Die Großmutter, die sie gelehrt hatte, keine Angst zu haben . . . Warum war sie jetzt nicht da?

Die Großmutter . . .

Die Großmutter saß auf der Galerie im Gegenlicht. Sie sah schlecht und las mit einer Lupe. Sie bewegte die Lippen, als betete sie. Die Großmutter war wie aus Samt und Seide, die Augen wie aus Meer und die Fingernägel rot lackiert. Sie hatte einen Haarknoten, und ihr Haar sah aus wie Schneeregen. Sie bewegte sich zwischen Gedanken, durch Teppich gedämpften Gedanken, und zwischen satinbeschlagenen Gedächtnismauern. Das Gegenlicht ließ eine lose Haarsträhne über den Ohren aufleuchten. Haut wie aus Watte, die Sprechweise einer klarsichtigen Weisen. Die Beine waren dürr, die Knie stachen hervor. Auf den Händen, weiß, wie verhangener Himmel, entsprangen blaue Flüsse, die bisweilen aussahen wie kleine Bergketten. Die Adern wurden zum Handgelenk hin kleiner und ließen die Hände noch bleicher aussehen.

Die Großmutter saß in dem Weidensessel und ließ eine Hand herunterbaumeln. Marineblau. Sie hatte die Beine übereinander geschlagen, aschgraue Baumwollstrümpfe. Sie blickte zum Himmel und lauschte angestrengt, das Klappern der Löffel auf dem Tisch machte ihr Freude: Es versprach Essen, der Mittag rückte näher. Lupe und Zeitschrift ins Zimmer bringen – damit keiner sie verlegt –, Schlüssel ins Schloß stecken, Tür abschließen. Das Essen steht auf dem Tisch, ein heiliges Wort, sagte sie verschmitzt. In dem Serviettenbeutel bewahrte sie tagealtes trockenes Brot auf. Wenn du den Krieg miterlebt hättest, jammerte sie der Enkelin mit Krokodilstränen und einem geheuchelten resignierten Ausdruck in den Augen vor. Silberbestecke, mit Sand geputzt, sorgfältig in Reih und Glied zu beiden Seiten des Tellers ausgerichtet. Die karminroten Lippen öffneten sich leicht zum Gebet, Gott und Allmächtiger Vater, die Spinnenfinger verschränkten sich, die Fingernägel aus einer dornenreichen Vergangenheit blätterten nie ab, die Hände wurden schmaler, müde vom Denken, segne diesen Tisch, ich will nicht sterben, sagten die, jeden Tag röteren, wütenderen Nägel, auch du wirst sterben, sagte die Seele, du wirst sterben, stimmten die Mondhände mit ein, und uns alle, Amen.

Die Mondhände streicheln das lockige Haar der Enkelin, flechten die widerspenstigen Haare, setz dich, mein Grübchen, meine muntere Nase, ich möchte dir ein Geheimnis verraten, die Großmutter wurde nie müde, faltete die Zeitschrift auf dem Schoß zusammen, schlug die Beine übereinander, Baumwollstrümpfe, wollene Hausschuhe: Also, was hat mir da deine

Mutter gesagt? Ist das wahr? Agnès blinzelte ins Gegenlicht, zuerst ließ sie den einen Fuß baumeln, dann den anderen, sie langweilte sich, beobachtete die Sonnenstrahlen, die die Galerie in gelbliches Licht tauchten, wie einen brennenden Holzscheit, Wintersonne. Stimmt es, daß du sie bekommen hast?, und die Großmutter stützte die schneeige Wange auf die Mondstrahlen, die meerblauen Augen beobachteten sie forschend, es ist das erste Mal, mein Herz, und du wirst die Beine überschlagen müssen, beim Sitzen, ganz fest, nach innen, ganz und gar mußt du nach innen gekehrt sein, daß nur ja nichts aus dir nach draußen dringt, die Großmutter stand auf und machte Engels-schritte durch den Flur, komm, Wispern von Jahrhunderten, das Geheimnis des Geschlechts, von der blutenden Wunde, vom Blut, das nicht weh tut, das zu nichts nutze ist, unrein, schmut-zig, du steckst dir das eine morgens und das andere abends rein, die Großmutter holte eines der weißen, kantengenau gefalteten, nach Thymian duftenden Tüchlein heraus, die Großmutter zeigte ihr sorgfältig das richtige Anlegen, genau hier, nicht weiter vorne, nicht weiter hinten, zwischen den Oberschenkeln, das wirst du keinem sagen, nicht wahr? Und die Mondstrahlen legten ihr das Tüchlein zurecht, so, zwischen den Schenkeln, wird es das Loch zudecken, die blutende Wunde abdecken, denk dran, daß du es häufig wechseln mußt, gib's nicht dem Dienst-mädchen, das sieht nicht gut aus, auch nicht der Mutter, du sagst es mir, jeden Abend legen wir es in Javelwasser, und der Schmutz verschwindet, und es wird wieder rein, schneeweiß. Agnès sehnte sich danach, wegzulaufen, im Hof herumzuspringen, dort, wo sie von Seeleuten und Schiffen träumte, aber die Großmutter hielt sie mit den roten Nägeln fest, wie die Krallen der Mutter, die sich an die Wohnungstür klammerten, sie zwick-te sie, die Großmutter sah die Enkelin an, und, voll von zärtli-chem Verständnis, gewonnen aus Jahrhunderten und aber Jahr-hunderten des Schweigens und Stöhnens, ließ sie sie los: Jetzt bist du schon eine Frau.

Eine Frau? Agnès rollte sich unter den Laken zu einem Knäuel zusammen, eine Frau? Was verstand die Großmutter schon davon? Besser gesagt, was verstand sie selbst von diesen Dingen? Warum hatte sie beim ersten Mal mit Jordi sein Sperma bis zum Gehtnichtmehr ausgesaugt? Was wollte sie hinunterschlucken? Sie drückte Jordis Glied mit aller Kraft, als wollte sie es zwischen ihren Händen zerdrücken, es langsam zerstören. Wie ein Kind nach einer Missetat erwartete sie, daß die Haut schwarz würde. Sie erwartete, ihn erledigt, besinnungslos zu sehen. Und das einzige, was sie erreichte, waren Jordis Zuckungen, Zuckungen aus Lust. Wenn sie Jordis Glied nahm und es sich in den Mund steckte, schloß sie die Augen, um das Bild mit dem blonden Jungen, der ihr zwei Finger einer Hand ins Loch steckte, genau vor sich zu sehen.

Vielleicht war er ja nicht blond gewesen? Vielleicht nicht. Aber Agnès erinnert sich, daß er schön war. Und daß er oft lachte. Er konnte besser als irgendwer Gedichte vortragen, und in den Dörfern weinten die alten Frauen, wenn sie die Verse von *La vaca cega* von dem katalanischen Dichter Maragall von ihm hörten. Er begann mit bebender Stimme, und die Spannung wurde von Strophe zu Strophe größer. Alle Welt bewunderte ihn. Agnès ebenfalls. Nicht nur wegen seiner Art, Verse vorzutragen, sondern auch, weil er außerdem Motorrad fuhr. Damals hatte nicht jeder ein Motorrad, damals galt ein Mann, der Motorrad fuhr, als stärker, mutiger als die anderen. Sie sah ihn von weitem, sah ihm zu, wie er durch die Straße brauste, die Hände um die Lenkstangengriffe geklammert, die Beine gespreizt, die Füße auf die Fußrasten gestützt. Er sah aus wie ein mittelalterlicher Ritter. Wenn das Motorrad ansprang, wobei es zuerst ein sanftes Brummen von sich gab, das dann zu einem ohrenbetäubenden Knattern anschwoll, erschauerte Agnès und malte sich aus, daß es ein starkes Pferd wäre, das wiehernd davongaloppierte, mit hoher Kruppe, die Mähne im Wind, angeführt von den energischen Zügeln ihres Ritters.

Ja, er war ihr Ritter. Sie hörte ihn kommen, erst ein Geräusch, ein Summen wie in einem Bienenschwarm, dann wurde es zu einem tosenden Wasserfall, der von den Berggipfeln herunterdonnert. Dem Geräusch lauschte sie verzückt, mit dem gleichen Schauer, mit dem sie seinen Versen lauschte, mit offenem Mund, aus dem ihr die Spucke rann. Er hatte eine honigsüße, bebende Stimme, die sie beschützte.

Auf sie achtete er gar nicht. Du bist ja noch eine ganz kleine Frau, sagte er zu ihr. Agnès war gerade neun Jahre alt geworden. Sie hatte Lackschuhe an, Perléstrümpfe, ein apfelgrünes Kleid und eine Schürze mit Tupfen aus weißen Blumen. Agnès erinnert sich daran, weil an jenem Tag ihr Ritter ein Photo von ihr machte. Und er sagte zu ihr, möchtest du mit ins Nachbardorf kommen? Da muß ich erst die Großmutter fragen. Aber die Großmutter sagte zu ihr, ja, sie könne mitfahren. Die Mutter war nicht da, und außerdem: Wer konnte schon nein sagen bei einem Jungen, der so schön die Verse von Joan Maragall vortragen konnte?

Sie, auf dem Motorrad, festgeklammert an ihren Ritter! Sie überlegte eine ganze Weile. Wie würde sie sich setzen? Die Beine auf einer Seite, wie in den englischen Filmen, in denen Mädchen so ritten? Die Beine auseinander wie beim Fahrradfahren? Und wenn ihre Baumwollunterhose zu sehen wäre? Heilige Muttergottes, so eine Schande! Aber der Ritter ließ einen Freund vorne sitzen und setzte sie zwischen die beiden. Das Motorrad fing an zu raunen, und dann bog es in eine platanengesäumte Landstraße ein. Die Straße sah aus wie aus Silber, und Agnès blinzelte, weil ihr die Sonne ins Gesicht schien. Dann und wann wurde sie durch ein glänzendes Wegstück geblendet. Sie fühlte den Körper ihres Ritters, der sich an sie preßte, und er erschien ihr wie eines von Omas großen, weichen Kissen. Zuerst verspürte sie einen leichten Schauer auf dem Oberschenkel und merkte, daß es die Hand ihres Ritters war, die sich zu ihren Knien vorarbeitete. Dann schob die Hand das Röckchen bis zu ihrem

Nabel hoch und zwängte sich, vom Bund aus, in die Baumwoll-unterhose. Agnès verschlug es fast den Atem. Die Hand nestelte weiter, bis zwei Finger in ihr Loch eindrangen, damals glaubte sie noch, daß es sich um das Pipiloch handle. Es waren der Zeige- und der Mittelfinger. Dann zog er die Hand heraus, hob sie hoch bis vor sein Gesicht und schnupperte an den Fingern. Er wieder-holte das mehrere Male. Agnès ließ es mit sich geschehen, sie empfand Scham und zugleich hatte sie Angst, ihren Ritter zu verlieren.

Als sie in dem Dorf ankamen, nahm der blonde Junge sie an die Hand und brachte sie in einen Schreibwarenladen. Er kaufte ihr ein traumhaft schönes *Florita*-Album und eine Schachtel Caran d'Ache Buntstifte. Danach, im Lebensmittelladen kaufte er ihr einen runden, glänzenden Erdbeerlutscher. Während sie den Lutscher schleckte, machte er sich so klein wie sie, kniete nieder und sagte ihr ins Ohr: Gell, du sagst es keinem? Und sie sagte es keinem, aber sie dachte jedesmal daran, wenn sie den Reißverschluß an Jordis Hose herunterzog und sein Glied mit der Zunge ableckte. Als sie nach Hause gekommen war, hatte sie die Unterhose ausgezogen und nie wieder angezogen. Lange Zeit hütete sie das *Florita*-Album wie einen Schatz.

Ich höre, wie der Wirt sagt, daß der Fischer zurückgekommen ist. Er deutet ein Lächeln an, während er mehr schlecht als recht ein Glas ausspült. Die Ausländerin will noch mehr wissen, aber der Wirt zuckt die Schultern. Der Vorhang aus Netzen bewegt sich sanft, so, als wollte er verbergen, was sich im Haus tut. Er hat die Nacht in Eivissa verbracht, das hat er schon mehr als einmal getan, ein Faulenzer ist er, genau das ist er, schrie die Frau des Wirts. Oh, im Winter verschwindet er ganze Wochen lang, das kennt man schon, das kennt man schon. Ein schlechter Mensch, das laß ich mir nicht ausreden. Der Wirt schließt die Augen, so, als wäre er sehr müde. Und was macht er da, in Eivissa?, fragt die Ausländerin, die schon seit dem frühen Morgen ein Glas Whisky in der Hand hält. Was soll er da wohl tun? Er geht zu Weibern, besäuft sich, zetert die Frau des Wirts. Dann kommt er zurück und damit hat sich's. Was meinen Sie damit? fragt die Ausländerin. Na eben, daß es daheim am schönsten ist. Der Wirt spricht geduldig, na ja, er verliert eben den Kopf, wenn er nur kleine Fische fängt. Das ist es nicht, das ist es nicht, ihr Männer verteidigt euch immer. Und der Kleine, der eines Tages ganz und gar in sich zusammenfiel, die Ärzte wußten nicht, was er hatte, und dabei war er eines dieser Kinder, die man blausüchtig nennt, wissen Sie, die kein Blut mehr haben, es tat einem ja so leid, wenn man ihn ansah, wie er da keine Luft mehr bekam, wie ein Fisch ohne Wasser, die Ärzte fanden es nicht raus, und der Kleine wurde von Tag zu Tag schwächer, bis er eines Tages nur noch ganz schwach hechelte und dann starb, Sie wissen ja, solche Sachen bleiben haften, und man vergißt sie nicht.

Der Morgen ist ganz ruhig heraufgezogen, nur eine zarte Patina bedeckt den Horizont. Nicht mehr das Kobaltblau von gestern, und das Wasser funkelt flaschengrün. Ein paar Wolken lösen sich in Fetzen auf. Die Wellen plätschern träge gegen die Felsen. Alles ist sehr friedlich. Ich sehe dich an, Jordi, zufällig. Wir sind spät aufgestanden, und heute haben wir uns nicht einmal guten Morgen gesagt. Wie du da im Sand sitzt, siehst du aus, als ob du schläfst. Das Buch von Gramsci ist sandig geworden, aber du merkst es nicht.

Irgendwann einmal hast du, halb im Scherz, zu mir gesagt, daß ich in Norma verliebt sei. Und ich weiß nicht, ob ich Norma liebe. Norma läßt oft viel Zeit verstreichen, bis sie mich anruft, immer muß ich sie daran erinnern, daß eine Reportage oder ein Interview ansteht. Oft verschwindet Norma, und ich weiß nichts von ihr, wie damals, als sie Mar kennenlernte. Norma verschwand ganz und gar von der Bildfläche. Hin und wieder traf ich sie, fast zufällig, am Kinoausgang oder in einer Ausstellung. Als Norma Mar kennenlernte, schien es, als hätte sie ihre Jugend wiedergefunden. Und du weißt ja, Jordi, daß ich diese Sorte

Freundschaften nicht teile. Sie ahnt das bestimmt, weil sie mich dann meidet. Norma und Mar schnitten sich die Haare auf die gleiche Weise ab, Pagenschnitt, und liefen gleich angezogen herum. Wie Zwillinge. Ehrlich gesagt, weiß ich nicht, wo Norma anfing und wo Mar aufhörte. In der Straße lärmten sie herum, gingen händchenhaltend wie zwei Backfische. Norma grüßte mich flüchtig und tauchte in der Menge unter. So, als hätte sie Angst vor mir, als fürchtete sie, daß ich über sie urteilte. Und ich ahnte zumindest, was sie wohl so trieben: Sie gingen in teure Restaurants essen, um einen schüchternen Kellner auszulachen, kauften grellbunte, ausgefallene Kleider, nur um den schüchternsten Verkäufer in dem Geschäft zu verschrecken, sie legten sich mit allen Männern an, die ihnen auf der Straße begegneten, provozierten sie, zogen sie auf, spielten absichtlich die Rolle der »Objekte«, nutzten aber den Vorteil, daß sie die Fäden in der Hand hielten. Und ich erklärte dir, jetzt gibt es Frauen, die, wenn sie sich eng mit einer anderen Frau anfreunden, scheinbar die Jugendfreundschaft als Muster nehmen. So von wegen Busenfreundin. Ich traute mich nicht zuzugeben, daß ich sie sehr beneidete.

Wie immer, wenn wir, leidenschaftslos, kopflastig, über »irgendein Phänomen unserer Zeit« diskutierten, sprachen du und ich über das, was du die Kinderkrankheit des Feminismus nennst. Du hattest schon Worte für eine neue Situation parat. Klar, daß du sie von Lenin ausgeliehen hattest, aber du konntest nicht darüber hinaus gehen. Und ich glaubte dir, weil auch ich Wörter brauchte, um dieses so merkwürdige, so neue Phänomen zu definieren, das bei den Frauen auftritt. Es waren ruhige Diskussionen, nachdem wir beide zusammen das Abendbrotgeschirr gespült hatten. Wir analysierten das Pro und Contra dieser Freundschaften, interpretierten den Schwung, der vom Feminismus seit Francos Tod ausgegangen war. Unbewußt suchtest du im Feminismus das, was für dich anfing, im Marxismus fehlzulaufen, und das, was, lange zuvor in Mexiko, in deiner Familie fehlgelaufen war. So, als ob du und ich in der Ecke des Zimmers stehen und, auf die gleiche Art, wie es ein Insektenforscher tun würde, die leidenschaftlichen Beziehungen zwischen Norma und Mar beobachten würden. Wir kritisierten sie nicht und urteilten nicht darüber. Wir beschrieben sie objektiv, klug und rational. Vielleicht, wenn wir es auch auf uns bezogen hätten. Danach gingst du dann, um die letzten Korrekturen in deinem Artikel *Schriftsteller und Gesellschaft* anzubringen, und ich schloß mich in der Dunkelkammer ein, um die Kontaktabzüge zu einer Reportage über den Streik bei SEAT zu machen.

Magst du die Gedichte von Aragon?, fragtest du mich eines nebligen Tages. Wir hatten uns in der Berghütte versammelt. Durch das Fenster sahst du, wie der Himmel über der Stadt auf den Gebäuden und den Bewohnern lastete. Du leitetest die Versammlung, wie jeden Samstag. Du hattest die Tagesordnung dabei, eine Tagesordnung, die von der Parteiführung eingehend geprüft worden war. Ich war gekommen, um zu sehen, ob ich, als freie Photographin bei der Untergrundzeitung der Partei mitarbeiten könnte. Ich war an zwei oder drei Samstagen hingegangen, ohne daran zu denken, daß du auch da warst. Aber am vierten Samstag fand ich mich, zwei Stunden vor der Abfahrtszeit, in Tante Patrícias Badewanne wieder. Von da an nahm ich, ohne darüber nachzudenken, jeden Samstag, kurz bevor ich zur Versammlung ging, ein Bad. Danach rieb ich meinen ganzen Körper mit einer Creme ein, einer weißen Milch, die wahnsinnig teuer gewesen war und die nach Mandarine roch. Vorher hatte ich nie an so was gedacht. Nach einem Monat fing ich an, äußerst sorgfältig zu überlegen, was ich anziehen sollte. Wenn es kalt war oder regnete, die schwarze Kordmütze (du siehst immer noch aufs Meer hinaus, nach wem sehnst du dich?). Und den beigen Trench mit hochgeschlagenem Kragen, so einen, wie Jeanne Moreau ihn trug, die Schauspielerin mit den morbiden Lippen (ich hätte zu gerne so eine Schönheit

99

besessen, das, was man »reife« Schönheit nennt, zwischen sinnlich und geistig, so wie die Moreau). Oder ein Kostüm aus Cheviot, mit zusammenpassender Weste, Rock und Jacke. Tante Patrícia meinte, daß ich mich wie ein Mann kleidete. Du ähnelst Kati, sagte sie mir.

Manchmal zog ich einen engen Rock und die hohen maisfarbenen Stiefel an. Aber ich merkte, daß die Parteimitglieder unruhig wurden, wenn ich etwas besonders Ausgefallenes trug (dieses Wort ausgefallen ist mir von weit her in den Sinn gekommen, es gehört in Mamas Zeit). Oder eine Hose und einen leicht schäbigen Rollkragenpullover, und so täuschte ich vor, daß ich kaum Wert auf die Auswahl meiner Kleidung gelegt hätte. Ein paar Wochen lang – wir sahen uns fast nicht an und wechselten nicht mehr als die nötigsten Worte – überdachte ich meine Kleidung noch überlegter. Und ich kleidete mich halb als Vamp, als aktive Photographin oder aber als gesetzte, blasierte Frau. Ich tat es, ohne mir darüber richtig bewußt zu sein. Jetzt, wo ich mich daran erinnere, sieht alles anders aus. Es war so, als ob ich lauter verschiedene Rollen zu spielen versuchte, weil ich nicht wußte, welche besser zu mir paßte. Und das Allerbeste an der Geschichte ist, daß ich immer gerade die Rolle spielte, die zu dem jeweiligen Kleid paßte. Es war so, als ob du und deine »Genossen« (ich habe diese Anrede immer lustig gefunden) mir nach und nach die Identität verschafft hättet, die zu mir paßte. Als wäre ich gerade geboren worden, würde darauf warten, von euch getauft zu werden. An den Tagen, an denen ich extravagant oder jugendfrisch, wie es die affektierten Dichter der *Jocs florals* zu sagen pflegen, gekleidet war, schrie und lachte ich die ganze Zeit wie ein Schulmädchen. Unbewußt äffte ich Norma nach. Pedantisch, frech, mit gespielter Selbstsicherheit durchforschte ich die Winkel meines literarischen Gedächtnisses nach den brillantesten Sätzen. Und der Anblick der erschrockenen Gesichter deiner Genossen amüsierte mich. Später spielte ich die Rolle der dekadenten, mondänen Frau. Der dekadenten Kleinbürgerin, wie du einige Zeit später zu mir sagen würdest. Andere Male erschien ich jedoch wie eine erwachsene Frau, mit einem männlich geschnittenen Kostüm, als heischte ich nach eurem Plazet.

Dann bemühte ich mich, kaum zu sprechen und rauchte unentwegt. Ich hörte zu und beobachtete. Das war die Natàlia, die in der Ecke des Saales blieb und alle Gesichter in ihrer Umgebung anschaute. Was gab es da hinter jeder Fassade? Du wirktest wie der Hohepriester, und deine Ministranten bemühten sich, so wie du zu sprechen, gut und gemessen. Du sammeltest ihre Vorschläge in einem kleinen Notizbuch.

Ich beobachtete euch einen nach dem andern. Einige hatten niemals ein sogenanntes geordnetes Leben geführt. Keine Wohnung, keine Familie, Durchreisende auf dem Sprung, die dabei ihre Kraft aus moralischen Tugenden bezogen, die sehr fest waren. Schwäche jedweder Art zu zeigen, wäre sehr schlecht aufgenommen worden. Wie ich euch bewunderte. Einige von euch hatten eine Frau, die euch überallhin folgte. Oder die warten konnte. Es war eine andere Welt, und ihr wolltet, daß sie so blieb. Sie stand euch gut. Die Diskussionen darüber, wie die Öffentlichkeitsarbeit der Partei gemacht werden sollte, jetzt, wo es so aussah, als stünde der Bruch kurz bevor – wie die Wortführer in ihren Parolen sagten –, dauerten Stunden über Stunden. Bald würdet ihr die Öffentlichkeitsarbeit nicht mehr in Hast und Hetze machen, keine schnellen Gelegenheitskampfblätter mehr. Die Zeiten änderten sich, und bald würdet ihr aus euren Schlupflöchern herauskommen. Es müssen Hintergrundartikel her, um die Debatte anzuregen, sagtest du, die interne Diskussion. Die große Familie der Partei würde sich vergrößern, und es wurden neue Parolen ausgesucht und dabei die alten abgelegt, als wären sie alte Lumpen, die man unter Staub und Asche begraben müßte.

Ich ging ausschließlich dorthin, um, mit dir, die Photos für die Reportagen auszuwählen. Ich war die einzige Frau in diesen Versammlungen. Darauf war ich stolz . . . Ich fühlte mich stolz, wenn ich beim Betreten des Zimmers in die Runde blickte und sah, daß ich die einzige Frau war. Abgehoben von allen anderen Frauen, von den Ehefrauen deiner Genossen, die lauter kleine, unschätzbare Verdienste erworben hatten. Sie hatten Geduld und Geschick, sich auf jede neue Situation einzustellen. Diese Frauen kannten besser als sonst jemand die Lage der Gefängnisse im Lande, von außen natürlich. Eines Tages würden sie geehrt werden, denn ihr großes Verdienst bestand darin, als »Frau von« zu fungieren, ohne aufzubegehren. Agnès war eine von diesen, und du lehrtest mich, sie zu hassen. Daran erinnerst du dich bestimmt nicht einmal.

Zuerst stellte sie sich ihn wie einen Seemann vor. Vielleicht, weil er einen Bart trug und die Kinder ihn Kapitän Haddock nannten. Eines Tages kam Adrià hereingerannt und sagte zu Agnès: Mutter, da oben wohnt Kapitän Haddock! Kapitän Haddock?, fragte Agnès. Ja, und er raucht Pfeife. Ich meine den Kapitän Haddock aus *Tim und Struppi,* Mutter. Aber in diesem Augenblick beachtete Agnès ihren Jungen nicht, bei der automatischen Waschmaschine lief das Wasser aus, und sie wußte nicht, warum. Marc trotzte in der Küche, und Adrià hatte den Hamster freigelassen.

»Mutter . . .«

»Was ist, mein Junge?«

»Darf ich meinen Hamster Kapitän Haddock zeigen?«

»Sei still, ich kann mich jetzt nicht um dich kümmern.«

Es war einer dieser Augenblicke, in denen einem alles über den Kopf wächst, und Agnès fing an zu weinen. Die Tränen kullerten aus ihren Augen, ohne daß sie sich dessen bewußt war, und sie schloß sich in der Toilette ein, um sich richtig auszuweinen.

»Mutter . . .«

»Laß mich, laß mich.«

Sie riß Toilettenpapier ab und schneuzte sich unentwegt.

Marc trotzte immer noch, und sie trampelten überall herum. Plötzlich Scherbengeklirre, und Marc, der weinte.

»Mutter, Mutter . . .«

»Kann mir mal jemand sagen, was zum Teufel hier los ist?«

»Der Hamster hat die Sektgläser kaputt gemacht.«

Sie wäre nur zu gerne nie mehr aus der Toilette herausgekommen, hätte sich gerne in Luft aufgelöst oder wäre ganz klein geworden, hätte am liebsten sie alle im Waschmaschinenwasser ertrinken, die Wohnung überschwemmen lassen. Marcs Gebrüll wurde immer lauter, ebenso Adriàs Geschrei, und sie wollte nur noch weinen, nie mehr aufhören zu weinen. Sie zog am Toilettenpapier, als wäre es eine ganz lange Kette, die sie fesseln und nie mehr aus der Toilette herauslassen würde. Ihre Beine waren angeschwollen, weil sie den ganzen Tag im Kindergarten stehen mußte, und ihr Bauch schmerzte, weil sie einfach keinen Stuhlgang hatte. Dann benebelte sich ihr Gehirn, ihr Körper verwandelte sich in eine Masse, wie ein Bündel Brennholz. Sie hätte gerne lauter geschrien als ihre Söhne, Marcs Gebrüll überbrüllt, der bestimmt gerade dabei war, sich in der Küche mit Brei einzusauen, und Adriàs Schreie, der dem Hamster nachjagte. Heute nacht schnappe ich mir den Hamster und steche ihm die Augen mit zwei Haarnadeln aus, sagte sie zu sich. Und dieser Gedanken ließ sie noch mehr weinen. Sie sah die hervorstehenden, roten Augen der Ratte, die sie wie zwei Kugeln aus geronnenem Blut beobachteten, und malte sich aus, wie sie ganz langsam die Nadeln hineinstach. War das ein Hochgenuß, den sie da verspürte. Auf einmal breitete eine schwere Stille sich in der Wohnung aus. Kein Weinen von Marc war mehr zu hören, auch kein Getrampel von Adrià. Sie wischte sich hastig die Tränen ab und schneuzte sich. Aufgeregt verließ sie die Toilette.

»Ist was mit euch, Kinder?«

Marc und Adrià spielten mit dem Hamster in der Küche herum, zwischen den Scherben von den Sektgläsern und dem Wasser, das aus der Waschmaschine lief. Sie stellte Marc gleich auf den Küchentisch und verpaßte Adrià eine Ohrfeige. Der sah sie mit seinen Honigaugen an.

»Warum haust du mich, Mutter?«

Aber Agnès konnte ihm nicht erklären, warum sie ihn schlug. Vielleicht tat sie es, um die Teufel aus ihrem Innern auszutreiben, oder um den Gedanken zu verdrängen, den sie gehabt hatte, den Gedanken, mit zwei Nadeln die Blutaugen des Hamsters auszustechen. Sie hielt plötzlich inne, mitten im Schlagen, und drückte Adrià ganz fest, und während sie ihn umarmte, bemühte sie sich, Marc zu streicheln, der sie beide mit schreckensweiten Augen anstarrte. Kinder, Kinder, sagte sie und spürte, wie die Tränen wieder kamen. Sie wischte den nassen Boden auf und versprach ihnen:

»Heute mache ich euch Bratäpfel.«

Es war wieder so ein Abend, der zerrann, ohne daß man das Hereinbrechen der Dunkelheit hätte aufhalten können. Sie hätte die Dinge nicht aufzählen können, die sie den Tag über so getan hatte, die kaputte Waschmaschine, Marcs Durchfall, der Trubel im Kindergarten, das Geld von Jordi, das nicht kam, die Schulden, die im Lebensmittelgeschäft aufliefen. Zum Glück taten ihr heute die Eierstöcke nicht so weh. Der Kassenarzt hatte ihr gesagt, das ist psychisch bedingt. Aber bei ihr hörte das Stechen nicht auf, es brannte wie das Gift einer Schlange in ihrem Körper drinnen. Am Morgen hatte sie zu sich gesagt, los Agnès, du mußt laufen. Genau das hatte sie den ganzen Tag über getan, sie lief von einer Ecke zur anderen, vielleicht ohne Richtung oder in die Richtung, die die Kinder ihr angaben. Adrià in der Schule abliefern, im Kindergarten mit dem halb eingeschlafenen Marc eintreffen, die Bälger auf die Toilette begleiten, die wollten ständig pinkeln gehen. Wie oft hatte sie die kurze Strecke zwischen Toilette und Gruppenraum zurückgelegt? Ihnen das Breichen zu geben, nicht auf Marcs Heulen zu achten, mit dem er ihre Aufmerksamkeit auf sich lenken wollte, sich mehr um Mireia zu kümmern, die laut Leiterin zu Hause keine Zuneigung erfuhr ... Zuneigung, Zuneigung, man muß ihnen Zuneigung geben ... Und sie verteilte mechanisch Streicheleinheiten, küßte sie auf den Hals, weil man das tun mußte, sie spielte mit ihnen Taler, Taler, du mußt wandern!, wenn sie sich eigentlich in der Toilette einschließen und weinen und sich mit Toilettenpapier schneuzen wollte. Danach, Adrià wieder abholen, schnell, schnell, denn, wenn sie zu spät kommt, macht er dieses mürrische Gesicht, das sie so an Jordi erinnert ... Noch mal, noch mal, Agnès, los, ackern, das war nämlich noch nicht genug ... Und die Tage sind eine lange Kette, die niemand jemals mehr sprengen wird, Agnès. Morgens, wenn mit Mühe die Alpträume der Nacht verflogen sind, streckt Agnès die Beine und den Arm aus: Da ist es immer noch leer, auf der anderen Bettseite. Und sie möchte, daß das Blut aus ihrem Körper flösse, damit ohne Seele zurückbliebe. Wenn sie sich bewegte, tat es ihr im Unterleib sehr weh, als hätte sie da drinnen ein Viech, das sich unablässig dreht und wendet, eine Schlange, die sich wie ein Kringel zusammenrollt, und als ob zugleich irgendwer mit viel Kraft käme, ein stummer Kyklop, und den Schwanz der Schlange nach unten ziehen wollte, als wollte er alles ausschütten, was Agnès in sich drin hat. Aber Agnès hat keine Zeit, daran zu denken, sie muß wieder einen Tag mit verhangenem Himmel und voller Staub durchleben. Alle Tage kommen ihr so vor, schmutzig und staubig. Irgendjemand hat sie bestäubt mit dem feinen grauen Sand, der aus Bergwerken aufsteigt. Und sie besudelt sich mit dem Staub jeden Tages, und selbst wenn man zu ihr sagt, so ein schöner Tag, wie die Sonne scheint, glaubt sie es nicht, nein, nein, die belügen sie, denn der Staub dringt durch alle Löcher ihres Körpers. Agnès hat ganz schön zu tun, damit die Kinder nicht voll Staub werden, von dem Staub, der sie, Agnès, pausenlos dreckig macht. Manchmal tut ihr allerdings der Unterleib nicht weh, und sie steht ganz entspannt auf. Dann ist nämlich die Schlange eingeschlafen, und der Kyklop wird nicht kommen, um sie herauszuziehen. Die Schlange hat sich schlafen gelegt, sagt sich Agnès, und der einzige Feind, der ihr noch bleibt, ist der graue Staub, der wie der Sand aus den Bergwerken ist. Vielleicht weil Sonntag ist, wird die Schlange nicht kommen. Und sie hört das Plitsch, Platsch irgendeines Wasserhahns im Lichtschacht, irgendeines Wasserhahns, der friedlich vor sich hin tropft.

Es ist Sonntag. Während sie dem Plitsch, Platsch des halb vergessenen Wasserhahns lauscht, erwartet sie den Besuch der Jungen in ihrem Zimmer. Der Türgriff wird sich ganz sachte bewegen und Adrià wird auftauchen und Marc hinter sich herziehen. Und sie werden sich auf Agnès stürzen. Vielleicht werden sie sie heute nicht danach fragen, warum der Vater nicht kommt, und sich als Eroberer in der Wüste aus Laken und Bettdecken fühlen. Adrià wird sie an den Füßen kitzeln, während Marc an ihren Brustwarzen saugen wird und, ohne mit dem Lutschen aufzuhören, lispeln wird, deine Brust sssmeckt wie ein Erdbeersssahnebonbon. Was würde Agnès ihnen nicht alles gerne erklären, jetzt wo sie auf ihr lagen und sie mit ihrem Körper spielten und ihn leckten, als wäre er der warme Sand, den das Wasser küßt! Sie würde ihnen gerne einen Brief schreiben, so wie sie schon viele an Jordi angefangen und nicht abgeschickt hatte:

»Kinder, manchmal komme ich mir vor wie eine Kriminelle, weil ich Euch zur Welt gebracht habe. Ihr haltet Eure Mutter für eine Eiche, und sie fühlt sich wie aus Spanholz gemacht. Du, Marc, schleckst an meiner Brust, als wäre sie ein Erdbeersahnebonbon, obwohl die Kindergartenleiterin mir sagt, daß es nicht vernünftig ist, daß Du mich noch anfaßt und mich streichelst, daß Du Dich von mir lösen mußt ... Und ich wünschte mir, daß Ihr immer bei mir bleibt, weil so die Schlange nicht kommt und ich Euch vor dem Staubsturm bewahren kann, der da draußen tobt. Ich wünschte mir, daß Eure Augen immer so klar wären, daß Ihr immer ohne Übergang von Fröhlichkeit in Traurigkeit verfallen könntet. Ich wünschte mir, daß Ihr nicht erfahrt, was ich weiß, daß Ihr nie die bösen Geister kennenlernt, die sich jede Nacht in meinem Zimmer herumtreiben. Ich wünschte mir, daß Ihr nie erkennt, daß Ihr eines Tages sterben müßt. Ich habe Euch gewollt, weil ich den Mann sehr liebte, der damals mit mir zusammenlebte, und jetzt weiß ich nicht, ob dieser Wunsch nicht nur eine Folge der romantischen Romane war, die ich gelesen hatte. Wie kann man ein Kind haben von einem Mann, den man nicht liebt? Wenn das doch bei mir der Fall gewesen wäre, wenn doch eines schönen Tages ein Reisender, Landstreicher mich geschwängert hätte und dann wieder gegangen wäre . . . Ich weiß nicht, ob ich Euch vorher geliebt habe, aber jetzt habt Ihr mich bezaubert, und da habt Ihr meinen Körper, damit Ihr damit machen könnt, was Ihr wollt. Ihr vergleicht ihn nicht mit anderen, Eure Wertschätzung kommt von innen heraus. Noch erwartet Ihr nicht, daß er vollkommen sein sollte, daß meine Brüste fest sind, daß meine Oberschenkel straff sind, noch springt ihr auf mir herum wie Delphine auf dem Wasser. Ihr verliert Euch in meinem Körper, indem Ihr nach Winkeln sucht, die Euch Zuschlupf bieten sollen. Ihr verlangt nichts, kehrt zu meinem Körper zurück, weil ihr ihn noch nicht ganz verlassen habt . . . Kinder, manchmal schäme ich mich dafür, Mutter zu sein, und mir scheint, ich werde wohl nie eine gute Mutter sein können. Oft lastet Ihr auf mir wie ein Mühlstein, und ich wünschte, es gäbe Euch nicht. Und trotz alledem seid Ihr das einzige, was mich am Leben hält. Wenn ich morgens aufstehe und spüre, wie verwaist die Wohnung ist ohne den Mann, den ich liebe, wenn ich aufstehe nach einer Nacht, in der die Schlange meine Eingeweide zerbissen hat, und ich Euch immer hastig wecken muß, Eure Augen noch verklebt vom Schlaf, wenn Du, Adrià mich auslachst, weil mir die Toastbrote verbrennen, dann gebt Ihr mir zu verstehen, daß ich nicht gehen darf, noch nicht. Und ich wehre mich dagegen, mich in den Abgrund fallen zu lassen, in das schwarze Loch, das mich eines Tages vielleicht verschlingen wird. Kinder, ich weiß nicht, was ich Euch an Gutem weitergeben kann, welche Spielregeln. Ich spüre, daß ich das Spiel verloren habe. Manchmal komme ich mir widernatürlich und verlogen vor, wenn ich Euch von der Natur erzähle und Euch sage, daß Ihr großzügig sein müßt. Ich blicke um mich herum und weiter, sehe die Welt, die Euch erwartet und für die Ihr nicht verantwortlich seid. Ich wünschte, daß Eure Kindheit die Glut einer goldenen Welt wäre und daß die Erinnerung an die Jahre, die ich Euch geben konnte, Euch zumindest zu leben helfen wird. Ich mag es, wenn Ihr Euch gehen laßt, Kinder, das würde ich ja selbst gerne tun, aber man sagt zu mir, daß ich mich beherrschen muß. Ich würde gern wieder ein Kind sein und mit Euch die ganze Ewigkeit lang spielen, ich wünschte, daß meine Brüste sich mit Eurem Fleisch vereinigen und Eure Hände über meinen Körper streichen würden, als wäre er frisch gepflügte Erde.«

Wegen alledem achtete sie nicht auf das, was Adrià ihr vom Kapitän Haddock erzählte. Es reichte ihr, Männer spielten in ihrem Leben keine Rolle mehr. Nur die Jungen zählten, und es zählte, daß die Schlange sie nicht jeden Morgen biß. Daß der Kyklop nicht zurückkam und daß der Staub, der sie bedeckte, verschwand. Der Junge ging hinauf, um Kapitän Haddock den Hamster zu zeigen. Und hinter ihm her krabbelte Marc auf allen vieren. Der Eimer lief über von dem Wasser aus der Waschmaschine, und die Äpfel im Backofen verbreiteten einen Likörduft. Sie genoß solche Augenblicke der Stille, die keinen Sinn hatten.

»Kapitän Haddock ist mein Freund«, sagte Adrià.

»Und meiner auch«, plapperte Marc nach.

»Nein, er ist mein Freund, und ich geb' dir ein Stück von ihm ab.«

»Ich will kein Stück ab, ich will ihn ganz.«

»Also, warum ist er dein Freund?« fragte Agnès.

»Weil er mir Sachen aus seinem Land erzählt.«

»Wo ist er denn her?«

»Aus Afrika. Und er hat mir gesagt, daß er als Kind Fischer werden wollte.«

»Was machen denn die Fissser?« lispelte Marc.

»Die fischen Fische, du Esel!«

»Ich bin kein Essel«, und Marc fing an zu heulen.

»Komm, komm. Jetzt ärger ihn mal nicht so.«

»Der will mir ja auch meinen Freund wegnehmen!«

»Er iss aber auch mein Freund!«

Adrià gewöhnte sich an, in die Wohnung obendrüber zu gehen. Und auch Agnès gewöhnte sich daran, das Getrappel und Gerenne des Kindes über sich zu hören, während sie dem Kleinen sein Breichen gab. Eines Tages kamen sie beide herunter. Agnès erkannte in Kapitän Haddock den jungen Mann wieder, der sich immer leise davongeschlichen hatte, nachdem er sie, wenn sie sich auf der Treppe begegnet waren, gegrüßt hatte. Er war ein dunkler Typ, hatte breite Schultern, ein kantiges Gesicht und einen schwarzen Bart mit ein paar maisblonden Haaren. Sieht aus wie ein Seemann, dachte Agnès.

»Kapitän Haddock fragt, ob du mich mit ihm schwimmen gehen läßt.«

»Schön . . . Aber Kapitän Haddock wird doch auch einen Namen haben, oder?«

»Ich heiße Francesc.«

»Und ich Agnès.«

»Das hat Adrià mir schon gesagt. Ich könnte ihn jeden Samstag mit ins Schwimmbad nehmen, ich könnte eine Dauerkarte für ihn besorgen.«

»Ich will auch mit.«

»Du bist eine kleine Rotznase«, schrie Adrià.

»Seid still, bitte!«

Ein Jahr lang nahm Francesc Adrià mit ins Schwimmbad. Und Agnès wurde es kaum bewußt, daß ihr großer Sohn den Nachbarn häufiger sah als seinen Vater. Sie konnte nicht darüber nachdenken, die Schlange biß sie immer noch, und sie fühlte den klebrigen Staub, der ihren ganzen Körper bedeckte und die Nase verstopfte. Aber eines schönen Tages, ohne daß sie es merkte, hörte die Schlange auf, sie zu beißen, und der Staub verschwand. Agnès hatte keine Erklärung dafür. Es kam so überraschend, daß sie glaubte, es wäre ein Wunder geschehen.

Ich gebe zu, daß es mir schmeichelte, so gut von euch behandelt zu werden. Ihr kamt zu mir, um mir zu sagen, daß ich eine ganz andere Frau wäre als die andern, und somit eine bessere. War ich vielleicht naiv. Ihr wart es, die mich beurteilten, und ich paßte mich meiner Rolle genauso an, wie das eure Ehefrauen taten. Ich war das Gegenteil, das ihr brauchtet.

Norma: Ja bist du denn nicht stolz darauf, Frau zu sein?

Nein, ich bin nicht stolz darauf. Stolz darauf, das gleiche Geschlecht zu haben, wie Sílvia, Agnès oder Patrícia? Wie soviele Frauen der Parteisoldaten, die keinen Namen, aber einen Stall voll Kinder haben? Ich habe viel früher mit meinem Vater gebrochen als diese jungen Dinger heutzutage, die scheinen ja mit dem Patentrezept zum Leben in der Hand auf die Welt gekommen zu sein. Ich weiß, was das bedeutet, eine freie Frau zu sein (jetzt fällt mir auf, wie sehr dieser Satz mir weh tut, ich verstehe mich nicht, aber ich habe jetzt angefangen, so zu reden, daß ich damit nicht mehr aufhören kann). Jedenfalls gebührt mir das Verdienst, daß ich für mich selbst den Mythos der Jungfräulichkeit zerschlagen habe, als die Frauen noch verschleiert in die Messe gingen. Aber wer erkennt es mir an?

Norma: Daß du unbedingt abrechnen mußt.

Ich bin wie die Männer, Jordi, wie die Männer. Hörst du mich? Und dementsprechend haben wir gehandelt, als ich von dir schwanger geworden war und zu dir sagte, daß ich keine Kinder wolle, daß Photos mein Lebenswerk seien. Du hast es verstanden und hast dich gefreut, als der Frauenarzt uns sagte, das ist einfach, ihr fahrt nach London, du treibst ab und bei der

Gelegenheit sollen sie auch noch die Laparoskopie machen, das heißt, sie sollen deine Eileiter unterbrechen. Heutzutage ist es ja so leicht, sterilisiert zu werden. Früher war das eine Operation, nach der du ein paar Tage im Bett liegen bleiben mußtest, da wurden dir die Eileiter durchgetrennt, du wurdest aufgeschnitten, und die Narbe blieb sichtbar. Jetzt dagegen machen sie ein paar winzige Löchlein unterhalb des Nabels, ziehen die Spitzen der Eileiter ran, verätzen sie und fertig. Du merkst es nicht einmal, nicht wahr, Jordi? Du hast mich in dem Warteraum abgesetzt, wo alle Krankenschwestern, tüchtig und unablässig lächelnd, perfekt Spanisch sprachen. Ich war ein weiteres Rädchen in diesem fabelhaften, so modernen, so fortschrittlichen Getriebe. Und als wir uns wieder sahen, hatten sie mir schon die Eileiter verätzt, ohne daß ich es gemerkt hatte, das war ein Kinderspiel gewesen. Ich fühlte mich nur am Steißbein ganz steif. Aber, siehst du, es handelt sich nur um zwei ganz winzige Löchlein unter dem Nabel, die wieder zugenäht wurden, als wär's eine Stickerei im Kreuzstich. Die Zeiten sind vorbei, wo man die Gebrechen sieht, wo man nicht mehr im Bikini herumlaufen kann, weil man einen Kaiserschnitt hatte, diesen monströsen, schmutzigen Strich, der ganz oft Wülste bildet. Mein Körper fühlte sich taub an, als hätte man ihn mit Sägespänen gefüllt, als wäre ich eine Puppe, der man das Laufen beibringen müßte. Aber das Gefühl ging schnell vorbei. Wir beide hatten beschlossen, daß aus unserer Verbindung kein Kind entstehen sollte, daß unsere Beziehung tief und spirituell genug sei, daß unsere Werke unsere Kinder sein würden, meine Photos und deine Parteiarbeit, daß das uns genügend ausfüllen würde, nicht wahr, Jordi? Wir waren so rational, so objektiv. Wir lebten so außerhalb von uns selber. Wie zwei Marionetten, die sich von ihrem früheren Irrationalismus, vom Christentum reingewaschen hatten. Wir fühlten uns ausgefüllt, nicht wahr, Jordi? Auf dem Flughafen Heathrow mußtest du mich beim Gehen stützen, mein Körper war wie gelähmt, aber es machte mir nichts aus, endlich war ich wie ein Mann, wie ein Mann, wie ein Mann. Aber du gehst weg, Jordi, du gehst weg, und mein Versprechen läuft in mir aus, in mir. Nicht wahr, Jordi?

Norma sagt mir oft, daß, wenn ich als Mann geboren worden wäre, ich nicht so hochgelobt, gefragt, verwöhnt worden wäre. Es gibt viele männliche Photographen, die, weil sie Männer sind, nicht groß herauskommen, sagt sie mir. Aber als ich die Polizei photographiert hatte, die in eine Demonstration hineinschlug, und euch die Abzüge brachte, da habt ihr mich alle voller Überraschung und Bewunderung angeschaut. Ich war eine mutige Frau. Wer bewundert schon einen mutigen Mann, Jordi? Ihr bewundertet mich, weil ich anders war als die anderen Frauen.

Schon bald wurde ich zur Mutter und Vertrauensperson vieler der Genossen, die in der Partei mitmachten. Es war so leicht, ihnen zuzuhören und sie zu verstehen. Ich fühlte mich geschmeichelt, wenn sie sich an mich wandten und mein Mitgefühl suchten. Ich war voller Mitgefühl. Genau das, was sie wollten. Da kamen Männer zu mir, die das Leben zu Hause nicht aushielten, das Geschrei und Geplärre der Kinder, die Schwiegermutter, die ständig herumnörgelte, die Rechnungen, die bezahlt werden mußten. Sie wohnten in Wohnungen, die sie auf Wechsel gekauft hatten, und die waren eng, ungemütlich, die Wände dünn, und alle Hähne tropften. Nach den Versammlungen fuhr ich oft im 600er SEAT eines Arbeitergenossen mit, der Frau und Kinder in einem Dorf im Priorat zurückgelassen hatte. Er halte dieses Leben nicht aus, sagte er. Und die Frau sei ja ein gutes Mädchen, brächte aber kein Verständnis auf für die Opfer des Kampfes, den revolutionären Eifer, der ihn daran gehindert hätte, Karriere zu machen, der bewirkt hatte, daß er nur ein einfacher Hilfsarbeiter oder Anlernling geblieben sei, weil man zwischen einem Gefängnisaufenthalt und dem nächsten keine Arbeit behalten könne. Besser gesagt, dich behält keiner, die haben Angst vor dir, egal, welche Arbeit du machst, sie schmeißen dich raus, einmal und noch einmal, und sie versteht das nicht, weißt du, Natàlia, sie versteht nicht, daß viele Opfer gebracht werden müssen, daß man auf alles verzichten muß. Sie will unbedingt sonntags mit der Familie anstoßen, wo das doch der einzige Tag ist, an dem wir uns versammeln können, sie versteht nicht, daß ich nicht zu Hause bleiben kann, wie sie das gern hätte. Du wirst schon sehen, Natàlia, wenn der landesweite Generalstreik ausbricht, dann wird alles anders, muß anders werden. Der Augenblick ist zum Greifen nah, er kommt bald, er kommt bald, sie geben nach, weil sie merken, daß sie vor der letzten Schlacht stehen, daß es jetzt ernst wird. Die Kampfesfront wird breiter, ständig sind mehr unzufrieden, die kleinen Unternehmer, die Bauern . . .

Ja, ich glaubte, ganz anders zu sein als jene nörgelnde, ungepflegte, verhärmte, weinerliche und verlassene Frau, die kein Verständnis für den Kampf des Genossen hatte, die den Mann anschrie und ihn an so Kleinkram erinnerte, wie jeden Tag genug zu essen zu haben und eine Familie durchzubringen.

Norma: Man merkt ganz deutlich, daß du nie einen Haushalt hattest, nie Stunden über Stunden auf den Mann gewartet hast, daß du nicht weißt, was Eifersucht auf die Partei bedeutet. Du bist nicht neidisch auf eine andere Frau, sondern auf eine Idee. Und wie willst du gegen eine Idee ankämpfen können? Schlimmer als Eifersucht auf eine andere Frau ist die Eifersucht auf diese Art Kraken, der die Männer Tag und Nacht auffrißt.

Norma verstand das nicht. Aber ich konnte euch verstehen. Ich hatte einen individuellen Kampf hinter mir, hatte darauf verzichtet, mich einem Mann hinzugeben, um mehr wert zu sein. Bis du kamst, Jordi. Und es kam mir alles so schön vor, all das, woran du glaubtest. Eine Frau muß gegen sich selbst kämpfen, um sich selbst zu retten. Wenn ich gekämpft hatte, wenn ich es geschafft hatte, selbständig zu denken, warum tun das dann die anderen Frauen nicht?

Norma: Ja, weißt du denn nicht, wo du geboren bist, Mädchen? Weißt du denn nicht, wer deine Eltern waren?

Natàlia: Über lange Zeit habe ich meinen Vater für einen Feigling gehalten. Und meine Mutter war nicht mehr als ein Schatten.

Norma: In Ordnung, schönes Kind. Aber dein Vater war Architekt und war Republikaner gewesen. Und deine Mutter Pianistin und Jüdin. Du weißt nicht, was ein bürgerliches Töchterchen aus dem *Eixample* ist.

Natàlia: Ich kann diese Opferrolle der Frauen nicht ertragen. Ein Teil der Unterdrückung, unter der die Frauen leiden, ist auf die Frauen selbst zurückzuführen.

Norma: Sieh an! Das habe ich schon mal irgendwo gehört. Ja, jetzt weiß ich's . . . Harmonia Carreres hat es in einem Interview gesagt. Wenn man so denkt, liegt es nahe, daß die Schwarzen Sklaven waren, weil sie es selbst wollten.

Natàlia: Solange sie Sklaven waren, ja.

Norma: Und, hast du noch nie einen Spaziergang durch die Arbeiterviertel gemacht? Hast du noch nie Frauen in deinem Alter gesehen, die viel älter aussehen, weil sie voll beladen mit Sorgen und Kindern sind? Die keine Pille nehmen, weil sie Angst haben? Die in kümmerlichen, feuchten Wohnungen hausen und sich dauernd nach der Sonne ihrer Heimat sehnen?

Natàlia: Na komm, sei nicht so demagogisch.

Norma: Nein, du weißt ganz genau, daß ich das jetzt nicht bin.

Natàlia: Wenn du so sprichst, dann kommt es mir vor, als hättest du da ein Schuldgefühl.

Norma: Vielleicht habe ich es ja, aber ich glaube, daß sowohl du als auch ich die Pflicht haben, die Realität nicht nur von einem einzigen Standpunkt aus zu betrachten. Wir müssen alle Seiten berücksichtigen.

Natàlia: Was denkst du eigentlich? Denkst du, ich hätte auf nichts verzichtet? Daß es mir leicht gefallen ist, auf die traditionelle Rolle als Frau zu verzichten?

Norma: Nein, ich weiß durchaus, daß es dir nicht leicht

gefallen ist. Aber um kämpfen zu können, jetzt in dieser Zeit, mußt du, glaube ich, einfach diese traditionelle Rolle kennengelernt haben. Du mußt sie verinnerlicht haben, gedacht haben, sie sei dein einziger Lebensinhalt. Einen Mann glücklich zu machen und sich in den Kindern zu verewigen, sei die wunderbarste Aufgabe des Lebens. Du mußt daran zuerst geglaubt haben, um diese Gedanken verwerfen zu können. Nur so, denke ich, wirst du die anderen Frauen verstehen können.

Als du zu mir sagtest, weißt du, daß du mir gefällst?, kam mir das so vor, als käme die Welt wieder ins – zuvor gestörte – Gleichgewicht. Ich mochte deine Ideen, weil ich mich durch sie besser fühlte. Ich hatte immer den Frauen mißtraut, die durch einen Mann leben, aber ich glaubte, wenn ich deine Liebe zur Menschheit teilte, würde ich endlich meinen individuellen Kampf überwinden. Und was bedeutete es schon, daß du der einzige Weg warst, nur du allein? Das, was erreicht werden sollte, war es wert. Und mir fiel nicht auf, daß in dem Gedanken, die Welt zu verändern, eine Angst steckte, die so düster und unterirdisch war, daß man sie verstecken mußte. Es war die Angst davor, uns selber zu verändern. Als ich Norma erzählte, daß ich mich in dich verliebt hätte, brach sie in Gelächter aus. Siehst du, sagte sie zu mir. Nicht wahr: Du denkst nur daran, ihn glücklich zu machen? Nicht wahr: Du ißt nicht, schläfst nicht, alles zieht dich zu ihm hin. Merkst du nicht, daß du diesem Jungen mit seinem Unschuldsgesicht ins Netz gegangen bist? Und ich haßte Norma, weil sie ihren Triumph auskostete.

Natàlia: Vielleicht hast du recht, aber ich bin überzeugt, daß es die romantische Liebe nicht gibt, daß die Männer und die männliche Geschichte sie erfunden haben.

Norma: Das sagen wir, in Ordnung. Aber was ist mit uns los, wenn wir uns verlieben, was ist da mit uns los?

Ich habe mich nämlich eine ganze Zeitlang gefragt: Was ist mit mir geschehen, als du zu mir sagtest, weißt du, daß du mir gefällst? Bis dahin hatte ich mich durchmogeln können. Vielleicht hatte ich bei Emilio ein flaues Gefühl in der Magengegend verspürt, aber nein, nein . . . Ich war nicht verliebt gewesen in Emilio. Diese Liebe damals, jetzt ist sie so weit weg, hatte mir geholfen, mich selbst besser kennenzulernen, meine Empfindungen, meine Wünsche . . . Mit Sergio habe ich Wahnsinnsnächte verbracht. Aber von Anfang an war alles ganz klar gewesen: Wir waren zwei Wesen, die an einem bestimmten Punkt in Zeit und Raum zusammentrafen, um sich danach wieder zu trennen und jeder für den anderen zu einer schönen Erinnerung zu werden. Mit Jimmy war alles Höflichkeit . . . Jimmy war Engländer und so wohlerzogen . . . Er hatte eine *Public School* besucht und, wie alle Kinder aus gutem Hause, eine Hippie-Zeit gehabt, um sich dann an seine Herkunft zu erinnern und Jenny zu heiraten. Nein, ich habe keine Ressentiments. Alles war natürlich. Wenn ich mir die Welt ausgesucht hatte, bedeutete der Verlust eines Mannes gar nichts. Ich war immer noch ich selbst. Ich war ich, und damit basta. Bis du kamst, Jordi, und zu mir sagtest, weißt du, daß du mir gefällst? Das kam mir unglaublich vor. Was hatte ich dir zu bieten, ich, die ich mich vor mir selbst ekelte, die ich vor mir selbst floh? Du, das sagten alle zu mir, warst das Vorbild für die aufopferungsvolle Parteiarbeit. Du wolltest nichts anderes als die Liebe zur Menschheit. Du hattest so vieles geopfert. Vor allem das, was du am meisten liebtest, deine Karriere als Schriftsteller. Du hattest der Partei zuliebe darauf verzichtet, Schriftsteller zu werden. Du verhieltst dich korrekt gegenüber Agnès, es hieß, daß du deine Kinder wie verrückt liebst. Bei der Polizei wurdest du gefoltert und hast keinen verraten. Im Gefängnis verbreitete sich dein Ruf wie Sand an einem windigen Tag. Und als du wieder rauskamst, bliebst du in der Partei, ohne mit irgendwem abzurechnen, und übernahmst ständig die Arbeiten, die keiner wollte, heimliche, schwierige, obskure Arbeiten. Du strebtest nach keinem Posten, ließt den andern den Vortritt. Schlugst dir die Nächte und die Tage um die Ohren, für die Partei. Vielleicht, wenn du irgendwann einmal mehr vom Leben gewollt hättest, ich weiß nicht.

Wie habe ich mich in dich verliebt? Vielleicht wegen dieser schutzlosen, traurigen Geste beim Durchqueren des Flurs im Gegenlicht, nachdem du zu mir gesagt hattest: Ich muß gehen? Nein, Jordi, ich habe mich nicht in deine Vergangenheit verliebt, auch nicht in deine Selbstlosigkeit. Sondern in jene Geste, die um Hilfe bat. Ich wäre zu gerne ein Adler gewesen und hätte dich in der Kälte der Nacht umfangen. Ich weiß nicht warum, Jordi, aber du hast auf mich immer den Eindruck gemacht, als kämst du aus der Nacht. Und du kommst nie ganz aus ihr heraus. Jetzt kehrst du zurück zu Agnès, Jordi, du kehrst zu ihr zurück, damit du problemlos mit dem Mädchen aus meinem Traum zusammensein kannst. Ich liebte dich also, als ich diese vage Geste sah, die sich unter dem Flurlicht schemenhaft abzeichnete. Lange bevor ich wußte, daß du auch Aragon magst (lange Zeit trug ich *Les yeux d'Elsa* in meiner Tasche mit mir herum). Später verblaßte diese hilflose Geste langsam, als du mir nach und nach dein Unbehagen mitteiltest. Du wolltest schreiben und fandest nicht den rechten Augenblick dafür. Du sahst, daß die Zeit dich zu einem absurden Wettlauf gegen dich selbst zwang. Niemals hast du das einem deiner Genossen gesagt, ebensowenig der Parteiführung. Sie verlangten von dir die stille, treue und aufopferungsvolle Arbeit. Niemand hatte Mitleid mit dir, Jordi. Unter Marxisten gilt Mitleid ja auch als Luxus.

Aber vor dem Wunder schrieb Agnès viele Briefe an den Mann, den sie immer noch liebte. Weißt Du, schrieb sie ihm, ich erinnere mich schon nicht mehr an Dein Gesicht . . . Und das war wahr. Der Staub setzte sich auf ihrer Haut fest und verdreckte auch die Haut ihres Liebsten. Wenn die Kinder schliefen, saß sie auf dem Bett und beschrieb haufenweise Papier. Anfangs waren es Vorwürfe einer verlassenen Frau, und sie überlegte, was ihn am meisten verletzen könnte. Es fiel ihr schwer, ihm die

verlorenen Jahre an seiner Seite zu verzeihen, daß sie ihr Studium
aufgegeben hatte, damit er das Leben im Untergrund führen
konnte, und auch, daß er Kleines zu ihr gesagt hatte, mein
Kleines . . . Alles war ganz wirr, ein einziges Durcheinander, und
sie zerriß die meisten Briefe, die sie an ihn schrieb. Einmal kam
sie an den Punkt, daß sie nicht mehr wußte, was Jordi ihr
angetan hatte. Und sie erfand sich einen Mann, dem sie alles
erzählen konnte, was ihr jeden Tag passierte. Heute hat mich
der Staub wenig gestört, und die Schlange ist verschwunden,
schrieb sie ihm. Weißt Du, heute hat Adrià mir eine lange
Geschichte von *Kaubois* erzählt, er sagt, wenn er groß ist, wird
er *Kauboi*, wird sich eine Pistole schnappen und Peng, Peng,
Peng alle Francos auf der Welt umbringen. Er hat keine Angst,
sagt er, aber nachts sieht er Zeichnungen an der Wand und
Skelette, die klappern. Er kommt in mein Bett, ohne Lärm zu
machen, und versteckt sich unter den Laken, weil er sagt, daß
es in meinem Zimmer keine Zeichnungen an der Wand gäbe . . .
Heute habe ich von Dir geträumt. Du hast mich ganz fest
gedrückt und in mein Gesicht geblasen, weil mir die Haare in
die Augen fielen. Aber immer, wenn Jordi kam, um die Kinder
abzuholen – oder um mit ihnen zu Abend zu essen –, dann
empfing ihn Agnès mechanisch, als hätte Jordi nichts zu tun mit
dem Mann, von dem sie jede Nacht träumte.

Eines Abends kam Francesc herunter, um sich von Agnès und
den Kindern zu verabschieden. Er blieb zum Essen und erzählte
ihr von seinen Plänen. Er würde in eine andere Stadt ziehen,
würde mehr Geld verdienen, und dann könnte er das tun, wovon
er schon seit langem träumte: Sich ein Segelboot mieten und
ganz lange draußen auf dem Meer bleiben. Danach erzählte
Francesc den Kindern, die schon im Bett lagen, Geschichten von
Fischen, die andere Fische fressen, und von Walen, die wie
Menschen denken. Auch über Lachse, die in der Lage sind, an
der gleichen Stelle des Flusses zu laichen, an der sie geboren sind.
Als die Kinder eingeschlafen waren, gingen Agnès und Francesc

in die Küche zurück und spülten gemeinsam das Geschirr ab. Francesc fragte sie: Geht's dir gut, Agnès? Und ihr fiel auf, daß niemand, weder die Mutter, noch Norma, sie das gefragt hatten. Ohne zu wissen warum, erzählte Agnès ihm das mit dem grauen Staub, der ihre Nase verstopfte, und auch das mit der Schlange, die sie nicht in Ruhe ließ. Und sie erzählte ihm nichts über Jordi, nur von den Alpträumen in der Nacht, und daß sie kaum Zeit hätte, daran zu denken. Kapitän Haddock hielt ihr keinen langen Vortrag wie Norma, er sagte nur, wir tun uns soviel Leid an . . . Das Problem ist nicht, daß wir uns nicht lieben, sondern daß wir nicht wissen, wie wir uns lieben sollen. Und vielleicht auch, daß wir uns nicht damit abfinden können, das zu verlieren, was schon verloren ist. Und er fügte hinzu, mir ist es genauso gegangen. Ich bin aus El Aaiun, ein Soldatensohn, und ich weiß, daß ich nie mehr in meine Heimat zurückkehren kann, weil sie nicht mehr meine Heimat ist. So ist das Gesetz. Agnès war sprachlos, nie hätte sie gedacht, daß es noch andere Arten von Verlust gab . . . Die einzige Art, wieder anzufangen zu leben, sagte Francesc, ist es, zu akzeptieren, daß es Dinge gibt, die nicht mehr so sein werden wie früher.

Sie setzten sich ins Eßzimmer und unterhielten sich weiter. Danach gab es einen Stromausfall, und Agnès stand auf, um eine Kerze anzuzünden. Francescs Bart wurde länger und länger, es sah so aus, als berührte er den Boden. Agnès kniff die Augen zusammen, und sie blieben eine ganze Weile so sitzen, ohne etwas zueinander zu sagen. Später küßten sie sich und liebten sich. Agnès schlief schließlich in Francescs Armen ein. Es war die erste Nacht, in der sie keinen Alptraum hatte. Sie erwachte im Morgengrauen, wenn das Licht violett scheint, und bemerkte, daß Francesc weggegangen war. Sie sah ihn nicht mehr. Er schenkte Adrià sein Fahrrad und Marc einen Fußball. Und ihr hinterließ er seine Mütze. Adrià sagte, das ist die Mütze von Kapitän Haddock, Mutter. Das heißt, daß er wiederkommt. Kapitäne können nicht ohne ihre Mütze auskommen. Und zum erstenmal seit langer Zeit lächelte Agnès, und am Abend schimpfte sie Adrià nicht aus, als er den Hamster laufen ließ, und sie sagte auch nichts, als Marc seine Dreckfinger ins Marmeladenglas steckte.

Aber die Krise begann, als die Partei legal wurde. Für was waren all die Jahre des Kampfes und des Engagements gewesen, wenn es in der Politik jetzt nur noch Berufspolitiker gab? Es tauchten neue aktive Mitglieder auf, die sich wie die Geier auf die besten Posten stürzten. Der Generalsekretär bedauerte dich ein bißchen, als du einmal in irgendeiner Versammlung daran erinnertest, daß vor allem die Ethik des Kommunisten bewahrt werden müsse. Um dich herum wurde überall gelächelt, da kommt unser Jordi wieder mit seinen Träumereien, jetzt ist nicht die rechte Zeit, jetzt ist nicht die rechte Zeit. Und du hangeltest von Ast zu Ast, als stünde die Erde in Flammen, als wäre sie ein riesiger Holzscheit geworden, vor dem man fliehen müßte. Und es kam nicht nur die Stunde der Mittelmäßigen, der Taktiken, die uns dazu zwangen, zu paktieren und Kompromisse zu schließen, sondern es kam auch soweit, daß einige führende Köpfe sich einen Zug Grausamkeit und Verschlagenheit zulegten. Ist das die Welt, von der du geträumt hattest, Jordi? Eine Welt, in der die Arbeitergewerkschaften zu Vermittlern bei allen Streiks werden und die Kommunisten die kleinbürgerliche Moral in die Praxis umsetzen? Diese Welt, Jordi? Jetzt stehst du vor der Tatsache, daß du weder Berufspolitiker geworden bist, noch Schriftsteller. Sie haben dir deine Identität gestohlen, Jordi . . . Und ich wußte nicht, was ich dir sagen sollte, du hattest dich verschlossen wie eine Auster, fühltest dich stärker in deiner Isolation. Du warst so unmenschlich, Jordi. Nur einmal bist du nachts verzweifelt in meine Wohnung gekommen. Du hast dich neben mich gelegt und mich ganz fest umarmt. Du hast zu mir gesagt, er hat schon wieder gewonnen, er kommt von außerhalb und soll uns dazu bringen, eine andere Politik zu machen. Alle

Anstrengungen macht der in einem Atemzug zunichte. Er befiehlt, kommandiert uns, noch nie habe ich der Macht so aus der Nähe in die Augen gesehen. Es waren unzusammenhängende Worte, die ich nur schwer begriff. Später kam ich darauf, daß der Generalsekretär der Kommunistischen Partei Spaniens in Barcelona gewesen war und euch ein Konzept über den Haufen geworfen hatte. Er hatte es geschafft. Du bist in Tränen ausgebrochen wie ein kleines Kind. Ganz dicht neben mir hast du geschluchzt, dich gehen gelassen, Jordi. Was habe ich dich in jener Nacht geliebt.

Auf der Insel erinnere ich mich, verschwommen und unzusammenhängend an all diese Szenen. Denn die Zeit im Gedächtnis hat nichts zu tun mit der historischen Zeit. Vielleicht hast du gar nicht in der Nacht geweint, als du dir der Grausamkeit bewußt wurdest, die ein kommunistischer Generalsekretär an sich haben kann, vielleicht war es ein ganz anderer Augenblick. Es scheint mir so, als wäre nur sehr wenig Zeit vergangen zwischen dem Tag, an dem du zu mir sagtest, weißt du, daß du mir gefällst?, und der Nacht, in der ich deine Silhouette sich im Flurlicht abzeichnen sah, sowie den Monaten, die zwischen dem Tag, an dem wir Francos Tod feierten, und der Nacht lagen, in der du geweint hast, alles besteht aus kleinen Ausschnitten, die nach und nach eine persönliche Geschichte ergeben, die der Erinnerung. Die Reihenfolge, in der die Erinnerungen im Gedächtnis stehen, ist nie chronologisch oder kohärent. Wenn du Glück hast, helfen die Wörter dir manchmal, die Ausschnitte richtig zusammenzufügen und daraus eine »Geschichte« zu machen. Das möchte Norma, die Erinnerungen, die Meinungen, die Tatsachen innerhalb der Wortstrukturen ordnen. Ich habe Norma herausgefordert, indem ich ihr die Papiere von meiner Mutter und Kati zugeschickt habe. Vielleicht sitzt sie jetzt irgendwo und versucht, die Geschichte zweier so verschiedener Frauen wie Mama und Kati zu schreiben. Und einer so festen und so vergänglichen Liebe wie der zwischen Kati und Patrick.

Aber ich glaube, daß Norma nicht alle Teile des Puzzles hat. Ich fühle mich unbehaglich, glaube, daß ich sie betrogen habe. Ich habe ihr einige Fakten geliefert, aber vielleicht habe ich ihr nicht alles gesagt. Ich will nämlich, daß sie die Chronistin spielt und nicht die Schriftstellerin. Ich will die Phantasie für mich alleine, sie soll mit mir sterben. Die innere Ordnung der Phantasie widersetzt sich allen Tatsachen, allen Ereignissen. Das ist die Rache der Literatur an der Geschichte.

Zum Beispiel erinnere ich mich an einen Tag, an dem wir, du und ich, zu einer französischen Theatergruppe namens *Les troubadours* gingen. Das Stück handelte vom Kampf der Katharer gegen die Unterdrückung durch den König von Frankreich. Einer der Troubadoure hat geschrien: *Ils nous ont volé le temps d'aimer.* Du kamst ganz beeindruckt heraus und sagtest zu mir: Siehst du? Das Problem ist nicht, daß wir auf der besseren Seite stehen, oder daß unser Kampf ein guter ist, das Problem ist, daß die Zeit inzwischen nicht stillsteht. Und meinst du nicht, daß jetzt für uns die Zeit zum Leben gekommen ist?, fragte ich. Du konntest dir ein Lächeln nicht verkneifen. Das machst du oft, als wolltest du zu mir sagen, Mensch, bist du naiv. Während wir die Rambla hinauf gingen, hast du mich an ein paar Texte erinnert, die wir zusammen gelesen hatten, kurz nachdem wir uns kennengelernt hatten. An ein Fragment aus einem Gedicht von Louis Aragon:

> *Le temps d'apprendre à vivre, il est déjà trop tard,*
> *Que pleurent dans la nuit nos coeurs à l'unisson.*
> *Ce qu'il faut de regrets pour payer un frisson*
> *Ce qu'il faut de malheur pour la moindre chanson*
> *Ce qu'il faut de sanglots pour un aire de guitare.*

Du fügtest hinzu, die Sache ist die, daß wir die Liebe erfunden haben. In meiner Studienzeit haben wir Sex und Liebe auseinandergehalten und Liebe wiederum mit Freundschaft verwechselt. Jetzt glaube ich überhaupt nichts mehr, sagtest du. Aber jetzt willst du weg von mir, Jordi, weil wir, du und ich, nichts mehr glauben. Wir haben nicht genug Mut, zu wollen, daß unsere Herzen zur gleichen Zeit weinen, wie Aragon sagt. Wir waren nicht einmal in der Lage, gemeinsam unser Scheitern zu betrauern, da hast du's.

Jetzt kommen mir noch andere Gesprächsfetzen in den Sinn. Ich erinnere mich, daß du zu mir sagtest, die alten Parteikämpfer haben sich die romantische Liebe bewußt verboten, es blieb ihnen nichts anderes übrig. Für sie ist die Frau die Kampfgefährtin. Wenn sie, sagen wir, romantisch geliebt hätten, hätten sie es ganz bestimmt nicht ausgehalten. Vielleicht hätten sie Selbstmord begangen. Die romantische Liebe ist absolut, ist Gott, ist alles. Und ich habe dich gefragt, ja, was machen wir denn jetzt? Sagtest du nicht, daß es sie nicht gibt? Und du versuchtest zu präzisieren, will sagen, daß es die romantische Liebe geben muß, wahrscheinlich, sobald das Überleben gesichert ist. Ich erwiderte dir, daß ich das nicht glaube, daß ich sicher wäre, daß sogar in den Vernichtungslagern, in denen die Leute wie die Fliegen starben, Fälle von romantischer Liebe aufgetreten seien. Du fingst an, unaufhörlich zu reden, es wurde eine schöne, lange Rede, die ungefähr folgendermaßen lautete: Das Problem liegt darin, zu wissen, ob die romantische Liebe ein verfeinerterer Zustand von dem ist, was die Dichter im neunzehnten Jahrhundert Esprit nannten, oder ob sie eher eine Erfindung der Künstler ist. Andererseits trägt die Liebe, sieht man sie als etwas Absolutes, in sich den Keim des Todes, der Zerstörung. Ich glaube also, daß die romantische Liebe entsteht, wenn dein Bauch voll und die allgemeine Situation zufriedenstellend ist. Oder aber, wenn du merkst, daß ihre längerfristige Verwirklichung unmöglich ist. Zu Zeiten der Studentenrevolten stellten wir den Verstand vornean und kritisierten alles, was nach Gefühl aussah. Und ich weiß nicht, ob wir damit recht hatten. Der Verstand ist ein gutes Hilfsmittel, wenn der Glaube verschwunden ist. Jetzt stehe ich vor der Tatsache, daß ich viele Dinge nicht verstehe, daß sie sich mir entziehen. Die Liebe ist eine Krankheit, und ich habe zu dir gesagt, ist es denn nicht furchtbar, daß so tiefe Gefühle vergehen müssen? Und du wußtest mir nur zu antworten, vielleicht brauchen wir das zum Überleben.

So beendest du alle Gespräche, Jordi. Du redest von Überleben oder daß man durchhalten müsse, um nicht unterzugehen. Ich glaube, daß Norma recht hat, wenn sie sagt, daß wir, du und ich, uns einen Panzer angelegt haben, um etwas zu verstecken. Ich glaube, ich fange an, das zu bemerken. Und du, Jordi?

Aber was verbergen wir, Jordi? Brauchen wir denn eine Maske, um zu überleben? Wir dürfen nicht untergehen, wir dürfen nicht an unsere Grenzen stoßen. Man muß ständig eine Maske tragen, bei den Parteiversammlungen, bei feministischen Vorträgen. Mußte erst Franco sterben, damit wir entdeckten, daß auch wir eine Maske tragen? Norma würde sagen, daß es nur einen Augenblick gibt, in dem du die Maske abnimmst, einen ganz bestimmten Augenblick, der in einem Seufzer vorbei ist. Es ist der Augenblick, in dem zwei Körper sich zum erstenmal vereinigen, so, als hätten sie sich schon immer gekannt. Zwei Körper, die sich vereinigen, weil ihre Seelen es tun und eine einzige werden (jetzt sehe ich's, Norma ist eine Romantikerin). Wenn du dich nicht verstellst und vor Lust schreist und imstande bist, dem Liebhaber/der Geliebten nach dem Orgasmus wieder in die Augen zu schauen, um dich bei ihm/ihr, mit unendlicher Zärtlichkeit, für alles, was du bekommen hast und was der/die andere bereit war zu bekommen, zu bedanken. Nein, nein, ich glaube, in dem Punkt hast du recht, Jordi, ich glaube, daß so was nur geschehen kann, wenn man Zeit hat, daran zu denken. Wenn man keine Essens- oder Kriegssorgen hat. Aber, was ist mit der Geschichte von Kati und Patrick? Sucht man nicht gerade dann, wenn man Schiffbruch erleidet, nach Liebe und Zerstörung?

Schiffbruch? Franco war jahrelang nur Haut und Knochen

und ist vor ein paar Jahren gestorben, und jetzt haben wir ihn, glaube ich, vergessen. Stimmt's? Ich hatte einen Traum: Ich lag an einem Strand, und der Südwestwind wiegte mich sanft in den Schlaf. An meiner Seite lag ein Mädchen mit langen Haaren und einer Pfirsichhaut und küßte meinen Körper. Sie küßte ihn ganz langsam ab. Auf unserer Haut waren Salzwassertropfen. Wir liebten uns, während die Wellen unsere Füße streichelten. Es war wie ein Werbespot im Fernsehen. Aber Tatsache ist, daß ich es genoß. Mir stand alles zur Verfügung, was die Welt an Schönem zu bieten hat, nämlich eine friedliche Natur, im Hintergrund das Meer als Symbol der Freiheit und eine vollkommene Frau. Sex und Natur. Oder eigentlich ist das ein und dasselbe. Und ich liebte alles in einem. Mit einemmal tauchte Franco wie ein wütender, tobender Neptun aus den Fluten auf. Er sah aus wie ein biblischer Prophet, der gleich die schlimmste aller Verfluchungen gegen uns schleudern würde. Wir stoben wie vom Blitz getroffen auseinander. Na ja, ich war es, die mich von ihr löste, die andere war keine handelnde Person. Sie hatte keine Bedeutung innerhalb der Szene, war ein weiteres Element innerhalb des Ganzen, das ich mir ausgedacht hatte. Der Diktator verbot uns, uns zu lieben. Sobald wir uns getrennt hatten, kehrte Franco in die Fluten zurück. Oder in die Hölle. Ja, ich weiß schon, daß der Traum zu eindeutig ist. Aber mich interessiert nicht die Rolle Francos, sondern der Gegenstand meiner Liebesbeziehung. Und das war ein Traum innerhalb des Traumes.

Franco ist in mir, klebt an mir wie eine Nacktschnecke. Der alte, vertrocknete Knochen stirbt einfach nicht. Er tut mir weh, Jordi. Er kommt raus, wenn ich es am wenigsten erwarte, liegt auf der Lauer, wie ein Raubtier, das mich gleich anspringen wird. Seine Augen sind blutunterlaufen. Aber er hat kein Gesicht. Nur Augen. Der Diktator hat keinen Namen mehr.

Der andere, wirkliche Franco gehört schon zur Geschichte. Er hat die Gewalt und den Tod institutionalisiert. Die Gefängnisse waren voller unschuldig Verurteilter. Die Verfolgung sprach euch von allem frei, sprach uns von allem frei. Die kollektive Malaise verdeckte die private Malaise. Jetzt erträgst du es nicht mehr, wenn ein Kommunist den Streikbrecher spielt, oder wenn der linke Journalist zu dem Blatt geht, das besser zahlt. Norma kann die unsolidarische Haltung von vielen Feministinnen nicht ertragen. Vielleicht ist der Augenblick gekommen, in dem die kollektive Zeit ihre Kindheit hinter sich lassen muß, vielleicht muß unsere Zeit reifer werden. Reife, das bedeutet, das Gute und das Böse zu kennen. Das Gute und das Böse, das in uns ist. Ich habe in uns gesagt, Jordi.

Das ist mit mir los, ich finde mich nicht damit ab, ein erwachsener Mensch zu werden. Muß ich mich zufrieden geben? Muß ich mich damit abfinden? Muß ich anfangen zu sterben, wie das die ehemaligen Häftlinge in den Vernichtungslagern gemacht haben? Ich weiß, daß du die Grenzen akzeptiert hast, Jordi, ich weiß, daß du das Scheitern akzeptiert hast. Aber wo ist deine Kindheit? Was hast du mit ihr gemacht?

Jetzt stürzt du dich ins Wasser und schwimmst ganz weit hinaus. Dein Kopf wird zu einem kleinen runden Punkt jenseits der Felsen. Du reagierst dich durch Schwimmen ab. An dir fährt ein Boot mit ausgebreiteten Schwingen vorbei. Sie sehen aus wie die Flügel einer Möwe. Ich wünschte, daß sie dich einhüllten. Dich und mich, um uns vor dem Alptraum zu beschützen. Auf einmal verschwindet der kleine Punkt. Als hätte ein Strudel ihn verschlungen. Und wenn du nicht wiederkommst? Die Wellen würden mir nicht dein Klagen herantragen, das gehört jetzt einer anderen. Läßt du mir nicht einmal dein Klagen, Jordi? Wo beginnen und wo hören wir auf, die Wesen, die wir lieben, zu besitzen? Wo beginnen und wo enden wir alle, jeder einzelne von uns? Lohnt es sich, das eigene Ich zurückzugewinnen?

Ich höre mich sagen, es wird immer eine andere geben, die die Ernte einfahren wird. Das Segelboot wirkt wie ein Windstoß, der über permanent bewegte Fluten streicht. Bewegung ist Unzufriedenheit. Dein Kopf taucht wieder zwischen den Schaum-kronen auf. Du bist nicht verschwunden.

Die Sonne küßt meinen Rücken. Sie dringt ein. Meine Poren saugen sie begierig auf. Ich würde zu gerne im Sand versinken. Mich geküßt fühlen von der Luft – dem sanften Südwestwind –, vom Licht, vom Wasser. Die Elemente sehen hinweg über mei-nen verbrauchten Körper. Ein Frauenkörper, an dessen erste Alterserscheinungen ich mich nicht erinnere. Die Elemente be-wundern mich nicht, noch beurteilen sie mich. Sie lassen mich gehen. Ich bin nicht wie Norma, nein. Ich suche nicht die Liebe der anderen. Ich bitte nur die Elemente, daß sie mich zu der mich umgebenden Natur gehören lassen. Ein Stück in ihr zu sein. Die Worte und die Gedanken vergessen. Fels und Sand. Licht und Wasser. In der Nähe der Wellen, im Raunen des Windes, und dabei dem Tosen des wilden Meeres oder aber der Stille des blauen Wassers zu lauschen, die Wärme mit den Händen zu berühren, eine kleine Insel in Grün und Grau, das ist doch ganz egal. Die Insel ist meine Freundin.

Ich wüßte gerne, wann ich angefangen habe, mich in ein Gespenst zu verwandeln.

DER ROMAN VON DER
VIOLETTEN STUNDE

1958

Judit klingelte von unten, weil Encarna ihr helfen sollte, die Einkaufskörbe vom Markt hinaufzutragen. Sie war in der *Boqueria*, dem Markt an der Rambla, gewesen. Dort fand sie den Fisch frischer, und das Gemüse sah appetitlicher aus als auf den anderen Märkten. Seit Tagen spürte sie ein leichtes Ziehen in der Rückengegend, ich werde wohl zum Arzt gehen müssen, sagte sie sich. Während sie die Treppe hinaufstieg, dachte sie an das Essen, das Joan am Samstag geben wollte. Und zwar zu Ehren Joan Clarets. In letzter Zeit gingen die Geschäfte ihres Mannes nicht so gut. Er war auf die Idee gekommen, sich mit seinem Mitschwiegervater zusammenzutun. Gestern abend, beim Schlafengehen, war er ihr bedrückt vorgekommen. Was hast du?, hatte sie ihn gefragt. Nichts, nichts ... Joan erzählte ihr nie von seinen Sorgen. Sie ihm auch nicht. Joan drückte ganz fest ihre Hand und führte sie an seine Lippen. Judit streichelte seine Wange. Es klappt nicht so recht, hm? Joan sagte nichts. Wozu sollte er ihr seine Sorgen erzählen? Ihm genügte es, sie an seiner Seite zu wissen. Wie ein Wärmekissen, etwas, das einfach da war. Judit wußte das. Sie hatte es von Anfang an gewußt. Joan hatte sie immer wie eine Königin behandelt. Er hatte nichts weiter von ihr verlangt als ihre Anwesenheit. Und sie war da. Kati ... war so weit weg. Als Joan aus dem Konzentrationslager zurückgekommen war, das war jetzt ungefähr sechzehn Jahre her, als ein Wrack mit angsterfüllten Augen, hatte Judit ihn umarmt, und er hatte sich gehen lassen. Joan hatte eine ganze Weile geweint. Judit nicht, Judits Augen waren trocken. Judit – Wer würde das je erfahren? – hatte nur einmal geweint . . . Und das würde niemand je erfahren . . . Sie hatte geweint, als man ihr den Brief von Kati gebracht hatte, in dem sie geschrieben hatte: Da hast du's, Judit, jetzt, wo ich die Liebe gefunden habe, nimmt die Geschichte sie mir weg . . . Der Brief, den Kati ihr vor ihrem Selbstmord geschrieben hatte. Wenn Joan sie auf die Brustwarze küßte, wiegte sie ihn. Er schlief zwischen ihren Brüsten ein.

20. September 1942

Sie haben mir Bescheid gegeben, morgen werden sie Joan endlich freilassen. Er war bald vier Jahre im Lager, drei Jahre und zehn Monate. Ich fühle mich müde, und ich weiß nicht, ob unser Körper nicht doch unser Feind geworden ist . . . Ich muß auf alles gefaßt sein, darauf, daß ich einen älteren Mann, vielleicht mit undurchdringlichen Augen, treffen werde. Ich habe andere Gefangene gesehen. Allen sieht man es an, wenn sie zurückkommen: keine Lebenskraft mehr. Man hat mir gesagt, mach dir keine Sorgen, Judit, er ist derselbe wie immer. Er hat noch nie verzichtet auf . . . auf was? Er konnte auf nichts verzichten, weil er nichts hatte. Nichts. Mein Gefangener. Man hat mir gesagt, er erinnert sich noch an dich. Seine Briefe haben es mir auch gesagt: »Nur die Erinnerung an meine Wünsche hält mich am Leben . . .« Ich bin nicht dieselbe wie früher. Kati hat mich verlassen. Joan ist zu weit weg. Hinter Gittern sieht das Leben anders aus, die Monotonie kann auch die Phantasie beflügeln. Eine einzige Lüge ist das Leben, das mein Gefangener hinter Gittern geführt hat. Mein Gedanke, weiterzumachen, wird eine Lüge sein. Das Wort weitermachen macht mir solche Angst.

Die Küchentür ist plötzlich aufgegangen, und Natàlia hat die Nase hereingestreckt. Was gibt's zum Essen?, hat sie gefragt. Und Judit antwortet ihr, daß es Kohlrouladen gibt. Natàlia und sie sprechen kaum miteinander, Judit fällt auf, daß ihre Tochter von der Hausarbeit nichts wissen will. Und sie läßt sie in Ruhe. Manchmal allerdings fühlt sie sich durch die Gleichgültigkeit ihrer Tochter gedemütigt. Natàlia konnte auf die Schule gehen, hat getöpfert, kann Sprachen ... Natàlia muß sich ihren Lebensunterhalt nicht selbst verdienen. Was steckt hinter diesen Gedanken? Etwa Ressentiments? Nein, nein, Gott bewahre. Weit zurück liegt das Angebot, nach Wien zu gehen ... Die Gespräche mit Kati, nur sie verstand, was Judit sagen wollte, wenn sie davon sprach, eine Melodie zu komponieren, irgend etwas Neues, nur Kati verstand ihre Unlust, Stücke von anderen zu spielen ... Aber manchmal fühlt sie sich mißachtet, wenn Natàlia behauptet, daß sie nie heiraten wird. Und daß sie keine Kinder haben wird. Es kommt ihr so vor, als würde die Tochter ihr etwas vorwerfen, vielleicht ihre Feigheit? Was weiß sie denn schon? Judit hat geheiratet und Kinder bekommen. Judit liebt Joan. Und sie liebte auch, wie verrückt, ihren jüngsten Sohn, Pere ...

5. Juli 1943

Sie haben schon alles vorbereitet, wie bei einem Ritual. Ich laß sie machen. Es ist das dritte Mal, und ich habe mehr Angst denn je. Ich habe eine sehr schwere Schwangerschaft hinter mir, zum Verrücktwerden, alles geht mir auf die Nerven. Vor allem bin ich wütend auf Joan. Auf Joan, der als Wrack aus dem Lager Betanzos zurückgekommen ist und der nur zu mir gesagt hat, du weißt ja gar nicht, wie das war ... Aber ich werde mich rächen, sagte er, verdammt, und ob ich mich rächen werde. Unglücklich, wir sind alle unglücklich, Kati hatte recht, als sie sagte, daß es uns an Courage fehle. Aber ich war nicht wie sie, nein. Ich erinnere mich, daß sie zu mir sagte, als sie von Patricks Tod erfahren hatte, wie willst du dich mit dem Leben aussöhnen, wenn du dich nicht mit dem Tod ausgesöhnt hast? Und dann hat sie eine ganze Flasche Salzsäure getrunken. Das habe ich ihr nie verziehen. Dieses Land ist nicht meins, und Joan hat keine Kraft mehr, es zu lieben. Nur noch diesen Rachegedanken. Alle seine Freunde sind verschwunden. Und ich habe keine Kati mehr. Ich fühle mich ausgehöhlt.

6. Juli 1943

Die Hebamme ist gekommen und hat mir den Finger reingesteckt, um zu überprüfen, wie die Sache läuft. Ich fühle mich, als würde ich zur Schlachtbank geführt. Patrícia hat alles vorbereitet, sie scheint es zu genießen. Du weißt ja, beim ersten Schrei mußt du ins Bett. Sie umsorgen mich, alles machen sie untereinander aus. Patrícia, die keine Ahnung hat, was Kinderkriegen bedeutet, kommandiert am meisten herum. Ich saß im Schaukelstuhl und habe gesehen, wie sie Keilkissen und Zeitungspapier gerichtet hat. Wie eklig. Und Sixta hat auf den Frisiertisch die himmelblaue und rosa Wäsche hingelegt, die Leibchen, die Leinenwindeln. Himmelblau, falls du einen Jungen bekommst, rosa, wenn's ein Mädchen wird, und weil du doch schon ein Pärchen hast . . ., hat sie gesagt. Natürlich können es auch Zwillinge werden, du bist ja so dick. Sie haben einen Haufen Jäckchen und Hemdchen hingelegt.

9. Juli 1943

Vor drei Tagen ist er auf die Welt gekommen. Ein Junge. Die Wehen waren schlimmer denn je, als hätte ich sie im Kopf, als gäbe es in mir drin eine Explosion, als würde ich platzen. Aber nicht nur im Unterleib, der Kopf wird dir zerspringen, die Augen werden nach der einen Seite austreten, das Hirn nach der anderen . . . Und an die Bettpfosten geklammert, habe ich geschrien: Ich kann nicht, ich kann nicht, wer hebt das alles auf?

Und als ich fast schon in die Luft ging, hat die Hebamme gesagt: Das war's, und da verspürte ich so große Freude, daß ich am liebsten aufgestanden wäre und angefangen hätte zu tanzen. Das war's. Das Kind schläft.

11. Juli 1943

Ich habe sie gehört, sie glauben, ich höre sie nicht, aber ich habe sie gehört. Ich habe gehört, wie Patrícia zur Hebamme gesagt hat, dieses Kind ist ganz eigenartig, es ist häßlich, dieses Kind ist blind, seh'n Sie mal, was es für Augen hat. Und wie die Hebamme ihr geantwortet hat: So ein Blödsinn, nein.

12. Juli 1943

Sie glauben, ich bin blöd, weil ich nichts sage. Aber diese Hexen reden andauernd über das Kind. Ich höre sie vom Zimmer aus. Der Junge hat so etwas wie geronnenes Blut erbrochen. Er erstickte fast. Das Dienstmädchen hat ihn an den Füßen hochgehoben. Das Kind stirbt, hat Patrícia geschrien.

20. Juli

Pere ist ganz friedlich. Er schreit nie. Er saugt nicht, wenn ich ihn nicht wecke. Ganz anders als Lluís und als Natàlia, er ist nach mir geraten.

30. Juli

Mein Lebtag werde ich daran denken, mein Lebtag. Der Arzt hat sich den Jungen angesehen, danach mich, daß Ihnen das passieren mußte, Ihnen! Wir sind zum Arzt gegangen, weil Patrícia nicht locker ließ. Also, ich bin hier, weil meine Schwägerin glaubt, daß etwas mit dem Kind nicht in Ordnung ist . . . Und der Arzt hat nur das eine gesagt, daß Ihnen das passieren mußte! Der Junge ist mongoloid. Mongoloid, ich weiß nicht einmal, was das bedeuten soll. Ich weiß, daß es behinderte Kinder wegen Erbkrankheiten, wegen Alkohol oder Syphilis gibt. Aber mongoloid . . . Wir müssen zu einem Facharzt gehen. Joan wird mich begleiten.

10. August

Der Facharzt hat zu mir gesagt, die Kinder sind nicht gewalt-tätig, sie mögen Süßigkeiten und Musik. Man nennt sie mongo-loid, weil sie Schlitzaugen haben. Und zwei gleiche Hände. Sie haben eine große Begabung, alles nachzumachen. Er wird der kleine Clown seiner Geschwister sein. Und wenn er sieben, acht Jahre alt sein wird, wird er Ihnen wegsterben. Er wird sterben, wenn Sie zu sich sagen werden, sieh an, jetzt geht's dem Kind gut. Aber am meisten geschmerzt hat mich das mit dem Fami-lienclown.

6. Februar 1945

Er rührt sich überhaupt nicht, will seine Suppe nicht essen. Er sabbert. Joan kommt früher von der Arbeit zurück, setzt sich vor den Jungen und fängt an zu weinen. Ich weine nicht, die werden mich nicht weinen sehen. Ich höre, wie Sixta sagt, daß ich hochnäsig sei. Alle denken, daß es viel besser wäre, wenn er stirbt. Er soll leben, ich will, daß er lebt. Du hast ihn lieber als die anderen, hat Patrícia gesagt. Es ist eine vergeudete Liebe, denken sie. Ich habe ihn gerade deswegen lieb, weil es eine vergeudete Liebe ist. Keiner wird ihn mir wegnehmen können. Er ist ein Kriegskind, mein kleiner Pere. Joan kauft mir Fetische und sagt mir, daß er mich mehr denn je liebt. Meine Wohnung ist voller Fetische. Patrícia wirft mir vor, daß ich ganz für Pere aufgehe, daß ich mich nicht um Natàlia und Lluís kümmere. Die brauchen mich nicht.

1958

Aber Natàlia schwebt nur durch die Wohnung, sie ist da und doch nicht da. Judit hätte sich ihr gerne anvertraut. Sie ist immerhin eine Frau. Und ihr Sohn, Lluís, der ist so anders . . .

Er will ganz oben auf der Karriereleiter stehen, und das interessiert Judit überhaupt nicht. Hervorragende Noten in der Jesuitenschule, ein glänzender Studienabschluß, die Heirat mit Sílvia, der Tochter von Joan Claret ... Er ist das, was man einen Erfolgsmenschen nennt. Vielleicht ist das ja Joans Rache nach jenem schmutzigen Krieg ... Judit hat nach und nach alles ausgepackt, was sie eingekauft hat. In der Küche stapelten sich die Lebensmittel. Sie muß warten, bis Encarna das Eis zerstoßen hat, damit sie den Fisch drauflegen kann. Sílvia ist hereingekommen und sagt, daß sie für Màrius eine Hähnchenkeule braten wird. Die Küche ist voller Leute, und sie hat keine Zeit, an irgend etwas zu denken. Na ja, sie ist voller Frauen, Fisch, Gemüse, Obst, die Körbe leeren sich. Und schon bald ist sie voller Rauch, dem schwarzen Rauch vom angebrannten Hähnchen, Sílvia läßt es immer anbrennen. Sie werden die Fenster zum Lichtschacht aufmachen, und der Rauch aus der Wohnung der Miralpeixs wird sich vermischen mit dem Rauch aus allen Wohnungen aus dem Haus. Und später werden sich alle Gerüche vermischen. Natàlia bleibt wie angewurzelt stehen, wie eine Vogelscheuche, ohne etwas zu sagen. Sie schaut nur. Aber Judit hat keine Zeit, an ihre Tochter zu denken, weil das Essen gemacht werden muß.

10. August 1946

Der Junge folgt mir überall nach, wie ein kleiner Hund. Er hat gelernt, alleine zu essen, und wenn er gegessen hat, setzt er sich auf das Korbstühlchen, das neben dem Klavier steht. Ihm spiele ich die Sonaten von Chopin vor. Er bewegt seinen Körper vor und zurück, sein Körper wiegt sich im Takt der Musik. Ich spiele für ihn. Heute habe ich mehr denn je an Kati gedacht, wie sie zu mir gesagt hat, daß ich etwas Neues schaffen müßte. Ich erinnere mich an den Abend, an dem wir todmüde aus dem Kinderheim kamen. Barcelona stank nach Orangen. Wir setzten uns eine Weile in Tante Patrícias Garten, unter den Zitronenbaum. Mir war ganz mulmig ums Herz, weil ich im Heim einen

Jungen gesehen hatte, der kein Geschlechtsteil mehr hatte. Kati meinte, mitten im Krieg und im Dreck ist es doch noch möglich, an die Schönheit zu denken. Und ich habe ihr zornig geantwortet, wie kann ich an die Schönheit denken, nachdem ich diese total verängstigten Kinder gesehen habe, mit ihren blitzenden Augen, ihren kahlgeschorenen Köpfen, nachdem ich diesen Jungen gesehen habe, der kein Geschlechtsteil mehr hatte? Die Schönheit ist nicht die Wahrheit, fügte ich hinzu. Das alles hier wird eines Tages vorbei sein, meinte Kati, wir werden den Krieg gewinnen, du wirst schon sehen, wir führen dann ein anderes Leben. Ihr Optimismus hat sie umgebracht. Wir haben den Krieg nicht gewonnen, und aus der Zeit habe ich meinen Pere, der mir überall auf dem Fuß folgt wie ein kleiner Hund.

15. Februar 1947

Ja, Pere hält mich am Leben. Und diese Notizen. Wenn ich schreibe, fühle ich mich so frei wie beim Klavierspielen. Natàlia hat heute zu mir gesagt, für dich gibt's nur noch Pere, der ist dein einziges Kind. Alle ekeln sich vor ihm. Weil er sabbert und sich ständig vollmacht. Er klammert sich an meinen Rockzipfel, und ich streichle ihn. Und Lluís sagt auch zu mir, warum soll dieses blöde, nichtsnutzige, schmierige Ding mehr wert sein als ich? Sie werden ihn nie verstehen. Heute saß Pere oben auf der Treppe, die in Tante Patrícias Garten führt. Da sitzt er sehr oft. Er wiegte sich vor und zurück, ganz lange. Oben auf der Wendeltreppe, und dabei bewegte er sich, als wäre er ein Schaukelstuhl. Er sang Aaaaaaaaaaah. Dann und wann hielt er inne und blieb mit starr geradeaus gerichteten Augen sitzen, die Augenlider unbeweglich und mit blödem Lächeln. Von hinten hat sich Lluïset herangeschlichen und ihn die Treppe hinunter gestoßen. Er hat ihm einen kleinen Stoß gegeben, nur ein Schubserchen, aber Pere hat das Gleichgewicht verloren und ist runter gefallen, hat sich immer wieder überschlagen, bis er unten lag, und da ist er liegen geblieben, ganz verwickelt in den

Gartenschlauch und von oben bis unten voller Kieselsteinchen und Blätter. Er hat geschrien wie am Spieß, und sein Heulen hat mir tief in meinem Innern einen Stich versetzt, sein Uunuuuuuh! Ich habe ihn von oben liegen sehen, hilflos, in den Gartenschlauch verwickelt, das Gesicht tränen- und rotzverschmiert. Wie verrückt bin ich die Treppe hinuntergerannt und habe ihn ganz fest umarmt. Um ihn zu beruhigen, habe ich ihn gewiegt, hin und her. Er hat eine Weile geschluchzt, es war schwer, ihn zu trösten. Und sein Schreien wurde zu einem leisen Wimmern. Wir waren beide voller Matsch und Blätter. Und Lluís hat mich haßerfüllt angeschaut.

1958

Jeden Tag darüber nachzudenken, was man zum Essen einkaufen muß, ist eine wahre Kunst. Man muß es allen recht machen. Joan, ihr Mann, mag keinen Fisch, er mag lieber Kalbsschnitzel, nach Möglichkeit Armeleutefilets – sie hat diesen Widerspruch zwischen der Sprache und dem Fleisch nie verstanden. Für ihren Sohn Lluís hat sie Seezunge gekauft. Er ist sehr anspruchsvoll. Die Frauen? Nun, die Frauen würden essen, was da ist . . . Sie hatte sich niemals über sie Gedanken gemacht, und sie hatten es auch nicht von ihr verlangt. Die Küche ist ein kleines Königreich, hin und wieder streckt Joan den Kopf herein und ist glücklich, sie da zu sehen. Judit merkt es an seinem Gesichtsausdruck. Nach und nach versammeln sich alle Familienmitglieder zum Essen. Als Pere noch lebte, war dies auch der glücklichste Augenblick des Tages für ihn. Sie hört das Klappern der Löffel, der Gabeln, das Geklapper der Bestecke, der Teller, der Gläser. Im Haus breitet sich langsam Harmonie aus. Die Gegenstände liegen an ihrem Platz. Schritte in der Küche, Geräusche im Flur, die knarrende Haustür . . . Und Judit überlegt, welche Platte am besten paßt – Die irdene? Die aus dem Kartäuserkloster von Sevilla? – und überlegt, wie sie die Speisen anrichten soll. Jeden Tag macht sie es anders, Lächeln in Joans Gesicht. Ein dankbares Lächeln. Es braucht nicht gesagt zu werden, wo jeder sitzen soll. Sie nahe der Küche, obwohl sie nie zum Servieren aufsteht. Da steht das Glöckchen. Alle bei Tisch, Klingeling, und Encarna, die sich noch schnell ein Spitzenhäubchen und eine gestärkte Schürze angezogen hat, fängt an, die Fleischbrühe zu servieren. Judit dirigiert alles sitzend. Der Wein fehlt noch, kommt in einer geschliffenen Kristallkaraffe mit einem kugelförmigen Verschluß. Die Suppe wird schweigend gegessen. Die Gespräche kommen erst später in Gang, wenn der erste Gang schon beendet ist. Worüber reden sie? Nun, über alles und nichts.

30. März 1947

Heute haben sie mich aus der Messe wieder nach Hause geschickt, weil ich keine Strümpfe anhatte. In mir stieg die Wut hoch, aber ich habe mich nicht getraut, etwas zu sagen. Joan wollte mich zurück begleiten, aber ich habe ihm gesagt, er solle es lieber lassen . . . Wenn Kati das alles erlebt hätte . . . Ich bin in die Wohnung gegangen und habe mich eine Weile auf die Galerie gesetzt, nachdem ich die Blumen gegossen hatte. Die Ruhe hilft mir, mich zu erinnern. Ich sehne mich nach den mit Kati verbrachten Kriegstagen. Ich weiß nicht, warum ich während des Krieges so glücklich war. Es ist merkwürdig: In der Zeit habe ich soviel Tod und Traurigkeit wie nie gesehen, und trotz alledem war ich glücklich. Wenn ich mit Kati spazierenging, händchenhaltend, durch ein bewegtes Barcelona, das nach Orangenschalen roch. An Katis Seite fühlte ich mich wie ein Mädchen, das nicht groß werden will. Sie sagte zu mir, spiel für mich. Und ich spielte für sie, wie ich es jetzt für Pere tue. Nur für Pere. Diese Stadt hier ist tot, es herrscht Friedhofsruhe. Die Frauen sind jetzt richtige Jammerlappen. Die Männer vulgär. Ich kann nicht behaupten, daß Joan mich nicht liebt, nein, das wäre sehr ungerecht. Was vermisse ich denn, ach Gott? Ich schreibe und sehe hinaus auf die Galerie, ich mag Innenhöfe. Und die Mittagsstille. Alle sind in der Kirche. Pere sitzt auf dem

Korbstühlchen, freut sich, daß ich so früh wieder da bin. Ich erinnere mich, wie ich zu Kati gesagt habe, verlaß Patrick nicht, gib ihn niemals auf. Ich weiß nicht einmal genau, warum ich es zu ihr gesagt habe. Ich hätte sie gerne alle beide an meiner Seite gehabt, aber nein, nein, das alles hier, das hätten sie nie ertragen . . . Was wäre aus mir geworden, wenn ich mit Kati geflohen wäre, damals als sie mir das vorschlug? Sie hatte solche Angst . . . Und sie sagte mir, wenn die Faschisten nach Barcelona kommen, gehen wir ganz weit weg . . . Und sie sagte mir, daß sie mit Patrick nicht fliehen könnte, siehst du nicht, daß er verheiratet ist? Kati hat gelacht und dabei meine Hand gedrückt. Wir fliehen nach Brügge. Warum gerade nach Brügge?, fragte ich sie. Na, weil mir der Name eben gefällt. Und da werden wir ein kleines Restaurant aufmachen. Aber ich habe nur zu ihr gesagt, verlaß Patrick nicht, bitte.

1958

Es geht ihr nicht gut, wirklich nicht. Seit Tagen spürt sie ein Ziehen im Rücken und kann die Finger fast nicht mehr bewegen. Sie wird sich einen Termin beim Arzt besorgen müssen. Joan wird sie es nicht sagen, er hat sowieso schon zuviel Sorgen. Als sie am Morgen die Füße auf den Boden stellte, hatte sie das Gefühl, ganz steif zu sein. Als wäre ihr Körper voller Sägemehl. Und sie muß sich anstrengen, um ihre Finger bewegen zu können. Das hatte man ihr vorausgesagt, als sie fünfzehn Jahre alt gewesen war und zwei Jahre lang hatte liegen müssen: Im Alter kommt die Krankheit wieder, und dann wird sie sich verschlimmern. Sie hatte eigentlich Konzertpianistin werden wollen, und dann war sie nur Klavierlehrerin für blöde Mädchen aus gutem Hause geworden. Wenn sie nach Wien gegangen wäre, vielleicht wäre dann alles anders gelaufen . . . Jetzt essen sie. Um den Tisch herum lauter Menschen, die eine Familie bilden. Am Kopfende des Tisches Joan. Natàlia, wie immer, geistesabwesend. Sie wirkt, als wäre sie nicht da, wer weiß, ob

Patrícia nicht doch recht hat, wenn sie sagt, daß sie Joan als Jungen ähnlich ist. Der alte Miralpeix hatte seinen Sohn oft verprügelt, weil er ihn beim Tagträumen erwischte. Judit lacht in sich hinein, weil sie gerade an eine Nacht in Sitges denkt, die erste Nacht, in der sie sich liebten und sie ihn das Lieben lehrte. Joan hat sie nie gefragt, wie sie es gelernt hatte, obwohl sie doch erst zwanzig Jahre alt war. Nur Kati wußte es, ihr konnte sie das sagen. Alles in allem ein Traum, ein zur Erinnerung gewordener Wunsch, sonst nichts. Ein Mann, der sie geliebt hatte, als sie wieder gesund gewesen war, und der dann verschwunden war wie ein Windhauch. Darum sagte sie immer zu Kati, verlaß Patrick nicht, bitte. Später war die weiße Haut fleckig geworden, voller blauer Flecken. Das passierte ihr oft: Ein kleiner Klaps, und schon hatte sie bläuliche Beulen, in denen sich Wasser ansammelte. Jetzt macht irgendeiner ein kleines Späßchen, vielleicht Sílvia. Judit findet sie dumm, sie kann nichts dafür. Aber nein, niemals werden sie erfahren, was sie denkt. Sie sorgt für Harmonie im Haus, wie eine Melodie, würde Joan sagen. Ein Haufen Dinge, die erledigt werden müssen. Und das werden sie immer. Nichts wird je fehlen. Sie werden nichts vermissen. Die Mahlzeiten, den gedeckten Tisch, die aufgeräumten Zimmer, die Dienstboten, diskret und umsichtig wie Encarna . . ., aber mehr sollen sie gefälligst nicht von ihr verlangen. Sie hat einen Haufen Gedanken, die sie ganz für sich behält. Jetzt spürt sie ein leichtes Ziehen in der Nierengegend. Trotzdem läutet sie das Glöckchen, damit Encarna kommt und den Tisch abräumt. Sie bekommt kaum mit, daß Lluís sich über Sílvia lustig macht. Es geht um irgend etwas völlig Blödes.

1. April 1948

Die ganze Nacht habe ich bei Pere gewacht. Er hat einen sehr schlechten Schlaf. Sein Fieber ist gestiegen, und ich lege ihm pausenlos kalte Umschläge mit Essigwasser auf die Stirn. Sein ganzer Körper glüht. Von Zeit zu Zeit reißt er die Augen auf und schaut mich mit verschleiertem Blick an. Patrícia hat gesagt, es wäre gut, wenn Gott ihn zu sich holen würde. Ich habe ihr gesagt, sie solle gehen. Ich will alleine sein. Alle sind armselige Würmer. Wenn ich Kati an meiner Seite hätte . . ., ich spüre die Wut, die in mir hochsteigt. Warum hat sie mich verlassen? Pere erbricht alles, was er ißt, er behält nichts bei sich. Er geht von mir, er geht von mir, mein Kriegskind.

15. April 1948

Mein Pere ist heute in aller Frühe gestorben. Auf eine ganz ruhige Art. In all diesen Tagen hat er mich kaum mehr erkannt. Von Zeit zu Zeit hat er am ganzen Körper gezittert, und er tastete nach meiner Hand. Er ist gestorben, ganz lautlos. Was bleibt mir noch, was bleibt mir noch, um weiterzumachen? Weitermachen, das ist das Wort.

1958

Wenn Kati Sílvia gekannt hätte, hätte sie sie bestimmt ausgelacht. Vielleicht noch mehr als Patrícia, die Pflaume. Sílvia hat etwas an sich, das einen aufregt, etwas Unbestimmbares. Judit beobachtet sie, vielleicht ist es ihr Opferlammgesicht. Ein Opfer, ohne darüber zu sprechen, ohne darüber zu klagen. Solche Frauen sind lästig, sagte Kati. Sílvia war dazu erzogen worden, glücklich zu sein, und das war sie auch, und wie. Sie hatte einen schönen Mann geheiratet, ihren Sohn Lluís. Das, was man einen Erfolgsmenschen nennen würde, einen ganzen Mann, einen Mann, wie es sich gehört. Judit schüttelt den Kopf, arme Sílvia. Judit kennt Lluís zur Genüge. Sie weiß, daß er sich in der Jesuitenschule in den Kopf gesetzt hatte, der Beste zu werden. Das schaffte er nie, immer wurde er nur Zweit- oder Drittbester. Aber er tat es, um zu Hause anerkannt zu werden. Und Joan lebte nicht für die Kinder, sondern für Judit. Und Judit beachtete ihn nicht, ihr gefiel er nicht. Schlimmer noch: Sie liebte ihn nicht. Und das, obwohl er sich eifrig bemühte. Aber sie mußte herzhaft in sich hineinlachen, als er ihr diese unbedarfte Sílvia vorstellte und ihr sagte, daß er die heiraten wolle . . . Was hätten Kati und sie da gelacht! Er hatte ihr Sílvia genauso vorgeführt, wie er ihr sein Studienabschlußdiplom gezeigt hatte, oder wie das Auto, das er sich von seinem ersten Gehalt gekauft hatte. Er hatte ihr Sílvia vorgeführt, nur damit Judit sie bewunderte. Lluís hatte sich ein schönes Mädchen geangelt, Tochter eines durch Schiebereien reich gewordenen Mannes, Joan Claret . . . Und außerdem hatte er erreicht, daß dieses wunderbare Geschöpf aufhörte zu tanzen, man sagt, daß sie auf dem besten Weg gewesen wäre, Primaballerina am Liceu zu werden. Sie gab das auf, was Judit am meisten liebte: die Kunst. Sie hatte die Kunst für einen Mann aufgegeben, für den Sohn, den Judit innerlich verabscheute. Lluís revanchierte sich und sagte ihr: Siehst du's? Auch ich habe eine Frau gefunden, die für mich, für die Ehe das Tanzen aufgibt. Siehst du's? Es war seine Rache, und Judit würde ihm das nie verzeihen.

3. Mai 1948

Nie mehr werde ich Klavier spielen, nie mehr. Joan braucht mich gar nicht mehr darum zu bitten. Ich sitze auf der Galerie, in der Abenddämmerung, neben mir steht Peres Korbstühlchen. Er tastet nicht mehr nach meiner Hand, wie er das tat, wenn wir beide die Stille der Abenddämmerung genossen. Zu Kati sagte ich oft, weißt du, in der Stille der Nacht höre ich die Musik, so eine verhaltene Musik. Sie verstand, was ich ausdrücken wollte, wenn ich über das sprach, was ich beschreiben wollte, ohne spielen zu müssen. Eine lautlose Musik, die aus meinem Innersten kam und die ich nicht in Worte fassen konnte. Wo hörst du die Musik?, fragte Kati. Ich hörte sie überall, aber nur zu dieser Stunde kam sie tief aus meinem Inneren, als würden alle Dinge innehalten, in der Stunde, in der die Welt glücklich schien, so, als ob es keinen Krieg gäbe und die Stadt nicht unter den schrecklichen Bombardements leiden müßte. Aber ich komponierte nichts, meine Hände machten nicht mit, ich bin eine Nachahmerin der Kunst anderer. Komponiere etwas für mich, bat mich Kati. Wenn diese Abenddämmerungen länger gewesen wären, hätte ich es vielleicht getan. Aber es ist vorbei, alles ist vorbei. Pere ist tot, Kati ebenfalls. Ich vergrabe es tief in meinem Innersten, nie mehr werde ich spielen.

1958

Mehr als einmal hätte sie gerne mit Encarna gesprochen. Nein, die hätte sie nicht verstanden. Aber seit Peres Tod war Encarna der Mensch im Haus, den sie am häufigsten sah. Joan ging früh am Morgen weg, kaum daß er einen Kaffee getrunken und die »La Vanguardia« gelesen hatte. Und nach dem Mittagessen verschwand die ganze Familie ebenfalls. Sie blieb noch eine ganze Weile am Tisch sitzen, während Encarna abräumte. Encarna und Judit sprachen miteinander, schön, sie unterhielten sich über nichtssagende Dinge, Kleinigkeiten, versteht sich. Sie sprachen über Haushaltsdinge. Was kochen wir zu Mittag, Encarna? Oder aber: Es ist doch schon lange her, daß wir das Arbeitszimmer des gnädigen Herrn gründlich saubergemacht haben? Oder: Heute gehe ich zum Markt, Encarna. Und währenddessen werkelte Encarna herum. Zwischen ihnen beiden gab es ein heimliches Einverständnis. Das gleiche, das zuweilen zwischen Joan und Judit herrschte. Es war nur so, daß die Themen andere waren. Oder vielleicht auch nicht. Encarna seufzte manchmal so laut, daß Judit sie fragen mußte, warum seufzt du, Encarna? Genauso, wie sie ihrerseits bei Joan seufzte, nur damit er sie fragte, warum seufzt du, meine Liebe? Klar, daß sie nicht »meine Liebe« zu Encarna sagte. Aber abgesehen von der Wortwahl war die Sprache ähnlich. Senyoreta, Sie denken doch daran, daß wir die Vorhänge abhängen müssen? Wir haben schon lange nicht mehr die Kronleuchter im Wohnzimmer sauber gemacht. Encarna streichelte Judits Fetische. Wenn sie sie anfassen durfte, natürlich. Die Schachtel von Fargnoli, die

Reste von allen Brautsträußen, die Fächer, die Puppen . . . Haben wir aber viele Puppen, Senyoreta! Und Judit lächelte dankbar. Joan hatte nie »wir haben« zu ihr gesagt. Vielleicht, weil Joan, der ständig bei den Antiquitätenhändlern auf der Suche nach alten Puppen für sie war, der Meinung war, daß er selbst mit Judits Fetischen nichts zu tun hatte.

15. September 1948

Ich habe kaum genug Licht zum Schreiben. Der Strom wurde rationiert, und die Innenhöfe stehen voll Wasser, soviel regnet es. Den ganzen Tag regnet es, der Himmel ist schwarz wie die Nacht, und dabei ist es mitten am Nachmittag. Ich schreibe auf der Galerie, im Zwielicht. An einem Tag mit strömendem Regen habe ich Kati richtig kennengelernt. Unsere Beziehung fing mit Regen an, wie der Tag, an dem ich zum erstenmal mit Joan zusammen war. Ich mag den Regen, er macht mich nicht traurig. Warum heißt es in den Romanen, daß der Regen melancholisch macht? In mir weckt er Erinnerungen, so, als ob Katis Seele mir ins Ohr flüstern würde, sagt das Geräusch des Regens zu mir, ich komme zurück, Judit, ich komme wieder, weine nicht um mich, weine um dich, weil du jetzt so alleine bist . . . Mein Gott! Jetzt habe ich keine Angst mehr vorm Tod, sondern vor dem, was mir noch vom Leben bleibt.

Tante Patrícia spricht

»Der Mann vom Beerdigungsinstitut und Lluís haben sich schon geeinigt: Die Beerdigung soll 7.500 Peseten kosten. Andernfalls beerdigen wir sie nicht, hat der Mann vom Beerdigungsinstitut gesagt und dabei den Katalog wieder eingesteckt. Ich weiß, daß das ein Vorwand ist, ich weiß nämlich von keinem Toten, der nicht beerdigt worden wäre, aber wir können Judit auch nicht tagelang auf dem Balkon liegen lassen, zum Lüften . . .

Die linke Gesichtshälfte des Totengräbers ist verbrannt. Lila Beulen liegen zwischen den Falten. Er sieht aus wie der Mond aus der Nähe, der Mond, so, wie ich ihn mir vorstelle, aus der Ferne sieht er so schön aus, aber wenn du näher rankommst, muß er eklig aussehen. Ein ganz verbeulter, schmieriger Mond, ein schmutziger Mond. Vielleicht habe ich es so auf den Mond abgesehen, weil Esteve den lieben langen Tag damit zubrachte, schöne Loblieder auf den Mond anzustimmen. So was Dummes, der Mond.

Der Totengräber, ich meine, der Mann vom Beerdigungsinstitut, hat nachgeschaut, ob alles in Ordnung ist. Er hat die Verhandlungen mit Lluís geführt, Joan läßt sich vor lauter Kummer gar nicht blicken. Encarna hat ihm eine Tasse Lindenblütentee gemacht, und jetzt liegt er im Schlafzimmer. Der Totengräber hat Judits Hand genommen – Gott hab' sie selig! – und sie fallen gelassen. Die Rosenkränze sind auf die andere Seite, auf den Sarg, gerutscht, und die Kiste hat gewackelt. Ach, du lieber Gott, wenn die runtergefallen wäre! Der Mann vom

Beerdigungsinstitut ist um die Kiste herum, auf die andere Seite, gegangen, um ihn nachzumessen, da ist eine Kerze ausgegangen, und er hat sie eine ganze Weile angeschaut, als wäre die Kerze ein Mensch und keine Kerze. Aber die Kerze blieb aus. Nachdem er die arme Judit angezogen hatte, hat der Mann vom Beerdigungsinstitut sich im Zimmer umgeschaut, es sah so aus, als ob er irgendwas suchte. Ich bin ihm auf Schritt und Tritt gefolgt. Sein Gesicht voller Beulen gefällt mir nicht. Er hat sich die Puppen angeschaut, die Puppen aus Porzellan, die aus Zelluloid, hat vor den seidenbespannten Paravents mit den japanischen Motiven kurz innegehalten und ist dann wie angewurzelt vor den Fetischen der armen kleinen Judit stehengeblieben, soviel Kram, Herrgott, die Putten, die Heiligenbilder, das blaue Schächtelchen von Adolf Fargnoli, die Papierfächer, das Jagdhorn, die silbernen Kämme . . . Danach hat er mit dem Finger über die Häkeldeckchen gestrichen – was war ich damit beschäftigt gewesen, sie zu stärken! Ich wollte doch nicht, daß Encarna das machte –, den Blumenkranz »von deinem Mann«, die Landkarten von meinem Bruder, die Bilder.

Eine ganze Weile ist er vor den Bildern stehengeblieben. Judit und mein Bruder im Profil, die alle beide nach rechts schauten und dabei so richtig aussahen wie Alfons XII und Mercedita, so herrschaftlich, so würdevoll, so rein, er mit einem riesigen Schnauzbart und sie mit dem Dutt auf dem Kopf, mit lauter Glyzinien umkränzt . . ., aber was sage ich denn da gerade! Bin ich denn ganz übergeschnappt! Das Bild ist ja gar nicht von Judit und meinem Bruder, sondern von Judits Eltern, den Franzosen, die sollen ja fast ein bißchen adelig gewesen sein! Und Juden.

So, beide schauen nach rechts, auf einem schönen künstlerischen Photo, das ist so schön, daß es aussieht wie gemalt, in einem vergoldeten Rahmen mit Schnörkeln, da ist Judits Mama, ganz wie die Judit selber sieht sie aus, die Schönste von allen und immer ohne Schmuck, in einem weißen Kleid, hochgeschlossen, aus feiner Spitze und eine Hochfrisur wie eine Königin. Eine große Senyora. Judit, haben die Leute hier im Viertel gesagt, und auch meine Freundinnen, mit denen ich mich vor dem Krieg immer im Café Núria getroffen habe, ist hochnäsig wie eine Königin. Ich weiß, daß sie mich für ein Bauerntrampel gehalten hat . . . Esteve, Gott hab' ihn selig, hat immer gesagt, wenn sie nicht meine Schwägerin wäre, dann wüßte ich nicht, was ich tun sollte, er sagte, er wäre ganz verliebt in sie, sie wäre so schön, so reserviert. Judit hat etwas Rätselhaftes, Geheimnisvolles an sich, und sie wird es mit ins Grab nehmen, hat er dann noch hinzugefügt. Vielleicht hatte er ja recht. Esteve war der Meinung gewesen, daß sie so damenhaft, so fein war, daß sie geradezu aussah wie aus dem Portrait von der *Ben Plantada* des Dichters Xènius entsprungen, und Judit lächelte immer, wenn sie ihn das sagen hörte, ich glaube, daß ihr das gefiel, sie lächelte auf diese ganz besondere Art, so halb, als ob sie in sich hinein lächeln würde . . . Nein, die Judit war nicht dafür geschaffen, in Barcelona zu leben, höchstens in Hamburg, in Wien, in Mailand . . . Esteve hat immer gesagt, sie ist dafür geschaffen, eine Krone zu tragen. Ich finde, manchmal war Esteve schon ein bißchen affektiert.

Vor dem Krieg hat Judit Klavier wie ein Engel gespielt, den Raum mit Noten und Melodien erfüllt. Ich habe mir dann immer das Häkelzeug genommen und ihr von der Galerie aus zugehört. Eines Tages hat sie mir gesagt, daß sie seit ihrer ersten Krankheit ganz verrückt auf Verse sei. Wenn wir jemanden besuchen gingen, fand sie immer ein gutes Wort für jedermann. Obwohl sie kaum sprach. Nur mit Kati habe ich sie je richtig angeregt plaudern gesehen. Nur wenn sie mit ihr zusammen war, klang ihr Lachen fröhlich.

Trotz allem muß ich gestehen, daß Judit mir angst machte. Ich weiß nicht, wie ich's sagen soll . . ., es gab Tage, an denen sie mich ganz böse ansah, und als ich ihr helfen wollte, als das Unglück mit Pere passiert war, da hätte ihr Blick mich fast getötet. Ich weiß nicht, ob sie böse war . . ., ach, du lieber Gott, verzeih mir, daß ich so schlecht denke. Wenn ich auf das hören würde, was Sixta sagte ... Sixta hat immer gesagt, die Judit trägt das Böse in sich, die mag niemanden. Aber nein, ich will nicht auf sie hören, das ist ein böser Gedanke. Aber die Sixta, die war wirklich ein böser Mensch. Die war krank vor Neid.

Judit hatte einen traurigen Blick, einen sehr traurigen, lachte nur ganz selten. Nur wenn sie und Kati zu Hause im Garten saßen, im Schatten des Zitronenbaums, dann haben sie immer beide gelacht, und das, obwohl Krieg war und wir alle starben vor Angst. Ich glaube, Judit hat sich immer als Fremde gefühlt. Und ich meine nicht als Fremde im Land, sondern zu Hause, unter uns. Später hatte sie nur die eine Heimat: die Wohnung im Carrer del Bruc, die Räume und die Paravents, die Fetische, wie mein Bruder Joan sagt. Vielleicht war sie nur ganz sie selber, wenn sie mit Kati unter dem Zitronenbaum saß, oder wenn sie Pere in ihrer Nähe wußte, wie er da auf seinem Korbstühlchen saß. Wenn Judit lachte, dann tat sie das auf eine Art, die einen ein bißchen erschreckte. Sie lachte wie ein Vogel.

Aber wie bin ich nur darauf gekommen, daß Judit böse war? Das ist ein schlechter Gedanke, und ich muß ihn mir aus dem Kopf schlagen.

Dieses Photo ist aus der Zeit, als Judit und ihre Eltern in Narbonne lebten. Judit war da ungefähr dreizehn Jahre alt. Es heißt, sie hätte Konzertpianistin werden können, wenn da nicht die Krankheit gewesen wäre. Weil Judit nämlich als ganz junges Ding, bevor sie meinen Bruder geheiratet hat, lange liegen mußte. Ihr Körper war gelähmt. Es heißt, daß man zu ihr gesagt habe: Sie sollten sich nie verlieben, denn Sie werden nur eines machen können, entweder Klavier spielen oder heiraten. Und Judit hat sich in meinen Bruder verliebt und konnte nicht mehr nach Wien gehen, um Konzertpianistin zu werden. Oder war es Joan, der sich in Judit verliebt hat? Das haben sie mir nie erzählt. Judit hat mich nicht sehr gemocht. Sie hielt mich für eine blöde Kuh.

Auf diesem Bild spielt Judit Harfe und trägt dabei ihre Haare offen. Hübsch war Judit. Sie gefiel mir, ich konnte mich an ihr nicht sattsehen. Judit, wie hübsch du bist. Und ich, so häßlich . . . In jungen Jahren hatte meine Schwägerin gewelltes, dunkles Haar, aber danach, nach dem Schlaganfall, wurde ihr Haar weiß wie Schäfchenwolken. Ich habe sie gekämmt, und ihr Haar war seidig. Ich habe Stunden damit zugebracht, ihr Haar zu streicheln. Ich habe es gerne Strähne für Strähne gemacht, in der Stille der Galerie, im Dunkeln. Meine Hände – man sagt, daß meine Hände sehr schön seien – strichen durch ihr offenes Haar. Mir lief ein Schauer über den Rücken, das gefiel mir, und ich weiß nicht warum. Meine Hände haben ihre Haare gestreichelt, während Judits Augen ausdruckslos blickten, Augen, die nirgendwohin schauten, oder vielleicht schauten sie in die Innenhöfe, die man von der Galerie aus sehen konnte, ich habe ihre Haare gestreichelt, während sie diese schreckliche Puppe mit Löchern statt Augen auf dem Schoß hielt, sie streichelte die Puppe, während ich Judit mit meinen Händen bearbeitete, das Köpfchen der Puppe und ihre, Judits Mähne, wie schön du warst . . . Niemand sah uns. Wir waren alleine auf der Galerie, hatten kein Licht an. Du im Schaukelstuhl, das Korbstühlchen von Pere neben dir, du hast mich gewähren lassen. Du hast dich meinen Händen anvertraut. Wenn sie nicht behindert gewesen wäre, hätte ich es nicht machen können, hätte ich sie nicht kämmen können, in den Nächten ohne Mondschein, die sind mir nämlich am liebsten. Aber dann kam Joan und nahm sie mir weg. Immer nahm Joan sie mir weg.

Hier schaut Judit geradeaus mit ihrem erloschenen Blick und ihren Haaren, die in kleinen Wellen über ihre Schultern fallen, einen Kranz bilden. Es sieht so aus, als würde Judit das Klavier küssen. Komm, Judit, Hübsche, spiel irgendwas, Brahms? Chopin? Mendelssohn? Das hat Joan immer zu ihr gesagt, lange vor dem Tod von Pere, lange, bevor sie aufgehört hat zu spielen. Joan saß neben ihr und blätterte ihr die Noten um, und ich, als ob ich das nicht haben könnte, habe mich ihnen dann genähert. Kann ich mal durch?, habe ich dann gefragt, und beide haben mich böse angeschaut, alle beide waren böse zu mir. Das Bild ist ein bißchen vergilbt, es ist ja schon so lange her, das Ganze! Wenn Judit Klavier spielte, war sie immer ganz woanders, da bin ich mir ganz sicher.

Einmal, ich glaube, das war nach einer Bombennacht, bin ich in das kleine Wohnzimmer gekommen und habe gesehen, wie sie in die Tasten haute, als ob sie sie mit ihren Fingern zerstören wollte. Sie hat nicht geweint, nein. Sie saß nur so da, die Hände in die Tasten verkrampft und hatte so einen zornigen Blick in den Augen, daß man es mit der Angst zu tun kriegen konnte. Ihre Hände haben ausgesehen wie Krallen. Sie hat mich angeschaut, als würde sie durch mich hindurchsehen, mich nicht kennen. Und auf einmal hat sie mich ganz seltsam zornig gefragt, was willst denn du hier? Geh weg, geh weg!

Auf diesem Bild wird Judit so zwanzig Jahre alt gewesen sein. Da hat sie schon Klavierstunden gegeben. Jeder hat gesagt, daß sie ein sehr vielversprechendes Mädchen wäre, daß sie sogar Angebote bekommen hätte, nach Wien zu gehen, aber sie hat Joan geheiratet und alles aufgegeben. In dieses Bild hat sich Joan verliebt, und die Liebe hat das ganze Leben lang gehalten. Das glaube ich bestimmt. Schwanenhals, gewelltes Haar, die Haut so weiß und durchsichtig, daß sie, wenn du sie auch nur ein bißchen gedrückt hast, lauter dunkelrote Flecken bekam.

Natàlia ist nicht so schön wie ihre Mutter, nein, wenn du sie ganz genau anschaust, fällt dir auf, daß sie eine leicht krumme, an der Nasenwurzel etwas zu gerade Nase hat, ein spitzes Kinn, leicht buschige Augenbrauen, hängende Wangen, fleischige Lippen. Natàlia erinnert mich an meinen Vater selig, den alten verhutzelten Miralpeix, Gott vergebe ihm, das hat er wirklich nötig. Natàlia scheint mehr aus Blut und Boden zu bestehen als ihre Mutter, ihre Haare sind ständig zerzaust. Und sie ist eine kleine Hexe, meine ich. Und jetzt noch mehr, wo ihre Augenringe noch besorgniserregend tiefer geworden sind, mit den dunklen Ringen unter den Augen sieht sie aus, als würde sie Drogen nehmen oder wäre verloren. Verloren, ja verloren in der Weltgeschichte, sie hielt es nicht einmal für nötig, zur Beerdigung ihrer Mutter zu kommen . . .

Meine Schwägerin war anders als wir andern, ich weiß nicht, wie ich's sagen soll . . . Als ob sie in einer Zeit leben würde, in die sie nicht paßt, als hätte sie sich im Raum, in der Stadt geirrt und wüßte es. Judit, jetzt wird es mir bewußt, war für uns Frauen alle der Mittelpunkt. Wir fühlten uns zu ihr hingezogen, als wäre sie ein magnetischer Pol. Und dabei hat sie sich nicht einmal bemüht, uns anzuziehen, ganz im Gegenteil, sie hat sich eigentlich gar nicht bemüht. Aber Judit bedeutete für uns, wie soll ich's sagen?, sie war für uns ein offener Raum, ein Horizont, der unendlich war. Das alles hat sich vor dem Krieg abgespielt, oder im Krieg, ich weiß es nicht. Denn die Dinge sind anders geworden, und wir alle sind zu Scheintoten geworden, jeder trägt freudlos seine Sorgen mit sich herum. Und Judit hörte, meiner Meinung nach, auf, unter uns zu weilen. Das hat mein Bruder nicht gemerkt. Judit war nicht anwesend, nein. In ihren Augen lag eine Melancholie, die traurig stimmte, diese smaragdgrünen Augen, die da waren und doch nicht da. Sie hat nur für Pere gelebt, dieses bedauernswürdige Geschöpf, und der liebe Gott hat ganz gut daran getan, daß er ihn zu sich geholt hat. Ja, ich glaube, nach dem Krieg blieb uns von Judit nur noch ihr Körper, ihre Figur, als hätte sie schon vor langer Zeit aufgehört zu existieren. Und ich weiß nicht, warum mir jetzt diese Gedanken durch den Kopf gehen, früher habe ich mich nie damit beschäftigt.

Ein Bild des Jammers war die Judit in der Nachkriegszeit . . . Was hatte sie da in sich drin? Manchmal hatte ich den Eindruck, als wäre sie ganz verwirrt, aber keine offensichtliche Verwirrung, nein, das nicht, es war so, als ob sich in ihrem Inneren ein Sturm zusammenbrauen würde, der nie ganz zum Ausbruch kommen sollte. Manchmal, wenn die Familie ins Landhaus in Gualba kam und sie ganz alleine auf dem Zypressenweg spazierenging, da machte sie auf mich ganz und gar den Eindruck, als ob sie tot wäre. Sie ging ganz langsam, und manchmal verschwand sie dann plötzlich, ohne ein Wort zu sagen. Die Judit der Nachkriegszeit war sehr dünn geworden. Ihre Wangen waren noch blasser geworden, und die Haut wirkte wie Pergamentpapier, wegen der vorstehenden Knochen sah ihr Gesicht eingefallen aus. Ich erinnere mich daran, daß einmal die ganze Familie im Wohnzimmer des Hauses in Gualba versammelt war. Wir saßen bei einem späten Mittagessen. Esteve hatte sich in den Kopf gesetzt, uns seine Verse vorzutragen, er widmete jedem von uns einen, die Reimpaare flossen ihm zu, als ob er Bohnen körnen würde, wir haben viel gelacht. Auf einmal hat Judit angefangen zu lachen, mit ihrem freudlosen Lachen, und hat immer weiter gelacht, hat Joan an der Hand genommen und uns Anwesende alle gemustert, einen nach dem andern, von oben bis unten. Was wird sie wohl von uns gedacht haben? Und unaufhörlich hat sie gesagt:

»Ich seh' euch! Ich seh' euch! Ich seh' euch!«

Ich hatte große Angst vor ihr. Sie war nicht ganz bei sich, da bin ich mir sicher. Sie hat gejuchzt und in die Hände geklatscht und immerzu nur wiederholt: Ich seh' euch, ich seh' euch! Mich hat eine komische Unruhe gepackt. Esteve hat gelächelt, aber er hat aufgehört, seine Verse vorzutragen. Und Joan hat nur ihre Hand gedrückt, aber nichts gesagt. Lluís hat sie voller Haß angeschaut, und Natàlia ist aufgestanden und wortlos hinausgegangen. Nur Pere hat seinen Kopf hin und her bewegt, er schien zu verstehen, was seine Mutter sagen wollte. Wir waren alle wie vom Donner gerührt und wußten nicht mehr, was wir tun sollen, wie die Ölgötzen saßen wir um sie herum. Was sah sie denn? Es gab da eine Barriere, sie stand auf der einen und wir andern alle auf der anderen Seite. Ich bin aufgestanden, um den Tisch abzuräumen, und alle haben angefangen, sich zu bewegen, um irgendwas zu tun. Vielleicht hatte Sixta ja recht, wenn sie sagte, daß sie verrückt wäre, ich weiß es nicht . . . Sie sagte, daß sie vor Stolz zerfressen sei und alles unternehme, um anders zu sein als wir. Vielleicht.

Nur einmal habe ich sie weinen sehen. Das war, als der Krieg schon fast zu Ende war. Man hatte ihr das mit der Kati gesagt, da stand sie eine ganze Weile neben dem Teich in meinem Garten, unter dem Zitronenbaum. Ihr Gesicht war tränenüberströmt, und mich hat das so mitgenommen, daß ich mich nicht traute, etwas zu ihr zu sagen. Ich hatte Angst, daß sie mich fortjagen könnte, so wie sie nun einmal war.. Sie hat die Fische im Teich angeschaut, ohne sie zu sehen, als würde sie durch sie hindurchsehen. Natàlia hat dieselben traurigen Augen von ihr geerbt, die schauen und doch nicht sehen. Obwohl sie ja die Energie von meinem Vater, dem alten Miralpeix, geerbt hat und dazu die Unruhe von der Kati, und dabei sind sie gar nicht miteinander verwandt. Ich weiß nicht . . ., als ob Natàlia ein gutes Stück von Katis Seele abbekommen hätte . . . Ach, du lieber Gott, was sag' ich da nur für Sachen . . . Kati war verrückt und hat sich alles sehr zu Herzen genommen. Zuerst das mit den Männern und dann das mit dem Krieg. Wenn sie zu uns gesagt hat, daß wir nicht die Hände in den Schoß legen könnten, daß wir etwas tun müßten. Ihre Leidenschaft hatte nichts mit Judits Unruhe zu tun . . . Wie könnte ich das erklären? Sie waren wie zwei Pole, ein positiver und ein negativer. Kati war aktiv und nervös, die konnte nie ruhig bleiben. Judit war langsam und eigenbrötlerisch, die mochte keine Leute. Und trotz alledem haben sie sich sehr gut verstanden. Besonders im Krieg sind die zwei hin und her gewirbelt, haben Erholungsheime für die Kinder aus dem Norden organisiert, Gott, hatten die was am Hals! Danach saßen sie zu Hause im Garten, unter dem Zitronenbaum, und haben miteinander geredet, bis es dunkel wurde und Barcelona so eine eigenartige Farbe bekam, nach Tod und Erwartung aussah. Sie wollten nicht in den Luftschutzkeller gehen, wenn die Sirenen heulten, und haben mich ausgelacht, wenn ich ihnen sagte, daß ich große Angst hätte. Kati hat immer zu mir gesagt, der Tod, der ist uns vorbestimmt. Und Judit hat ihr recht gegeben, oder aber gelacht, und dann klang das wirklich fröhlich. Dann habe ich die beiden eben neben dem Teich in meinem Garten sitzen lassen, und wenn ich zurückkam, dann habe ich sie an derselben Stelle wieder angetroffen, als hätte die Zeit stillgestanden. Ich gebe zu, daß ich sehr neidisch war auf diese Stunden, die sie da zusammen verbrachten, und auch darauf, daß sie keinerlei Angst hatten. Ich habe mich ausgeschlossen gefühlt, und das hat mir sehr weh getan. Ich verstand sie nicht und hätte sie so gern verstanden. Aber ich hatte es noch nie so mit dem Sprechen, und manchmal habe ich das Gefühl, als hätte ich im Kopf lauter Sägespäne. Nie habe ich schöne Gedanken. Deswegen war ich glücklich, wenn ich das Seidenhaar meiner Schwägerin kämmen durfte, als sie schon den Schlaganfall gehabt hatte. Dann gehörte sie mir, mir ganz allein.

Jetzt hat der Mann vom Beerdigungsinstitut das Bild von meinem Bruder angeschaut und mich gefragt:

»Ist das der Mann von der Senyora?« und hat dabei auf Judits Leichnam gedeutet.

Ja, das ist mein Bruder, als er zehn Jahre alt war. Schwarz gekleidet, mit einer riesigen Fliege und einem Spielreif in den Händen. Er war kahlgeschoren worden, sah aus wie ein Kind aus dem Armenhaus. Schon damals hatte er diesen barschen, schwierigen Charakter, mein armer Bruder. Bevor er Judit kennenlernte, schien er niemanden zu mögen. Ich weiß noch, wie an den Sonntagnachmittagen, wenn die Verwandtschaft aus Barcelona kam und die Tanten den Süßwein und die Kekse rausholten, weil der Pfarrer zu Besuch kam, Joan sich im Klo eingeschlossen hat. Wir haben ihn überall gesucht, nichts zu machen. Eines Tages habe ich ihn hinter der Tür zu Vaters Klo gefunden, die der immer verriegelt und verrammelt hielt.

»Was machst du da, Joan?«

»Nichts, geh weg . . .«

»Vater bringt dich um, wenn er sieht, daß du auf sein Klo willst.«

»Wenn du's ihm sagst, geh' ich von zu Hause fort und komm' nie mehr wieder.«

»Woher hast du den Schlüssel?«

»Das geht dich nichts an.«

»Wenn Vater dich sieht . . .«

»Ich hab' doch gesagt, du sollst abhauen, blöde Kuh!«

»Du bist ungezogen.«

»Und du ein lausiges Mädchen!«

Ich war so blöd, daß ich schließlich geheult habe. Aber ich habe niemandem was gesagt. Ich wollte nicht das Gesicht von unserem Vater sehen, wenn er wütend wurde, das wurde dann immer ganz lila, als ob es ganz und gar ein blauer Fleck wäre. Die Adern am Hals schwollen so an, als wollten sie gleich platzen. Vor Vater und vor Joan habe ich mich gefürchtet. Auch vor Esteve. Der einzige Mann, vor dem ich mich nie gefürchtet habe, ist Gonçal Rodés . . . Aber nein, kommt nicht wieder, ihr Erinnerungen, ihr tut mir so weh . . . Joan hat Vater gehaßt. Ich nicht. Obwohl ich ja nicht weiß, bis zu welchem Punkt Haß und Angst nicht ein und dasselbe sind. Wenn ich in meinem Leben ein bißchen mehr gehaßt hätte, wäre vielleicht alles anders für mich gekommen . . . Niemand würde mich auslachen. Und Judit und Kati hätten mich nicht für eine dumme Gans gehalten und mich an ihren Gesprächen teilnehmen lassen, und an ihrem Lachen . . . Vater war der Herrscher über alles, auch über uns. Und später war auch Esteve mein Herrscher. Ein paarmal, wenn Judit Lust zum Plaudern hatte, hat sie mich gefragt, warum läßt du dich so unterkriegen? Mir ist das alles erst jetzt aufgegangen, wo ich alt und zu nichts mehr nutze bin. Mit einem Fuß schon im Grab stehe. Vater ist schon ganz weit weg von mir, ganz verschwommen. Manchmal denke ich, daß es Vater nie gegeben hat, Esteve auch nicht. Und das ist ein großer Trost. Vielleicht hat es auch Gonçal Rodés nie gegeben, vielleicht war er ein Traum. Wenn das allerdings wahr wäre, dann täte mir das sehr leid. Gonçal ist eine Erinnerung, die mir niemand wegnehmen kann. Gonçal Rodés hat mich geküßt, mich, wo ich doch so eine dumme Gans war, an einem Tag, an dem Barcelona nach Herbst duftete. Gonçal gehört mir, mir ganz allein.

Joan hat sich nicht nur in Vaters Klo versteckt. Er hat sich auch immer im Dornengestrüpp und im Farn verkrochen, die in der Nähe des Gorg Negre stehen. Dort hat er Stunden zugebracht. Da hat er unablässig auf das Loch geschaut, das schwarz wie die sternenlose Nacht ist. Mehr als einmal haben sie ihn so beim Träumen gefunden. Und wenn Remei oder der Pächter ihn zum Vater gebracht haben, dann hat der ihn fürchterlich verdroschen, daß ihm die Ohren geglüht haben. Ich bin dann immer auf den Dachboden gegangen, um die Schreie nicht zu hören. Solange der Sturm tobte, habe ich Heiligengeschichten gelesen. Das alles habe ich ganz tief in meinem Inneren vergraben, als ob es nie passiert wäre. In der Stadt kann niemand mit lebendigen Erinnerungen leben, die tun zu sehr weh. In der Stadt tut jeder so, als wäre er glücklich.

Als Joan Judit geheiratet hatte, hat meine Schwägerin die Wohnung im Carrer del Bruc mit Blumen und Vögeln vollgestopft, aber er hat das alles nie angeschaut. Er hatte nur Augen für Judit, lebte nur für sie. Er hat immer zu ihr gesagt, Judit, meine Liebe, spiel für mich, und Judit hat Chopin und Brahms gespielt, das waren die Musiker, die sie am liebsten hatte. Nach dem Krieg ist er noch mürrischer und gröber geworden. Den ganzen Tag außer Haus, Geschäfte, Besprechungen, Arbeit, Reisen nach Madrid, um Baugenehmigungen zu beantragen, es war, als würde die Zeit gegen ihn laufen, als müßte er irgend etwas aufholen, weiß Gott was. Joan lebte bald wieder auf, nachdem er klapperdürr wie ein Skelett und zerlumpt aus dem Konzentrationslager zurückgekommen war. Wenn sie den Pere nicht bekommen hätten, wär's vielleicht mit all dem Unglück vorbei gewesen. Es sieht so aus, als würde der liebe Gott nie aufhören, uns auf die Probe zu stellen.

Vor dem Krieg war das Leben nämlich anders. Aber danach war es so, als wären alle Leute übergeschnappt, ganz aus dem Gleichgewicht. Für Joan war alles brandeilig, die Kränzchen im Núria, die Abendessen in Gualba waren vorbei, ebenso für Esteve war alles brandeilig. Ich glaube, die Männer waren noch verrückter geworden, alles waren wichtige, unaufschiebbare Arbeiten. Nur Judit schien ruhig zu bleiben, als hätte ihre Umgebung keinerlei Bedeutung für sie. Sie saß auf der Galerie und schaute Stunden über Stunden auf die Innenhöfe. Pere saß auch da, auf dem Korbstühlchen, und beide haben sich hin und her gewiegt. Dann wurde es dunkel, und die beiden saßen immer noch so da. So, hin und her, hin und her. Pere hat dümmlich gelächelt, und Judit hat geschaut, wie es ihre Art war, ohne etwas zu sehen. Und wenn du etwas gesagt hast, hat sie dir nicht geantwortet. Und später, als Judit den Schlaganfall hatte, war es Joan, der neben ihr saß und ihre Hand gestreichelt hat, während sie die Puppe, die keine Augen hatte, streichelte. Mich hat nur Encarna beachtet, ich bin immer in die Küche gegangen, und dann haben wir drauflos geplaudert. Encarna meint, daß hier im Hause alle ein bißchen verrückt seien, daß sie aber noch nie in einem Haus beschäftigt gewesen wäre, wo nicht irgendeiner ein bißchen verrückt gewesen war. Vielleicht stimmt's, vielleicht hat sie recht.

Der Mann vom Beerdigungsinstitut ist vor dem Bild von Natàlia stehengeblieben, hat es aufmerksam betrachtet und die Nase gerümpft. Natàlia . . . ich bin ihre Patentante. Und jetzt ist sie nicht zur Beerdigung ihrer Mutter gekommen. Man könnte meinen, diese Familie ist von bösen Geistern besessen. Keiner liebt den anderen, keiner kümmert sich um den anderen. Und wenn sie sich lieben, wie das bei Joan und Judit der Fall ist, dann tun sie das auf so eine merkwürdige Art, ohne etwas zueinander zu sagen, oder sie sagen so gut wie nichts. Die lieben sich nicht aus Gewohnheit, nein, es ist was anderes, das ich nicht erklären kann . . . Natàlia wurde im März 1938 geboren, daran erinnere ich mich noch gut, weil es der Monat mit den schweren Bombardements war, diese Bomben haben der Stadt so weh getan. Als uns klar wurde, daß das da ein Krieg war. Und ich erinnere mich auch noch daran, wie Kati dem Mädchen einen Kuß gegeben hat und gesagt hat, wenn wir doch Kinder kriegen könnten, ohne vor den Priester treten zu müssen! Und daß ich ihr geantwortet habe, also wirklich! So was Blödes! Willst du denn, daß ein Kind im Unglück groß wird? Da hat sie laut losgelacht und zu mir gesagt, na du bist aber wirklich blöd, wirst schon sehen, wie sich das ändert und wir Frauen Kinder kriegen werden, ohne irgendwen um Erlaubnis fragen zu müssen! Wenn sie so lachte, dann sah sie aus wie ein wildes Tier, eine Art Ungeheuer, böse und wild . . . Auf diesem Bild war Natàlia ungefähr vier Jahre alt, da waren wir in Gualba. Ganz dreckig war sie, ich meine Natàlia, nicht Gualba, wie ein Zigeunermädchen, strubbelig, und in den Augen lag ein Blick wie der eines verlorenen gegangenen Mädchens. Oder wie ein Findelkind. Wie ein Mädchen aus dem Waisenhaus. Als sie größer war, hat sie mich immer gefragt, Tantchen, bin ich so häßlich?

Ja, Natàlia erinnert mich an Kati. Kati war ganz das Gegenteil von Judit. Sie wollte geliebt werden. Sie wollte die Welt erobern, überall zugleich sein, alles wissen, alle kennen und außerdem wie verrückt geliebt werden. Ich habe immer wieder zu Judit gesagt, mit der Kati wird es ein böses Ende nehmen, die ist so ruhelos, die sieht ein Mannsbild und verliert den Kopf. Meine Schwägerin ist dann ganz arg wütend geworden und hat zu mir gesagt, was verstehst du denn davon? Vor dem Krieg hat Kati immer mit allen möglichen Liebhabern angegeben, und danach dann die verrückte Geschichte mit dem Iren . . . Ein verheirateter Mann. Ich glaube, sie hat ihn verhext. Klar, daß sie mir kaum was davon erzählt hat, nein, aber das war nicht normal. Der Ire hätte eigentlich mit den andern Ausländern abreisen sollen, der wurde hier doch überhaupt nicht mehr gebraucht. Aber er ist dageblieben, und das war sein Tod. Wenn ich zu diesem Thema irgend etwas zu Judit gesagt habe, hat sie mir nur ganz wütend geantwortet, was verstehst du denn davon? Der Ire ist dageblieben und wurde an der Ebre-Front vermißt. Kati war eine Spinne, genau, eine Spinne. Wenn die sich was in den Kopf gesetzt hatte, gab es keinen, der sie aufhalten konnte. Gott verzeih mir, wenn ich Unsinn rede, aber ich glaube, die Kati wäre imstande gewesen, jemanden zu töten, um den Mann zu kriegen, den sie wollte. Und genau das ist mit dem armen Iren passiert, der arme Junge hätte nicht dableiben sollen. Wenn wir uns im Café Núria getroffen haben, damals in den dreißiger Jahren, ist mir immer ein kalter Schauer über den Rücken gelaufen, wenn sie solche frechen Sachen über die Männer gesagt hat. Einmal hat die alte Mundeta, die Mutter vom Joan Claret, sie gefragt:

»Warum machst du dich so lustig über die Männer?«

Immer wenn Kati etwas Ernstes sagen wollte, verfinsterte sich ihr Blick.

»Wir Frauen müssen endlich begreifen, daß wir sie zu nichts brauchen«, hat sie gesagt.

Ich erinnere mich an diese Frage und an diese Antwort ganz besonders, weil es der Nachmittag war, an dem in Barcelona dicke Luft herrschte, die Republik lag in greifbarer Nähe, und weil Sixta gesagt hat, daß sie nicht mehr zu den Kaffeekränzchen im Núria kommen würde, solange »diese unverschämte Person von Kati« dabei wäre. Sie ist schon nach wenigen Wochen doch wieder gekommen. Sie konnte es nicht lassen. Sie war neidisch auf Kati, aber die vertrieb uns mit ihren Indiskretionen und ihrem Klatsch, mit ihren ausfälligen Bemerkungen die Zeit. Die Nachmittage in Barcelona kamen mir damals so lang und öde vor . . . Weit weg von dem Landhaus, vom Gorg Negre. Kati hat uns immer in Wut gebracht, aber wir brauchten sie. Wenn sie irgendwann nicht zu dem Kaffeekränzchen im Núria gekommen war, dann haben wir uns immer gefragt, ob sie nicht mehr kommen werde. Kati war ganz oft verschwunden, wir wußten, daß sie auf Reisen war, oder aber, daß sie sich in einer der Villen, die sie in Sant Cugat und in Valldoreix besaß, zurückgezogen hatte. Dort hat sie immer große Bälle veranstaltet. Feste, die ganze Tage lang dauerten. Man sagt, daß sie da das gemacht hat, was man *Strip-tease* nennt. Die Mädchen liefen nackt herum, und am Schluß sind alle in den Swimmingpool gesprungen. Angezogen. So, wie wir es jetzt in amerikanischen Filmen sehen. Da kamen alle möglichen Leute hin, ganz komische Leute, Bohemiens und lauter solche Gestalten. Maler, Schauspieler, Dichter, Künstler, die ein Künstlerleben führten. Viele waren Ausländer, und man sagt, daß da auch eine Mulattin war, die mit dem Hintern gewackelt hat wie Josephine Baker. Daß eine Mulattin hinkam, daran kann ich mich noch ganz genau erinnern, die Zeitungen haben darüber geschrieben, und ein mit Esteve befreundeter Dichter hat ihr ein paar Verspaare gewidmet. Mundeta Ventura hat immer gesagt, daß sie französischen Champagner eimerweise tranken, als wäre es Wasser. Sie hat auch gesagt, daß sie in der Badewanne gebadet haben, einer runden Badewanne, aus Marmor, mit Drachenfüßen, alle durcheinander. Die Männer mit den Frauen. Wenn ich das dem Esteve erzählt habe, hat der immer zu mir gesagt, ach was! Was weißt du denn schon davon? Na, und ob ich davon wußte, ganz Barcelona hat davon geredet. Die haben da nackt gebadet. Kati verschwand also, und wir haben eine Ewigkeit nichts von ihr gehört. Später kam sie dann wieder zu den Kaffeekränzchen im Núria, als ob nichts gewesen wäre. Sie hat uns gesagt, wie wir uns kleiden sollten, oder wie wir unsere Augenbrauen zupfen müßten. Schluß mit dem Getue mit Handschuhen und Hüten, sagte sie, seht mal, wie sich die Chanel kleidet, zwei Kleider und damit basta, und die ist eleganter als ihr alle. Ständig wollte sie uns belehren. Uns hat sie ja nie zu ihren Festen eingeladen. Wir haben auch gar nicht erwartet, daß sie uns einladen würde. Wir Frauen aus dem Núria haben zu einer anderen Welt gehört, einer anständigen, ruhigen Welt. Aber, im Grunde genommen, sind wir gestorben vor Neid. Die Kati hat gemacht, was sie wollte, und das hat sie auch im Krieg getan, sie war die Optimistischste von uns allen, sie war so sicher, daß, wenn die Roten gewinnen würden, wir Frauen ein anderes Leben hätten. Der Krieg geht uns alle an, sagte sie immer und immer wieder zu uns, der ist nicht nur Männersache. Die Männer kämpfen an der Front und wir hier, um dieses saudumme Leben zu verändern, das wir führen. Und jetzt frage ich mich, warum Kati zu unseren Plauderstündchen im Núria kam. Wo sie doch so anders war! Kati hat uns doch verachtet, über uns gelacht, über die Perücken von der Sixta, über meine unpassenden Bauerntrampelbemerkungen, wie sie es nannte, und über die Verschlafenheit der jungen Mundeta. Ich erinnere mich, daß die alte Mundeta und Kati gute Freundinnen waren, bis Judit aufgetaucht ist. Am Anfang hat es so ausgesehen, als könnten Kati und Judit sich nicht riechen. Als Judit Joan geheiratet hatte, ist sie hin und wieder mit mir zu den Kränzchen im Núria gegangen. Sie hat sich in eine Ecke gesetzt und nichts gesagt. Sie hat nur in die Runde gestarrt mit ihren eigenartigen Augen, die schauten, ohne zu sehen. Judit hat immer die Augen zusammengekniffen, wenn sie das verdrehte Zeug von der Kati gehört hat, sie fand sie schrill und vulgär. Ich weiß eigentlich nicht, wie die sich so anfreunden konnten. Ich glaube, das war im Krieg, als Kati ihre ganzen Villen für Kindererholungsheime zur Verfügung gestellt hat und den Haufen Freunde von früher aufgegeben hat; die einen versteckten sich, und die andern liefen zu Franco über. Judit ist den ganzen Tag mit Kati herumgezogen, hin und her, als ob alle beide verrückt geworden wären. Sie hat zu mir gesagt, wenn da nicht die Schwangerschaft wäre, würde ich an die Front gehen. Und eines Tages habe ich gehört, wie sie zu Kati gesagt hat, es gibt immer etwas, was mich davon abhält, das zu tun, was ich mir wünsche, wenn ich jetzt zum Beispiel nicht schwanger wäre: ich wäre an die Front gegangen. Und Kati hat ihr geantwortet, du darfst keine Angst vorm Warten haben, eines Tages wird sich alles ändern, und dann wird unser Leben anders werden. Ich habe sie kaum verstanden, mir kam es so vor, als wären sie verrückt geworden, ich wollte nur, daß dieser schlimme Krieg zu Ende ging, egal wie, daß dieses Leid und diese Not endlich aufhörten. Und mir war völlig egal, wer gewinnen würde, nur sollte das Ganze da ein für allemal vorbei sein, sollten die Männer heimkommen und auch das Leben wie früher sein.

Ja, ich habe nie verstanden, wie sie so dicke Freundinnen werden konnten, im Krieg, Judit und Kati. Kati war älter als Judit. Eine dominierende Frau. Und ich bin sicher, daß sie sich anfangs gehaßt haben. Kati ist fast übergeschnappt, wenn meine Schwägerin so auf Abstand achtete, ich weiß nicht, was der einfällt, dieser Sch . . .-Ausländerin, na ja, ich hätte fast ein Schimpfwort gesagt, aber was soll's, Kati hat das gesagt, Scheiß-ausländerin. Die alte Mundeta hat so verhalten gelacht. Der jungen Mundeta blieb wie immer der Mund offen stehen. Und Sixta hat Kati angeblitzt. Wir brauchten sie, wir beneideten sie. Wir waren lauter junge Frauen. Und jetzt sind alle tot. Judit auch, obwohl ich ja meine, daß sie schon lange tot war. Lange vor ihrem Schlaganfall, vielleicht seit der Zeit, als Pere gestorben war und sie aufgehört hat, Klavier zu spielen, ich weiß es nicht . . . Alle sind tot. Außer der jungen Mundeta und mir.

Der Mann vom Beerdigungsinstitut geht. Er hat sich mit Lluís geeinigt, es wird eine gehobenere Beerdigung, so nennt man das, glaube ich. Encarna, die feuchte Augen hat, will bei Judit Totenwache halten. Nein, bei Judit halte ich Totenwache. Ich will hierbleiben. Das laß ich mir von keinem nehmen.«

Juli 1936

Kati hatte sich gerade eingecremt. Zuerst mit einer Creme für fettige Haut, dann mit einem Gesichtswasser. Sie erinnerte sich vage an den Namen des Jungen mit dem dunklen Gesicht. Michel? Pierre? Sie wußte allerdings noch, daß es ein junger, in

Algerien geborener Franzose war. Kati zog ihre Augenbrauen mit dem braunen Stift nach, sie mußte sich dabei konzentrieren und streckte ein bißchen die Zungenspitze raus. Die Mode mit den gezupften Augenbrauen hatte sie an der Stelle haarlos gemacht. Gezupfte Augenbrauen lassen dich verbittert aussehen, sagte die alte Mundeta zu ihr. Neid? Na und? Außerdem hatte sie es gerne, wenn sie starben vor Neid. Wenn sie es recht bedachte, dann machte sie sich nur zurecht, damit die anderen Frauen sie bewunderten.

Baume unter die Augen, diese lästigen Krähenfüße . . . Sie schnitt ein paar Grimassen, um zu überprüfen, ob es noch mehr Alterserscheinungen gab. Sie reckte den Hals, verteilte darauf mit den Händen eine neue Creme, die man ihr aus Paris mitgebracht hatte. Ich habe nicht Judits Schwanenhals. Judit . . . was macht sie wohl gerade? Heute hat sie mich böse angeschaut. Ich weiß nie, warum. Wenn sie mich nur ein bißchen beachten würde . . .

Kati betrachtete sich im Spiegel, um ihre Wirkung zu überprüfen. Sie streckte sich die Zunge raus, und danach lächelte sie:

»Ich werde nicht häßlich sterben.«

Ein kurzer, gründlicher Blick auf die Fingernägel. Drei waren eingerissen. Manchmal, wenn sie sich beim Liebesspiel langweilte, kaute sie an den Fingernägeln. Und den Mann ließ sie sich abrackern. Sie mußte bei der bloßen Erinnerung an die Bemühungen ihres letzten Liebhabers lachen. Ein Athlet . . . Gegen Ende hatte sie gekeucht. Sie war ganz schön gerädert gewesen. Die Stellung als Hündin hatte ihr Nierenschmerzen verursacht. Eine Woche lang hatte sie sich gefühlt wie eine alte Frau mit Arthrose. Ufff! Seine Augen wie die von einem iranischen Prinzen und seine gebräunte Haut wie die eines jungen Tieres hatten sie fasziniert. Ein so zarter Rücken, daß er wie aus Satin schien. Sie ließ gerne ihre Finger darüber wandern. Aber danach, eine Nervensäge. Warum sind die Männer nie zufrieden zu stellen? Kati gefiel das Vorspiel, die Aufwärmphase am Anfang, dieses Kokettieren, die ausgeklügelte Verführung, Worte, die in der Luft hingen, halb ausgesprochene Sätze, Blicke aus den Augenwinkeln, die Neugier auf die erste Berührung . . . Das Geheimnisvolle eben . . . Wenn sie das Geheimnis erst einmal gelüftet hatte, stellte sie fest, daß die Sache überhaupt nichts Interessantes an sich hatte. Alle Männer sahen sich nackt ähnlich. Alle erinnerten sie an einen Affen. Sie konnten eine breite, behaarte Brust haben, wohlgeformte Schultern, einen schönen Kopf, aber wenn sie ausgezogen vor dir standen, welch eine Enttäuschung . . . Ihre Beine waren kürzer als der Rumpf, manche liefen, als säßen sie auf dem Pferd, andere hatten krumme Beine. Sie wußten nicht, was sie mit ihren Händen machen sollten. Bewegten sie ohne Anmut. Und das Gehänge . . ., wenn's nicht gut lief, sah es aus wie der Klöppel eines Glöckchens. Rosig oder weißlich, von unbestimmbarer Farbe. Ein Fleischberg, der nichts war. Nichts. Sie sah ihn sich nie an, nicht, weil sie sich davor ekelte, nein. Sondern weil sie ihn verabscheute. Die Männer waren ja so lächerlich, wenn sie nicht angezogen waren! Nichts waren sie, nichts. Wenn er bei ihm steif wurde, war es etwas anderes. Aber dann wünschte sich Kati nur, daß das alles bald vorüber sein möge. Sie langweilte sich so dabei. Und sie wollte nicht für frigide gehalten werden, das war eine Prestigefrage. Wenn Kati mit einem Mann ausging, der ihr nicht gefiel, der sie aber ganz bestimmt schließlich bitten würde, mit ihm ins Bett zu steigen, dann trank sie zwei Cognacs in einem Zug zum Aufwärmen. Klar, daß Kati keuchte und ihre Atmung kontrollierte, damit kein Zweifel daran aufkam, daß sie wußte, worum es ging. Es kam darauf an, am Anfang zu stöhnen, wie ein Kätzchen, das miaut und allmählich aufwacht. Kurze, leise Seufzer. Wie ein Grummeln, das von ganz unten kommt, unter dem Bett her. Später schwillt und schwillt das Stöhnen an und wird zu einem kleinen Schrei, ein Schrei, der ungefähr soviel bedeuten soll wie: Ach, ich kann nicht mehr! Sie wußte, daß die Männer das besonders gerne hatten. Die Schreie müssen in ein

Keuchen übergehen. Wenn die aus dem Núria nicht so blöd wären, würde sie ihnen Nachhilfe geben. Das ist eine Steigerung, meine Damen, bis zum Höhepunkt. Sixta würden die Haare zu Berge stehen, dachte sie bei sich, und Judit würde sie von oben herab ansehen . . . Sie fürchtete sich vor Judit, es kam ihr vor, als ob sie ihre Gedanken lesen könnte . . .

Kati wußte, wie sie die Männer zu behandeln hatte, sie mußte sie in dem Glauben lassen, sie wären es, die über den Zeitpunkt des Höhepunktes bestimmten. Sie paßte sich ihnen an. Wenn er kurz davor war, stimmte Kati eine Art Schrei an, wie eine Arie der Lucia of Lammermoor. Geigenklänge. Und dann all das: Ach, Geliebter, mit dir habe ich den Himmel und die Sterne gesehen. Der Mann war dann so zufrieden, daß er sie zu französischem Champagner einlud.

Und niemand wußte wieso, aber Tatsache ist, daß Katis Einkünfte stiegen.

Danach erfuhr Kati, daß der Junge mit den Augen eines iranischen Prinzen ein Skilehrer war, der in Aix-en-Provence geboren war. Und daß er deswegen eine dunkle, seidige Haut hatte. Er war die Nummer achtzehn. Oder neunzehn? Sie zählte im Geiste nach, ob sie sich nicht verzählt hatte. Nein, sie hatte die Zahlen richtig im Kopf, es war nur so, daß sie mit dem Italiener Bruno zwei nicht direkt aufeinanderfolgende Abenteuer gehabt hatte. Mit dem Franzosen kam sie zur Nummer zwanzig. Mein Gott, wenn wir bedenken, daß sie erst fünfunddreißig Jahre alt war. Aber nein, sie wollte nicht ans Alter denken. Es kam darauf an, zu leben und alles zu bekommen. Was gefiel ihr an der Nummer zwanzig, an dem *Pied-noir?* Der Champagnergeschmack seiner Küsse. Am ersten Tag hatte die Nummer zwanzig etwas getan, was ihr mißfallen hatte. Er hatte einen Schluck Champagner genommen und ihn ihr danach, mit Spucke vermischt, beim Küssen, in den Mund gespuckt. Sie war zurückgezuckt, der Champagner blieb ihr im Halse stecken. Wie eklig!, hatte sie gesagt. Aber der *Pied-noir* argwöhnte fast schon, daß Kati keine Dame von Welt sei, und das konnte sie nicht auf sich sitzen lassen. Sie mußte *savoir faire* an den Tag legen und all die Sachen, die in den Zeitschriften und in den Romanen stehen. Kati war die katalanische Coco Chanel. Woche für Woche verschlang sie die Zeitschriften, die sie aus Paris bezog. Aus ihnen schnitt sie sich die Modelle aus. Wenn Coco sagte: Weg mit dem Korsett!, dann zog sie es ganz aus. Sie trug nur noch Büstenhalter, und zwar so winzig kleine, daß man sie kaum sehen konnte. Wenn Coco sagte: Plisseeröcke, alles luftig!, dann trug Kati Plisseeröcke. Coco hatte eine ähnliche Kindheit gehabt wie Kati, war elternlos, im Hause von ein paar stockkonservativen, verklemmten Tanten aufgewachsen. Darum haßte sie die frömmlerischen, ängstlichen Frauen, die sie nicht so einschätzten, wie Judit das tat. Judit beurteilte sie, weil sie sie verstanden hatte, dessen war sie sich sicher. Judit wußte, was Einsamkeit bedeutete, die Angst, in der schwarzen Nacht aufzuwachen und niemanden zu haben, dem man seine Alpträume erzählen konnte . . . Aber das würde sie den Frauen im Núria nicht erzählen. Diese Kati strahlt vor Glück, sagte Sixta. Klar, daß sie vor Glück strahlte. War sie denn nicht glücklicher als sie? War sie nicht frei wie der Wind? War sie nicht anders?

Nachdem der *Pied-noir* in Weiß, mit der Pomade im Haar und dem fein gestutzten Schnurrbärtchen im Stil eines Ronald Colman den Champagner in sie erbrochen hatte, machte Kati ein ganz verzücktes Gesicht, nachdem sie den aufkommenden Ekel hinuntergeschluckt hatte. Und damit der *Schwanzträger*, der gerade an der Reihe war, es nicht merkte, schrie Kati, verführ mich nicht, ich verliere den Verstand! Und in sich hinein lachte sie über so dumme Worte. Verführ mich nicht, ich verliere den Verstand, wiederholte sie und bemühte sich dabei, mit den Augen zu rollen und den Hals kräftig zu strecken, wie Greta Garbo es tat. Verführ mich nicht, ich verliere den Verstand, und sie hörte nicht mehr auf zu lachen, verführ mich nicht, ich verliere den Verstand! Und er antwortete, ohne sie zu verstehen:

Le catalan ressemble à une langue africaine, n'est-ce pas? Oui, mon chéri. Mann, bist du blöd, sagte Kati, was weißt du denn von meiner Sprache . . . Und sie fuhr ihm mit der Zunge über das linke Ohrläppchen. Ich habe neue Brüste für dich, und um fünf werde ich müde, du Idiot. Der *Pied-noir* blieb bei seiner Leier: *Qu'est-ce que tu dis, mon chou?* Nichts, du Schmalspur-knabe, lachte Kati, und fügte hinzu: *Buvons à la santé du monde! Buvons* für alle Idioten der Welt! Danach badeten sie zusammen, und sie spielte mit dem Penis des *Pied-noir.* Siehst du nicht, wie er im Wasser untergeht? Als ob er dir abgeschnitten worden wäre! *Je ne te comprends pas . . .*

Sie hatten sich nach zwei Tagen zum Ausgehen verabredet. Kati überlegte sich das Make-up lange. *Tropicale Rio de Janei-ro?* Der Algerienfranzose hat ein Clownsgesicht, stellte sie fest. Das Gazekleid? Abends ist es noch frisch, obwohl es ja schon fast Sommer ist. Sie ärgerte sich, daß sie gerade ihre Tage bekommen hatte, und wenn sie dann das weiße Kleid anzog, bekam sie jedesmal kalte Schweißausbrüche. Den ganzen Abend würde sie sich fragen, beflecke ich mich oder beflecke ich mich nicht? Einmal war ihr das passiert, sie war mit einem Architek-ten aus Bologna ins Restaurant gegangen, und das Kleid blieb am Stuhl kleben. Den ganzen Abend hatte sie sitzenbleiben müssen, und als sie aufstand, hatte sie sich schnell das Abend-täschchen vorgehalten. Eine Qual. Und dann die Angst vor dem Geruch. Wenn sie ihre Tage hat, würde Kati am liebsten die ganze Zeit in der Badewanne zubringen. Sie fühlt sich schmut-zig, schmierig. Sie glaubt, daß alle ihren Schweiß und ihre üblen Ausdünstungen bemerken. Und Parfum hilft nichts. Wenn die Frauen dann wenigstens baden könnten . . . Obwohl sie sich ja kaum um solche Sachen schert. Sie wäscht sich ganz oft und überdeckt den Geruch mit Kölnischwasser und Parfums. Kati seufzte vor dem Spiegel und streckte noch einmal die Zunge raus.

»Ich werde nicht häßlich sterben«, wiederholte sie.

Kati hieß so, weil ihre Mutter, die sehr jung an Schwindsucht gestorben war, ein Faible für *Wuthering Heights* gehabt hatte, das sie auf Spanisch gelesen hatte. Aber Kati bemühte sich, der Heldin des Romans so wenig wie möglich zu ähneln. Die Leidenschaft zerstört, sagte sie oft. Und ihr sechster Sinn riet ihr immer zur Vorsicht. Die Romantik ist vorbei, sagte sie zu ihren Freundinnen im Núria, diese Pest, die den Frauen so viel Leid gebracht hat. Frauen sind romantisch, um ihre Dummheit zu überspielen. Sie konnte die gleichen Sachen machen wie die Männer: rennen, Geld haben, herrschen.

Der *Pied-noir* hielt mit seinem weißen *Triumph* vor Katis Haus. Er hupte ein paarmal.

»Weißt du schon das Neuste?« sagte er, kaum daß Kati in den Wagen eingestiegen war. »Es sieht so aus, als hätten ein paar Kommißköpfe in Afrika einen Aufstand gemacht. Es wird Ärger geben, *ma chérie.*«

»Ach was, das glaub' ich nicht.« Kati zuckte die Schultern, während sie sich einen Gazeschal umlegte. »Dieses Land hier ist doch wie ein Friedhof, hier passiert doch nie was!«

Es war ein Nachmittag im September 1936, ein dunstiger Nachmittag, der Fußboden dampfte vor Hitze und Feuchtigkeit, und überall breitete sich eine beunruhigende, erwartungsvolle Stille aus. Hie und da wurde diese trügerische Ruhe durch Gruppen von Milizionären und Milizionärinnen zerrissen, die mit erhobener Faust defilierten, oder durch Trupps der *Mossos d'esquadra,* der Polizei der Generalität, die für Recht und Ordnung sorgen sollten. Es hatte in der Stadt schon das eine oder andere Gefecht gegeben, zwischen Arbeitern und aufständischen Soldaten, aber schon seit ein paar Tagen herrschte Ruhe. Im Radio hieß es, daß, vorerst, der Aufstand der Generäle niedergeschlagen worden sei. Kati betrat das Núria und blickte sich suchend nach den Freundinnen um, aber kaum jemand saß an den Marmortischen. In einer Ecke, und nicht an ihrem Stammtisch, saß Judit ganz alleine. Ein Sonnenstrahl vergoldete ihre Haut. Kati deutete ein Lächeln an.

»Wie kommt es, daß du alleine hier bist?«

»Die andern haben Angst. Mundeta will nach Siurana, Patrícia weint andauernd, und Sixta . . .«

Kati lachte eine ganze Weile.

»Die reinsten Klosterschülerinnen sind das! Und du, hast du keine Angst?«

Judit schüttelte den Kopf. Es dauerte eine Weile, bis sie antwortete.

»Nein, ich habe keine Angst. Aber Joan will einrücken und an die Front ziehen. Alle seine Freunde haben sich freiwillig gemeldet.«

Vielleicht war es das erste Mal, daß Kati und Judit sich begegneten, ohne daß irgendwer dabei war. Kati sah Judit an, die bleichen Wangen wirkten heute noch blasser. Der Sonnenstrahl war weiter gewandert, und sie unterhielten sich im Zwielicht.

»Die Sache ist doch ernster, als es zuerst schien. Die Freunde in Sant Cugat wollen abhauen. Mit den Franco-Leuten. Das sind Feiglinge.«

»Was meinst du zu all dem?«

»Na, das wird lange dauern, verdammt lange wird das dauern. Bei den Reden der Generäle überkommt mich das kalte Grausen, sie wollen Spanien retten, sagen sie, und die Italiener und die Deutschen werden ihnen helfen. Alles geht in die Binsen.«

Kati fiel auf, daß sie so miteinander sprachen, wie sie das noch nie getan hatten. Sie sah Judit an und dachte für sich, daß ihr Gesicht ihr gefiel, sie hatte einen fiebrigen Blick, der war eigenartig, aber intensiv. Darauf war sie noch nie gekommen. So, als würde sie zum erstenmal auf Judits Gesichtszüge achten, die, weil sie so schmal war, vielleicht etwas hart wirkten. Und die smaragdgrünen, zugleich sanften und entschlossen wirkenden Augen. Zwischen den anderen Frauen fiel Judit nicht auf. Ihr Lebtag hatte sie sie als Patrícias Schwägerin angesehen, als die Französin, die den Mund nicht aufbekam und alles von oben herab zu betrachten schien. Kati kam sich immer vor, als würde sie beobachtet, aber an diesem Nachmittag traf sie sie wehrlos an, wie ein sich zusammenkauernder Vogel im hinteren Teil des Cafés.

»Von den Aufständischen werden grauenhafte Dinge erzählt, sie fallen plündernd in die Dörfer in Andalusien ein und bringen alle um, Kinder und alle«, sagte Judit. »Joan sagt, daß die Republik ernsthaft in Gefahr sei, daß das viel schlimmer ist als die Ereignisse im Oktober 1934.«

»Bestimmt hat er recht. Und in solchen Augenblicken packt mich die Wut, daß ich als Frau geboren wurde.«

»Warum?« Judit sah Kati interessiert an.

»Ich weiß es nicht . . . vielleicht, weil die Männer klar wählen können, entweder mit den einen oder mit den anderen zu gehen. Sie können größere Fähigkeiten an den Tag legen, sie können selbständige Urteile abgeben. Aber wir Frauen können nur abwarten. Und das wird ganz langweilig werden«, lachte Kati, und Judit gefiel es gar nicht, wie sie lachte.

»Wir haben uns den Krieg nicht ausgesucht.«

»Oh, das ist eine billige Ausrede. Dann können wir auch sagen, daß ihn sich die Männer auch nicht ausgesucht haben, die auf der Seite der Republik stehen. Aber jetzt schreien alle herum, verfassen flammende Aufrufe, treten den Parteien bei, wollen den Krieg, na ja.«

»Nein, es gibt Männer, die ihn nicht wollen, da irrst du dich«, erwiderte Judit ein wenig zornig.

»In Ordnung, in Ordnung, nicht alle wollen den Krieg. Aber jetzt führen sie ihn, und da werden sie glauben, ihnen gehört die Welt. Und was ist mit uns? Sag?«

»Es gibt Frauen, die ziehen in den Krieg«, sagte Judit.

»Du wirst schon sehen, wie bald sie sie wieder heimschicken

werden.« Katis Blick verfinsterte sich. »Ich würde gerne irgend etwas tun, aber ich weiß nicht was.«

»Ich mach mir Sorgen um Joan.«

»Um dich müßtest du dir auch Sorgen machen.«

»Aber Joan wird doch an die Front gehen.« Judit bekam ganz kleine Augen. »Mein Vater hat nie den Weltkrieg vergessen. Seine besten Freunde sind da umgekommen, und er war für immer gezeichnet, wegen dem Gas.«

»Sieh mal, in einem Krieg verliert jeder irgendwas.«

Judit trank mit kleinen Schlucken einen Himbeersirup. Kati bestellte sich einen trockenen Wermut.

»Wie kommt es eigentlich, daß du ganz alleine hier bist?« fragte Kati.

»Ich weiß nicht, zu Hause war mir so langweilig. Joan ist den ganzen Tag weg, geht zu Versammlungen und solchen Sachen. Anfangs habe ich mich mit Klavierspielen abgelenkt. Aber jetzt macht dieses Warten mich nervös.«

»Sollen wir zusammen spazierengehen?«

Sie gingen hinaus, und schon bald befanden sie sich in der Umgebung der Plaça del Rei. Dort war es kühler, auf den Mauern der Kathedrale zeichneten sich die Schatten der gotischen Gebäude rundherum ab.

»Ich mag alte Städte, sie wirken auf mich so, als ob ich in einer anderen Zeit gelebt hätte.«

»Also, ich mag sie nicht«, meinte Kati. »Mich begeistert alles Neue. Maschinen, Autos, die Geschwindigkeit. Weißt du, was ich am allerliebsten auf der ganzen Welt machen würde?«

»Was?«

»Ein Flugzeug fliegen!«

Judit lachte und Kati sah sie an. Noch nie hatte sie sie so lachen gesehen, wie ein Backfisch, glücklich.

»Ich würde ein Flugzeug steuern und ganz weit weg fliegen, vielleicht andere Länder entdecken, wo noch nie jemand gelebt hat!«

»Ich glaube, das habe ich schon irgendwo mal gelesen«, sagte Judit boshaft.

»Nicht wahr?« Und jetzt war es Kati, die lachte.

Sie setzten sich auf die Plaça Sant Felip Neri. Das Wasser des Brunnens plätscherte vor sich hin wie eine Art Lied, ein getragenes Lied, das sich bis in alle Ewigkeit wiederholte. Die Sonne ging langsam unter und ließ auf den Häusern ockerfarbene Flecken zurück.

»Ich mag diese Stunde unheimlich gerne«, sagte Judit. »Das ist die Stunde, in der alles in der Welt scheinbar wieder ins Lot kommt. Als ob die Dinge und die Menschen heiterer würden.«

»Also mir gefällt sie nicht. Es ist eine traurige Stunde, eine Todesstunde.«

»Ich glaube, daß die Dinge sterben müssen, um wieder geboren werden zu können.«

»Das habe ich auch irgendwo schon mal gelesen«, und beide brachen in Gelächter aus.

»Weißt du was?« sagte mit einemmal Kati. »Ich glaube, so habe ich noch nie mit jemandem geredet, auf diese Weise. Außer mit Ignasi Costa, einem jungen Mann, der mit Salzsäure Selbstmord begangen hat, damals, nach den Ereignissen von vierunddreißig.«

»Mit Salzsäure? Das muß doch ein schrecklicher Tod sein.«

»Er hat es gemacht, um sich selbst zu bestrafen. Er hielt sich für einen Feigling.«

»Warum?« Judit zeigte ein lebhaftes Interesse.

»Tja, er wollte eigentlich auf der Seite der Arbeiter stehen, da bei den Streiks vierunddreißig, und im letzten Augenblick bekam er's dann mit der Angst zu tun. Durch seine Schuld, wahrscheinlich, ist eine Gruppe junger Leute ums Leben gekommen. Er hätte ihnen die Waffen, Mauser-Gewehre, bringen sollen, und er hat sich aus dem Staub gemacht, ohne zu ihrem Lastwagen zu gehen. Ignasi Costa war übrigens Mundeta Venturas große Liebe. Das weiß ich genau.«

»Aber sich mit Salzsäure umzubringen! Das ist ja furchtbar!«

»Der Selbstmord hat keinen Sinn, wenn er dir selbst keinen
Schmerz bereitet, das sieht sonst so aus, als ob du alle Welt um
Verzeihung bitten würdest.«

»Ich würde mich nie umbringen«, meinte Judit, »dazu bin ich
zu feige.«

»Sich umzubringen, das ist keine Frage der Feigheit. Es kann
ein glücklicher Schlußpunkt sein, ein heiteres Ende.« Mit einem
Mal stand Kati auf. »Warum reden wir über traurige Dinge?
Das muß der Krieg sein, dieser verdammte Krieg, der uns den
Kopf verdreht hat!«

Sie bogen in eine enge Gasse, Richtung Plaça de Sant Jaume,
ein. Der Himmel hatte sich verfinstert, und von Westen her
zogen aschgraue Wolken heran, die ein Gewitter ankündigten.

»Ein Glück, daß es bald regnet«, sagte Kati, »der Regen wird
die Atmosphäre reinigen und die Hitze wegspülen.«

Ein Blitz durchzuckte den Horizont, und als ob sie erhört
worden wäre, begann es wie aus Kübeln zu regnen. Zuerst
waren es nur ein paar vereinzelte, dicke Tropfen, die auf das
Pflaster fielen, aber schon bald wurde aus dem Getröpfel ein
strömender Regen. Alle beide fingen an zu rennen, ohne zu
wissen, wo sie sich unterstellen sollten. Schließlich traten sie in
einen breiten Hauseingang im Carrer Ferran.

»Was für ein Regenguß!« sagte Judit.

»Septemberregen«, meinte Kati.

Ihre Haare waren triefnaß, und die durchgeweichten Kleider
klebten ihnen am Körper. Sie sahen sich an, fingen an zu lachen
und konnten gar nicht mehr aufhören. Lange Zeit später würde
Judit daran zurückdenken, daß das Wasser das Element war, das
ihre Freundschaft besiegelt hatte.

Judit brach die *Krakovia* ab und sah Kati an:

»Du glaubst nicht an die Ehe?«

»Also so was!« Kati lächelte. »Warum fragst du mich das? Wie kommst du denn auf so was?«

»Ich weiß nicht . . . Wenn ich Klavier spiele, dann gehen mir lauter Fragen durch den Kopf. Sag mal, wirst du nie heiraten?«

Katis Blick verfinsterte sich.

»Ich tauge nicht zum Eheleben.«

»Ja, glaubst du denn, ich?«

»Bestimmt, oder? Deswegen hast du ja auch geheiratet.«

»Ja, deswegen habe ich geheiratet . . .« Judit sah aus, als ob sie daran zweifelte.

»Bereust du's?«

»Bereuen, das ist ein zu hartes Wort. Joan ist ein guter Mann. Außerdem tut er mir sehr leid. Er schreibt mir ganz traurige Briefe von der Front.«

»Das ist natürlich. Von der Front kann man kaum fröhliche Briefe schreiben.«

»Ich liebe Joan, ja«, Judit sah aus, als ob sie angestrengt darüber nachdächte, »aber manchmal habe ich den Eindruck, daß mir das nicht reicht. Ich weiß nicht, ob ich schlecht bin, aber jetzt im Augenblick sehne ich mich herzlich wenig nach ihm. Wenn ich dagegen mit ihm zusammen bin, dann fühle ich mich wohl.«

»Ich weiß nicht, was das für eine Liebe ist. Aber ihr leistet einander Gesellschaft . . .«

»Ja . . . deshalb verstehe ich nicht, warum du nicht heiraten willst.«

»Es ist nicht so, daß ich nicht heiraten will«, Kati lächelte, »die Männer langweilen mich eben. Es gibt Dinge, die ich denen einfach nicht sagen und die ich dagegen mit dir ohne weiteres bereden kann.«

»Das ist nichts Besonderes. Ich weiß, daß es viele Seiten von mir gibt, die ich Joan niemals zeigen werde. Aber ich weiß, daß auf diese Weise unsere Beziehung halten wird.«

»Ist das denn nicht ein bißchen zynisch?«

Judit lachte, während sie Kati zärtlich ansah.

»Mal sehen, ob sich am Ende nicht herausstellt, daß du idealistischer bist als ich und an die Liebe glaubst!«

»Ich weiß schon nicht mehr, an was ich glaube. Vor dem Krieg bin ich mit über zwanzig Männern ins Bett gegangen, und jedesmal bin ich mit einem üblen Nachgeschmack im Mund aufgewacht.«

»Warum hast du's dann gemacht?«

»Ich weiß es nicht . . . Vielleicht, um einen zu haben, der an meiner Seite atmete. Weißt du, ich kann Tiere nicht ausstehen, du weißt das, aber ich kann diese alten Frauen verstehen, die ganz alleine mit einem Hündchen leben und es behandeln, als wäre es ein kleines Kind.«

»Das habe ich noch nie verstanden«, sagte Judit. »Die Liebe ist doch kein Ersatz. Außerdem müssen wir allein sein können.«

»Du hast leicht reden! Du hast ja Joan . . .«

»Und du hast mich«, Judit mußte lachen. »Findest du das zuwenig?«

Kati stand auf und betrachtete die Noten.

»Ich höre dir gerne zu, wenn du Chopin spielst . . . du spielst so, als ob du dich selbst finden würdest.«

»Chopin . . . ist nicht leicht. Ich würde gerne irgendeine neue Melodie komponieren, die noch nie jemand gehört hat.«

»Und warum tust du's nicht?«

»Da ist immer irgendwas, was mir in die Quere kommt. Zuerst Lluïset. Jetzt die Schwangerschaft, oder Joan, der an der Front steht und mir so leid tut. Wie kann ich an die Musik denken, wenn Krieg ist?«

»Der Krieg geht zu Ende, eines Tages, und dann werden wir Frauen mehr Zeit haben, an uns selber zu denken, du wirst schon sehen. Und du hast die Musik, mit der du soviele Dinge mitteilen kannst . . . Du weißt gar nicht, wie sehr ich dich beneide!«

»Ja, die Musik von anderen . . . Früher, als ich krank war, da hat es mich am meisten getröstet, wenn ich meinen Vater Brahms spielen hörte. Das erste Klavierkonzert zum Beispiel. Das ist ein Jugendwerk voller Ungestüm, nicht so vollkommen wie die Symphonien, aber er bringt darin die nicht in Worte gefaßte Liebe zu Clara Schumann genau zum Ausdruck . . . Und dann sagte ich zu mir, eines Tages wirst auch du all das zu Papier bringen, was du in dir hast, diese verhaltene Musik, die hervorzubringen du noch keine Gelegenheit hattest. Und irgendwer wird dich verstehen.«

»Das wirst du tun, du wirst schon sehen.«

Judit drückte Katis Hand.

»Ich hätte gerne, daß du, was immer auch geschieht, immer an meiner Seite bleibst.«

»Und warum sollte ich weggehen?« Kati mußte lachen. »Du bist eine merkwürdige Frau, ständig denkst du das Schlimmste. Komm, laß uns zu Patrícia gehen. Da lenken wir uns ein bißchen ab und sehen nach, was sie uns von dem Landhaus in Gualba mitgebracht hat.«

Die beiden Freundinnen standen auf. Es war die Stunde, in der das Tageslicht allmählich von der Nacht verschluckt wird. Die Straßenlaternen waren nicht angezündet worden, und die Straßen waren menschenleer. Die Stadt verfiel in erwartungsvolles Schweigen. Hin und wieder fuhren Lastwagen von den Streitkräften der Republik vorbei, die auf dem Pflaster hin und her schaukelten. Patrícias Haus lag ganz in der Nähe, eine schwarze Katze mit funkelnden Augen streunte durch einen Haufen Abfälle. Kati und Judit gingen Hand in Hand, und Judit ging so, als ob sie sich führen ließe.

»Kati . . .«, Judit drückte Katis Hand etwas fester.

»Ja, was ist?«

»Hast du dich wirklich noch nie verliebt?«

»Ich?« Kati lachte. »Nein, ich weiß gar nicht, was das ist. Ich hab's dir doch schon gesagt, die Männer langweilen mich. Für eine Nacht, na ja. Aber danach, was dann? Nein, die Männer wollen dir immer irgend etwas wegnehmen. Das müßte schon ein ganz besonderer Mann sein.«

»Wie meinst du das?«

»Ich weiß nicht . . . vielleicht ein Mann, der mir seine Schwäche zeigen würde. Der mir sagen könnte, daß er Angst hat.«

Judit dachte an Joan. Ihr Mann war schwach und hatte Angst, aber er hatte es ihr nie gezeigt. Sie liebten sich eher wegen all dem, was sie voreinander verbargen, als wegen dem, was sie einander sagten.

»Die Männer«, fuhr Kati fort, »geben uns zu verstehen, daß sie es sind, die entscheiden, daß sie die stärkeren sind. Arme Kerle! Und wir sind so blöd und servieren ihnen alles auf dem Silbertablett. Nein, wenn ich mich verlieben sollte, müßte das schon ein ganz besonderer Mann sein. Und ich glaube, den gibt's gar nicht.«

»Ich glaube, du suchst etwas Unmögliches.«

»Vielleicht . . .«

Sie waren durch die Haustür von Patrícias Haus gegangen. Bevor sie die Klingel im ersten Stock drückten, sah Judit Kati an und sagte zu ihr:

»Kati, versprichst du mir eins?«

»Sag.«

»Wenn du dich verliebst, sagst du mir's dann?«

»Du wirst die erste sein.«

»Versprichst du's mir?«

»Ich versprech's dir.«

Sie sagte es ihr am Telefon:

»Du erfährst es als allererste, Judit. Ich glaube, ich bin verliebt.«

»Kati! Wirklich?«

»Ja, wirklich. Das ist doch verrückt, nicht wahr?«

Verrückt, ja. Sich jetzt zu verlieben, in all dem Leid und Elend. Ständig dachte sie an ihn, wenn sie die Kinder in den Kindererholungsheimen zum Lachen bringen wollte, diese kleinen Geschöpfe, die da aus dem Norden kamen und deren Augen die Schrecken des Krieges widerspiegelten, sie dachte an ihn, wenn sie durch die Straßen der zerstörten Stadt ging, zwischen den Häusern, zwischen klaffenden Häuserwänden, die den Blick freigaben auf Szenen verlorenen Glücks, wenn sie den Geruch nach Apfelsinenschalen wahrnahm, der aus den U-Bahnschächten heraufstieg. All das sah sie dann und dachte einzig und allein an seine stahlblauen Augen, und sie schämte sich, daß sie so glücklich war. Sie hätte ihn gerne vergessen wollen und sich gerne solidarisch gefühlt mit der erschöpften Stadt, die sich nach Frieden sehnte und danach, daß alles, wie auch immer, zu Ende gehen sollte. Aber es war eine Kriegsliebe, und sie fürchtete den Frieden, denn sie wußte, daß der Friede ihr den ersten Mann nehmen würde, den sie jemals wirklich geliebt hatte. Sie erzählte es Judit, zu zweit saßen sie unter dem Zitronenbaum in Tante Patrícias Garten, und Judit nickte und drückte ihr fest die Hand.

»Ich weiß nicht, ob ich ein schlechter Mensch bin, Judit. Aber ich habe Angst davor, daß dieser Krieg zu Ende geht.«

»Warum?«

»Weil ich ihn dann aufgeben muß. Das ist eine Kriegsliebe, siehst du das nicht?«

»Gib Patrick nicht auf, bitte, gib ihn nie auf«, sagte Judit zu ihr.

Und Kati spürte, wie die smaragdgrünen Augen ihr Innerstes durchdrangen. Und sie dachte für sich, Judits Augen tun mir so weh wie Patricks Augen.

Als er zu ihr sagte: Nicht wahr, du wirst mich ziehen lassen?, bejahte Kati das, ohne es auch nur einen Moment zu überlegen. Sie hatte ja gesagt, als wäre nicht sie selbst es gewesen, als käme die Stimme aus den Katakomben, als wäre es eine andere Stimme, die seit Jahrhunderten Verzicht aufgestaut hätte. Es war ein unüberlegtes Ja, es war ein formloses, aber trauriges Ja.

Seit fünf Tagen waren sie zusammen. Endlich hatte Patrick

einen etwas längeren Urlaub bekommen, und sie waren nach Tossa gefahren. Kati hatte die Mädchen im Kindererholungsheim im Stich gelassen. Wenn sie es ihnen erklärt hätte, hätten sie es nicht verstanden. Aber sie konnte ihn jetzt nicht allein lassen. Jeden Morgen, wenn sie aufwachte und er an ihrer Seite war, wie er sie so mit seinem durchdringenden Blick betrachtete, dann fühlte Kati alle Freude der Welt in sich erwachen. Insgesamt hatten sie vielleicht nicht mehr als zehn Tage zusammen verbracht, seit sie sich kennengelernt hatten. Das reichte. Sie wachte also auf und erblickte Patricks Augen, die sie beobachteten. Kati fuhr mit dem Finger über seine Lippen.

»Du hast ganz vollkommene, hellenische Lippen, aber deine Augen tun mir weh.«

Und sie fingen von neuem an.

»Ich liebe dich«, sagte Patrick.

»Ich möchte, daß du mich vernichtest. Warum bringst du mich nicht um, jetzt gleich?«

»Ich werde dich vernichten.«

»Daß du ganz tief in mich eindringst.«

»Ich werde kommen«, und er küßte sie überall hin.

»Daß du's wie ein Kind tust.«

Patrick nuckelte an einer ihrer Brüste. Sie sah ihn an.

»Meine Brüste sehen aus wie Kuheuter . . .«

»Ich liebe deine Brüste, weil sie der Körperteil sind, den du am wenigsten magst.«

»Meinen Hängebusen.«

»Ich werde daran bis zu meinem Tod nuckeln.«

»Verschling mich, zerquetsche mich, vernichte mich. Ich will dem Tod ins Auge sehen.«

»Du wirst ihn sehen.«

»Ich will in deinen Armen sterben, in dir aufgehen, ganz klein werden.«

»Deine Möse öffnet sich, sie ist eine Höhle, feucht und gemütlich.«

»Ich möchte, daß sie deine Zuflucht wird, komm rein, komm doch rein.«

»Ich werde mit deiner Möse sprechen. Ich möchte ihr sagen, daß ich sie liebe. Meine Zunge in der Höhle. Ich werde sie erforschen.«

»Erforsche sie, komm rein, komm rein.«

»Ich liebe dich.«

»Ich will dich nicht vergessen. Ich habe Angst vor dem Vergessen.«

Und sie verschmolzen erneut in einer endlosen Umarmung. Mit ihnen umarmten sich alle Liebenden, wiederholten ein ums andere Mal die gleichen Bewegungen, dieselben Worte, wurden es niemals leid. Ich liebe Dich, ich habe Angst vor dem Vergessen, sagten sie zueinander. Jede neue Umarmung war das äußere Zeichen dafür, daß sie existierten, und wenn beide Körper sich wie Schlingpflanzen ineinander verschlangen, schien es, als hätten sie die Zeit überwunden, als näherten sie sich der Ewigkeit. Die Zeit ging aus dem Zimmer, und alles blieb ganz ruhig, nichts rührte sich, alles stand still. Bedeutungslos der Krieg, die Bomben, der Tod. Und man kann nicht behaupten, daß sie schlecht waren. Sie hatten diesen Krieg nicht erfunden. Es ist eben so, daß der Krieg und die Liebe zwei Dinge sind, die nicht zusammen passen, die nebeneinander herlaufen, ohne einander zu beachten. Sie hatten sich den Krieg nicht ausgesucht, und jetzt waren sie voller Liebe. Kati hatte sich zum allererstenmal verliebt. Patrick nicht. Patrick liebte die Frau, die er weit weg, in Dublin, gelassen hatte. Patrick glaubte nicht an Liebesersatz, und gerade das gefiel Kati am meisten an ihm. Wenn sie früher mit einem verheirateten Mann ausgegangen war, hatte dieser sich über seine eigene Frau lustig gemacht, als hoffte er auf diese Art bei Kati mehr Punkte machen zu können. In Wahrheit erreichte er genau das Gegenteil. Kati verachtete die Männer, die ihre Frauen schlechtmachten. Sie dachte, wie kann ein Mann eine andere Frau lieben, wenn er nicht in der Lage ist, seine eigene Ehefrau zu mögen? Aber es tat ihr weh, wenn Patrick den Blick in die Ferne schweifen ließ, als wäre er ganz woanders. Das ist Heimweh, sagte sie sich.

»Heute habe ich geträumt, daß ich mit meiner Frau und dem Jungen bei dir ankäme«, sagte Patrick, »die beiden verschwanden, und ich versteckte mich in einem Schrank.«

»Du kannst sie nicht vergessen, nicht wahr?«

»Nein . . .«

Und Kati legte die Finger auf Patricks Lippen, um ihn zum Schweigen zu bringen. Endlich konnten sie zusammen sein, ein paar Tage, ein paar Nächte lang. Danach würde er an die Front zurückkehren und sie in die Kindererholungsheime.

»Ich habe Angst davor, daß du an die Front zurück mußt.«

»Sei still, denk nicht dran.«

»Findest du es nicht zum Lachen, daß du jetzt Juan García heißt?«

»Sonst hätte ich nicht hierbleiben können. Meine Freunde sind zurück nach Irland gefahren. Das war die einzige Möglichkeit.«

»Du bist doch nicht etwa meinetwegen geblieben?«

»Nein, ich bin nicht nur deinetwegen geblieben. Auch noch aus Neugier.«

»Aus Neugier?« Kati kuschelte sich in seine Arme.

»Ja, ich will miterleben, wie dieser elendige Krieg ausgeht. Die andern rücken ständig vor. Ich ertrage die Rückzüge nicht. Jedesmal, wenn bei uns an der Ebre-Front zum Rückzug geblasen wird, dann kommt es mir so vor, als bliebe ein Gutteil von mir in der Mitte zurück, im Niemandsland.«

»Und du hast keine Angst?«

»Und ob!« Patrick streichelte Katis Haar, als ob er sie kratzen wollte. »Es ist eine Art, mich selbst auf die Probe zu stellen. Weißt du was? Ich glaube, ich werde niemals sterben.«

»Da bin ich sicher. Du und ich, wir werden nie sterben. Wenn der Krieg aus ist . . .«

»Denk nicht dran.«

Sie wollte nicht daran denken. Der Krieg zählte nicht, sie waren wie zwei junge Tiere, voller Energie, die ihre Körper rhythmisch vereinten. Unsere Körper haben aufeinander gewartet, und jetzt haben sie sich gefunden, dachte Kati.

Aber wie hatte sie sich in ihn verliebt?

»Wie hast du dich in ihn verliebt?« fragte Judit sie am Telefon.

Sie hatten ein Abschiedsfest für die Internationalen Brigadisten veranstaltet. Es gab Wein und Kekse. Alle taten so, als wären sie fröhlich, obwohl alle, die zu dem Fest gekommen waren, ganz genau wußten, daß der Abzug der Brigadisten der Anfang vom Ende war. Sie sah ihn in einer Ecke stehen. *Un coup de foudre?* Vielleicht. Später würde sie ihn Judit beschreiben als einen großen, blonden Jungen, mit hervorstehenden Backenknochen und energischem Kinn. Aber sie würde ihr das mit den Augen, die sie verletzten, nicht sagen, weil sie sich dessen schämte. Sie hatte alle gefragt, wer denn dieser Ausländer in Schwarz, mit hohen Stiefeln und Lederjacke war. Endlich hatte sie in Erfahrung gebracht, daß er Patrick O'Brian hieß, daß er in Dublin sein Medizinstudium abgeschlossen hatte, daß er etwas mit Sinn Fein zu tun gehabt hatte, daß sein Vater bei der englischen Belagerung von Dublin gefallen war, und daß er in den Krieg in Spanien gezogen war, weil er Grausamkeit nicht ertragen konnte, und außerdem, weil er an ein Wort namens Freiheit glaubte. All das hatte er selbst, Patrick, ihr in einem eher gebrochenen Spanisch erzählt, und Kati hatte ihm lachend gesagt:

»Ihr Brigadisten seid doch die letzten Romantiker.«

Aber ohne recht zu wissen, warum, bereute Kati ihre Frivolität sofort. Das passierte ihr zum erstenmal, vielleicht, weil Patrick sie auf eine ganz andere Art ansah, als es die Männer, die sie bisher kennengelernt hatte, getan hatten. Patricks Augen blickten halb unschuldig, halb treuherzig und seltsam verunsichert, seltsam beklommen, als würde er alles zum erstenmal betrachten, als ob jedes Ding für ihn neu, ungewohnt wäre. Aber sie bemerkte in ihnen auch Schwäche. Und viel Angst.

Sie erinnert sich nicht mehr, wer sie einander vorgestellt hatte. Sie weiß nur, daß diese bohrenden Augen sich ihr einprägen werden. Augen, die, wenn er nicht da war, in ihrem Gedächtnis haften blieben, als er beschlossen hatte, dazubleiben und sich für einen Spanier namens Juan García auszugeben, während seiner tödlichen, hoffnungsvollen Abwesenheiten. Keine Briefe, keine Nachrichten, Patrick weit weg, dauernd die Stellung an der Ebre-Front wechselnd, je nach den Vorstößen und Rückzügen der Faschisten.

Während Patrick an einem Keks knabberte, erzählte er Kati lauter Geschichten aus seiner Kindheit, als wären sie sich hier begegnet, um ausgerechnet über ihre Kindheit zu sprechen. Patrick war sehr gesprächig. Sie sprachen weder über den Krieg, noch über heldenhaft geschlagene Schlachten, noch über außergewöhnliche Abenteuer. Auch nicht darüber, was der Ire da in Barcelona tat. Patrick rief sich die kupferfarbenen Bäume in Irland, die violetten Abenddämmerungen, die Hügel, die sanft in Wiesen übergingen, in Erinnerung. Er spricht vom Glück, dachte Kati. Patrick erinnerte sich an die goldenen Zeiten der Kindheit, als er vor den Priestern abgehauen war, als er zum erstenmal die Sexualität entdeckte. Er spielte mit einem Mädchen aus der Nachbarschaft, die mittlerweile mit falschen Wimpern und in Seidenkleidern herumlaufe, sie versteckten sich hinter einer Einsiedelei, und er nahm einen Strohhalm und kitzelte sie zwischen den Beinen. Kati verliebte sich sofort in ihn. Sie verliebte sich, weil sie weder über den Krieg sprachen, noch über die Katastrophen an der Front, noch über die Streitigkeiten zwischen Kommunisten und Anarchisten, noch über die Zukunft. Sondern darüber, wie er ein Mädchen mit lockigem Haar zwischen den Beinen gekitzelt hatte, das mittlerweile Seidenkleider trage und einen äußerst bedeutenden Finanzmagnaten geheiratet habe. Daß er über den Himmel seiner Kindheit sprach, über die Bäume und die Abenddämmerungen. In jener Nacht schliefen sie nicht miteinander, sie gingen nur durch ein schwarzes, zerstörtes Barcelona spazieren und unterhielten sich, und als sie sich verabschiedeten, küßte er sie, und Kati verspürte dasselbe, was man verspürt, wenn man zum erstenmal geküßt wird.

Zwei Tage später, als Patrick schon wieder eingerückt war, fragte sie irgendwer nach dem Iren, und sie erzählte voller Sarkasmus die Geschichte von den Strohhalmen und dem Mädchen mit dem lockigen Haar, das mittlerweile seidene Kleider trage. Und sie erzählte das voller Sarkasmus, damit niemand bemerkte, daß sie sich in ihn verliebt hatte.

27. Oktober 1938

Patrick, ich schreibe Dir bei Benzollicht, der Strom ist abgeschaltet. Es fallen wieder Bomben. Es ist Mitternacht. Die Kinder schlafen, es ist unheimlich schwer, sie all das Schreckliche, das sie gesehen haben, vergessen zu lassen. Man sieht es ihren Augen an. Das sind Kinder, die selten lachen. Heute ist noch eine Gruppe aus dem Norden eingetroffen, ihre Augen wirken ganz alt. Da war einer dabei, der kein Wort sagte und ganz zusammengekauert in einer Ecke saß. Wir haben mehrmals nach ihm gerufen, weil wir ein kleines Fest mit heißer Schokolade feierten, aber er zog sich immer mehr zurück. Endlich hat mir dann ein größeres Mädchen gesagt: Aus dem werden Sie nichts rauskriegen, die andern Kinder lachen ihn aus, weil dieser Junge weder Bub noch Mädchen ist, dieser Junge hat keinen Zipfel . . . Ja, Patrick, der Junge hatte kein Geschlechtsteil. Er ist ein Kind des Elends aus dem Kohlerevier, und niemand hat sich bisher um ihn gekümmert. Da siehst Du's: Sogar unter den Kriegskindern gibt es welche, denen es noch übler geht . . . Judit hat es nicht ertragen können, ich habe ganz schön lange gebraucht, bis ich es eingesehen habe. Ist denn der Krieg noch nicht schlimm genug? Manchmal schäme ich mich vor mir selbst und denke, daß ich soviel Krieg und soviel Tod erleben mußte, um den ganzen Jammer der Welt kennenzulernen . . . Hatte es denn das alles nicht schon vorher gegeben? Warum hab ich das alles erst so spät gemerkt? Nein, wir müssen gewinnen, Patrick, wir müssen gewinnen, damit es anders wird als bisher. Wenn alles vorbei ist, werden wir viel zu tun haben, aber es wird anders sein, weil wir das Leben wieder so aufbauen werden, wie wir es haben wollen. Und mir wird nun klar, daß ich vorher nicht gelebt habe, daß ich erst jetzt anfange zu leben. Um das Leben zu lieben, muß man den Tod kennen. Wie willst du dich mit dem Leben aussöhnen, wenn du dich vorher nicht mit dem Tod ausgesöhnt hast? Jetzt fühle ich mich stark, Patrick. Und außerdem habe ich ja Dich. Ich weiß, daß Du in der Nähe bist, ich weiß, daß wir, Du und ich, die gleiche Welt wollen. Eine Welt, in der die Kinder ihre Unschuld wieder zurückgewinnen werden . . .

Patrick, ich sehne mich so nach Dir . . . Ich erinnere mich noch an das letzte Mal, als wir uns geliebt haben. Es war eine Bombennacht, und mit jedem Kuß haben wir alle Angst der Welt vertrieben. Ich mußte lachen, weil Du Deine Schnürsenkel nicht aufgekriegt hast, Du hast eine Ewigkeit gebraucht. Je mehr Du Dich beeilt hast, desto weniger ist es Dir gelungen. Soldatenstiefel sind nicht für so was gemacht, mein lieber Patrick. Danach, als die Ruhe auf die stürmische Leidenschaft folgte, sagtest Du zu mir, wir sind wie zwei Liebende aus dem 19. Jahrhundert. Unsere Liebe ist ganz altmodisch, paßt eigentlich nur noch in das Reich der Poesie. Und jetzt bist Du wieder an die Front gegangen. Es heißt, daß die Schlachten von Mal zu Mal schlimmer werden, daß sich am Ebre alles entscheiden wird . . . Umso besser, Patrick. Aber komm zurück, komm zurück . . . Wenn unsere Körper sich vereinigen, sehe ich den Himmel. Meine Möse wird feucht, wenn Du sie mir streichelst. Ich weiß nicht, wer gesagt hat, daß man das wahre Wesen des andern erst bei der körperlichen Vereinigung erkennt. Erkennen im biblischen

Sinn . . . Und das ist nicht einfach. Du kannst über einen Haufen Körper rutschen, ohne an einem hängenzubleiben, wie ein Schiff, das Angst davor hat, Anker zu werfen . . . Wenn Du mich küßt, dann fühle ich mich flau im Magen, es schnürt mir die Kehle zu, und ich stehe in Flammen . . . Weißt Du noch? Du hast mir etwas Ähnliches in einem Brief geschrieben: *Feuer, das nicht zerstört, sondern etwas Neues schafft* . . . Wir sind zwei Entdecker unserer beiden Körper, des eigenen und des andern, wir suchen uns, als befänden wir uns in einem Urwald, der über kurz oder lang heimelig werden muß. Danach wandere ich über Deinen Körper, und der ist für mich wie ein großer Fluß, in dem es Strudel gibt und Mäander, und ich suche den Kontakt, jeden verborgenen Winkel, alle unberührten Zonen, die noch zu erforschen sind. Meine Hände suchen voller Verzweiflung diese Zonen, um Dich zu besitzen und mich ganz und gar aufzugeben . . .«

»Ich glaube nicht, daß ich noch mal Urlaub bekomme«, sagte Patrick.

Kati kuschelte sich in Patricks Arme.

»Die Schlachten sind fürchterlich, da draußen«, fuhr er fort. »Die Faschisten stoßen immer weiter vor. Wir haben viele Stellungen verloren.«

Kati sagte nur:

»Komm.«

Noch nie hatte sie sich so sehr gewünscht, besessen zu werden, wie jetzt, so leidenschaftlich. Er drang ohne Begierde in sie ein. Als wollte er für immer dort bleiben.

Judit und Patrícia saßen im Garten, neben dem Teich. Es war Ende Oktober. Ein scharfer Wind kam auf, kündigte Gewitter an. Lluís spielte Krieg mit Spielzeugsoldaten. Die Kieselsteine im Garten dienten ihm als Schützengräben. Patrícia legte das Häkelzeug beiseite und deckte Natàlia in der Wiege zu.

»Wir sollten reingehen«, sagte sie. »Es wird kühler, und ich glaube, es gibt Regen.«

Plötzlich tauchte Kati auf, ihr Gesicht war kreidebleich. Einige Zeit später würde Patrícia sagen, daß sie aussah wie ein Gespenst. Kati sah Judit an, als ob sie durch sie hindurchsähe.

»Patrick ist tot. Sein Körper ist im Ebre verschollen.«

Patrícia brach in Tränen aus, und Kati sprang auf wie von der Tarantel gestochen. Sie drehte sich heftig zu ihr um und schrie sie mit blitzenden Augen an:

»Wein du doch nicht! Hörst du? Du hast doch hier nichts zu beweinen!«

Judit rührte sich kaum. Patrícia schnappte sich die Kinder und trug sie ins Haus. Kati zitterte.

»Komm her«, sagte Judit. »Setz dich neben mich.«

Die beiden Freundinnen umarmten sich und sprachen eine ganze Weile lang nichts zueinander. Kati vergrub ihr Gesicht in Judits Brust. Sie bemerkten gar nicht, daß die Nacht die letzten Lichtstrahlen verschluckte und es anfing zu regnen. Es war ein feiner Nieselregen. Die Zweige des Zitronenbaumes bewegten sich immer heftiger, der Wind rüttelte an ihnen. Mit ganz leiser Stimme, als würde sie nicht selbst sprechen, fing Kati an zu reden, wie eine Art Litanei:

»Man hat ihn mir weggenommen, man hat ihn mir weggenommen. Der Krieg hat ihn mir weggenommen.«

Aber ihre Augen blieben trocken, starr geradeaus gerichtet. Sie drückte nur ganz fest Judits Hand, und diese streichelte sie. Plötzlich richtete sie sich auf und sah Judit an:

»Warum gehen wir nicht ganz weit weg?«

»Wo sollen wir denn hingehen?«

»Ich weiß nicht, irgendwohin. Die Faschisten kommen bald nach Barcelona. Alles ist verloren, Judit.« Sie drückte ihr ganz fest die Hand, als wollte sie sie zerquetschen. »Merkst du nicht, daß wir verloren haben? Man sagt, daß am Ebre fürchterliche

Schlachten toben. Laß uns weggehen, Judit, laß uns ganz weit weggehen.«

»Ich kann nicht, Kati. Da sind die Kinder.«

»Die können doch mit uns kommen. Wir fangen woanders wieder an, Judit. Ich will das alles hier vergessen, diesen Krieg, der ihn mir weggenommen hat.«

»Ich muß auf Joan warten.«

»Joan?« Kati sah aus, als wäre sie nicht ganz da. »Und wenn er nicht wiederkommt? Joan ist doch bestimmt auch tot.«

»Nein, Kati, ich bleibe hier.«

»Ja, kannst du dir denn nicht vorstellen, wie unser Leben aussehen wird, wenn die Faschisten kommen? Hörst du denn nicht, was sie sagen?«

»Barcelona ist voller Defätisten.«

»Du redest wie die Männer, Judit! Du bist nicht von hier, du kannst weggehen! Und dann wird Joan dir nachkommen, du wirst schon sehen. Der wird auch nicht hierbleiben wollen. Die werden alle umbringen, Judit!«

»Nein, nein.« Judit sagte das mit fester Stimme, obwohl sie zitterte. »Nein, ich bleibe hier.«

»Na gut! Der Kampf ist aus, verstehst du?« Kati sah sie mit ausdruckslosen Augen an. »Es ist aus! Und weder du noch ich sind tapfer genug, um weiterzukämpfen. Du und ich alleine, wir können doch nichts ausrichten, nichts, verstehst du?«

»Ich bleibe, Kati.«

»Also, ich weiß, daß ich es nicht ertragen werde, das, was da kommen wird. Jetzt, wo alles anfing, anders zu werden ...« Aber sie konnte nicht weiterreden.

Judit wollte sie wieder fest umarmen, aber Kati rannte los, die Treppe hinauf, als wäre jemand hinter ihr her. Judit sah zu Boden, als könnte sie zwischen den Steinchen Katis Schatten sehen.

1. November 1950

Alles schläft im Haus. Heute ist Allerseelen. Ich bin mit Natàlia auf den Friedhof gegangen, und sie hat mich gefragt, Mutter, wie kommt es, daß Pere hier begraben ist, wo du mir doch gesagt hast, daß die kleinen Kinder auf den Mond fliegen? Pere ist auf dem Mond, mein Kind, habe ich ihr geantwortet, aber er ist auch hier. Der Wind wirbelte die Blätter auf, und Natàlia hat sich an meinen Rockzipfel geklammert vor lauter Angst. Jetzt schläft alles, und ich denke, an so einem Tag wie heute ist Kati weggegangen. Manchmal fühle ich, wie ihre Seele um mich herumstreicht und zu mir sagt, ich komme wieder, Judit, ich komme wieder, und dann wird uns nichts mehr trennen können, kein Gesetz und kein Krieg, verwandle mich in was du willst, Judit, ich werde Fluß und Strand sein, Kieselstein und Baumstamm. Erfülle das Haus mit meinem Geist, Judit, erfülle es mit der Erinnerung an mich. Meine Stimme wird die Eintönigkeit der Abenddämmerungen in Barcelona unterbrechen, laß mich bei dir sein, Judit, Liebe meines Lebens, Liebe meines Todes. Ich höre das alles und weiß schon nicht mehr, ob ich mir Kati ausdenke . . . Aber ich weiß, daß niemand mir mehr diese Erinnerung nehmen kann und daß ich sie immer in mir tragen werde. Ich werde sie festhalten, wie ich Peres Hand festhielt.

Genug, es ist aus. Ich werde nichts mehr schreiben. Ich werde weitermachen.

DIE ZERSTREUTE STUNDE

(Die Männer und Norma)

I

»Germinal ist heute früh gestorben«, sagte Norma mit verweinten Augen.

»Was sagst du da?«

»Daß Germinal heute früh gestorben ist.«

»Ich hab' dich schon verstanden.«

»Ja, warum fragst du dann nach?«

»Und wie ist das möglich, wo es ihm doch wieder besser ging?«

»Er ist auf einmal gestorben. Der Kopf ist ihm zersprungen.«

Norma, wie immer so schön bildhaft. Da hat sie einen guten Anfang für eine Erzählung über Germinal, den Jungen, der einen Unfall gehabt hatte, dem es wieder besser ging und dem plötzlich der Kopf zersprungen ist . . . Germinal ist heute früh gestorben. Ausgerechnet heute, wo das Abschlußprotokoll der berühmten Diskussion über die Frage, ob der Leninismus noch überlebensfähig ist, redigiert werden muß. Warum mußte er gerade heute sterben? Seit einiger Zeit stürzte alles über ihm zusammen. Er hatte keine Zeit, darüber nachzudenken. Er hört mit halbem Ohr, wie Norma sagt: Niemand hat damit gerechnet, der Heilungsprozeß verlief so gut . . . Das geschah ihm recht, verdammt, was hatte er auch Flash Gordon spielen müssen? Was sagst du, fragt Norma. Jetzt hatte er keine Zeit, ihr zu erzählen, was ihm Ester gesagt hatte, das Mädchen, das mit Germinal im 600er SEAT gesessen hatte, sie hatte gesagt, daß nämlich Germinal sich vor dem Lastwagen, der ihn von hinten gerammt hatte, wie Flash

Gordon aufgespielt hatte. Norma wird ihn nicht weinen sehen, er erträgt es nicht, ihr seine Schwäche zu zeigen. Das hatte ihm schon neulich nachts gereicht, als er sich nicht hatte beherrschen können und am Ende in ihren Armen gelandet war, wie ein kleines Kind. Wenn etwas zu Ende ging, dann ging es eben zu Ende. Norma mußte das verstehen, sie war eine starke Frau. Aber es gab zuviel zu bedenken. Der Streit von neulich, der ihm schwer zugesetzt hatte. Sich eine neue Wohnung suchen müssen, mit Norma über das Geld reden. Und jetzt auch noch Germinals Tod. Heute früh. Germinal lebte nicht mehr, und er weinte nicht. Er starb, und mit ihm seine Kindheit. Aber, warum weint Norma denn, wo sie ihn doch kaum kannte? Normas Gefühlsausbrüche kommen ihm oftmals lächerlich vor. Sie verliert das rechte Maß. Oder hat etwa nur sie ein Monopol auf Gefühle?

»Gehst du zur Beerdigung?« fragte Norma.

»Ich weiß noch nicht. Ich habe eine Versammlung.«

»Kannst du die denn nicht schwänzen?«

»Es ist unheimlich wichtig, daß ich dabei bin.«

»Er war dein Freund, Ferran. Sonst wird keiner mehr dasein.«

Das war es, was ihm am meisten an Norma auf die Nerven ging, wenn sie so tat, als wäre sie sein Gewissen. In diesem Punkt ähnelte Norma Germinal. Konnten sie ihn denn nicht in Ruhe lassen? Er hörte halb, wie Norma ihm die Einzelheiten von Germinals Tod schilderte. Seit einigen Tagen konnte er wieder aufstehen, ein Weilchen. Sie war am Dienstag dort gewesen, und Germinal hatte ihr die Geschichte vom Fährmann erzählt. Kannte Ferran die Geschichte vom Fährmann? Sie hatten viel gelacht. Germinal konnte tiefgründige Dinge erzählen, er fing mit einer ganz einfachen Anekdote an. Klar, daß Germinal kein Theoretiker war. Was wollte Norma damit sagen, damit, daß Germinal kein Theoretiker war? War das auf ihn gemünzt? Er hatte keine Zeit, darüber nachzudenken, jetzt würde wieder so eine endlose Diskussion anfangen, so was Blödes. Also, die Geschichte vom Fährmann ging . . .

»Ich weiß schon . . .«, fiel ihr Ferran ins Wort.

»Warum möchtest du die Geschichte vom Fährmann nicht hören?« Und dabei riß Norma ihre riesigen Augen weit auf.

»Ich kenn' sie schon, verdammt. Und damit basta.«

Warum hatte sich Norma denn nur in den Kopf gesetzt, über die Geschichte vom Fährmann zu reden? Die hatte doch gar nichts mit Germinals Tod oder mit der Diskussion über die Frage, ob der Leninismus überlebensfähig sei, zu tun. Ebensowenig irgend etwas mit ihrer Trennung. Er trank den Kaffee aus und gab Norma einen Kuß auf die Wange, aber sie wich ihm aus. Normas Augen schienen ihm zu sagen: Ich will mit dir reden, ich muß mit dir reden. Aber Ferran hatte ihr nichts mehr zu sagen. Und er hatte es außerdem sehr eilig.

»In jener Nacht war Ferran schreiend in die Wohnung gestürzt. Das war ganz gegen seine Gewohnheit, und ich wunderte mich darüber. Wir haben gewonnen!, rief er. Ich weiß nicht, ob mir in dem Moment zum erstenmal klar wurde, daß sein Kampf nicht mehr meiner war. Natürlich wußte ich, daß nicht alles eine Frage der Begriffe war. Daß sich hinter den Worten ›Leninismus‹ und ›Eurokommunismus‹ unterschiedliche Parteilinien verbargen. Ich wußte auch, daß es ehrenhafte Leute gab, die beschuldigt wurden, hart zu sein, weil sie die Abschaffung des Begriffs ›Diktatur des Proletariats‹ nicht ertragen konnten. Aber für Ferran war alles eine Frage der Begriffe und der Worte. Ich wollte ihm von meinem Besuch bei Germinal erzählen und von der Geschichte vom Fährmann, aber er war so erregt, daß ich mich nicht getraute, ihm ins Wort zu fallen. Ich wußte auch, daß die Zeitungen das jetzt aufbauschen würden, als ob alles sich auf einen Kampf zwischen zwei Flügeln, dem modernen und dem alten, dem europäischen und dem sowjetischen, um die Macht innerhalb der Partei reduzieren ließe. Die äußere Wirklichkeit tat nichts zur Sache. Da hätte mal einer ihm etwas über Germinal und die Geschichte vom Fährmann erzählen sollen.

Ich kannte Ferran nur allzu gut, oder ich glaubte wenigstens, ihn so gut zu kennen, um zu wissen, was ihn am meisten beschäftigte, nämlich, daß der Umbaugedanke sich in Luft auflöste, die Idee, die ihn alles hatte ertragen lassen, zum Beispiel den Verzicht auf eine glänzende Universitätskarriere. Jetzt war er außerplanmäßiger Dozent, und eines Tages würde man zu ihm sagen, wir benötigen Ihre Dienste nicht mehr. Der und der hat die Planstelle bekommen. Ich sah ihn an und wußte nicht, was ich ihm sagen sollte. Er war erschöpft, aber er glaubte, daß er gewonnen hatte. Daß ›sie‹ gewonnen hatten. Jedenfalls gab es auch bei den Leninisten Karrieristen, Leute, die ein doppeltes Spiel spielten, sich wie das Fähnchen im Wind verhielten. Ja, eine Ära geht zu Ende. Wahrscheinlich werden wir es nicht sofort merken, sondern erst nach und nach. Zuerst würden die aktivsten Leute der Partei den Rücken kehren, die engagiertesten. Zurückbleiben würden die mit dem unerschütterlichen Glauben und die Opportunisten. Nein, sie hatten nicht gewonnen. Sie hatten eine Abstimmung gewonnen. Aber die Umgangsformen in der Partei hatten sich gewandelt. Die Reihen würden sich wieder füllen mit Beschäftigungslosen, mit in Ehren ergrauten Rentnern, anerkannten Veteranen, voll behängt mit Orden, die ihre halb traurigen, halb verärgert aussehenden Augen durch die Gänge des Zentralkomitees schweifen lassen würden. Und dann würden die Arbeiterführer, die einen Teil ihrer selbst in den Gefängnissen Francos gelassen hatten, sich darauf verlegen, wenn sie dazu in der Lage waren, bei allen Streiks Feuerwehr zu spielen. Gespenster, wie Germinal sagen würde.

Ferran sank völlig erschöpft aufs Sofa, nachdem er den schlafenden Kindern einen Kuß gegeben hatte. Ich erinnerte mich daran, wie er letzte Nacht in meinen Armen geweint hatte. Ich glaube, ich habe noch nie einen Mann so zärtlich geliebt. Und trotzdem wußte ich, daß ich ihn verloren hatte. Das Spiel war aus. Wir hatten zwischen uns beiden auf ziemlich dumme Art reinen Tisch gemacht. Ich kann nicht mehr so tun als ob, der Kampf zwischen Eurokommunisten und Leninisten ist nicht mein Kampf. Das ist ein Kampf unter Männern. Ich liebe Ferran, aber ich verstehe das, was er sagt, nicht. Ich hatte ihn in meinen Armen gehalten, während er wie ein kleines Kind weinte und zu mir sagte, das ist teuflisch, noch nie habe ich solchen Machthunger so aus der Nähe kennengelernt. Das bezog sich auf Joan. Eiskalt berechnend hatte er das Steuer an sich reißen und jeglichen Hinweis auf Lenin aus den Parteistatuten verschwinden lassen wollen. Und ich dachte nicht an Lenin, noch an die anderen, die in dieser Geschichte die Rolle der Bösewichte spielten. Ich dachte nur daran, daß ich, obwohl ich Ferran in meinen Armen hielt, bereits wußte, daß ich ihn verlieren würde.«

»Es ist so, als ob vor mir alles in dichten Nebel getaucht wäre. Irgend etwas ist geschehen, aber es fällt mir schwer, es in Worte zu fassen. Ich würde gerne die einzelnen Ereignisse meines Lebens in Ordnung bringen, sie in die überall verstreuten Schubladen einräumen, noch einmal von vorn anfangen. Aber ich weiß nicht, womit, ehrlich. Wenn ich den kommenden Tag vor mir sehe, dann ist er voller unnützer Arbeiten. Die Versammlung wegen der endgültigen Formulierung des Grundsatzpapiers über den Leninismus, die Klärung der Frage von Koalitionen auf kommunaler Ebene mit den Sozialisten, die Wohnungssuche . . . Nein, ich werde keine Zeit haben, um zu Germinals Beerdigung zu gehen. Sie findet zur selben Zeit wie die Versammlung statt, da muß ich unbedingt hin. Das Papier ist wichtig. Der Tag verplant. Ist das ein Glück? Ich weiß nicht, warum ich mich das frage, wo ich doch schon weiß, daß er ganz verplant ist. Konnte ich gestern voraussehen, daß ich heute verplant bin? Als ich von zu Hause weggegangen bin, habe ich mich wohl gefühlt. In der Wohnung ließ ich Norma zurück, die mir die Geschichte vom Fährmann erzählen wollte. Was wollte sie mir damit sagen, mit der Geschichte vom Fährmann? Gestern nacht hat sich ihre

Atmung ganz unregelmäßig angehört, es kam mir vor, als ob ihr Herz aussetzen würde. Ich bin nicht aufgestanden, um nach ihr zu sehen, es ist nicht mehr wie früher, ich fühle mich wie befreit. Ich war wie eine Nachtwache, ständig kurz davor, mich für etwas schuldig zu fühlen. Wie Germinal . . . Da kommen mir die Kindheitstage in den Sinn. Ich will nicht daran denken, ich habe keine Zeit. Oder da kommen mir die eiskalten Tage im Gefängnis von Soria in den Sinn, die langen Spaziergänge mit den vor Kälte steifen Füßen, im Hof, die Hände voller Frostbeulen, wie damals, als wir Kinder waren, die flüchtigen Begegnungen bei den Hofgängen. Der Gefängnisaufenthalt kommt mir in der Erinnerung wie ein begrenzter Spaziergang vor. Die Angst, durch härtere, stärkere Genossen vereinnahmt zu werden. Daß sie mich zwingen könnten, jeden Augenblick Entscheidungen zu treffen. Und die Gespräche mit Germinal, dem Sohn eines Anarchisten, dem bis in die Knochen überzeugten Kummunisten . . . Germinal glaubte an den glücklichen Ausgang unseres Kampfes, er glaubte an die kollektive Moral, glaubte daran, daß der Marxismus der gängige, direkte Weg zur Glückseligkeit der Welt wäre. Ich sehe mich als bartlosen Jüngling, der ihm die Gedichte von Louis Aragon vorträgt . . . *Il n'y a pas d'amour heureux / le temps d'apprendre à vivre est déjà trop tard* . . . Ich weiß nicht, warum ich ihm diese Gedichte vortrug. Germinal hat sich sehr geärgert über Aragon. Und dieser Dichter ist Kommunist?, sagte er. Der ist Kommunist und sagt, daß es die glückliche Liebe nicht gibt? Wie kann er das sagen? Der Kommunismus ist das Glück, dieser Aragon gefällt mir nicht. Und seine Augen glühten wie Funken in einem finsteren Wald. Germinal zitterte in der Zelle, und er zog sich die Decke bis unter die Nasenspitze. Ich will nichts wissen von deinen Dichtern. Die sagen mir nichts. Ich weiß auch nicht, warum ich sie ihm rezitierte. Ich war zwanzig Jahre alt und bisher nur mit Helena gegangen. Und wir stellten uns so dumm dabei an . . . Helena verpflichtete mich zu nichts, gab sich mir ganz und gar hin, ich streichelte gerne ihre warmen Schenkel, ihre Lässigkeit. Aber ihre Augen wollten mehr, und ich wollte nicht weiter gehen. Ich wollte nur ihr Schweigen und vielleicht ihre Unterwerfung. Irgendwie gehörte sie mir. Nein, sie gehörte ganz mir. Ich hatte sie immer zur Hand, sie war immer bereit, mich mit ihrem kleinen rundlichen Teen- agerkörper zu wärmen. Und ich sagte zu Germinal, daß es die glückliche Liebe nicht gebe, und schlimmer noch, daß wir zu spät dran wären, um leben zu lernen . . . Wie wütend er da wurde. Er schrie mich an, du bist ein Pedant, was weißt du denn schon davon? So was bringen sie dir auf der Universität bei? Germinal erzählte mir, wie er Doktor gespielt hatte, mit den Mädchen aus seinem Wohnviertel, in einem düsteren Treppen- haus, das nach Pisse stank. Und daß sie einmal von der Haus- meisterin erwischt worden waren, das Mädchen mit der Unter- hose in der Hand und er mit offener Apotheke. Und daß die Mutter ihn abends gefragt habe: Ja, hat euch das denn gefallen? Es war wie beim Kitzeln. Und die Mutter hatte ihn gestreichelt, mit ihrer Hand, die nach Javelwasser roch, und sie hatte nichts zu ihm gesagt, weil sie sehr müde war vom vielen Putzen in den Wohnungen der reichen Leute.

Germinal hatte eine deutsche Göttin, eine rothaarige Walkü- re, die, das behauptete er, in Berlin auf ihn wartete. Er hatte sie auf einem Friedenskongreß kennengelernt, und während all der Appelle an das kollektive Glück hatten sie einander ewige Liebe geschworen. Germinal schrieb lange Briefe an seine Göttin, erzählte ihr, wie der Generalstreik in den Francogefängnissen vorbereitet wurde, schrieb ihr, daß sie sich bald wieder sehen und den langen Marsch bis zum Ende des Kampfes aufnehmen würden. Die Göttin antwortete von Zeit zu Zeit, und er las mir ihre Briefe vor. Man konnte einen Zug germanischer Barmher- zigkeit heraushören, den Germinal nicht in der Lage war wahr- zunehmen. Ich dachte daran, während ich auf der Kloschüssel saß, nachts, weil ich meine Notdurft nicht vor Germinal verrich- ten wollte. Er lachte mich aus: Du bist ein feiner Pinkel. Wenn man scheißt, dann scheißt man. Basta. Was gibt es da für einen Unterschied zwischen Tag und Nacht? Aber ich konnte nicht, ich mußte warten, bis er sich auf seine Pritsche gelegt hatte und eingepennt war. Und wie er schnarchte, der verdammte Kerl. Dann setzte ich mich immer aufs Klo und dachte über all das nach, was den Tag über passiert war, die Streitigkeiten mit den Anarchisten, mit den Trotzkisten, daß wir sie bremsen mußten, damit sie nicht alles zum Scheitern brachten. Als ich klein gewesen war, hatte ich es genauso gemacht, ich hatte mich sonntags nachmittags im Klo eingeschlossen und geschmökert, während ich hörte, wie die Eltern ›Mensch ärger dich nicht‹ spielten. Die germanische Göttin war, laut Germinal, die ideale, starke Gefährtin, die ihn durch die Widrigkeiten der Geschichte begleiten würde. Wir kamen aus dem Gefängnis, und Germinals Spur verlor sich in Berlin. Die Göttin wird ihm wohl sanft den Laufpaß gegeben haben. Und Germinal verbrachte ein paar Jahre zwischen den grauen, trostlosen Mauern der zerstörten Stadt Ost-Berlin. Er steckte sich an der Erschöpfung der alten Berliner an, vielleicht machte er auch die müden Gesten der Leute nach, die keine Zukunft vor Augen haben, und eines Tages kam er gealtert und schweigsam zurück. Oder vielleicht kam er mir so vor? Wir trafen uns ein paarmal, und er bezichtigte mich des Revisionismus. Wir verstanden uns nicht, und ich traf mich nicht mehr mit ihm. Später erfuhr ich, daß man ihm vierzig Jahre aufgebrummt hatte, wegen der Sache mit den Überfällen. Wir sind uns fremd geworden, und ich habe nicht mehr an ihn gedacht. Wir lagen nicht auf der gleichen Linie.

Ich denke schon zu lange an Germinal. Unsere Freundschaft, falls man sie überhaupt so nennen kann, war ein einziges Auf und Ab, und immer legten wir uns Steine in den Weg. Es war auch nicht die Zeit für persönliche Freundschaften. Wir machten Politik, so, als würden wir von Hafen zu Hafen schippern, wohl wissend, daß uns niemand dort erwartete. Germinal hatte zuviel Phantasie, er akzeptierte die Grenzen des Lebens nicht, dachte sich immer Orientierungspunkte aus. Den Kommunismus, den bewaffneten Kampf, die germanische Göttin. Ich habe nie so einen Orientierungspunkt gehabt. Aber ich lebe, und Germinal ist tot. Er ist tot, weil er Flash Gordon spielen wollte.

Ich war ein wohlbehütetes Bübchen gewesen. Eine völlig umsorgte Kindheit. Der Vater hat uns alle daran gewöhnt, nur durch ihn zu denken. Mein Vater, der nie laut wurde, hatte immer das letzte Wort. Ein vernünftiges, kluges, plausibles Wort. Der erste Ratschlag, an den ich mich erinnere, lautete folgendermaßen: Mein Sohn, wenn du einen Unfall siehst, kümmer dich nicht drum, denn da tauchen immer Schwierigkeiten auf. Misch dich nicht ein. Das war an einem Tag, als wir mit seinem Auto, dem ›Hispano‹, nach Tarragona unterwegs waren. Ich erinnere mich noch an das Leuchten des Meeres, das silbern funkelte. Und an einen Priester, der auf den Boden schaute. Und an lauter Leute. Irgend jemand kam auf unser Auto zu und gestikulierte wild. Die Mutter wurde blaß und sagte: Schnell weg, schnell weg, und ich habe gefragt: Was ist los, Vater? Nichts, wir halten nicht an. Siehst du nicht, daß da genug Leute sind? Aber ich hatte noch Zeit zu sehen, daß da ein Haufen Zeitungspapier über irgend etwas lag und da eine ganz rote Hand herausschaute. Eine Frau schrie laut, und ihre Schreie hatten sich mir derartig eingeprägt, daß ich in der Nacht von ihr träumte. Ich träumte, daß eine Steinplatte auf mich drauf fiel und daß ich schreien wollte, aber keinen Ton herausbrachte. Meinen Eltern habe ich nichts davon erzählt.

Kümmer dich nicht drum. Vielleicht tue ich das jetzt auch so. Ich wollte Normas Körper unter dem Laken nicht sehen, noch wollte ich hören, wie sie weinte und mir die Geschichte vom Fährmann erzählen wollte. Kümmer dich nicht um Norma, um ihre Vitalität, um ihre Kraft, die ich nicht verstehe. Warum geht sie mir auf die Nerven? Und jetzt auch noch Germinals Tod. Ausgerechnet heute, wo ich soviel zu tun habe. Können die mich denn nicht in Ruhe lassen? Norma ist irrational und leidenschaftlich, sie ist eine Frau, Norma vereinnahmt mich, und es wird Zeit, daß ich mich nicht mehr um sie kümmere. Als sie mir sagte, daß sie sich in einen anderen Mann verliebt hätte, habe ich gedacht, wenn etwas aus ist, ist es aus. Wozu deswegen leiden? Sie ließ die Briefe ihres Liebhabers überall herumliegen, erwartete sie etwa, daß ich irgend etwas dazu sagte? Wenn sie einen anderen Mann liebte, mußte ich mich damit abfinden, warum mußte sie mir dann auch noch sagen, daß sie nicht aufgehört hätte, mich zu lieben? Ich verstehe sie nicht. Und jetzt auch noch ihre Anspannung, ihr Drang, mit mir zu reden. Jeden Tag finde ich einen Brief von Norma in meinem Arbeitszimmer vor. Ich weiß, daß ich gestern gemein zu ihr gewesen bin. Aber nachdem ich zu ihr gesagt hatte, daß sie einnehmend und herrschsüchtig ist, fühlte ich mich erleichtert. Und jetzt empfinde ich für sie eine Zärtlichkeit, die ich nicht ausdrücken kann. Ich darf nicht daran denken.

Norma hat mich provoziert. Ich wollte nicht mehr über uns reden. Wozu auch? Es kommt darauf an, das Gehirn abzuschalten, das ist ganz einfach. Ich habe das so oft getan, gegenüber meinem Vater! Als er mein Bußgeld bezahlt hat, zum Beispiel. Wir waren zum erstenmal festgenommen worden. Wegen einer Demonstration. Wir Studenten hatten beschlossen, die stattlichen Bußgelder nicht zu zahlen und die Beugehaft abzusitzen. Aber mein Vater ging persönlich zur Zivilregierung und zahlte das Bußgeld für mich. Da stand ich nun auf der Straße. Hinter den Gefängnismauern ließ ich die Genossen zurück. Germinal, der mir nicht einmal Lebewohl sagte. Während die Mutter in der Küche herumwerkelte, sagte der Vater zu mir: Mein Sohn, ich habe das Bußgeld für dich bezahlt. Später wirst du mir dafür dankbar sein. Warum hast du dich da eingemischt? Ich sah Germinals Gesicht vor mir, der mir nicht einmal Lebewohl gesagt hatte, und spürte, wie die Wut in mir aufstieg, aber ich sagte nichts. Und als Germinal aus dem Gefängnis freikam, kam er als allererstes zu mir und schleuderte mir ins Gesicht:

Du mal wieder, wie immer, nicht Fisch und nicht Fleisch, nicht wahr?

Wenn ich es recht betrachte, weiß ich gar nicht, was ich eigentlich meinem Vater nicht verzeihen kann. Seine Mittelmäßigkeit? Daß ich ihm so ähnlich bin? Jetzt macht er mich nicht mehr wütend, vielleicht tut er mir leid. Wenn ich ihn vor mir sehe, mit den zittrigen Händen und den ausdruckslosen Augen eines Rentners, wie er jeden Abend den Hund der Tante Conxa Gassi führt. Er ist schwach. Er ist stark. Und Normas verweinte Augen und ihre Stimme. Das hast du noch nie zu jemandem gesagt, warum tust du mir so weh? Ich habe mich ganz erleichtert gefühlt, gestern abend, als ich Norma anschrie, als ich ihr alles sagte, was ich dachte. Ein innerer Friede erfüllte mich, wie ich ihn vielleicht noch nie verspürt hatte. Das Bild von der Nachtwache ist verschwunden. Ein trügerischer Friede, das stimmt, aber ich darf mich nicht darum kümmern. Das ist leicht.

Und jetzt werde ich Norma aus meinem Gedächtnis streichen, genauso, wie ich das Gefängnis in Soria gestrichen habe, die Frostbeulen an meinen Händen und die Kälte, die meine Füße so steif werden ließ, daß ich nicht mehr richtig laufen konnte. Und die Einsamkeit der Nacht, unterbrochen nur durch die Schritte des Wachpersonals. Das wird nicht schwer sein. Ich lasse mein Leben hinter mir, in Schubladen geordnet, die ich nie mehr aufmachen werde.«

»Ich konnte mir nicht verkneifen, zu ihm zu sagen: Warum bist du nicht zu Germinal gegangen? Aber er redete nur über den wilden Kampf zwischen den beiden Flügeln. Er stand auf, um sich ein Glas Milch aus der Küche zu holen. Ich mußte es ihm sagen. Ferran, wir müssen uns trennen. Ferran brauchte eine ganze Weile, bis er wieder reden konnte. Endlich setzte er sich hin, und sagte, ohne mich anzusehen: Und unser Zuhause? Wenn er zu mir gesagt hätte, daß wir uns zusammenreißen müßten, wenn er mir gesagt hätte, daß er mich liebe . . . Aber er sagte nichts dergleichen zu mir. Nur das mit dem Zuhause. Kein Wort von mir, kein Wort über unsere Beziehung, kein Wort von zusammenreißen. ›Na schön, jedenfalls fühle ich mich wie befreit.‹ Und ich kam mir vor wie eine alte Frau, der man am Seniorenehrentag eine Goldmedaille verleiht. Ich kniff die Augen zusammen, wollte nicht, daß Ferran mich weinen sah. Er würde nie erfahren, daß ich mir Liebhaber ausdachte, Männer, die mich liebten, nur damit Ferran mich beachtete. Ich sagte zu ihm, heute gehe ich mit dem und dem aus, und Ferran sagte nichts zu mir. Jordi Soteres hat mich angerufen, das freut mich, wir haben uns schon lange nicht mehr gesehen. Aber er schloß sich in seinem Arbeitszimmer ein. Und ich habe angefangen zu schreien, hau ab, hau ab, hau doch ab, als ob lauter Teufel in mich gefahren wären. Ich konnte nicht aufhören. Hau ab, hau ab. Ja, was ist denn jetzt mit dir los, warum wirst du hysterisch? Und dann fing er an zu niesen. Und das tat mir mehr weh, als wenn er angefangen hätte zu weinen. Er nieste nur und nieste, und ich wollte, daß er mit mir redete, daß er seine ganze innere Wut auskotzte, daß er redete, um Gottes willen, daß er redete. Aber er sagte nichts dergleichen zu mir. Es ist bereits alles gesagt, ich gehe in mein Arbeitszimmer, muß das Grundsatzpapier vorbereiten, morgen habe ich einen vollen Tag. Ich holte die Schlaftabletten und ging ins Bett. Ich wollte schlafen und wollte doch nicht schlafen. Die ganze Nacht habe ich auf ihn gewartet. Jetzt kommt er und streichelt mich. Jetzt kommt er und streichelt mich und ich werde ihn ganz fest drücken. Ganz fest.«

Sobald er an die Reihe kommen würde, würde, das wußte er schon, ihm dann folgendes passieren: Es würde ihn in der Nase kribbeln, und er würde unaufhörlich niesen. Dann würden sie ihn wie immer fragen: Hast du dich erkältet, was? Und er würde mit den Schultern zucken, um seine Verlegenheit nicht zu zeigen. Es war ja auch eine so lächerliche Verlegenheit. Was mit ihm los war, war ganz einfach. Er wollte nur nicht öffentlich sprechen müssen, sich nicht darstellen müssen. Ferran war nämlich sehr glücklich, wenn er sich zu Hause vergraben konnte, mit seinen Papieren und seinen Büchern. Er ging zu allen Parteiversammlungen, klar. Und er wartete geduldig, bis er mit dem Reden an der Reihe war. Er wußte, daß sein Gesicht keine Gemütsbewegung verriet, wenn er dumme Sprüche von anderen hörte. Von dem Pedanten Miquel, der die Arbeitergenossen belehrte, oder von dem Bürokraten Joan, der pünktlich den Notizblock zückte und an die Angelegenheiten erinnerte, die noch auf der Tagesordnung standen ... Nein, er schien ungerührt, während sein Magen zwickte und seine Nase kribbelte. Ich bin Kommunist aus ethischen Gründen, hatte er am Morgen zu Norma gesagt, und ich darf bei der Versammlung nicht fehlen. Deswegen hatte er im Gefängnis gesessen und die Folterungen durch die Polizei ertragen. Aus ethischen Gründen. Und was ist das für ein Ethos, dein Ethos, wenn du es fertig bringst, ihn einsam sterben zu lassen?

Er hatte keine Zeit gehabt, ihn zu besuchen. Und, danach, dann die Briefe, die einfach nicht zu beantworten waren, in der Zeit, als er sich von dem Unfall zu erholen schien. Lange, altmodische, dogmatische Briefe ... »Ihr seid dabei, die Vergangenheit auszulöschen«, schrieb er ihm, »Ihr entstellt sie. Seit Jahren komme ich in der Welt herum, und ich habe noch kein Haus ohne Fundamente gesehen, ebensowenig einen Baum ohne Wurzeln. Die Flugzeuge halten sich in der Luft und die Schiffe halten sich auf dem Wasser. Vor der Atombombe kommt die Steinschleuder.« Germinal fing an zu spinnen, er war verrückt geworden. Zuviele Jahre im Gefängnis und jetzt auch noch dieser saublöde Unfall, nur, weil er Flash Gordon spielen wollte. »Ihr werdet die Partei nicht retten können, der Wundbrand sitzt tief. Ihr redet, ihr redet viel und merkt gar nicht, daß um euch herum absolute Gleichgültigkeit herrscht.« Germinal schien ein durch den Wüstensand verrückt gewordener Prophet zu sein. »Erinnert Ihr Euch gar nicht mehr an den proletarischen Internationalismus? Was bedeutet Kommunist sein heutzutage? Ihr paktiert mit Gott und der Welt, na ja, ihr werdet schon sehen . . .« Wer hatte die Orientierung verloren? Er oder Germinal? Waren denn die zähen Parteiversammlungen, die sich im Kreis drehten, anregend? Was sollte er tun? Sich ganz zu Hause vergraben? So oft schon hatte er mit dieser Versuchung gekämpft. Nein, Germinal konnte ihn nicht verstehen. Der war immer noch der kleine Junge aus seinem Viertel, der Anführer der Blauen, die am Ende der Straße auf die Schwarzen warteten, um diese Bande des anderen Viertels zu verprügeln. Germinal, du bist ein Tagträumer, du hast dir die Welt nach deinem Kopf zurechtgelegt. Diese Welt ist untergegangen. Es gibt sie nicht mehr, verstehst du? Es gibt keine Flash Gordons mehr, keine Zinos und keine Raumschiffe. Verstehst du, Norma? Aber was konnte Norma denn schon verstehen? Schließlich und endlich war sie eine Frau, und wie fast alle Frauen ließ sie sich von Gefühlen leiten.

Die Zeit der Angriffe auf den Winterpalast ist vorbei, Germinal. Das mußt du einsehen. Du hast dich da in ein paar Ideen verrannt, die keinen Sinn mehr haben. Der Werteverfall nimmt überall zu. Es gibt keine Vorbilder mehr. Aber die Niesanfälle kamen bei allen Versammlungen immer wieder, während eine Ansammlung von Arbeitern an seinen Lippen hing. Er sah sie vor sich: alte Männer, unbeherrschte Gesichter, voller unzähliger Falten, die nach Theorien dürsteten, die sie nachher während der Diskussion wieder vergessen hätten. Die Arbeitslosigkeit kommt in allen Familien vor, Ferran, was nützt der Glaube an die Demokratie, wenn es kein Brot gibt?

»Warum hast du ihn einsam sterben lassen? Er war dein Freund . . .«

Sein Freund? Hatte er je einen Freund gehabt? Germinal war der Held des Wohnviertels gewesen, das Oberhaupt der Klasse, der Anführer. Der Mutigste. Und er konnte ihm nicht das Wasser reichen. Du hast keine Freunde, ihr Männer wißt den Wert der

Freundschaft nicht mehr zu schätzen, sagte Norma. Er dachte an Normas Abendtreffen mit all ihren dekadenten Freundinnen. Alle waren vom Ehemann getrennt. Verbitterte Feministinnen. Es widerte ihn an, sie lachen zu hören, oder sich verkleiden oder sich schamlos abküssen zu sehen. Oftmals ließ er sie morgens wohlig warm im Bett zurück. Mir ist so schlecht, Ferran, sagte sie zu ihm. Du trinkst eben zuviel. Nach der verdammten Diskussion, eine halbe Flasche Gin. Und gestern, das Ganze von vorn. Er hielt sich strikt an die Regeln des Stoizismus: Er trank nicht, er rauchte nicht, er akzeptierte die Grenzen des Lebens. Und bis jetzt war es ihm dabei nicht schlecht ergangen. Nur die Niesanfälle, die sich ungeniert bei den Versammlungen und bei seinen Vorträgen einstellten. Abgesehen davon, hatte er es fertig gebracht, sich halten zu können, als um ihn herum alles einzu-stürzen schien. Er hatte nichts übrig für die programmatischen Reden von Miquel und das sozialdemokratische Liebäugeln von Joan. Er genoß die Stille seines Arbeitszimmers, in der Nacht. Die vor den Wälzern von Marx und Engels verbrachten Stun-den. Die neuen Bücher über Ökologie. Was wollte er mehr?

Germinal war einsam gestorben ... Das ging ihm einfach nicht aus dem Kopf. Und sooft er versuchte, den Artikel über die Frage, ob der Leninismus noch überlebensfähig ist, zu verfassen, fühlte sein Kopf sich an wie ein Luftballon, dem die Luft ausging. Das Papier war wichtig, es galt, die revolutionäre Flamme in der Partei am Leben zu erhalten. Das Ideal des Kampfes ... aber da gab es auch Germinal. Das einzige Mal, als er ihn im Krankenhaus besucht hatte, war er nur kurz dort geblieben. Germinal hatte im Bett gesessen. Nebenan hatte ein Patient über seine Verletzung gejammert. Warum kommt die Krankenschwester nicht? Wir haben dreimal geläutet. Das Krankenhaus war sauber, man konnte hören, wie die Kranken-schwestern in einem kleinen Zimmer auf der anderen Seite des Ganges lachten. Geh hin und ruf sie. Vor einem Monat haben sie mich hier reingesteckt, und sie sagen mir einfach nicht, was sie mit mir vorhaben, ob ich ins Gras beißen werde oder was. Ich finde, du siehst gut aus, Germinal. Immerhin krieg' ich hier was zu essen und muß mir nicht die Hacken nach einer Arbeit ablaufen. Ich hab's satt. Dir, lieber Germinal, diagnostizierte Ferran, fehlt es an innerem Leben, du mußt dir eine Rücklage schaffen . . .

Eine Rücklage?, lachte Germinal sarkastisch. Versuch' mal, länger als eine Woche hier drin auszuhalten, eine Woche, in der du merkst, daß du nur noch ein Körper bist, bei dem von Zeit zu Zeit die Temperatur gemessen wird, versuch' mal, den Schlangenfraß runterzukriegen, den sie dir hier vorsetzen, versuch' mal, dir die Ohren zuzuhalten, um das Gejammer der Kranken nicht hören zu müssen, hörst du sie nicht? Versuch' mal, die Arroganz des Herrn Professors zu ertragen, der dich im Kreise seiner studentischen Zöglinge visitiert: Seh'n Sie mal, meine Herrn, der Kranke in Bett Nummer X hat augenscheinlich keine Beschwerden, aber ein Schlag von hinten ist ein Schlag von hinten, und das Gehirn spielt uns immer einen Streich, da kann sich ein Blutgefäß verstopfen, und eines schönen Tages entsteht eine Blutung, und schon ist er über den Jordan . . . Bist du noch nie wie ein Hund behandelt worden? Ester, das Mädchen, das mit Germinal im 600er SEAT gesessen hatte, hat Ferran erzählt, daß alles nur passiert sei, weil Germinal Flash Gordon spielen wollte.

Der fuhr wie ein Henker, sagte Ester, im Zick-Zack-Kurs hat er sich zwischen den Autos durchgezwängt, wie eine Kobra ist er bei Rot über die Ampeln gefahren. Dann hätte ein Krankenwagen sie überholt, und er wäre hinter ihm hergefahren. Sieh mal, sieh mal, Ester, sieh nur, wir haben freie Bahn! Sie klammerte sich am Sitz fest, und Germinal sah sie, ganz zufrieden, aus den Augenwinkeln an: Hast du etwa Angst? Hast du etwa Angst, sagte er noch einmal und trat dabei aufs Gaspedal. Und er zwängte sich zwischen den Autos durch, bog urplötzlich ab, um sich vor einer stehenden Autoschlange einzuordnen. Die

Autos hupten, weil er sich vorgedrängelt hatte, aber er rief: Seid still, ihr Mücken! Germinal startete wütend durch, und dabei machte das Auto einen Satz nach vorne, und Ester preßte die Beine zusammen. Dann fuhren sie auf einer dunklen Landstraße entlang, die Lichter der entgegenkommenden Autos blendeten sie. Der kleine 600er drängelte sich vor und überholte rasant einen Dodge und einen Simca. Danach streifte er beim Überholen fast einen Lastwagen und scherte direkt vor ihm wieder ein. Der Lkw-Fahrer wurde wütend und fing an, die Verfolgung aufzunehmen. Das ist Zino, sagte Germinal zu Ester und zwinkerte ihr zu. Der Lastwagen berührte schon fast die Stoßstange des 600ers. Der kann nicht mithalten, ich kann mit einer Hand lenken, wie Flash Gordon. Plötzlich mußte der 600er an einem Stoppschild halten, und der Lkw-Fahrer ordnete sich neben ihnen ein. Dasselbe Gesicht wie Zino, sagte Germinal. Der Lkw-Fahrer blinkte links und versuchte, den 600er zu überholen. Zinos Raumschiff näherte sich ihnen wie ein riesiger Dinosaurier, selbstsicher, schwer. Er berührte ihr Auto schon fast. Germinal trat mit ganzer Kraft das Gaspedal durch, und Meter für Meter ließ er ihn hinter sich. Die Bestie dachte, daß Flash Gordons kleines Raumschiff Angst hätte, und kam von neuem näher und näher. Es sah aus, als ob die Bestie sich auf sie stürzen würde. Das kleine Raumschiff in Stücke reißen. Bitte, laß es gut sein! schrie Ester. Ich will nicht, für was hält der sich eigentlich! Der 600er fuhr und fuhr, das Mädchen hatte schweißnasse Hände. Markier doch nicht den starken Mann! Er markiert doch den starken Mann, siehst du's nicht? Er spielt doch seine Stärke aus! Ich werd's ihm zeigen, ich werd's ihm zeigen! Und da tauchte plötzlich der Bahnübergang vor ihnen auf, und Germinal stieg hart auf die Bremse, aber der Lastwagen bremste nicht rechtzeitig und rammte sie von hinten. Germinal hatte den Sicherheitsgurt nicht angelegt und wurde an die Windschutzscheibe geschleudert. Nein, Germinal konnte vor einem riesigen Laster nicht kneifen, er spielte Flash Gordon. Konnte Ferran das denn nicht verstehen?, schloß Ester, ein junges Mädchen, das ihn ein bißchen an Helena erinnerte und das anscheinend die Geschichte mit Flash Gordon und Zino glaubte. Aber das Raumschiff und Flash Gordon sind wie vom Erdboden verschluckt. Und Zino, der Bösewicht aus der Geschichte. Und jetzt liege ich hier und langweile mich zu Tode, Ferran. Erinnerst du dich noch an die Abenteuergeschichten, die wir uns erzählten, als wir noch klein waren, erinnerst du dich noch an die Keilereien mit den Schwarzen, den Jungs aus dem Nachbarviertel? Ich muß gehen, Germinal, ich werde schon lange erwartet ...

Du hast es immer eilig, schrie Norma, kannst du dich nicht einen Augenblick lang hinsetzen, können wir nicht bereden, was los ist? Ich werde erwartet, ich muß den Bericht fertig schreiben. Es gibt viel zu besprechen, wir müssen den Karrieristen in der Partei einen Knüppel zwischen die Beine werfen, wir müssen Arbeiterkader bilden, damit der revolutionäre Geist nicht zum Teufel geht. Und die verdammten Niesanfälle, die ihn dauernd überkamen, was ist los mit dir, Ferran, was haben sie mit dir gemacht, daß du nie für etwas Zeit hast?

»Er hat zu mir gesagt, jetzt werde ich bald siebenunddreißig Jahre alt, und die Jahre im Knast haben nichts genützt, ich kriege einen Bauch, und wenn die Ärzte nicht bald aufhören, mich hier zu nerven, dann werde ich dick und aussehen wie ein Schwein. Ich war so lange im politischen Untergrund, daß ich jetzt nichts kann, ich bin zu allem zu träge, ich bin nicht wie Ferran, ich ... Aber Abenteuerfilme hatten es ihm immer noch angetan. Du bist ja ein Mädchen und wirst dich kaum noch an *Fu-Man-Tschu* oder an *Guadalcanal* erinnern. Bestimmt erinnerst du dich nicht mehr daran ... Und genau das wollte er jetzt tun, ins Kino gehen und Science-fiction-Romane lesen, denn die mochte er am allerliebsten. Schluß mit der Politik, ich bin nicht wie Ferran, du, ich hock' mich doch nicht zum Stuhlanwärmen mit diesen Mumien zusammen, die die Revolution vergessen haben und mit Gott und der Welt paktieren. Aber Germinal glaubte an die Zukunft, wollte daran glauben, und wenn er jemals aus diesem Schlamassel rauskäme, sagte er, würde er vielleicht nach Nicaragua gehen und rumschießen, das sei wirkliches Leben . . . Er bekam einen Bauch, aber er wollte fünfhundert Jahre lang leben, obwohl er den illegalen Kampf nicht vergessen würde, wenn man nicht weiß, wo man schlafen soll, wenn man sich nicht verlieben darf, wenn man sich mit den Genossen herumstreiten und sich verstecken muß, ohne zu wissen, ob man verfolgt wurde, ob die Polizei hinter einem her ist oder die Genossen, die als Spitzel für die andere Seite arbeiteten . . .

In jedem Mann, der mich umarmte, suchte ich Gary Cooper. Ich rollte mich ganz klein neben seiner breiten Brust zusammen und streichelte die Brusthaare, die büschelweise abstanden, als wären es kleine Wollknäuel, meine Beine umschlangen ihn, und meine Lippen verzehrten sich danach, geküßt zu werden . . . Ich suchte nach Gary Cooper. Eine Vaterfigur, die mich endlich beschützen und verstehen würde. Ich war es leid, wie eine Puppe zu lächeln, wenn ich keine Lust dazu hatte, nun, wo die Brille mein Gesicht entstellt und ich einen Hängebusen und einen schlaffen Körper habe. Ich suchte nach Gary Cooper, in jeder Hand, die sich wie beschützend auf meine Schulter legte, suchte Gary Cooper in jedem Mann, den ich in mein Bett ließ, allzeit bereit, wie eine Pfadfinderin, der man beigebracht hat, daß es sich nicht gehört, nein zu sagen. Bis ich Ferran traf, den Mann, der Angst hatte. Ferran träumte nachts und wachte oft laut aufschreiend auf. Er hatte solche Angst, daß er sich auf der Straße verstohlen umsah, ob er nicht verfolgt werde. Und Ferran war nicht Gary Cooper, sondern eine ganze Vergangenheit, die ich liebte, auf die ich nicht verzichten wollte. Germinal war Ferran, alle beide waren ein und dasselbe für mich.«

Sie war so dumm zu glauben, daß sie, wenn sie sich das Leid der anderen anhören würde, in Ferrans Achtung steigen würde.

Aber jetzt, wo Germinal gestorben war, ging ihr auf, daß die Sache so nicht funktionierte. Nein, Norma konnte menschliches Leid nicht ertragen, wenn es ihr zu nahe kam. Sie erinnert sich an das eine Mal, als sie einen kritischen Kommentar über die Memoiren der Passionària, der Kultfigur der spanischen Kommunisten, verfaßt hatte. Sie hatte es für Ferran getan, sie hatte den Aufsatz für ihn geschrieben. Damit er merkte, daß sie Verständnis hatte für seinen Kampf. Ihrer aller Kampf. Die Tochter der Bergarbeiter, geboren in Armut, die Frau, die dank der Solidarität herausgefunden hatte, was Menschenwürde ist. Wieso klangen heutzutage diese Begriffe so überholt? Es war keine Zeit, ihm, Ferran, diese Frage zu stellen.

In der ersten Reihe saß eine Frau mit gelblich grauem Haar und zu früh gealtertem Gesicht, die ihren Worten lauschte. Aber Norma wandte sich nicht an sie. Norma sah nur die kurzsichtigen Augen Ferrans vor sich, mit ihrem immer Überraschung ausdrückenden Blick – der nichts anderes als Abstraktionsfähigkeit bedeutete – und seine Haltung wie ein Mann, der da ist und doch nicht da ist. Nur das sah sie vor sich, und sie hörte kaum die anderen Gesprächsbeiträge, die sie einlullten, die Jahre des Kampfes, die Demütigungen im Bergbaurevier,: die grauen Tage des Regens und des Hungers, das Gefängnis. Die Gestalt der Passionària schwebte über ihnen allen, absolut, weit weg, ganz anders. Die Sekretärin der Passionària sprach mit zittriger Stimme, die Bewunderung ließ sie klein, fast nicht existent erscheinen. Sie war ja so groß, so riesengroß, diese alte Frau mit den breiten Schultern und den bernsteinfarbenen Augen, so riesengroß, so zeitlos, schon so übermenschlich. Und die kleine Frau mit den gelblich grauen Haaren hörte zu, sog die Worte in sich auf, hatte feuchte Augen. Vielleicht erinnerte sie sich an die langen, einsamen Nächte auf dem Polizeirevier, an die Prügel, oder vielleicht tat ihr wieder der Rücken weh. Diesen stechenden Schmerz, wegen dem sie sich kaum mehr auf den Beinen halten konnte. Die kleine Frau mit dem gelblich grauen Haar hatte die

214

Würde des Lebens dank der Partei entdeckt. Aber die Partei hat mir nicht beigebracht, für mich selbst zu leben, hatte sie einmal zu Norma gesagt.

»Und ich fing an, meinen Vortrag vorzulesen. Eine Analyse des Lebens der Passionària, Frau und Arbeiterin zugleich. Der Mythos tat mir weh, aber ich hatte mir nicht zum Ziel gesetzt, daß sie mich verstanden. Alles war nur für dich gesagt, Ferran. Und du hast es nicht bemerkt. Und jetzt, wo Germinal einsam im Krankenhaus gestorben ist, denke ich, daß es so besser ist. Ich wollte die Menschheit durch dich lieben, Ferran. Und ich hatte ebenfalls die Menschen vergessen.«

Als Germinal aus seinem Leben verschwunden war, fühlte Ferran sich wie befreit. Und jetzt, wo er mit Norma Schluß gemacht hatte, ging es ihm genauso. Er hatte keine Zeit für Selbstmitleid. Germinal sah nicht ein, daß es Grenzen im Leben gibt, ebensowenig Norma. Alle beide gefielen sich darin, das Unmögliche zu wollen. Und Germinal hatte dafür mit einem ganz schön blöden Tod bezahlt. Weit zurück blieben die Jahre im Gefängnis, die Verfolgungen durch die Polizei, das standhafte Durchhalten auf dem Revier. Er war gestorben, weil ein Lastwagen sein Auto von hinten gerammt hatte. Über sehr lange Zeit hinweg hatte er wenig von Germinal gehört. Nur, daß er zu einer merkwürdigen Gruppe gehörte, die den bewaffneten Kampf befürwortete, die bei ein paar Banküberfällen mitgemacht hatte, bis Germinal eines Tages geschnappt wurde und über vierzig Jahre aufgebrummt bekam. Sie waren so naiv gewesen, daß sie nicht gemerkt hatten, daß sich in ihre Gruppe ein V-Mann der Polizei eingeschleust hatte, der sie dann verpfiff. Sie wurden wie die Ratten gefangen, und da sie Widerstand leisteten, bekamen sie all diese Jahre Gefängnis aufgebrummt. Danach hatte er erfahren, daß er dank der Amnestie nach dem Tode Francos aus dem Gefängnis entlassen worden war, und es wurde ihm zugetragen, daß er Arbeit suchte. Egal was. Aber Germinal konnte nichts, außer den Helden zu spielen. Was konnte er da machen? Natürlich war er der alte Freund aus dem Wohnviertel geblieben, als sie sich Abenteuergeschichten erzählt und *Vès-que-vinc* gespielt hatten, und als Germinal sich alle möglichen Filme zusammengereimt hatte, in denen er immer die Hauptrolle spielte. Sie hatten eine Reise nach Afrika geplant, zu den Minen des Königs Salomo, um gegen die Batussi zu kämpfen, und Ferran hatte sich einen Atlas gekauft, um die Reiseroute auszuarbeiten. Sie sahen sich schon im Urwald. Germinal hatte sich einen besonderen Schrei ausgedacht, eine Art Wolfsheulen, um einander vor Gefahr zu warnen. Aber Ferran durfte nicht auf der Straße spielen, weil er sich dabei schmutzig machte, aber er konnte zusehen, wie die Bande der Blauen zerkratzte Knie bekam, fluchte und Wasser trank, wenn sie verschwitzt waren. Er sah ihnen vom Balkon aus zu und beneidete sie. Germinal und seine Anhänger machten all das, was Ferran nicht durfte: Ins Kino Florida und ins Kino Rondas gehen, zum Beispiel, und sich vierzehn Mal *Tausendundeine Nacht* reinzuziehen. Sie gingen natürlich ohne zu zahlen hinein. Er schloß sich ins Klo ein und träumte davon, wie er in den Urwald gehen und wie er, ganz alleine, den Löwen töten würde, der Germinal von hinten angriff, denn wenn er ihn von vorne angegriffen hätte, hätte Germinal ihn ja gesehen. Auf dem Klodeckel sitzend hörte er, wie die Mutter Tante Conxa erzählte, daß Ferran ein so braver Junge sei, daß er sogar vor den Ameisen Angst hätte. Vom Balkon aus sah er, wie die Schwarzen, die Jungs aus der anderen Straße, das Holz stibitzten, das die Blauen für das Johannisfeuer aufgehäuft hatten. Er beobachtete alles, aber er sagte weder Germinal, noch jemandem aus der Bande der Blauen etwas davon, die machten sich über ihn lustig. Und er sah bei den Keilereien zwischen Schwarzen und Blauen zu oder hörte sie das *Vés-que-vinc* rufen, während sie Bockspringen spielten:

Vés que vinc
més de pressa que en zepelín
qui es faci mal
que vagi a l'hospital!

Während die Bande der Blauen um eine Straßenlaterne herum
saß und sich Abenteuergeschichten ausdachte, pauste er die
Landkarten ab, die sie brauchen würden, um in den Urwald zu
gelangen. Ferrans Vater war der einzige im ganzen Viertel, der
Kohle gemacht hatte, und zwar mit Schiebereien. Germinal zog
Ferran hinter sich her wie eine Gummiente, die anderen mieden
ihn. Er langweilte sie. Ferran war der beste Schüler, Auszeich-
nungen in jedem Schuljahr, Germinal war ganz das Gegenteil.
Als Kind hatte Germinal gestottert – obwohl sich das bei ihm
später dann gelegt hatte – und der Direktor der Schule konnte
Kinder nicht ausstehen, die nicht richtig sprechen konnten.
Germinal war in die einzige nichtkonfessionelle Schule aufgenommen worden, die es damals in Barcelona gab – und die
folglich sündhaft teuer war –, weil er verdiente Vorfahren hatte:
Sein Vater, ein Anarchist, war im Gefängnis an Schwindsucht
gestorben. In Germinals Familie war Schmalhans Küchenmei-
ster. Die Mutter ging putzen, um sich und Germinal durchzubringen. Aber Germinal wußte die außergewöhnliche Großmut
des Herrn Direktors nicht zu würdigen, und schon bald war er,
obwohl er stotterte, zum Anführer der unerwünschten Elemente
aufgerückt. Wie das eine Mal, als sie Sanchís verprügelt hatten,
ein Muttersöhnchen sondergleichen, einen Klugscheißer, einen
Deppen, eine Petze. Germinal hatte die Gruppe der *Rächer von
der schwarzen Hand* gegründet, um Sanchís zu geben, was er
verdiente. Sie hatten ihn ganz schön zugerichtet. Am nächsten
Tag war der Direktor in die Klasse gekommen und hatte vor
Wut geschäumt und unablässig mit dem Kinn zuckend – ein
nervöser Tick, den Germinal so gut nachmachen konnte – zu
ihnen gesagt: Ihr werdet hier drin bleiben, bis sich der Schuldige

meldet, selbst wenn ihr hier im Klassenzimmer übernachten müßt. Der Direktor hatte Ferran in sein Büro gerufen und zu ihm gesagt, nachdem er mit seinem Kinn ein paarmal gezuckt hatte: Wie konntest du dich nur in so was verwickeln lassen? . . . Aber ich war doch nicht dabei, hatte Ferran gestammelt. Klar, daß er sich nicht als Spitzel hergegeben und Germinal nicht verpfiffen hatte, obwohl er die Szene vom Balkon mit angesehen hatte –, aber er hatte gesagt, daß er nicht dabei gewesen war. Und er hatte als einziger nach Hause gehen dürfen und wurde als einziger nicht bestraft . . . Germinal hatte ihn einen Monat lang schief angeschaut und ihm einen Zettel unter der Bank zugesteckt: Du bist nicht einmal ein Judas. Du bist nicht Fisch, nicht Fleisch, oder?

Und jetzt sagte Norma ihm, daß sie sich wie verrückt in einen anderen Mann verliebt hätte, daß sie nichts dagegen tun könne, daß die Gefühle eben die Gefühle seien, daß sie ihn aber auch noch liebe . . . Und Ferran fühlte sich wie befreit. Er würde sich nicht mehr um sie kümmern. Denn Norma forderte andauernd eine intensive Liebe von ihm, einen ausgiebigen Austausch, wie sie es nannte. Aber Ferran brauchte ein Zuhause, und wenn Norma nicht in der Lage war, ihm das zu bieten, würde er es eben anderswo suchen. Nein, Ferran wollte sich nicht an die ersten Jahre erinnern, die er an Normas Seite verbracht hatte, als alles noch gut gelaufen war . . . die sollte er lieber aus seinem Gedächtnis streichen. Wie damals, als sie von einer Reise in die Pyrenäen zurückgekommen waren und er die Koffer in der Diele hatte fallen lassen und dabei gesagt hatte: Weißt du, das ist das erste Mal, daß ich nach einer Reise zu Hause ankomme und mich freue . . . Du weißt gar nicht, wie traurig das Heimkommen früher war. Da fand ich die Eltern wie die Ölgötzen im Eßzimmer sitzend vor. Die einzigen Neuigkeiten, die sie mir zu vermelden hatten, waren die, daß die Pflanzen gewachsen waren oder daß die Bougainvillea eingegangen war. Oder daß Onkel Ramon einen Schwindelanfall bekommen hatte, und daß Tante

Conxas Hund Vaters Briefmarkenalbum zerbissen hatte. Aber diesmal, als er mit Norma von der Pyrenäenreise zurückkkam, war alles anders, weil es da Norma gab, die in die Küche ging, nachdem sie die Mozart-Platte aufgelegt hatte, die Jupitersymphonie, und die ihm einen von diesen Salaten machte, die er so gerne mochte. Und während Norma in der Küche war, zog er sich in sein Arbeitszimmer zurück, um den Papierkram in Ordnung zu bringen. Er wollte unverzüglich einen Artikel über die Frage, ob der Begriff ›Diktatur des Proletariats‹ noch zeitgemäß sei oder nicht, schreiben. Und danach würden sie sich auf dem Teppich im Eßzimmer lieben, oder aber Norma würde fragen: Welches Zimmer ist noch jungfräulich? Und dann würden sie sich in der Speisekammer lieben, eng und im Dunkeln, oder in der Küche, neben dem Eisschrank, oder aber im Flur. Überall, außer im Kinderzimmer, weil Norma das wie ein Sakrileg vorkam . . . Aber schon bald hatte Norma sich angewöhnt, zu jeder Zeit ins Arbeitszimmer zu kommen, und dann kraulte sie ihn im Nacken, oder sie küßte ihn auf die Augenlider und die Mundwinkel – sie wußte, daß er das gern hatte –, und sie merkte nicht, daß Ferran nervös wurde, daß er einfach den Artikel nicht fertig bekam, daß die in der Druckerei ständig nachfragten, Norma wollte eben einfach sein Bedürfnis, sich zurückzuziehen, nicht verstehen, sein Bedürfnis, alleine zu sein . . .

Germinal hatte mehr als einen Jungen zusammengeschlagen, wenn der behauptet hatte, daß Ferran ein Mädchen wäre, weil er nicht in der Lage war, von Dach zu Dach zu springen oder sich an den Leitungsrohren in den Lichtschacht zu hangeln . . . Germinal war eben sein Freund fürs Leben, seit ihrem vierten Lebensjahr, als sie im Kindergarten gewesen waren. Der Ferran ist dein Schoßhündchen und ein Hosenscheißer, sagten die von der Bande der Schwarzen. Germinal verprügelte sie derartig, daß ihnen früher oder später das Blut aus der Nase floß. Aber Germinal wußte wohl, daß Ferran kein Hosenscheißer war, daß er es aber nicht beweisen mußte. Als sie wegen der Sache mit dem Streik in Asturien geschnappt wurden und vier Jahre aufgebrummt bekamen, hatte Ferran bei der Polizei nichts verraten. Alle beide hielten wie ein einziger Mann durch ... Obwohl ja später, im Gefängnis, Germinal auf Ferran wütend war und, während sie kräftig auf den Boden trampelten, damit ihnen die Füße nicht einschliefen, zu ihm sagte: Ich verstehe nicht, wieso du dich von Helena besuchen läßt, wo du doch behauptest, daß du sie nicht mehr liebst. Warum schreibst du ihr nicht einen Brief, sagst ihr darin die Wahrheit und hörst auf, sie zu quälen? Er traute sich nicht, obwohl ihm auch ganz klar war, daß die Geschichte mit Helena aus war, und er traute sich nicht, weil Helena tagein, tagaus von Pontius zu Pilatus rannte, damit Bischöfe und Priester eine Petition für politische Gefangene unterschrieben, weil sie ihm diese guten Kartoffelomelettes brachte, die am gleichen Tag in Barcolona gebacken worden waren, und sie ihm dicke Wollsocken strickte, die ihm die Füße wie Wolldecken wärmten. Ich werd's ihr schon sagen, wenn ich hier rauskomme. Und so waren vier Jahre vergangen, vier Winter mit Eis und Schnee, und Helena immer auf der einen und die Mutter auf der anderen Seite, und alle beide hatten andauernd hinter dem Gitter geheult. Warum sagst du deiner Mutter nicht, sie soll nicht weinen, daß es uns doch nicht so schlecht geht, warum sagst du ihr nicht, sie soll sich um sich selber kümmern, ihr eigenes Leben leben? Aber Ferran hatte herausgefunden, wie er die Besuche von Helena und seiner Mutter am besten ertragen konnte. Er entzog sich, dachte an das, was ihn interessierte, und ließ sie einfach reden, er ließ seine Gedanken in die Ferne schweifen, wie damals, als kleiner Junge, als er sich im Klo eingeschlossen und von den Abenteuern im Urwald geträumt hatte, mit dem einzigen Unterschied, daß er jetzt darüber nachdachte, wie alle politischen Gefangenen davon überzeugt werden konnten, daß die Zeit für den Hungerstreik noch nicht reif war, oder darüber, wie er das Papier fertig schreiben sollte, das er halb fertig in der Zelle liegenlassen hatte . . . Das Gequassel der Frauen schwappte in Wellen an sein Ohr, und er ließ es ungerührt über sich ergehen. Ja, liebst du mich denn nicht mehr?, fragte Helena ihn mit feuchten Augen, aber natürlich, Mädchen, natürlich liebe ich dich. Wenn Germinal dann zu ihm sagte, daß das alles gemein wäre, dann kniff Ferran die Augen zusammen, um das nicht zu hören, immer spielte sich Germinal als sein Gewissen auf, und er dachte daran, daß, schließlich und endlich, auch Germinal die Walküre idealisierte, weiß Gott, was die machen würde, wenn sie aus dem Gefängnis kämen . . . Ihm machte dieses ganze Durcheinander mit den Frauen überhaupt nichts aus, denn Frauen, das weiß man ja, haben kleine Sorgen. Und er wollte nicht daran denken, daß er sie brauchte, sondern daran, daß die Jahre des Kampfes und der Gefangenschaft auch ihre Leben ausfüllten. Helena kümmerte sich um das Essen und um die Unterschriften der Bischöfe. Die Mutter weinte und wusch ihm die Wäsche, Mütter begreifen nie etwas . . . Wenn die Frauen weg waren, kehrte er in seine Zelle zurück und zog sich zurück. Er hatte sich darin eine Art Bastion gebaut, dort hatte nicht jeder Zutritt. Da konnte er nach Lust und Laune studieren und die Stunden ruhig vergehen lassen, und dabei wurden seine Füße durch Wollsokken gewärmt, die ihm Helena gestrickt hatte.

Natürlich war Germinals Mutter anders. Wenn er sie da im Halbdunkel hinter dem Gitter sitzen sah, so ruhig, wenn er sie mit ihrem Sohn über Politik reden hörte, dann merkte er, wie der Neid ihn zerfraß. Aber Germinals Mutter hatte sich an alles gewöhnt, an die Gefängnisse und an die Prügel, ans Alleinsein und an den Hunger. Erst hatte sie das bei ihrem Vater erlebt, dann bei ihrem Mann und jetzt bei ihrem Sohn. Er war neidisch auf die angeregten Gespräche zwischen Germinal und seiner Mutter und auf die langen Briefe, die dieser, teilweise durch Anwälte, nach draußen schmuggeln ließ, in denen er ihr aus der Sicht der Partei erzählte, wie die Häftlinge in Soria lebten. Er hatte Germinal immer beneidet. Seit sie kleine Lausbuben gewesen waren und Germinal ihr Anführer. Er brachte sie alle auf seine Seite und erreichte, daß die halbe Klasse schwänzte, weil im Rondas *Tausendundeine Nacht* lief. Er, Ferran, gehörte zu denen, die trotzdem zum Unterricht gingen, weil er wußte, daß es danach Ärger geben würde, und keine Lust hatte, sich mit dem nervösen Kinntick des Direktors auseinanderzusetzen ... Deswegen flüchtete Ferran Jahre später wie vom bösen Geist besessen, wenn er Germinals Mutter im Armenheim der Barmherzigen Schwestern, *Hermanitas de los pobres,* besucht hatte. Er legte ihr den Umschlag mit dem Geld in den Schoß, und sie tat so, als ob sie es nicht bemerkte, bat ihn nur, er solle ihren Rollstuhl in die Sonne schieben. Die Greisin senkte die Lider und streckte die Hände nach vorne aus, wie eine Katze, und danach rieb sie sich übers Gesicht, als wären die Sonnenstrahlen Wasser. Sie konnte nicht sprechen, weil sie an Kehlkopfkrebs operiert worden war und nur ein ganz leises Krächzen herausbringen konnte, das Ferran nur mit Mühe verstand. Er mußte die Ohren spitzen, um den einen oder anderen Satz mitzubekommen, wie »Mir geht einfach der Tod dieses Jungen, dieses Puig Antich, nicht aus dem Kopf, das ist doch Mord«, oder aber »Als sie den Allende umgebracht haben, war es doch genauso« ... Aber die Greisin wirkte glücklich mit diesen paar Sonnenstrahlen und beachtete Ferran kaum. Sie sprachen nicht über den Sohn, weil sie beide wußten, daß die Mutter ihn nie mehr sehen würde, denn vierzig Jahre Haft, das ist ein ganzes Leben, und nur durch eine Revolution würde er aus dem Gefängnis rauskommen ... Ferran suchte fluchtartig das Weite, er wußte nicht, was er der kleinen alten Frau sagen sollte, die sich ständig bekleckerte und deren Augen immer noch eine Ausdruckskraft besaßen, die Ferran weh tat. Er atmete fast erleichtert auf, als die Alte starb. Aber da hatte er sich zum erstenmal mit seinem Vater angelegt und hatte zu ihm gesagt, Germinals Mutter muß einen eigenen Sarg haben und ein eigenes Grab, Germinals Mutter darf nicht im Massengrab landen ...

»Ich habe Ester zu Hause abgesetzt, sie hat mir kaum etwas über Germinal erzählt, nur, daß er unbedingt Flash Gordon spielen wollte. Sie hat mich gefragt, ob ich die Geschichte vom Fährmann kenne, und ich habe zu ihr gesagt, ja, ich kenne sie. Ich habe auf Germinals Grabstein einen Strauß rote Nelken gelegt und zu ihm gesagt: Lebwohl, Flash Gordon. Ferran, vielleicht verstehe ich ihn ja jetzt, brachte es nicht übers Herz, zu Germinals Beerdigung zu gehen, weil er ihn liebte. Ich konnte hingehen und ihm ohne weiteres einen Strauß Nelken hinlegen, weil ich ihn nicht geliebt habe. Ferran zieht aus, weil ich seine Welt nicht verstehe, und ich glaube, ausgerechnet jetzt fange ich an, ihn zu lieben. Aber nicht durch seine Welt, nicht durch die Versammlungen und Schriften, obwohl ja, ehrlich gesagt, meine Welt auch nicht die von Flash Gordon ist. Was hat Germinal gelacht über die Geschichte vom Fährmann . . . Er sagte, zwei Männer begegnen sich auf einer Fähre. Der eine sagt zum anderen: Verstehen Sie etwas von Philosophie? Und der Fährmann antwortet ganz verdutzt: Ich? Ich verstehe nur was vom Rudern . . . Dann, sagt der erste, haben Sie ein Viertel Ihres Lebens vertan . . . Und er fragt weiter: Verstehen Sie etwas von Theologie? Und der Fährmann verneint wieder. Dann, sagt der Weise, haben Sie Ihr Leben zur Hälfte vertan. Und der Fährmann fragt ihn ganz verärgert: Und Sie, können Sie denn schwimmen? Und der Weise antwortet: Nein. Der Fährmann bringt das Boot zum Kentern und sagt dabei zum Weisen: Sie haben soeben Ihr ganzes Leben vertan!
Und genauso ergeht es den Leuten wie Ferran, die nicht schwimmen, die nicht leben können . . . Aber Germinal konnte auch nicht leben. Er wollte Flash Gordon sein, wollte nicht erwachsen werden. Und was hat er sich immer hineingesteigert in die Geschichte vom Fährmann . . . Germinal hatte nicht recht, denn auch die Erkenntnis hilft zu verstehen . . . Der Fährmann ist auch der Tod . . . Nein, in diesem Fall ist er kein Symbol. Die Geschichte vom Fährmann hilft mir auch nicht bei der Frage

weiter, wie wir die Liebe zur Menschheit und die Liebe zu den Menschen unter einen Hut bringen können.

Ferran konnte nicht zu Germinals Beerdigung gehen, vielleicht hat er sich geweigert, mit Germinal einen Teil seiner selbst zu Grabe zu tragen. Warum bin ich dann also hingegangen? Aus Pietät? Ich weiß es nicht . . . Vielleicht habe ich, indem ich zu Germinal Lebewohl gesagt habe, in gewisser Weise zu Ferran Lebewohl gesagt. Und zu Gary Cooper. Und zu dem Mann, der Angst hatte. Irgend etwas Wahres wird da auf dem Grabstein von Germinal zurückgeblieben sein, und noch etwas befindet sich in Ferrans Schriften, in den langweiligen Parteiversammlungen, die ihn immer zum Niesen bringen.

Die übrigen Teile muß ich, alleine, zusammensetzen. Ohne euch. Meine Welt ist bereits eine andere, aber ich kann sie noch nicht beschreiben. Sie liegt vor mir. Überall verstreut liegen Reste von Ferrans Theorien und von den wunderbaren Weltraumabenteuern herum. Ich habe Germinal auch in deinem Namen Lebewohl gesagt, Ferran. Und du und ich, wir sagen uns auch Lebewohl. Oder nur Auf Wiedersehen?«

II

In dem Haus in der Talsohle, in dem Norma und Ferran sieben Jahre lang gelebt hatten, wohnte jetzt niemand mehr. Norma nutzte die Ferien der Kinder, die bei den Großeltern waren, um hinzufahren und zu versuchen, das zu schreiben, was sie Natàlia versprochen hatte: Die Geschichte von Judit und Kati.

Sie hörte einen Augenblick lang auf zu schreiben, es fiel ihr schwer, sich zu konzentrieren. Ihr kamen allerlei einzelne, unzusammenhängende Wörter in den Sinn. Und vor allem dachte sie an eine Szene aus jüngster Zeit, an das letzte Mal, als sie mit Alfred zusammen gewesen war, in einem Hotel, von dem sie nichts mehr in Erinnerung hatte, weil es so sehr all den Hotels geglichen hatte, in denen sie sich geliebt hatten. Sie sollte sich überlegen, wie Kati und Patrick sich zum erstenmal begegnet waren, was sie zueinander gesagt hatten, Patricks Kindheitserinnerungen, das mit dem Strohhalm, mit dem er ein kleines Mädchen hinter einer irischen Einsiedelei zwischen den Beinen gekitzelt hatte . . . Aber da kam ihr wieder die Szene im Park und die im Hotel in den Sinn, beide vermischten sich in der Erinnerung. Sie wußte nicht mehr, was sie im Park zueinander gesagt hatten und was im Hotel. Sie erinnerte sich nur daran, daß es ein strahlendblauer Tag gewesen war, so blau, als ob der Himmel in Alfreds Stadt alles überdecken würde, die Straßen und die Häuser und die Autos. Und sie hörte sich sagen:

»Ich hätte gerne, daß das zwischen uns zu einer Freundschaft wird.«

Und Alfred antwortete ihr:

»Komm, klopf keine Sprüche.«

Alfred sagte das gleiche zu ihr wie Natàlia, das gleiche, was früher Ferran zu ihr gesagt hatte.

Und sie erinnerte sich auch an das, was Ferran zu ihr gesagt hatte, an dem Tag, als sie ihm gestanden hatte, daß sie sich in Alfred verliebt hatte. Die Wörter brannten ihr auf der Zunge, sie fühlte sich schuldig, als sie ihn herumalbern sah, mit einem zerfetzten Strohhut.

»Sieh mal, ich habe mich in einen anderen Mann verliebt«, hatte Norma gesagt, »aber ich liebe dich auch. Ich liebe euch alle beide.«

Ferran hatte eine ihrer Hände gepackt und sie ganz fest gedrückt. Und gleich darauf hatte er geantwortet:

»Und ich fühle mich wie befreit.«

Einige Zeit später – vor einigen Monaten war Germinal gestorben, der Junge, der Flash Gordon hatte sein wollen – hatte Norma erfahren, daß Ferran eine andere Frau liebte. Seit Monaten ging er mit ihr, vielleicht noch länger, seit der Zeit, als sie aus dem Haus in der Talsohle ausgezogen und nach Barcelona zurückgekehrt waren. Und sie wußte nichts davon. Oder vielleicht hatte sie in dieser Art Blindheit gelebt, in der man das nicht wahrhaben will, was weh tut? Es fiel ihr schwer, daran zu denken . . . Vielleicht hatte es angefangen, als er zu ihr gesagt hatte, nachdem sie miteinander geschlafen hatten, daß ihm ihr Körper gefalle, weil er ihn kenne, obwohl es nicht mehr der Körper eines Mädchens sei? Warum dachte sie daran, jetzt?

Sie hatten einander moralische Treue geschworen, daß sie sich gegenseitig nie etwas vormachen wollten. Aber Ferran hatte ihr nicht gesagt, daß er eine andere Frau liebte, bis sie ihm gebeichtet hatte, daß sie sich in Alfred verliebt hatte . . . Und sie hatte es ihm gleich, als diese Liebe gerade begonnen hatte, gesagt. Wie lange war sie betrogen worden? Sie, die sie glaubte, ein anderes Leben zu führen als die anderen Frauen . . . Und es war ihr genauso ergangen wie den allermeisten, wie Agnès zum Beispiel. Agnès hatte eine Zeitlang geglaubt, daß Jordi nach Hause zurückkommen werde und ihn deswegen immer mit einem Lächeln auf den Lippen begrüßt . . . Und das hatte Norma ihr angekreidet. Warum versteifst du dich darauf, dich selbst zu täuschen? Du bist doch kein kleines Mädchen, du bist doch nicht geistig zurückgeblieben . . . Vielleicht hatte Norma es geahnt und sich einen Panzer zugelegt, um keine Gewißheit zu erlangen, um nicht zu leiden. Natàlia sagte ihre Meinung:

»Worüber wunderst du dich? Die Männer sind es aus Tradition gewöhnt, ihre eigenen Gefühle zu verbergen. Ferran hat es dir ebensowenig gesagt, wie Alfred es seiner Frau sagt.«

Und jedesmal, wenn Alfred zu seiner Frau zurückkehrte, sagte Norma zu Natàlia:

»Ich liebe zwei Männer, und das kommt mir immer noch so vor wie ein Verbrechen. Mein Mann hat mich wegen seiner Geliebten verlassen, und mein Liebhaber verläßt mich wegen seiner Frau.«

Natàlia sagte auch zu ihr: Komm, klopf keine Sprüche. Du würdest doch Gott-weiß-wen umbringen, nur, um einen brillanten Satz sagen zu können. Vielleicht hatte Natàlia ja recht. Aber das war ihre Art, eine Situation zu beschreiben, die sie selbst herbeigeführt hatte und noch nicht ganz begriff. Alles war ein einziges Durcheinander in ihrem Kopf . . . Sie sollte sich die Beziehung zwischen Patrick und Kati vorstellen. Und sie dachte an Alfred. Auch Alfred sprach, ähnlich wie Patrick, nicht dieselbe Sprache wie Kati oder Norma. Und auch er war verheiratet . . . Aber da war der Krieg, und wie Patrícia sagte, hatte der Krieg alles durcheinander gebracht. Das war eine andere Zeit. Was war jetzt geschehen, daß alles kopf stand? Nichts war geschehen. Und alles stand kopf.

Sie mußte die Bilder vergessen, die ihr weh taten, die Szenen im Park und im Hotel letzte Woche. Sie mußte sie an der Türschwelle ablegen und über Kati und Judit schreiben. Beschreiben, wie Kati Patrick geliebt hatte, mitten in Tod und Zerstörung . . . Und wie bitte hätte sie das tun sollen, wenn sie doch nur an Alfred dachte? Was hat der mit dem Roman zu tun?, würde ihr Natàlia vorwerfen, du mußt Kunst und Leben auseinander halten. Da hatte sie ganz recht. Norma setzte sich erneut an das Manuskript, an die Stelle, wo Patrick und Kati sich auf dem Abschiedsfest für die Internationalen Brigadisten begegnen. Und sie dachte wieder daran, wie Alfred ihr von den blauen Tagen seiner Kindheit erzählt hatte. Mußte denn erzählt werden, wie Patrick das kleine Mädchen zwischen den Beinen gekitzelt hatte, das dann als Erwachsene einen seidenen Morgenrock tragen und einen Geldhai heiraten würde?

Sie hörte das Knabbern der Holzwürmer in einem Balken. Wieso war sie in das Haus in der Talsohle zurückgekommen, das doch so voller Erinnerungen war? Nahezu sieben Jahre an Ferrans Seite. Bevor er ausgezogen war, ganz kurz nach Germinals Tod, hatte er eine eingehende Aufteilung vorgenommen. Ferran hatte die politischen Bücher mitgenommen, die Hälfte der Handtücher und die Hälfte der Bettwäsche. Und das Auto. Der Abschied war zivilisiert verlaufen. Zwei oder drei sehr blumige Sätze waren gesagt worden, wie sie eben zum Ritual gehörten. Von wegen, du hast einen Menschen aus mir gemacht, ich werde dir immer dankbar sein, und Norma sagte: Ich habe soviele Dinge entdeckt, mit dir . . . Aber Ferran war weit weg, er hatte ein anderes Zuhause. Sie sahen sich kaum. Und dabei hatten sie sich gegenseitig versprochen, daß sie Freunde bleiben würden: Ich ruf' dich an, dann gehen wir von Zeit zu Zeit zusammen ins Sonntagsvormittagskonzert. Als die Liebe vergangen war, glaubten sie, daß Freundschaft sie ersetzen werde. Hatte sie deswegen zu Alfred gesagt, daß ihre Liebe zu einer Freundschaft werden sollte, weil sie Angst davor hatte, alle beide zu verlieren? Jetzt, wo sie in das Haus in der Talsohle zurückgekommen war, um die Geschichte von Judit und Kati zu schreiben, ging Norma auf, daß die Dinge nicht so sind, wie wir sie uns ausmalen. Sie wußte, daß sie nie wieder seine Haut berühren oder seinen Atem spüren würde, noch würden ihre Lippen die seinen suchen . . . Wessen? Die Ferrans? Die Alfreds?

Sie hatte also zu ihm gesagt, daß sie sich wünsche, daß aus ihrer Beziehung eine Freundschaft werde. Sie wollte das in Worte fassen, was sie nicht verstand. Aber Alfred wollte das nicht glauben und hatte ihr erwidert: Komm, klopf keine Sprüche. Sie hatten eine ganze Weile nichts zueinander gesagt. Sie lagen auf dem Rasen in einem Park, die Silberpappeln bewegten ihre glänzenden Blätter, und Norma betrachtete, zum Zeitvertreib, deren Funkeln. In ihrer Nähe hatte sich ein Mädchen hingelegt und schickte sich an zu lesen. Die Minuten verstrichen, und Norma hatte große Lust, alles zu zerstören. Er versuchte, sie zu streicheln, aber Norma wich ihm aus.

»Du suchst den Lustgewinn und ich die Zärtlichkeit«, sagte sie.

»Satz 323 auf Seite 120 in *Bonjour tristesse*«, entgegnete er.

»Ich gehe«, sagte Norma. Sie stand auf und fing an, sich das Gras und das welke Laub vom Rock abzuklopfen.

»Welche Laus ist dir denn jetzt über die Leber gelaufen?« fragte Alfred.

Aber Norma lief bereits den Weg zum Auto hinauf. Sie beobachteten sich aus den Augenwinkeln, es herrschte ein bleiernes Schweigen, das keiner von beiden brechen wollte. Danach, das wußte Norma, würde ein weiterer Streit folgen, und er würde sagen, daß das mit *Bonjour tristesse* ihm nur so herausgerutscht sei, daß es nur so ein dahingesagter Spruch gewesen sei, als Antwort auf einen anderen nur so dahingesagten Spruch. Wir reden dummes Zeug, um uns aufzuheitern, sagst du nicht immer, daß man sich den Humor bewahren muß?

Danach gingen sie ins Hotel und streckten sich auf dem Bett aus. Alfred drehte ihr den Rücken zu, rollte sich zusammen, er möchte, daß ich zuerst anfange, dachte Norma. Nein, sie würde ihn nicht streicheln. Sie streckte sich neben ihm aus, aber sie berührte ihn nicht. Und nicht etwa, weil sie keine Lust dazu gehabt hätte. Es war Trägheit, eine träge Stimmung, die sie, erneut, daran hinderte, den Anfang zu machen. In einer halben Stunde wird er aufstehen und gehen, sagte sie sich immer wieder. Und dann werde ich wieder alleine sein und mich im Kreise drehen. Alfred drehte sich um, um sie anzusehen, und fing an, sie zu küssen. Sie ließ ihn lustlos gewähren. Alfred hielt inne.

»Nein, lassen wir's«, sagte er, »du hast keine Lust dazu.«

»Doch, laß es uns machen.«

Norma stürzte sich auf ihn. Sie konzentrierte sich ganz auf ihren weiblichen Instinkt, den er so oft spontan angesprochen hatte. Sie schliefen miteinander, aber sie ließ es mit sich geschehen, und hoffte auf den erlösenden Schrei, der dem Drama ein Ende setzen würde. Sie fühlte Haß und Wut in sich aufsteigen, und sie krallte sich wild an ihn, nur um ihn festzuhalten. Das war keine Hingabe, sondern Rache. Eine masochistische Rache, die ihr selbst weh tat. Und je mehr sie bemerkte, daß er sich mitreißen ließ durch die Leidenschaft des tierischen Begehrens, umso mehr litt sie, umso mehr haßte sie ihn. Endlich drang er in sie ein und schrie. Dann zog Alfred sich an und setzte sich auf die Bettkante.

»Warum hast du mit mir geschlafen? Du hattest doch gar keine Lust.«

Norma sah ihn träge und zugleich zärtlich an. Sie konnte ihm nicht sagen, daß sie es aus Verzweiflung getan hatte, daß man es auch aus Verzweiflung tun kann. Alfred sah auf die Uhr, er hatte es eilig. Er wollte mit der Familie ein verlängertes Wochenende verbringen. Ein Glück, daß er's so eilig hat, dachte Norma, so fällt der Abschied kürzer aus. Als Alfred aus dem Zimmer war, mixte sie sich einen Gin-Tonic mit viel Gin. Jetzt werde ich schlafen, sagte sie sich. Sie wollte nur noch schlafen, der Schlaf sollte sie entführen, weit weg von diesem Hotelzimmer, das all den Hotelzimmern glich, in denen sie sich so oft geliebt hatten. Sie ließ ihren Blick umherschweifen, noch nackt auf dem Bett liegend. Auf der rechten Seite ein Schrank mit Spiegeltür. Manchmal machten sie die Schranktür auf, um zuzusehen, wie die beiden Körper sich vereinigten: Siehst du nicht, wie sie einander suchen, welche Harmonie?, sagte Alfred und küßte sie dabei überallhin. Vor ihr der Frisiertisch, ewig der gleiche Frisiertisch. Auf der linken Seite schwere Vorhänge, die das fahle Licht aus dem Innenhof des Hotels dämpften. An den Wänden klebte eine vergilbte Tapete mit kleinem Blumenmuster. Vor dem Einschlafen fragte sie sich noch einmal: Was tue ich eigentlich hier?

Sie wollte nicht weinen. Sie hatte nur ein großes Schlafbedürfnis. Genug der Tränen. Tränen, die sie unter der Dusche vergossen hatte, die sie getrocknet hatte, als sie sich von Ferran getrennt hatte – Tränen, die zum erstenmal in ihren Augen gestanden hatten, als Artur zu ihr gesagt hatte: Du hast ja Spinnweben da drin! –, und jetzt sollten sie wegen Alfred nicht wieder fließen. Ich bin eine blöde Kuh, sagte sie zu sich. Was nützen mir all die feministischen Vorträge, wenn ich mir so eine unlogische Liebe nicht erklären kann? Warum verrenne ich mich in eine unnütze Liebe?, fragte sie sich. Warum höre ich nicht auf damit? Aber sie dachte unentwegt an Alfred. Jetzt schließt er zu Hause die Tür auf, der Kleine stürzt ihm entgegen, gibt ihm Küßchen, die Frau ruft aus der Küche: Bist du schon da? Würden sie sich küssen, obwohl er noch Normas Küsse auf den Lippen hatte? Vielleicht nicht . . . Sie malte sich lauter Bilder aus, wie er auf dem Sofa saß, während seine Frau ihm erzählte, was sie den Tag über getan hatte, und der Kleine ihm zwischen den Beinen herumwuselte. Alfred gewann den Frieden zurück . . . Diese Bilder quälten sie, aber sie malte sie sich ein ums andere Mal wieder aus, nur um sich weh zu tun. Was tue ich eigentlich hier, fragte sie sich erneut, in diesem trostlosen, abweisenden Hotelzimmer, ohne eine Erinnerung, die ihn mir zurückbringen könnte, in einer Stadt, die nicht die meine ist? Der Schlaf ließ auf sich warten, der Schlaf würde sie besänftigen. Der ist wie der Tod, dachte sie. Aber immer wenn sie an den Tod dachte, verdrängte sie diesen Gedanken sofort wieder. Kati hatte sich umgebracht, weil sie ein sinnloses Leben, ein Leben ohne Patrick nicht ertragen hatte, aber sie führte ein anderes Leben, sie konnte ihren Roman wieder aufnehmen, ihre Interviews. Der Tod ist etwas ganz Dummes, dümmer noch als die Liebe. Obwohl ja zwischen diesen beiden Dingen die Grenze fließend ist. Sie mußte wieder an die Arbeit, weiterschreiben an der Geschichte von Judit und Kati. Es gab noch andere liebenswerte Leute, und die Kinder, und die Geschichten, die noch erzählt werden mußten. Sie erinnert sich daran, wie sie einmal, kurz nach Germinals Tod, Natàlia gefragt hatte:

»Können wir die Menschheit lieben, ohne die Menschen zu lieben?«

»Wir können«, hatte Natàlia geantwortet. »Aber es ist schwieriger, die Menschheit zu lieben, ohne daß wir die Menschen lieben.«

»Und wie können wir die beiden Lieben unter einen Hut bekommen?«

»Das weiß ich nicht, Kindchen. Das wirst du schon selber rausfinden.«

Sie mußte also über Kati und Judit schreiben. Die Szenen vergessen, die offen geblieben waren, die unvollendete Geschichte vergessen. Wieviele Trennungen standen ihr noch bevor? Wieviele glückliche Versöhnungen nach Trennungen, die endgültig erschienen waren? Würde es noch mehr Treffen geben, in Hotels, die ihr immer das Gefühl vermittelten, vollkommen fremd zu sein, flüchtige, heimliche Begegnungen, die sie auf den Gedanken brachten, sich immer und immer im Kreise zu drehen? Wenn sie nur das Ende wissen würde! Nur in Romanen kennen wir das Ende. Sie wollte keine wehmütige alte Frau werden, die ihren Enkeln die vergilbten Erinnerungsstücke aus ihrer Jugend zeigte, aus der Zeit, als alles möglich schien, als jede Art von Liebe erlaubt schien . . . Sie wollte keine Gegenstände, Photos, Briefe, nur zur Erinnerung, aufbewahren. Norma lebte nicht in der Vergangenheit. Sie wollte leben, jetzt. Sie dachte, daß Leute wie Judit, die sich in der Vergangenheit zurückzogen und dem Leben entsagten, in Wahrheit engherzig und feige waren. Leben wollen ist ein Akt der Großmut, die Nostalgie ist etwas für die Ängstlichen, die Schwachen. Und schwach war sie nicht. Gelogen, sie wußte, daß das gelogen war. Sie war schwach, wenn sie ihn wieder anrief, wenn sie schließlich doch ihre seltenen Treffen akzeptierte, wenn sie sich an jedes winzige Zeichen von Kontinuität klammerte. Zu wissen, daß es ihn gibt, daß es ihn in irgendeinem Winkel der Welt gibt. Das reicht mir schon, sagte sie sich.

Laß dich küssen, und
wenn du immer noch Sehnsucht hast . . .
küß noch einmal, denn das Leben ist
kurz.

Aber Norma dachte, daß so etwas nur die Dichter sagen, die im Traum küssen. Irreale Küsse. Genau: Die Küsse der Dichter sind irreal, wie alles, was sie erzählen. Sie hatte den Kuß des letzten Liebhabers festhalten wollen, das bebende Zittern mit sich herumtragen wollen . . . Norma wollte all das ausleben, statt es zu beschreiben. Aber da war sie wieder in dem Haus in der Talsohle, in dem feuchten, versteckten Dorf vor den Toren Barcelonas, um die Geschichte von Judit und Kati zu schreiben und ihre Erinnerungen störten sie dabei. Ihre Erinnerungen vermischten sich mit dem Leid der anderen, überfielen sie. Wie die Blätter eines Mandelbaumes waren sie scheinbar so zart, daß sie jederzeit von einem kräftigen Windstoß fortgeblasen werden konnten – und folglich in Vergessenheit geraten –, aber tatsächlich sammelten sich die Leiden der anderen und die Erinnerungen so an, daß sie ihr zu einer zweiten Haut wurden.

Das Haus lag in einer Senke, ganz am Ende eines Weges, der an Sommertagen staubig und an Regentagen matschig war. Ganz in der Nähe befand sich ein heruntergekommenes Kurhaus. Nur noch die modernistischen Bögen und Säulen ließen an verblichenen Glanz denken. Zur Zeit diente es als Gasthaus, aber niemand kehrte dort ein. Hin und wieder zogen sich dort die Jünger irgendeines Gurus zurück, und von ihrem Haus aus konnte man die mystischen Gesänge hören. Viel früher, als Norma noch mit Ferran zusammengelebt hatte, hatte eine Vegetarierin das Kurhaus gepachtet, die Dame war eine fanatische Anhängerin eines Arztes, der sich darauf spezialisiert hatte, ältere Frauen mit guter Rente auszunehmen. Für ein paar Monate lang hatte die Vegetarierin aus dem Kurhaus ein Altersheim für Frauen gemacht. Normas Nachbarin, Maruja, ging dort jeden Morgen putzen, und sie erzählte ihr, daß die gebrechlichen Frauen in einem Stuhl in ein halb verfallenes, dunkles Zimmer geschoben wurden. Dort blieben sie dann den ganzen Tag über. Der Boden war über und über bedeckt mit der Pisse der alten Frauen und die Luft verpestet. Normas und Marujas Kinder waren mehr als einmal völlig verängstigt heimgekommen, weil sie, wie sie behaupteten, eine alte Frau schreien gehört hatten. Eine Alte auf einem Besen, fügte der Kleinste hinzu, eine ganz, ganz große Alte. Und der Kopf sah aus wie ein Feuerball. Norma nahm sie nicht ernst, die Kinder haben ja soviel Phantasie . . . Aber die Kleinen behaupteten es weiter steif und fest, und Maruja ebenso, die nicht mehr ins Kurhaus putzen ging, weil ihr vom Pissegestank übel wurde. Eines Tages kam Norma an dem Haus vorbei und hörte, wie eine Alte brüllte: Das ist ja ein Gefängnis hiiiier, holt mich hier raus!!! Und Norma dachte, daß sie darüber eine gute Reportage machen könnte, aber sie hatte keine Zeit, zu der Zeit steckte sie gerade bis über beide Ohren in dem Roman, in dem Joan, Natàlias Vater, sich in Judit verliebte und Patrícia in den Dichter Gonçal Rodés, und außerdem mußte sie mit einem Buch über die Katalanen in deutschen Konzentrationslagern fertig werden.

Nein, Norma konnte sich nicht um die Alte kümmern, die um Hilfe schrie und in einem Heim eingesperrt war, das eher einem Gefängnis glich. Wer weiß, redete sie sich ein, die Frau ist übergeschnappt, so schlimm wird's schon nicht sein. Sie hatte keine Zeit, obwohl ihr die Kinder von den ›Totenkisten‹ erzählten, die jede Woche aus dem Kurhaus herausgetragen wurden.

Das Geheule der Alten konnte man an Regentagen besonders hören. Regentage waren Weltuntergangstage. Alle Wege waren unbegehbar, wie bei einer Belagerung, der Nebel hing tief, und keiner traute sich hindurch. Norma ging mit den Kindern nicht aus dem Haus und wartete darauf, daß Ferran von der Parteiversammlung zurückkam. Sie legte Musik von Mozart auf, und sie drehte sie ganz laut auf, um das Heulen der Alten zu übertönen, die ganz bestimmt übergeschnappt war, und auch, um den Regen zu übertönen, der auf das Dach trommelte. Auf diese Weise blieb die ganze Angst der Welt draußen. Und Norma träumte, sie träumte, daß sie geküßt wurde, wie Joan Judit geküßt hatte. An einem Spätnachmittag mit böigem Wind und Sturm, als die Wellen am Strand in Sitges Schaumkronen trugen.

Norma wollte also einen Roman über Liebe und Tod schreiben, und die verrückte Alte, die nach einer Reportage schrie, ging ihr auf die Nerven. Sie wollte über wichtige Dinge schreiben, und nicht über eine Alte, die vor Angst heulte und die in ein Haus eingesperrt war, das von Nebel und Matsch umgeben war. Wenn sie in das Kurhaus gehen, wenn sie die alte Frau anhören würde, müßte sie es an die Presse weitergeben. Mit jedem Schritt reitest du dich tiefer in die Scheiße ein.

Auch Maruja, die Nachbarin, ging ihr auf die Nerven. Eine vierunddreißigjährige Frau, die aussah, als wäre sie fünfzig. Ihr Gesicht war gebräunt und zerfurcht wie ein Stück verdorrter Erde. Sie hatte fünf Kinder bekommen. Beim fünften war sie verrückt geworden, und man hatte sie ins Irrenhaus im Park gesteckt, dort banden ihr die Nonnen die Füße zusammen, damit sie sich nicht selbst befriedigen konnte.

Norma ging von der Reportage über die deutschen Konzentrationslager zum Roman über und wollte nicht herausgerissen werden. Zum Glück hatte sie die Musik von Mozart. Draußen änderte sich das Wetter oft. Mal war der Himmel strahlendblau, mal wurde er schmutziggrau. Oft kam Wind auf, und die schwarzen Wolken hingen über den Bergen im Westen. Dann war es schwül, und man hatte das Gefühl, überall zu kleben. Norma dachte an das Wetter und an Virginia Woolf, während sie die Jupitersymphonie anhörte. Als würde nur das Wetter sich im Laufe der Jahre ändern. *The weather, perpetually changing,* heißt das bei Virginia Woolf.

Aber da kam Maruja herein, mit einem ihrer Söhne, dem mittleren, sein Gesicht wirkte wächsern, kreidebleich und traurig. Die Mutter erzählte Norma, daß er so aussähe, weil er gerade zwei Monate lang im Hospital de San Rafael gewesen sei. Norma fragte den Kleinen, ob es ihm da denn so schlecht gegangen wäre, und der Junge antwortete mit einem afrikanischen Schrei: Und ooooooooob! Und die Mutter erläuterte, daß die Jungen in dem Krankensaal von einer Nonne betreut wurden, die sie nur zu bestimmten Zeiten pinkeln ließ, zum Beispiel: um sieben Uhr morgens, um zwölf, um drei, um sechs, und danach um neun Uhr abends, und basta, genug gepinkelt bis zum nächsten Tag, wehe dem, der außerhalb der festgesetzten Zeiten pinkeln mußte, denn dann kam die Nonne wütend an und versohlte dem, der gepinkelt hatte, den Hintern. Der Junge der Nachbarin fuhr mit der Geschichte fort, er erzählte, daß er mit eigenen Augen gesehen hätte, wie die Hexe ein zweijähriges Mädchen verprügelt hatte, das sich vollgepinkelt hatte. Und die Kleine lebte dort, seit sie zwei Monate alt war, schloß der Junge mit dem traurigen, kreidebleichen Gesicht. Und dann fuhr, ohne Pause., die Mutter mit der Schilderung fort: Die Ärzte, die war'n ja wirklich gut, aber die Nonne war nicht so, wie sie sein sollte, also, das war keine Nonne, sondern eine Hexe, und daß sie mit eigenen Augen gesehen hätte, wie eine

Zigeunerin sie an den Haaren unter ihrer Haube ziehen wollte, weil sie wußte, daß die Nonne ihre Tochter verdroschen hatte, ein frisch operiertes Mädchen, und zwar nur deshalb, weil das Kind die ganze Nacht über geschrien hatte, daß sie wieder nach Hause wolle. Der Junge mit dem traurigen Gesicht fügte, wieder ohne Pause, hinzu, daß eine andere Nonne sie den Katechismus auswendig lernen ließ und daß sie zu den Jungen im Saal sagte: Paßt auf, wenn ihr ihn nicht lernt, sag' ich zum Pförtner, daß er eure Mütter nicht reinlassen soll, aber der Junge sagte auch, daß die Nonne nicht böse wäre und daß sie das nur zum Spaß gesagt habe, obwohl ja am selben Tag er und noch ein Junge, die es satt hatten, solange im Bett liegen bleiben zu müssen, aufgestanden waren und, als sie gerade einen Fuß vor die Tür setzen wollten, haaaaaaa!, die Nonne aufgetaucht wäre, die sie hinter der Tür beobachtet hatte, und sie zur Strafe am Samstag nachmittag nicht ins Kino gelassen hätte, und dabei lief einer von diesen lustigen Filmen und noch ein Cowboyfilm, und die mochte er doch am liebsten, aber, schau'n Sie, Senyora Norma, ich bin ja wieder draußen, und da drin liegt noch ein ganzer Haufen, und die müssen da drin jahrelang verfaulen, weil sie nicht ums Verrecken aus dem Krankensaal rauskommen, mit der Hexe, die sie nur pinkeln läßt, wenn's ihr paßt, mit den Kleinen, die pausenlos weinen, und jeden Tag um sieben Uhr abends schlafen gehen müssen, so was Langweiliges ... Der Junge schwieg und starrte auf einen Punkt, den Norma nicht ausmachen konnte, wer weiß, was ein Junge denkt, der zwei Monate in einem Krankenhaus gewesen und mit kreidebleichem Gesicht wiedergekommen ist, und unterdessen plapperte Maruja unentwegt weiter, und Norma wurde langsam nervös, sie arbeitete an dem Roman über Judit und Joan Miralpeix, die Zeit verging, und sie mußte ihn fertig bekommen.

Der Himmel sah heller aus, ein paar glänzende Flecken leuchteten in den Baumwipfeln. Endlich ging die Nachbarin mit dem wachsgesichtigen Jungen weg, und Norma sah, wie die

Romanfiguren sich im Kreis drehten, lauter Gedanken, Bilder, während der Himmel sich aufklarte, der das Grün der Blätter stärker und strahlender leuchten ließ.

Ferran würde erst sehr spät in der Nacht zurückkommen. Er hatte sie am frühen Nachmittag angerufen, um ihr zu sagen, daß es heftige Auseinandersetzungen im Zentralkomitee gegeben habe und daß er mit Jordi Soteres zusammen dableiben würde, um ein Papier auszuarbeiten. Ferran war sehr aufgeregt, sagte zu Norma, daß die entscheidenden Auseinandersetzungen bevorstünden, daß, wer wisse das schon, vielleicht jetzt der Streit zwischen den beiden Flügeln innerhalb der Partei offen ausbrechen würde. Norma dachte daran, wie oft sie diese Worte schon von ihm gehört hatte, daß nun wirklich wichtige Dinge kurz vor der Entscheidung ständen, daß die Positionen geklärt würden. Sie hatte nun zwei Stunden für sich. Der Kleine schlief in der Wiege, und die Große würde erst spät aus der Schule zurückkommen. Sie legte wieder die Jupitersymphonie auf, um sich in das Kapitel hineinzuversetzen, in dem Judit Klavier spielte und Joan Miralpeix sich in sie verliebte. Es war Spätnachmittag, die Stunde, in der der Himmel sich violett verfärbt. Sie hörte, wie Maruja nach ihren Kindern rief. Sie wollte die zwei Stunden, die sie Zeit hatte, nutzen. Nachher würde Ferran heimkommen und ihr erzählen, was passiert war.

Sie würde Ferran nicht sagen, was ihr alles durch den Kopf gegangen war. Er würde von einer langen Parteiversammlung kommen, mit endlosen Diskussionen ohne Ergebnis. Er würde nach Hause kommen, um sich auszuruhen. Nein, sie würde ihm nicht erzählen, was ihr an diesem Abend alles bei der Musik von Mozart eingefallen war:

»Die Hintergrundmusik von Mozart an diesem langweiligen Spätnachmittag. Der Tag hat es in sich gehabt, ich habe Migräne. Ich fühle mich müde. Der Himmel ist bleigrau, drückend. Später klart er sich auf, aber nicht ganz. Er nimmt eine totenbleiche Farbe an. Der Wind wirbelt hin und wieder ein bißchen Staub vom Weg auf, Staubflocken, die an den Nadeln der Pinien kleben bleiben. Die reglosen Blätter der trockenen Wälder. Sie scheinen verbrannt zu sein. Stille. Nur Mozart, sehnsuchtsvolle Musik aus einer Vergangenheit, nach der ich mich sehne und die ich nie kennenlernen konnte. Die Zeit franst aus. Ich versuche, einen klaren Gedanken zu fassen. Wie soll ich den flüchtigen Augenblick anhalten? Vielleicht fehlt es mir an Größe, an Abstraktionsvermögen? Das flüchtige Leben, hat der Dichter gesagt, der Selbstmord begangen hat. Langsam vergehen die Stunden, stehen bleiben die Stunden, wenn es nichts zu sagen gibt. Die Enge meiner Umgebung bedrückt mich, ich muß sie überwinden: Vulgarität.

Wie soll man den Augenblick, der vergeht, beschreiben?

Ich höre Maruja, im Nebenhaus, wie sie herumwerkelt. Männliche Dichter würden sich dadurch inspirieren lassen, daß sie eine Frau hören, die herumwerkelt. Ich kann das nicht. Ich habe oft genug selber das Klo saubergemacht, um zu wissen, was das bedeutet. Marujas Haus ist halb verfallen, voller Risse, aber weiß gekalkt. Rund um es herum stehen lauter Eimer, bepflanzt mit blaßrosa Geranien. Es ist ein Haus voller Gerüche, ein klebriges Haus, der Fußboden blankgescheuert und rutschig. Es riecht nach Javelwasser, nach scharf gewürztem Essen, nach Kinderpisse. Es riecht nach schweißdurchtränkten Kleidern, vor allem nach Achselschweiß. Maruja schimpft mit ihren Kindern, Sie hört sich an wie eine knarrende Tür. Wie Kreide, die auf Schiefer quietscht. Wie ein Fingernagel, der an Porzellan kratzt. Es ist ein Geräusch, das beunruhigt, das die Harmonie dieses Spätnachmittags bei Musik von Mozart zerstört. Maruja weiß nicht, wer Mozart war. Gestern hatte sie dunkle Augenringe, wie eine kranke Turteltaube. Ihre Haut, die oft erdig, olivfarben ist, war gestern weiß wie die Wand. Sie hatte ihren mittleren Sohn aus dem Krankenhaus abgeholt und bei der Rückkehr war ihr ganz schlecht geworden, sie sagte, daß ihr Magen drückte.

»Ich fühl' mich, als ob man mir alles rausreißen würde, alles da unten!« Und ich lachte mich halb tot. Sie denkt bestimmt, daß ihr das auf jeden Fall vorbestimmt ist. Ihre Mutter sagt schon immer zu ihr: »Das beste wär', wenn der Herrgott uns beide bald holen würde!«, aber Maruja hat geschrien, daß sie nicht sterben wolle.

Wieso wird es Nacht? Ich hätte gern die Abenddämmerung angehalten. Wie soll ich sie anhalten? Ich würde so gerne noch einmal die wohlige Wärme deines Körpers spüren. Das Gewicht deiner entspannten Glieder, nachdem wir uns stürmisch geliebt haben. Die Ermattung, die uns beide überfiel. Ich würde gerne deine verschwitzte Brust berühren, deinen keuchenden Atem spüren, nachdem wir uns geliebt haben. Ohne an irgendeine vergängliche Kälte denken zu müssen, wie der Dichter sagte. Wie weit weg das alles ist. Wenn du nachts nach Hause kommst, sprechen wir nur über das, was draußen geschieht. Als wären wir zwei Wächter über den Weltfrieden. Wir sprechen nicht mehr über uns, wir glauben nämlich, daß wir die ewige Jugend besäßen. Seit wann ist das so? Vielleicht weißt nicht einmal du das. Oder ist das seit dem Tag so, als du bemerktest, daß deine Haut nicht mehr zart war, sondern welk wie die Blätter im Herbst?

Weißt du, die Blätter am Feigenbaum sind verwelkt. Da du so spät heimkommst, merkst du gar nicht, daß überall Flieder blüht und daß die Rosenstöcke zum zweiten und letzten Mal geblüht haben, sie haben weiße, blasse Blüten. Die Glockenblumen an der Weinlaube fallen ab und verwelken sofort. Sie verfärben sich von goldgelb zu dunkelrot. Sie liegen zwischen den Steinen und den trockenen Blättern der Ranken verstreut. Wie soll man eine Farbe mit einem treffenden Adjektiv beschreiben? Nie gleicht eine Farbe der anderen.

Gestern habe ich einen komischen Falter gefangen. Er hatte einen zarten Körper, dicke, korkfarbene Beine, die Flügel waren erdfarben. Es war ein sehr häßlicher Falter. Ich habe ihn vorsichtig in die Hand genommen und in eine Schachtel ohne ein einziges Loch gesteckt. Er hat nicht lange zum Sterben gebraucht.

Vor dem Kurhaus steht wieder ein Sarg. Und den Jungen von Maruja ließ die Nonne nach neun Uhr nicht mehr pinkeln. Was soll ich dir noch erzählen? Es ist Nacht geworden. Ich habe die Geranien, die Nelken, die Gladiolen, die Rosenstöcke, den Zitronenbaum, die Melisse, die Lilien, den Kirschbaum gegossen . . . Ich höre keinen Vogel mehr. Und die Mozartflöte ist verstummt. Wenn du heimkommst, weck mich nicht auf, ich bin sehr müde.«

Drei Jahre waren vergangen. Norma hatte das Buch über die Katalanen in den deutschen Konzentrationslagern und den Roman abgeschlossen, in dem Joan Miralpeix, Natàlias Vater, sich in Judit verliebte, während sie Klavier spielte (Norma hatte beim Schreiben immer die Jupitersymphonie gehört). Sie hatte sich auch von Ferran getrennt, nachdem sie aus dem feuchten Haus in der Talsohle ausgezogen waren. Beide waren, auf freundliche Art und Weise, übereingekommen, daß sie sich nichts mehr zu sagen hatten. Und jetzt war sie zurückgekommen in das Haus mit den schimmligen Wänden, um die Geschichte von Kati und Judit zu schreiben. Jetzt umgaben Norma andere Gespenster. Die Behörden hatten die Schließung des Kurhauses angeordnet, weil es nicht den Anforderungen entsprach, aber die meisten alten Frauen waren darin gestorben. Maruja werkelte nicht mehr im Nachbarhaus herum, der Kalk blätterte ab, und die Geranien welkten. In den Schlammpfützen versank man fast bis zu den Knien. Die Feuchtigkeit drang überall durch. Marujas Mann hatte Magenkrebs bekommen, und er hatte beschlossen, daß es letzten Endes besser sei, zum Sterben in das Dorf zurückzuziehen, aus dem sie einst geflohen waren, um der Armut zu entgehen.

Norma war zu der Zeit politisch recht aktiv und hielt viele

Vorträge über Feminismus. Sie hatte sich von Ferran getrennt, weil er sich als monogamer Mann entpuppt hatte, und sich in Alfred verliebt, der verheiratet war und in einer anderen Stadt lebte, ähnlich wie Patrick. Und sie hatte sich in Alfred auf die gleiche Weise verliebt wie Kati in Patrick, denn er hatte ihr von seiner Kindheit erzählt, die er blau in Erinnerung hatte. Ja, sie würde das Kapitel in den Roman einbauen, in dem Patrick erzählt, wie er ein Mädchen zwischen den Beinen gekitzelt hatte, das später dann, als Erwachsene, seidene Morgenmäntel trug. Norma gefielen Männer, die eine Kindheit hatten.

Als sie sich verliebte, hatte sie keinen Hunger mehr und konnte nicht mehr schlafen. Sie hatte sich nicht im Griff. Mein Körper reagiert wie eine Romanfigur, dachte sie. Sie war den Tränen nahe, wenn sie Ferran sah. Vor allem am Anfang, als sie einander noch nichts gesagt hatten und er sich den zerfetzten Strohhut aufsetzte, um sie zum Lachen zu bringen. Er kam spät von der Parteiversammlung zurück und weckte sie durch Streicheln auf. Gerade im Bett fühlte sie sich besonders schlecht, der Körper wollte in die eine Richtung, ihr Kopf in die andere. Sie wußte, daß das glatter Betrug war, und verstand nicht, wie die Männer ungestraft so leben konnten. Sie hatte nicht aufgehört, Ferran zu lieben, aber sie begehrte Alfred. Ich werde noch verrückt, sagte sie sich. Sie schloß die Augen und versuchte, sich, Minute für Minute, an die Augenblicke zu erinnern, die sie mit Alfred verbracht hatte, während Ferran, der nichts ahnte, mit dem völlig zerfetzten Strohhut wie ein Clown Faxen machte.

Sie hatte den Eindruck, daß ihre Sinne wacher wurden, und glaubte, die Welt besser zu verstehen. Du bist vielleicht eine Schlafmütze, sagte Natàlia zu ihr, du legst die gleichen Reaktionen an den Tag wie jeder andere verliebte Mensch, du hältst dich für schöner, vollkommener, glaubst, daß du alle liebst, daß die Leute dich wunderbar finden, und später dann, wenn die Symptome abgeklungen sind, verfällst du ins andere Extrem, hältst dich für einen alten Lappen, den alle hassen, findest dich sogar häßlich . . . Natàlia ist knallhart, dachte Norma. Sie wollte ihre Leidenschaft ausleben und ließ es nicht zu, daß irgendwer, und schon gar nicht Natàlia, ihr Besonnenheit predigte. Alfreds Bewegungen kamen ihr wieder in den Sinn, die kindlichen, geradezu unschuldigen Gesichtszüge, seine Art zu gehen, seine stechenden Augen, alles lief wie ein Film vor ihr ab. Es waren einzelne, schlecht zusammengeschnittene Bruchstücke, die sie selbst vor ihrem geistigen Auge nach ihrem Gutdünken zusammensetzte.

Anfangs hatte ihr die Heimlichkeit gefallen. Sie trafen sich an heimlichen Orten, versteckten sich vor den anderen. Alles war neu und anders. Alfreds Frau existierte nicht, nicht einmal als Schatten. Sie lernte den Körper eines Mannes zu betrachten, und sie verstand den männlichen Blick, der den Körper einer Frau mustert. Entzückt stellte sie fest, daß Alfred nervös wurde und die Schnürsenkel nicht auf bekam. Sie dachte, all dies ist für mich erschaffen worden, nur für mich. Und sie glaubte, daß Alfred die Liebe genauso hochschätzte, wie sie es tat, höher als alles. Lange Zeit glaubte sie das, bevor das Gespenst der Feigheit auftauchte, bevor der Schatten der Ehefrau nach und nach feste, körperliche Gestalt annahm, bevor die Kälte der Hotelzimmer sie mutlos machte und ihr das Gefühl vermittelte, sich im Kreise zu drehen, immer im Kreise. Da kam sie zu dem Entschluß, daß Kati Selbstmord begehen würde, um sich selbst zu bestrafen, weil sie Angst hatte, nach Patricks Tod weiterleben zu müssen. Aber sie würde niemals Selbstmord begehen, sie war der Meinung, daß Selbstmord der schlimmste Verrat überhaupt sei. Und sie verstand Judit, verstand, daß die sich verraten fühlte nach Katis Selbstmord.

Sie verstand auch das neue Gefühl, das Kati empfunden hatte, als sie Patrick kennenlernte, einen Mann, der eine Kindheit hatte und einen Glauben. Und der die Mächtigen haßte, wie Alfred das tat. Auch er haßte die Macht. Einmal verliefen sie sich im

Prado-Museum und trafen sich hinter Säulen wieder, um sich zu küssen. Als ob sie verschmelzen wollten, einer im anderen. Er blieb vor dem Bild stehen, auf dem Saturn seine Kinder verschlingt.

»Dies ist das Symbol der Macht«, sagte Alfred. »Er ist in der Lage, seine eigenen Kinder zu verschlingen, um die Macht zu behalten.«

Mit ihm liebe ich die Welt, dachte Norma. Nur, wenn du auf diese Weise liebst, kannst du an die Menschheit denken. Aber gleichzeitig hatte sie Angst, sich aufgeben. Und sie verspürte das Bedürfnis, das Ferran zu erzählen, er würde es verstehen. Ferran ist die Liebe, die nicht zerstörerisch ist, sagte sie sich. Und Norma wußte nicht, ob diese Art von Liebe, die ruhiger, gelassener ist, nicht gerade deswegen zu Ende geht, weil sie nichts Zerstörerisches an sich hat. Der Feminismus konnte ihr darüber keine Auskunft geben.

Ihre Liebe war so groß, daß sie den Eindruck hatte, fast zu sterben, sie sehnte sich danach. Vielleicht, um noch einmal geboren zu werden. Als kehrte sie zu den Anfängen ihrer selbst zurück, zu Anfängen, die ihr selbst unbekannt waren. Sie trennten sich mit heißen Küssen auf den Lippen. Und sie hatte panische Angst, daß dies nur ein Trugbild sein könnte. Aber sie trafen sich wieder, die beiden Körper, wie zwei alte Bekannte, und Norma dachte, dies ist die wahre Schönheit, nichts anderes als die wahre Schönheit. Als Ferran es erfuhr und zu ihr sagte: Ich fühle mich wie befreit, seit langem liebe ich eine andere Frau, dachte Norma für sich, daß es ebenso schwer ist, eine neue Liebe anzufangen, wie eine alte zu beenden. Warum ist jede Liebe einzigartig, warum kann sie nur bestehen, wenn sie die anderen hinter sich läßt? Sie bemerkte, daß sie keineswegs darauf vorbereitet war, so was zu verstehen. Sie stand am Rande des Abgrunds, weil der Abgrund sie anzog, aber sie traute sich auch nicht, sich in ihn hineinzustürzen. Alfred verließ sie, Ferran hatte sie verlassen, und sie würde ihn niemals wiedersehen. Sie beneidete Ferran, der in der Lage war, alle Gefühle in Schubladen einzuordnen und sie nie durcheinanderzuwerfen. Der in der Lage war, sich in geistige Arbeit zu stürzen und sein Gefühlsleben zu ordnen. Norma hätte auch gerne ihr Gefühlsleben in Ordnung gebracht, aber die Gefühle überlagerten sich in ihrem Kopf, und es war unmöglich, sie in Einklang zu bringen: sie kamen ihr wirr und vage vor.

Einmal blieben sie den ganzen Tag zusammen. Als Norma noch erregt war und sich darauf freute, mit ihm zusammen die gelassenen Stunden, die auf die Leidenschaft folgen, zu verbringen, sagte Alfred zu ihr: Ich muß gehen, habe nämlich meiner Frau versprochen, daß wir heute abend zusammen essen gehen. Es war die Sonnwendnacht vor Johanni, und sie sehnte sich nach den Feuern und den Feuerwerken in Barcelona, und das war ihre Art, sich nach ihrer eigenen Welt zu sehnen. Sie dachte: Kann denn nur das Scheitern am Ende stehen? Wie bei Katis Liebe zu Patrick? Sie trank mehr, als für sie gut war, und lief alleine in der fremden Stadt herum. Alfred war in ihrer Nähe, in seinem trauten Heim, aber er war auch so weit weg von ihr, wie die Sonnwendfeuer in der Stadt, die Norma liebte.

Sie lief zwischen Schatten herum, es stieß ihr bitter auf, daß sie sich fremd fühlte und schwankend, sie dachte für sich, daß sie eben erst anfing, das Leid kennenzulernen. Ich habe nur billige Soziologie geschrieben, sagte sie sich. Natàlia hat recht, ich mache Literatur, weil ich nichts vom Leben verstehe. Sie wußte nicht, was sie in dieser Stadt sollte, ohne selbst etwas unternehmen zu können, nur warten zu können. Worauf wartete sie eigentlich? Daß sie sich wieder trafen? Sie wußte, daß Ferran weit weg war und daß er in dem Körper einer anderen Frau die verlorenen Illusionen wiederfinden würde. Gemeinsam werden sie wohl von den Dächern aus die Sonnwendfeuer betrachten und sich über die Raketen unterhalten, die in die Nacht zischen. Oder sie werden zu einem Fest gehen, wo sie den alten gemeinsamen Freunden begegnen werden, Normas und

Ferrans Freunden, und die werden Ferrans neue Frau akzeptieren, so, wie sie zuvor sie akzeptiert hatten . . . Sie hatte einen wahnsinnigen Weg eingeschlagen, einen unbegrenzten, endlos langen Weg, und sie wußte nicht, wer sie dazu getrieben hatte, noch, wie sie selbst stehenbleiben konnte. Das könnte sie Natàlia nie erzählen, die würde sie nicht verstehen. Natàlia hatte das Glück, rechtzeitig stehengeblieben zu sein, sich niemals in den Abgrund gestürzt zu haben, sie hatte ein gutes Gespür dafür, rechtzeitig zu verschwinden, ohne ein Risiko einzugehen.

Alfred kehrte immer zu seiner Frau zurück, das war eine Tatsache. Nachdem sie sich gegenseitig in einem grauen, kalten Hotelzimmer vernichtet hatten, ging er fort. Er ging fort, aber er sagte ihr, daß er sie bis an sein Lebensende lieben werde. Worte, Worte . . . Worte, die ihr gefielen, weil Ferran sie nie zu ihr gesagt hatte. Da kam ihr wieder der Gedanke an den Tod in den Sinn, an das Ende. Wäre das ein schönes Ende, jetzt, in der Leere, im Nichts zu verschwinden. Sie hätte sich gerne ganz klein gemacht und wäre in Alfreds Wohnung hineingegangen, um ihm nachzuspionieren, zu beobachten, wie er seine Frau behandelte, zu leiden, jedesmal wenn die beiden zusammen lachten, oder wenn er sie küßte . . . Eine Frau, die in Alfreds Augen bestimmt an Wertschätzung gewonnen hatte, weil sie geduldig leiden konnte. Und sie hatte keine Geduld, wollte jetzt leben. Sie beanspruchte das wie eine Halbwüchsige. Die Ehefrau war bereit, ein Opfer zu bringen, sogar zu akzeptieren, daß er sie betrog, ohne ihr etwas zu sagen, war bereit, alles mögliche zu ertragen, nur damit er jeden Abend an ihre Seite zurückkehrte, die Tür öffnete und sie fragte: Was hast du heute alles gemacht? Norma hatte sich ausgesucht, im Verborgenen zu leben, worüber beklagte sie sich? Aber, hatte sie es sich denn ausgesucht? Kati hatte zu Judit gesagt, daß sie sich den Krieg nicht ausgesucht hatten. Die Liebe suchst du dir auch nicht aus. Aber Natàlia sagte ihr, daß das nicht stimmte: Du verstrickst dich in die Gefühle, weil du sie suchst.

Wenn sie in Barcelona war, sehnte sie sich nicht mehr nach ihrer Stadt, sondern nach Alfred. Müssen wir denn immer das herbeisehnen, was wir nicht haben?, fragte sie sich, wütend über sich selbst. Sie hörte Musik, nachdem sie die Kinder zu Bett gebracht hatte. Aber das Wiedersehen mit ihren Manuskripten, mit den alltäglichen Dingen ihrer Welt beruhigte sie nicht. Das ist doch ein altmodischer Quatsch, den kein moderner Romanautor zu schreiben wagen würde, sagte sie sich. Verliebtsein ist nicht politisch. Es lohnt sich auch nicht. Verliebtsein ist keine Geschichte, es ist eine Aneinanderreihung unkontrollierter Gefühlsausbrüche. Es ist ein Verrat an allem, auch am Feminismus. Es interessiert niemanden. Das passiert vielen Leuten, sagte Natàlia, du hältst dich für die Hauptfigur einer Beziehung, die heutzutage ganz alltäglich ist. Unabhängige Frau, die einen verheirateten Mann liebt. Und nichts weiter. Aber Norma dachte an die Häftlinge in den deutschen Konzentrationslagern, an all die, die überlebt hatten, weil sie in ihren Erinnerungen ihre Liebesgeschichte bei sich hatten.

»Wie verlief denn so ein Tag in einem Vernichtungslager?« fragte Alfred.

Norma erzählte es ihm.

»Also, die kamen zum Beispiel nach Mauthausen, und da wurden sie zu den Duschen geführt und mußten sich ausziehen. Da standen sie splitternackt bei der Eiseskälte. Dann kam der Dolmetscher und sagte:

›Wißt ihr, wo ihr gelandet seid? Das hier ist ein Lager dritter Klasse. Wißt ihr, was das heißt? Ich will euch mal einen guten Rat unter Freunden geben, weil ich mal in Spanien war und euch ein bißchen mag. Wenn ihr nicht in drei Monaten auf irgendeine Weise sterben wollt, dann seht euch das an.‹

Und die Scheinwerfer strahlten die Drahtzäune an. Da hingen lauter verkrampfte Körper, die Hände in die Elektrozäune gekrallt.

›Ich mein' das im Ernst‹, fuhr der Dolmetscher fort. ›Bringt euch selbst um, das ist das Beste, was ihr machen könnt. Andernfalls, kommt ihr eben auf andere Art und Weise um, wie die, zum Beispiel, die hier auf dem Boden liegen.‹

Und da ging ihnen auf, daß all das auf dem Fußboden, was sie für Feuchtigkeit gehalten hatten, keine Feuchtigkeit war, sondern Blut. Dann wurden sie in die Duschen geführt. Wenn sie sich direkt unter die Brause stellten, dann verbrannte das neunzig Grad heiße Wasser sie, und sie bekamen riesige Brandblasen, und wenn sie auszuweichen versuchten, bespritzten die Verbrecher sie aus Schläuchen mit eiskaltem Wasser. Danach wurden sie in die Baracken geschickt. In der Nacht mußten sie über lauter Körper steigen, Bäuche, Köpfe, Nasen. Sie mußten auf Münder treten, wenn sie ihre Notdurft verrichten wollten. Sie erzählen, daß es immer schneite, die Häftlinge können sich an Österreich nur mit Schnee erinnern. Und sie erinnern sich an die Kälte, vielleicht, weil sie nicht daran gewöhnt waren . . . Die Arbeit begann oft bei schweren Regengüssen, sie durchwateten Berge von Schlamm, schmutzigem Schnee, hatten keine Möglichkeit, sich unterzustellen, jeden Tag draußen. Gegen eins aßen und tranken sie im Stehen, in aller Eile, während sie zusehen mußten, wie der *Führweiter* sich eine gehörige Portion Kartoffeln einverleibte. Nach dem Essen ging es wieder an die Arbeit, obwohl sie nur zehn Minuten Pause gehabt hatten. Gegen Abend kamen sie ins Lager zurück, und dann erfolgte der Appell.

Auf dem Appellplatz wurden die, die gestorben waren, gezählt. Diejenigen, die es nicht mehr aushielten, fielen zu Boden, und keiner durfte sie anrühren. Pro Tag erfolgten drei endlose Appelle, die von der SS durchgeführt wurden. Egal, wie das Wetter war.«

Sie hatten Flußkrebse bestellt. Norma fragte ihn:

»Soll ich dir erzählen, wie ein Sonntag im Lager verlief?«

»Ja . . .« Alfred schenkte sich ein kühles Glas Weißwein ein.

»Na schön . . . Der Sonntag dort begann wie ein Arbeitstag.

248

Entweder mußten sie die Baracke putzen, oder eben das tun, was den Herren des Lagers so in den Sinn kam. Nach dem Essen hatten sie ein paar Stunden frei. Die meisten Häftlinge versammelten sich auf dem Platz. Da wurde ein Fußballspiel zwischen Russen und Jugoslawen organisiert. In einer Ecke begann ein spanischer Boxer den Kampf gegen einen Ungarn. Die Zuschauer standen eng beieinander, die Spanier feuerten ihren Landsmann an. In einer anderen Ecke fand sich ein Chor zusammen zum Proben. Andere standen Schlange vor dem Bordell. Die SS-Leute schlenderten dazwischen herum und ließen sie gewähren. Und zwischendurch klangen die Schreie derer, die ins Gefängnis eingesperrt worden waren, zu ihnen herüber . . . Wußtest du, daß es ein Gefängnis im Lager gab?«

»Nein . . .«

»Die Häftlinge schrien vor Kälte und vor Angst. Sie hatten kein Licht und bekamen nichts zu essen und nichts zu trinken. Nach zehn Tagen waren immer noch einige am Leben, und die legten sich zwischen die Toten, um sich aufzuwärmen.«

Alfred schob den Teller mit den Flußkrebsen weg.

»Wir wissen nicht, was das Leid ist«, sagte er.

»Nein, diese Art von Leiden, die kennen wir nicht«, antwortete Norma.

»Und all das haben sie nicht vergessen?«

»Nein . . .«

Alfred sagte eine ganze Weile lang nichts. Endlich, als hätte er sich das ganz lange überlegt, sagte er:

»Man kann unmöglich leben, ohne zu vergessen.«

Sie war nie nach Mauthausen gefahren, oder nach Ravensbrück, oder nach Dachau, oder nach Treblinka, oder nach . . . Sie wollte dort nicht hin. Daran dachte Norma, sie hatte Angst davor, sich der Wirklichkeit zu stellen. Sie wußte nicht, ob sie den Roman über Kati und Judit schreiben oder an den Reportagen weiterarbeiten sollte. Sie hatte Angst.

Über das Vergessen schreiben. Über das Vergessen des Chronisten all dieser Dinge, die er nicht selbst erlebt hat, nicht mit angesehen hat, die er aber in seinem Innersten gefühlt hat. Die Nazi-Lager müssen vergessen werden, die Liebe muß vergessen werden.

»Die Liebe vergessen, die deutschen Konzentrationslager vergessen, die ich nicht selbst miterlebt habe, mich selbst vergessen.«

Und sie würde gerne über das Vergessen schreiben, das Vergessen in das alltägliche Leben integrieren. Kati hat Selbstmord begangen, weil sie sich weigerte, das Vergessen zu lernen. Judit hat überlebt, weil sie verdrängen konnte. Das war eine Frage der geistigen Disziplin.

Dank dem Vergessen geht das Leben weiter, im Guten wie im Bösen. Auch die Angst ruht sich aus, muß sich ausruhen. Norma wollte nicht immer an ihre Grenzen stoßen. Ich will nicht, ich will nicht, sagte sie immer wieder stur wie ein Maulesel zu sich. Mauthausen, Ravensbrück, der Bürgerkrieg, die Bombardements, diese ganze Vergangenheit, die sie nicht miterlebt hatte, die sie aber zu spüren bekommen hatte. Nicht die Gedanken, sondern die Menschen, die sie gekannt hatte und die Gespenster geworden waren, die sie immer mit sich herumschleppen müßte. Die Angst ihrer Jugend unter dem Francoregime . . . Die Fähigkeit zu vergessen gleicht einer echten Meisterleistung. Aber ließ denn das Vergessen Gerechtigkeit walten?

Norma wollte das Erlebnis mit Artur vergessen, daß er das mit den Spinnweben zu ihr gesagt hatte, bei seiner Freilassung aus dem Gefängnis. Die Prügel und Folterungen der Genossen vergessen, die fünf Hingerichteten im September, zwei Monate vor dem Tod des Generals Franco, vergessen. Germinal vergessen, den Jungen, der Flash Gordon hatte sein wollen.

Vergessen kam ihr vor wie eine Sache des Willens. Ganz im Gegensatz zu Natàlia, die andauernd daran dachte.

»Ich glaube, im Grunde genommen bist du gesünder als ich.

Oder oberflächlicher, ich weiß es nicht«, sagte Natàlia oft zu ihr.

Aber Norma wußte sehr genau, daß die Leiden der anderen andauerten. Vielleicht vergaß sie sie, aber sie lebten in einer zweiten, unbewußten, tieferen Schicht in ihr weiter. Norma hatte Angst davor, daß sie im unerwartetsten Augenblick ausbrechen könnten. Soviele Geschichten zum Erzählen!

Vor drei Jahren hatte sie die Geschichte der Katalanen in den deutschen Konzentrationslagern abgeschlossen, sie hätte es gern gehabt, wenn damit eine weitere Etappe ihres Berufslebens abgeschlossen gewesen wäre, aber jetzt, da sie sich in Alfred verliebt hatte und nur ihre Verrücktheit in gewissen Grenzen ausleben wollte, tauchten wieder bedrückende Bruchstücke einer Tragödie in ihrem Gedächtnis auf, die sie nicht selbst miterlebt hatte. Wie die Geschichte des alten Häftlings, der aussah wie Louis de Funès. Er machte auf sie den gleichen Eindruck wie der französische Schauspieler, als fliehe er vor bösen Geistern, er hatte die gleichen kleinen, rastlosen Augen, deren Blick einen durchbohrte. Norma hatte ihm einen korrekten, zurückhaltenden Brief geschrieben: »Sehr geehrter Herr, ich glaube, daß die Geschichte der Deportation unserer Landsleute erzählt werden muß, wir dürfen sie nicht aus dem kollektiven Gedächtnis verbannen . . .« Sie hatte keine Ahnung, wie die Antwort ausfallen würde. Nur wenig wußte sie von der Deportation: Französische Filme über Résistance-Kämpfer im Trenchcoat à la Jean Gabin, Geschichten über Juden, die resigniert auf die Gaskammer zugingen, von Kindern mit schreckensgeweiteten Augen. Geschichten über ausgemergelte, klapperdürre, todtraurige Kinder. Von dieser Sorte Traurigkeit, die am Körper haftet, als wäre es Teer.

Aber eines schönen Tages lernte sie einen halb gescheiterten Schriftsteller kennen, der fünf Jahre seines Lebens in einem Vernichtungslager zugebracht hatte. Der in jungen Jahren, wie sie, davon geträumt hatte, daß er eines Tages Schriftsteller werden würde. Der Krieg hatte seinen Traum zerschlagen, und das, was er draußen in der Welt zu sehen bekommen hatte, war so fürchterlich gewesen, daß er nicht mehr hatte umkehren und die literarischen Grenzen zwischen Wirklichkeit und Einbildung hätte einhalten können. Er hatte, kurz nachdem er befreit worden war, seine Erlebnisse aus dem deutschen Konzentrationslager in einem Roman erzählt. Er hatte den Roman im Exil geschrieben, fern seiner Heimat. Er hatte zu beschreiben versucht, was es bedeutete, sich in einer Welt des Alptraumes verloren zu fühlen. Der Roman war in spanischer Sprache veröffentlicht worden, weil die katalanische Originalfassung lange Zeit von der Zensur verboten gewesen war. Und als er das Buch in seiner Heimatstadt hatte vorstellen wollen, hatten ihn die Falangisten mit Steinen verjagt.

Die Lektüre des Romans des ehemaligen Häftlings hatte Norma die unerbittliche menschliche Grausamkeit klar bewiesen. Und vor allem hatte sie ihr gezeigt, daß der Schmerz irreversibel ist. Norma hatte den Schriftsteller oft besucht. Sie unterhielten sich stundenlang. Wenn es Abend wurde, verschluckte die Dunkelheit sie beide, und sie wurden zu zwei Schatten in einem Zimmer voller funktionaler Möbel. Als ob sie beide unbewußt in einem riesigen Mutterschoß Schutz suchen wollten. Das Raunen ihrer Stimmen wurde immer leiser und unwirklicher.

»Aber gibt es denn dann überhaupt keine Hoffnung mehr?« fragte Norma.

Sie fragte den Mann, der beschlossen hatte, zum zweitenmal zu sterben. Diesen Entschluß hatte er gefaßt, kurz, nachdem er aus dem Vernichtungslager gekommen war. »Gibt es keine Hoffnung?«, fragte sie ihn noch mals. Überrumpelt, wagte er nicht, ihr zu antworten. Vielleicht tat ihm Normas Naivität weh, oder es tat ihm weh, mit anzusehen, wie dieses Mädchen keine Ahnung vom wahren Leid hatte. Und Norma schämte sich ihrer Jugend, daß sie die Schwelle zum Unvermeidlichen noch nicht überschritten hatte. Als ob sie dem alten ehemaligen Häftling dies als Vorwurf ins Gesicht schleudern würde.

»Dazu bist du noch zu jung«, erwiderte der Alte.

(Jetzt ist es sieben Uhr morgens. Die Insel erwacht schlaftrunken. Die Sonne ist noch nicht neben dem Leuchtturm aufgegangen. Ein zartrosa Lichtschein überzieht den Berg. Natàlia verliert den Faden ihrer Erinnerungen, weil sie den einsamen Flug einer Möwe verfolgt.)

Während sie versuchte, den Roman über Judit und Kati zu schreiben, dachte Norma an den alten ehemaligen Häftling, wie er sie angeschaut und zu ihr gesagt hatte: Dazu bist du noch zu jung.

Dank dieser Gespräche hatte Norma eingesehen, daß es schlimmere Dinge gibt als die Deportation, das Vernichtungslager oder die Gaskammern, und eines dieser schlimmen Dinge ist das Leben, das ein ehemaliger Häftling führen muß, nachdem er befreit wurde. Du siehst ihnen in die Augen und merkst, daß da nichts zu machen ist. Nichts gegen die schlaflosen Nächte, die Halluzinationen, die Szenen, die sich bei jedem Morgengrauen wiederholen, wenn die anderen nicht da sind und Leib und Seele eines ehemaligen Häftlings sich auf einen unausweichlichen, unerklärlichen Punkt der Erinnerung konzentrieren. Du schaust ihnen in die Augen und siehst, was es heißt, einen Weg ohne Wiederkehr eingeschlagen zu haben. Wenn sie an den alten ehemaligen Häftling dachte, vor allem jetzt, da sie an dem Roman über Judit und Kati schrieb, weigerte Norma sich, Literatur zu machen. Von diesem Freund, dem Schriftsteller, der soviel Lebensüberdruß mit sich herumschleppte, der kurzsichtig war und Augen wie eine Schleiereule hatte, hatte Norma einige Ausdrücke gelernt: »der Hunger wurde zur Qual«, »da konntest du ins Gras beißen . . .«

(Natàlia beneidete Norma, weil sie schreiben konnte. Als ob diese die Schlüssel zu irgendeiner Schublade hätte. Und sie war hier gefangen auf der kleinen Insel. Diese Ruhe, mein Gott. Das Wasser, das niemals ganz munter zu werden schien, wie seine Bewohner, die müde und halb verschlafen aussahen, wie die Frau des Fischers, deren ganzes Körpergewicht auf zwei Oberschenkeln lastete, die wahrscheinlich niemand streichelte.)

Der Schriftstellerfreund erzählte, wie das Lager aussah. Am Eingang eine halbfertige Festung. Die Umzäunung war bis auf halbe Höhe gemauert, und darauf befand sich der Elektrozaun. »Paßt gut auf«, sagte man zu ihnen, »hier kommt ihr nur auf zweierlei Art raus: Entweder mit dem Rauch aus dem Schornstein des Krematoriums oder in den Drahtzaun gekrallt.« Der ehemalige Häftling trug mit sich jene Welt aus lauter Gespenstern herum. Und jetzt gab er sie an sie weiter: Da hast du meinen Schmerz, mach daraus, was du willst.

»Aber wie habt ihr das denn ausgehalten?«, fragte Norma.

»Aushalten, aushalten . . . Wir hielten das gar nicht aus. Das erste, was wir tun mußten, war, die Welt draußen vergessen, als würde hinter dem Zaun ein neues Leben beginnen. Du mußtest einfach ein anderer Mensch werden. Dich an den Tod gewöhnen, ihn wollen, ihn lieben.«

Ihr ging das alles einfach nicht in den Kopf, daß Leute wie sie, die die gleiche Sprache sprachen, die gängige Nachnamen trugen, daß Leute, die wie sie auf der Straße herumliefen, sich unterhielten, lachten, und all diese Dinge taten, die man tagtäglich mechanisch tut, so dicht am Rande der Hölle gelebt haben sollten. Der ehemalige Häftling, der wie eine Leiche lächelte, spuckte seine Erinnerungen bröckchenweise aus, als ob er eine unheilbare Krankheit durchmachte.

»Dort starben dir deine Freunde weg, deine Bekannten, und du warst nur noch Haut und Knochen.«

Und sie wußten nicht, warum gerade ihnen das alles passierte.

Sie mußten zusehen, wie, Tag für Tag, die Kameraden, zer-schmettert durch herabstürzende Felsbrocken im Steinbruch ums Leben kamen. Sie mußten zusehen, wie das Leben ihnen an den Beinen hinunterrann, wegen der Ruhr, des Hungers, der Angst, der Folterungen. Sie mußten zusehen, wie einige, manch-mal die liebsten Freunde, in dem himmelblau angestrichenen Geisterlastwagen verschwanden. Sie mußten zusehen, wie die Leichen, sich in der Hitze aufbäumend, im Krematorium ver-brannten. Und sie wußten nicht, warum gerade sie ausgewählt worden waren.

Norma sog diese Worte begierig in sich auf.

»Das muß alles aufgeschrieben werden, hilfst du mir dabei?«

Und in den erloschenen Augen des ehemaligen Häftlings konnte sie seine Bereitschaft erkennen. Aber der Schriftsteller, beziehungsweise der Mann, der davon geträumt hatte, Schrift-steller zu werden, belog Norma eigentlich. Als er aus der Lagerhaft zurückgekommen war, hatte er die Frau, die er geliebt hatte, sterben sehen. Jahrelang hatte er alleine gelebt, bis er sich eines Tages vorgenommen hatte, in den großen Bauch, in den riesigen, leeren Mutterschoß zurückzukehren, der ihn endlich aufnehmen würde. Er gab seine Arbeit auf und zog sich zu Hause zurück, abseits von allen. Er suchte nach einer Wärme, die Norma ihm nicht geben konnte. Er starb eines Sommers – und wahrscheinlich hatte er das so beschlossen –, als die Freunde fort waren, als die Stadt verwaist war. Er selbst hatte den Termin der letzten Reise bestimmt. Weit weg von jeglichem Zeichen oder Hilferuf – einem Freund, einem Gespräch, einem Brief, einer Straße, einem Telefonanruf –, die ihn vom Tod hätten abbringen können. Weit weg von jeglicher konkreten Hand-lung, die aus seiner Entscheidung eine Banalität hätte machen können. Er starb also zum zweitenmal. Endgültig. Norma erfuhr es bei ihrer Rückkehr aus einem Urlaub, und da verstand sie, was Ohnmacht bedeutet.

Durch den ehemaligen Häftling, der auch Schriftsteller war,

wurde Norma in den Strudel der Deportation gerissen. Sie lernte alle möglichen ehemaligen Häftlinge kennen: verhärmte, vertrauensselige, mißtrauische, einsame, herzliche . . . Villapalacios, beispielsweise, kam mit neunzehn Jahren nach Mauthausen und als Homosexueller wieder heraus. Ein Mann, der um sich ein erlesenes Ambiente geschaffen hatte, der das Essen genoß und seltene Bücher sammelte. Er lebte in Paris, in einer herausgeputzten *Chambre de bonne*. Schon beim Betreten stieg Norma der Wachsgeruch, den der Fußboden verströmte, in die Nase. Villapalacios zeigte Norma voller Stolz einen echten Fortuny und die Bücher, die er sammelte: eine *Divina Commedia* mit Stichen von Gustave Doré, Presse aus dem Revolutionsjahr 1848, eine Ausgabe der Reisen des Ali Bei aus dem frühen neunzehnten Jahrhundert . . . Während sie Parmaschinken aßen und dazu Chianti tranken, erzählte Villapalacios ihr, wie der Sekretär der Lagerverwaltung, ein drogensüchtiger, wilder und grausamer SS-Mann, der dann später durch die Deutschen selbst hingerichtet wurde, ihn verführt habe. Villapalacios spielte Norma die Geschichte seiner Lagerhaft auf einem Tonband vor. Während da seine rhetorische, deklamatorische Stimme zu einer Hintergrundmusik zu hören war, kniff Villapalacios selbst die Augen zusammen und schüttelte, seine eigenen Worte untermalend, mit dem Kopf. Villapalacios hatte nie mehr nach Katalonien zurückkehren wollen, »denn«, sagte er, »ich bin noch verärgert.« Eines Tages fand man ihn tot in der *Chambre de bonne:* Er lag ausgestreckt auf dem Bett, eingehüllt in einen Hausmantel aus japanischer Seide. Auf dem mit Kerzenleuchtern und feinen Stoffservietten gedeckten Tisch lagen die Reste eines Festmahls. Französischer Champagner, grauer Kaviar, *Pâté de Normandie*. Er hatte das Tonbandgerät laufen lassen und war gestorben, während er seiner eigenen Schilderung lauschte: »Als ich nach Mauthausen kam, verstand ich Dantes Inferno . . .« Die Zeichnungen von Gustave Doré lagen neben ihm.

Und durch Villapalacios hatte sie den ehemaligen Häftling

kennengelernt, der aussah wie Louis de Funès. Zuerst hatte er Normas Brief beantwortet und dabei hinter der Anrede ein Ausrufezeichen statt eines Doppelpunkts gesetzt, ganz wie im Deutschen. In dem Brief stand, daß er bereit sei, ihr in allem behilflich zu sein, »obwohl Sie schon bald feststellen werden«, schrieb er ihr und siezte sie dabei, »daß wir Lagerinsassen alle verrückt sind.« Norma reiste nach Paris, um genauere Informationen von ihm zu erhalten. Der Schriftstellerfreund hatte ihr gesagt, dem kannst du trauen. Sie hatten sich an der Porte de Saint-Denis verabredet, an einem diesigen, kalten Pariser Sonntagmorgen. Sie hatte eine Stunde lang dort auf ihn gewartet, und als sie gerade weggehen wollte, tauchte ein Mann mit eingefallenen Wangen, stechenden Augen, einer jüdischen Hakennase und weißem Haar auf. Er sah verärgert aus, war klein und machte kurze, hastige Schritte. Er trug eine große Aktentasche bei sich.

»Wir hatten uns an einer anderen Porte verabredet, an der Porte de Saint-Martin«, sagte er ganz ungehalten zu ihr. Aber plötzlich hielt er inne und überlegte angestrengt: »Oder doch nicht? Hatten wir uns doch an der Porte de Saint-Denis verabredet? Vielleicht doch, oder?«

Und als Norma gerade etwas sagen wollte, sagte er:

»Seh'n Sie, ich finde mich kaum noch zurecht.«

Und er fing an, voraus zu laufen, so, als liefe er da für sich alleine. Sie hatte Mühe, ihm zu folgen. Schließlich betraten sie ein Lokal. Er sagte zum Kellner: »*Je suis étranger et la demoiselle aussi.*« Später würde Norma bemerken, daß er überall diesen Satz sagte. Während sie sich setzten, holte der ehemalige Häftling aus Plastikordnern lauter Listen heraus, die in einer gestochen scharfen, kleinen Schrift beschrieben waren. Winzig kleine Buchstaben und Zahlen, peinlich genau untereinander geschrieben. Blütenweiße Papiere.

Norma beobachtete den ehemaligen Lagerhäftling. Er war ein Mann von sanguinischem Wesen, nervös, mit hohem Blutdruck. Etwa sechzig Jahre alt, ausgesprochen höflich und korrekt gekleidet. Er hatte breite Schultern und sah so aus wie ein Bürodiener, der sein ganzes Leben lang in derselben Firma gearbeitet hatte. Er sprach ein gewähltes Katalanisch, wie die Leute vor dem Krieg, als ob er es unter einer Glasglocke bewahrt hätte. Seine Nase sah aus wie ein Vogelschnabel, die Nasenlöcher offen und das Nasenbein leicht verkrümmt. Später würde er Norma erzählen, daß er eine krumme Nase hatte, weil ein SS-Mann ihm eine Schreibmaschine ins Gesicht geworfen hatte. Man konnte auch ein paar ganz kleine Narben auf seiner Oberlippe erkennen. Wenn er lachte, wurde er ganz rot und zog die Schultern hoch, wie ein kleines Kind, das einen Streich erzählt. Sehr oft hielt er sich den Mund zu, wenn er gerade etwas erzählen wollte, was er »eine unanständige Geschichte« nannte. Immer schleppte er die riesige Aktentasche mit sich herum, und er zeigte gerne, daß er über alles Bescheid wußte. Er war mal sentimental, mal mißtrauisch, und man kam gut mit ihm aus, vor allem, wenn man ihn anständig behandelte. Sein Gedächtnis war perfekt geordnet, genau wie ein Elektronengehirn.

Der ehemalige Häftling legte, wie ein sehr gewissenhafter Bürokrat, die Listen mit den Toten auf den Marmortisch. Da fehlte nichts: Name, Datum der Ankunft im Lager, Datum der Verlegung in ein Außenlager, Häftlingsnummer, Todesdatum. Name auf Name, Dutzende, Hunderte, Tausende von Namen, die in allen möglichen Ecken und Enden Kataloniens geboren worden waren und die ersten Jahre, bis zur Jugend, dort gelebt hatten. Und die dann in einem kleinen Dorf in Österreich hatten sterben müssen, an einem der schönsten Fleckchen im Donautal. Unbekannte Namen, die nicht in den Geschichtsbüchern auftauchten. Niemand würde nach ihnen fragen. Sie hatten keinen Körper, sie hatten keine Leiche. Sie hatten kein Grab, in dem sie beigesetzt worden wären, keinen eigenen Grabstein. Auch keine Blumen. Nichts. Das Schweigen nach dem Tod, also das totale Schweigen. Namen, die vielleicht in irgendeinem Gedächtnis haftengeblieben waren, von jemandem, der sie einmal geliebt haben mochte und sich noch an sie erinnerte. Später, wenn auch diese Personen gestorben sein werden, kennt sie keiner mehr.

Der Lagerhäftling, der aussah wie Louis de Funès, wirkte vollkommen glücklich, wenn er ihr die in einem Plastikordner zusammengehefteten Listen zeigte. Er sprach nur über Listen, Ordner, Akten, die er schon lange Zeit in seiner Aktentasche herumtrug. Und die Aktentasche hatte er in einem verschlossenen Schrank aufbewahrt. Er leide an dem Perfektionswahn, alles historisch richtig darzustellen, sagte er, und er stellte dies dadurch unter Beweis, daß er auch die unwichtigsten Angaben eines anderen ehemaligen Häftlings richtigstellte. Er brüstete sich sogar, die deutschen Namen aus der Lagerhaft fehlerfrei schreiben zu können. Seine Wohnung war vollgestopft mit Büchern und Papierkram, vor allem über Konfliktforschung, sein Steckenpferd.

Und er hatte die Papiere aufbewahrt, bis irgendwer kommen und ihn darum bitten würde. Er sah Norma an:

»Ihnen überlasse ich sie.«

Norma spürte, wie ihre Ohren glühten. Dieser Irgendwer, war sie das, sie, die ein Jahr nach der Befreiung der Lager geboren war, die niemanden kannte, der die Lagerhaft durchgemacht hatte, die ihr Wissen von der Existenz der Vernichtungslager nur der einen oder anderen Reportage verdankte und den – wenigen – Filmen, die unter Franco in ihrem Land gezeigt worden waren?

»Wissen Sie, ich habe mir gedacht, daß ich über das alles ein Buch schreiben werde.«

Er sah sie ärgerlich an.

»Die Wahrheit werden Sie nie erfahren.«

»Ich kann es ja versuchen.«

Und der alte, mißtrauische Lagerhäftling, der immer verärgert aussah, half ihr wie sonst niemand. Er überließ ihr alle Listen, die unveröffentlichten Zeugenaussagen aus einem Prozeß gegen einen SS-Angehörigen, der kurze Zeit zuvor in Köln stattgefunden hatte. Der SS-Mann war freigesprochen worden, weil er ein Magengeschwür hatte, und das, obwohl der Häftling, der aussah wie Louis de Funès, gegen ihn persönlich ausgesagt hatte, denn er hatte mit angesehen, wie er nackte Juden gezwungen hatte, sich auf einen glühenden Kohleofen zu setzen.

Er gab ihr Briefe von anderen Lagerhäftlingen, brachte alle Zeugnisse bei, verheimlichte ihr nichts. Er erzählte ihr alles, was er wußte. Aber er sagte immer wieder:

»Die Wahrheit werden Sie nie erfahren.«

Am ersten Tag, als sie sich trafen, fing der alte ehemalige Lagerinsasse aus heiterem Himmel an zu singen. Er erzählte ihr, daß er Späher gewesen und als Führer eingesetzt worden war. Er erinnerte sich an lauter Volkslieder und unanständige Gedichte. Er sagte, daß er oft an das Kloster von Montserrat denke und gerne *Rosa d'abril* sänge. Immer wenn er ein Lokal betrat, sagte er zum Kellner: »*Je suis étranger et la demoiselle aussi.*« Er war ein Außenseiter. Er verstand die französische Gesellschaft nicht, verabscheute sie, aber er hatte die französische Staatsangehörigkeit angenommen. Er war mehrmals wegen geistiger Umnachtung eingeliefert worden. Er war ein eigenartiger Mann, der gelegentlich wegen tief sitzender Komplexe und Unsicherheiten aggressiv wurde, und er wurde niemals müde, über seine geordnete, minuziöse Arbeit in der politischen Verwaltung des Lagers Mauthausen zu sprechen. Eines Tages ging der alte Häftling allerdings noch weiter und erzählte Norma seine Lebensgeschichte von der Kindheit an.

Er war Valencianer und im Alter von drei Jahren nach Katalonien gekommen. Sein Vater, ein autoritärer Patriarch, war Richter und Staatsanwalt gewesen, der eine sehr reiche Großgrundbesitzerin aus Asturien geheiratet hatte. Er hatte seine Frau verlassen und war als Staatsanwalt nach San Lorenzo del Escorial gegangen, und da er Griechisch sprach, wurde er ein enger Freund der Königin Maria Cristina, die damals kein Spanisch, wohl aber sehr gut Griechisch sprach. Die Königin hatte ihm viele Bücher mit persönlicher Widmung geschenkt.

»Bücher, die ich später gut verkaufen konnte«, sagte der Häftling.

Der Staatsanwalt war nach Valencia gezogen, wo er ein dreiunddreißig Jahre jüngeres Mädchen kennenlernte. Sie war neunzehn. Und mit diesem Mädchen lebte er zusammen, nachdem er ihr drei Kinder gemacht hatte. Sie war die Mutter des Häftlings. Der Staatsanwalt war auch Dichter und sagte, daß *die geschriebene Dichtung untergehen kann, aber solange ein Mann und eine Frau sich lieben, wird es immer Dichtung geben.* Später waren sie nach Barcelona gezogen, und der Staatsanwalt tat sein möglichstes, um zu verheimlichen, daß er mit einer Frau zusammenlebte, ohne mit ihr verheiratet zu sein. Eines Tages, als der Häftling gerade sechs Jahre alt war, hatte er sich im Carrer de la Boqueria verlaufen, und ein Amtsbote aus dem Rathaus, der wußte, daß er der Sohn des Staatsanwalts war, hatte ihn ins Gericht gebracht. Als der Vater eingetroffen war, hatte der Amtsdiener zu ihm gesagt:

»*Herr Staatsanwalt, hier bringe ich Ihnen Ihren Sohn.*«

»*Meinen Sohn? Nein! Das ist der Sohn meiner Haushälterin.*«

Und der alte Lagerinsasse sagte zu Norma, daß er ihm das nie verzeihen konnte. Um 1928 herum war eine Nutte im *Barri xino* ermordet worden. Sie wurde in einem Loch gefunden, in einer düsteren Gasse, und man wußte nicht, ob sie dorthin geworfen worden war, nachdem sie betäubt worden war. Der Staatsanwalt hatte eine Obduktion veranlaßt und ein Ermittlungsverfahren einleiten lassen. Bald hatte er herausgefunden, daß der Mörder ein Heeresleutnant, der Sohn eines Generalobersts, war. Es wurde versucht, das zu vertuschen, aber der Staatsanwalt hatte seine Inhaftierung angeordnet. General Primo de Rivera hatte daraufhin den Staatsanwalt nach Madrid zitiert und die Freilassung von ihm verlangt. Der Staatsanwalt hatte sich geweigert, und Primo de Rivera hatte gesagt, daß er überall verbreiten werde, daß er mit einer Frau zusammenlebe, die nicht seine eigene sei, und daß er mit ihr drei uneheliche Kinder habe. Oder er solle sein Amt niederlegen. Und der Häftling erzählte Norma, daß er gesehen habe, wie sein Vater geweint habe, daß er aber den schuldigen Leutnant nicht habe freilassen wollen. Er wurde seines Amtes enthoben, und der neue Staatsanwalt ordnete die Freilassung des Leutnants an.

Aber der Häftling erinnerte sich auch daran, wie sein Vater Todesurteile gegen Anarchisten gefällt hatte. Und daran, daß eines Tages ein Anarchist von der Bombe zerrissen worden war, die er bei sich auf dem Motorrad trug. Der Körper war an der Wand eines Regierungsgebäudes zerschmettert worden, und die zerrissenen Gliedmaßen lagen überall herum. Der Staatsanwalt, der die Anarchisten verabscheute, führte seinem Sohn die an der Mauer klebende Leiche vor.

»Siehst du? Sieh nur hin, sieh nur hin, wie sie sterben«, sagte er zornig.

Und der Ex-Häftling hatte geglaubt, daß so die echten Männer sterben.

»Mein Vater hat immer zu mir gesagt, daß ich genauso enden würde, daß ich im Gefängnis sterben würde«, sagte er. »Jedenfalls hat er sich nicht sehr getäuscht. Im Lager, wenn die Deutschen uns zählten, dann sagten sie nicht ›soundsoviel Männer‹, sondern ›soundsoviel Stück‹. Von meinem Vater habe ich nur die Neigung für Frauen geerbt . . . Die Prostitution ist, obwohl es ja heißt, daß sie eine Erblast des Kapitalismus ist, das einzige Ventil für Affekte. Der einzige Weg zur Liebe, den sich ein Mann wie ich erlauben kann.«

Seit sechzehn Jahren wollte seine Frau nicht mehr mit ihm schlafen. Deswegen wurde er von Zeit zu Zeit in eine Nervenheilanstalt eingeliefert.

»Denn auch dort gibt es Sexualität. Der Mensch braucht das

Gleichgewicht zwischen Körper und Seele. Den Körper beruhigen und ein ruhiges Gewissen haben.«

Einmal, als er in einer psychiatrischen Klinik gewesen war, hatte er eine sehr schöne, etwa dreißigjährige Italienerin kennengelernt.

»Diese Frau war nicht ganz richtig im Kopf, und den einen Tag erzählte sie mir, daß sie einen russischen Ehemann hätte und selber eine sowjetische Spionin wäre, und am nächsten Tag erzählte sie mir dann, daß ihr Mann Pole wäre und sie Agentin der *Intelligentzia*. Eines Tages sagte sie zu mir, daß sie mit mir schlafen wollte. Warum?, habe ich sie gefragt. Na, eben, weil du an der Prostata operiert bist und ich nicht riskiere, schwanger zu werden. Einmal, in einer Patientenbesprechung, fragte uns der Arzt, ob wir irgend etwas zu sagen hätten. Da stand die Italienerin auf und sagte, ganz ruhig, daß sie seit einem Jahr hier ohne ihren Mann eingesperrt sei. Und daß sie für ihr Gleichgewicht einen Mann brauche. Sie sagte, das könnte ich mit einem Patienten machen oder, falls Sie das für nicht richtig halten, mit Ihnen selbst. Der Arzt ging hinaus, und nach ungefähr fünf Minuten kam er mit zwei Pflegern zurück, die die Italienerin in die Zwangsjacke steckten.«

Der Häftling fügte hinzu, daß er es sehr gut finden würde, wenn es in Frankreich Sexualassistenten gäbe, wie in Schweden.

»Wir können nämlich mit einer Nutte auf ganz elegante Art und Weise Liebe machen. Ich habe es mit einer Frau gemacht, die eine Wohnung ganz für sich alleine hat und es dir voller Feingefühl besorgt. Zärtlich, ganz zärtlich.«

»Dann haben Sie ihr wohl viel bezahlen müssen?« fragte Norma.

»Wie mein Vater zu sagen pflegte, muß man auch dafür bezahlen, daß das Essen schön angerichtet ist.«

Der Häftling sah Norma zornig an:

»Und jetzt möchten Sie ein Buch über unsere Lagerhaft machen, und da werden Sie uns wohl verklären. Sie werden sagen, daß wir Helden waren. Und wenn ich Ihnen das Gegenteil beweisen würde? Dann würden Sie nicht auf mich hören. Die Geschichte der Besiegten kann man nur auf eine Art erzählen. Außerdem würden sich die Anarchisten und die Kommunisten, die sich nicht ausstehen können, furchtbar aufregen. Aber einer meiner Landsleute hat mich zum erstenmal in Mauthausen verprügelt. Es war ein sechzehnjähriger Jüngling, der sich beim *Kapo* unserer Baracke lieb Kind machen wollte. Dadurch, daß er mich schlug, wurde er der Geliebte des *Kapo*. Und dann der Club der Gehörnten . . . Bestimmt hat Ihnen noch keiner davon erzählt . . .«

»Nein«, sagte Norma.

»Nun, einmal bekam ein Spanier einen Brief von seiner Frau, in dem stand: ›Nachdem ich drei Jahre lang nichts von Dir gehört habe, mußte ich sehen, wie ich die drei Kinder durchbringe. Jetzt ist da ein viertes Maul zu stopfen . . .‹ Der Mann wollte sich umbringen, und unsere Kameraden ließen den Brief herumgehen und gründeten den Club der Gehörnten. Na, was sagen Sie dazu?«

Die Geschichte, die er erzählte, zeigte ganz andere Aspekte als die Schilderung des alten Schriftstellerfreundes auf. Und Norma hatte nicht genügend Informationen, um herauszufinden, welche Version stimmte. Vielleicht war der Schriftsteller gestorben, weil er an die Hoffnung glaubte. Und woran glaubte der ehemalige Häftling, der jahrelang die Listen der toten Leidensgenossen aufbewahrt hatte, in der Hoffnung, daß jemand sich ihrer annehmen würde? Norma machte sich bewußt, daß sie verklärte, was sie nicht erlebt hatte, und ebenso das Leben der durch das Francoregime vertriebenen Republikaner. Aber sie bemerkte auch, daß sie an etwas glauben mußte. Es war zu hart, zugeben zu müssen, daß die Wirklichkeit nicht schön und glatt war.

»Die Wahrheit werden Sie nie erfahren«, sagte der alte ehemalige Lagerhäftling wieder zu ihr.

Ebensowenig würde sie jemals erfahren, wie Marie und ihr Mann, der Valencianer Bartomeu Sendra, wirklich gestorben waren. Es heißt, daß Marie eine große, brünette Frau war, intelligent und fröhlich. Als gebürtige Baskin kam sie während des Bürgerkriegs nach Barcelona und arbeitete im sowjetischen Konsulat. Ständig umgeben von einer Schar junger Mädchen, lebte sie ihre mütterlichen Gefühle aus, weil sie kinderlos geblieben war. Sie besorgte von überallher Lebensmittel und organisierte kleine Feiern, bei denen, so erinnern sich die Überlebenden, viel gelacht wurde. In Frankreich schloß sie sich der Résistance an und landete in Ravensbrück. Über Maries Aktivitäten im Lager wird in den französischen Büchern nur in vier oder fünf Zeilen berichtet. Die Gründe für dieses Schweigen, dachte Norma, dürften im Verhalten ihres Mannes liegen. Aber die früheren Leidensgenossinnen erinnerten sich vor Norma an Maries Lächeln im Block, daran, daß sie die Schwächsten beschützte, daran, wie sie sie politisch bildete, wie sie Dauerwürste und Stangenhonig unter den kranken Frauen verteilte. Aber hier geht es nicht um Maries solidarisches Verhalten im Lager, sondern um das, was danach geschah. Und was danach geschah, gehörte zu dem Teil der Wahrheit, den Norma niemals ganz aufdecken würde.

Nach Ravensbrück galt sie ganz und gar als Heldin. Ihr Mann nicht. Bartomeu Sendra war von der Gestapo gefoltert worden und hatte die Genossen verraten. Im Lager Dachau hatte er erfahren müssen, was die Einsamkeit der Verräter bedeutete. Durch seine Schuld verschwanden einige Anführer der Résistance in den Lagern. Nach seiner Rückkehr wurde er von allen geschnitten. Und eines Tages fand man sie beide tot in der *Chambre de bonne,* Gasvergiftung.

In Paris hatte Marie Arbeit als Büglerin gefunden. Während sich ihre Gesichtshaut im feuchten Dampf rötete, bemühte sie sich, nicht an das Bild von Bartomeu zu denken, wie er auf einem Stuhl saß, mit hängenden Schultern, die Hände in den Schoß gelegt. Tag für Tag verließ sie ihn in dieser Haltung, und in dieser Haltung fand sie ihn nach der Arbeit wieder vor. Marie durfte nicht mehr politisch tätig sein. Die Frau eines Verräters ist eben die Frau eines Verräters. Sie schleppte sich mit schweren Beinen durch die endlosen Gänge der Pariser Metro und wußte nicht, warum und gegen wen sie Widerstand leistete.

Weder Norma noch die Geschichte würden je erfahren, was wohl in Maries Kopf vor sich ging. Sie arbeitete am anderen Ende von Paris, und jeden Tag begegnete sie Gesichtern, denen man ansah, daß sie den Krieg vergaßen. Alles fing wieder neu an. Der Schweiß der Leute, die dichtgedrängt in der Metro standen, dieser Geruch, der ihr in die Nase stieg, war ein Zeichen für die Rückkehr zur Normalität. Vielleicht kniff sie die Augen ganz fest zusammen, damit ihr das zarte Grün wieder in den Sinn kam, das die Wellen an den baskischen Stränden streichelte. Oder vielleicht wollte sie sich daran erinnern, wieviel sie in jungen Jahren gelacht hatte. Oder sie erinnerte sich an nichts. Vielleicht war das ein und alles ihres Lebens die schwache, gebeugte, ausgelaugte Gestalt, die sie in der *Chambre de bonne* zurückgelassen hatte, geworden. Das Gerüttel in der Metro stieß sie hin und her, und ganz bestimmt ließ sie es mit sich geschehen, so wie die Kieselsteine, die sich vom Wasser treiben lassen. Und die Tage türmten sich vor ihr auf, einer so ähnlich wie der andere, daß Marie bestimmt nicht genau sagen konnte, wann die Woche anfing und aufhörte. Der Dampf aus dem Bügeleisen rötete ihre Wangen, benebelte ihren Blick und trieb ihr die Tränen in die Augen. Sie prüfte die Stärke mit einem erloschenen Blick, aber sie verspürte keine Müdigkeit, sondern eher eine Art innerer Verstümmelung, die sie widerspruchslos hinnahm. Die Briefe an die Freundinnen aus Ravensbrück wurden wieder an sie zurückgeschickt, und sie redete sich ein, daß das Schweigen der Genossinnen auf Entfernung und Vereinzelung zurückzuführen sei und nicht darauf, daß sie die Frau eines Verräters war. In der Partei sagte man ihr: Wir werden deinen Fall prüfen, aber du weißt ja, so was dauert, aber nicht etwa, weil wir das Verhalten deines Mannes berücksichtigen . . . Aber Bartomeu war ein Ausgestoßener, ein völlig Ausgestoßener. Und in der Metro kniff sie die Augen fest zusammen, um sich die Wiesen ihrer Kindheit in Erinnerung zu rufen und um, falls sie es schaffte, das haßerfüllte Gesicht von Mimí, der alten Genossin und Freundin, das die an dem Tag ihrer Rückkehr aus Ravensbrück gemacht hatte, zu vergessen. Mimís Mann war in den Kerkern der Gestapo gefoltert worden, und sein Körper war in einem Massengrab verschwunden. Und Mimí konnte nicht aufhören zu behaupten, daß Maries Mann, Bartomeu, es gewesen sei, der den Genossen verraten habe. Und Mimí hatte recht, aber auch Marie hatte recht, wenn sie Bartomeus Angst und seinen Verrat verteidigte.

Deshalb dürfte es einfach gewesen sein. Wahrscheinlich bedurfte die Entscheidung nicht vieler Worte, an dem Tag, als Marie und Bartomeu sie trafen. Jeden Abend, wenn Marie von der Arbeit heimkam, setzte sie einen Topf Milch auf und setzte sich im Dunkeln neben Bartomeu hin. Alles dürfte also sehr einfach gewesen sein: Die Milch aufkochen lassen, sie überkochen lassen, abwarten, bis die Milch die bläulichen Flammen löschte. Abwarten und dabei nur dem Pochen der eigenen Herzen zu lauschen. Die Stunden müssen langsam verstrichen sein. Vielleicht auch nicht? Vielleicht ging alles auch schneller. Sie mußten nur den Gummischlauch abmachen und ihn sanft auf den Holzfußboden gleiten lassen. Das Fensterchen der *Chambre* war geschlossen, nur die schlaftrunkenen Schritte derer, die aufstanden, um auf die Toilette auf demselben Treppenabsatz zu gehen, waren zu hören. Vielleicht nahmen sie sich bei der Hand, oder auch nicht, weil sie dachten, daß der Tod das vereinen würde, was das Leben getrennt hatte.

Es kursierten drei Versionen über ihren Tod. Die Pietätvollen deuteten an, daß es sich um einen Unfall gehandelt haben könnte. »Sie waren so schnell alt geworden, Marie sah schlecht aus, Bartomeu wirkte ganz hinfällig . . .« Die politischen Gegner verbreiteten, daß es sich um einen Mord gehandelt haben könnte. »Sie wußten zuviel, das waren Ketzer, die haben sie hingerichtet . . .« Die alten Genossen sagten, daß sie Selbstmord begangen hätten. »Das kennt man schon, das ist das Ende von Verrätern, von Defätisten, von denen, die keine Moral haben . . .«

Norma fragte den ehemaligen Häftling, was wirklich geschehen sei, und der sagte achselzuckend:

»Wir wollen die Sache lieber nicht weiter aufwühlen. Es gibt zuviele solcher Dinge. Die Wahrheit, ich sagte es Ihnen ja, die werden Sie nie erfahren.«

Auf diese Weise hatten sich die Leiden der ehemaligen Häftlinge in Normas Herz gegraben. »Wir dürfen mit Gewissensfragen nicht gewissenlos umgehen«, dachte sie. Und sie beneidete die Journalistenkollegen, die die Realität beschrieben wie ein Gerichtsmediziner den Körper eines Toten. Von außen, ohne sich auf den Leichnam mehr einzulassen, als für die Wissenschaft unbedingt erforderlich war, in diesem Fall für die Geschichte.

»Seit meiner Befreiung«, erzählte der ehemalige Häftling Norma, »habe ich oft geträumt, daß meine Kinder am eigenen Leibe all das erleiden müssen, was ich im Lager durchgemacht habe.«

Und Norma machte sich Notizen. Oder sie überprüfte, ob das Tonbandgerät lief, ob die Kassette unbespielt war und das Gerät richtig ausgesteuert war. Die Geschichte ist ein Alptraum, dachte sie, und ich muß mich davon befreien.

Im Haus in der Talsohle trafen Briefe von Natàlia von der Insel ein. Sie schrieb fast nichts über die letzten Tage, die sie gerade mit Jordi Soteres verbrachte. Sie drängte nur darauf, daß Norma die Geschichte von Judit und Kati zu Ende schreiben sollte. »Du hast mich in deinem zweiten Roman gemacht (halb, das muß man sagen). Warum baust du die Geschichte nicht aus? Warum versuchst du nicht, den Faden wieder aufzunehmen?« schrieb sie ihr in einem Brief. Und Norma wurde bewußt, daß sie die Geschichte nicht mit der Naivität einer Außenstehenden schreiben konnte. Da drängten sich Aspekte aus ihrem eigenen Leben hinein, die sie nicht ausschließen konnte. Allenfalls konnte sie sie sich ausdenken. Sich ganz neu die Romanfigur-Kati und die Romanfigur-Judit ausdenken. Aber sie konnte Judits Aufzeichnungen und Katis Briefe nicht manipulieren. Das kam ihr wie eine Entweihung vor. Trotzdem warf Natàlia Norma vor, unehrliche Skrupel zu haben, Figuren erfinden zu wollen, weil die Personen aus dem wirklichen Leben ihr angst machen würden. »Du hast kein Auge für die Komplexität der Leute deiner Umgebung«, schrieb sie ihr in einem Brief. Vielleicht bemerkte Natàlia nicht, dachte Norma, daß vieles von dem, was sie schrieb, nichts anderes war, als der Drang, sich verständlich zu machen, daß irgendwer eines Tages verstehen sollte, was ihnen beiden, Natàlia und Norma, widerfahren war. Norma sah Natàlias Schattenseiten, ihren Besitzanspruch, ihre Eifersucht, obwohl sie das Eheleben nicht kannte, obwohl sie die Frauen verachtete, die Kinder hatten. Natàlia wollte sich nicht mit anderen Frauen vergleichen, wer weiß, vielleicht aus Angst, all das zu entdecken, was sie Konventionelles an sich hatte. Norma bat sie um nähere Auskünfte über die Beziehung zwischen Judit und Kati. War es Liebe? War es Freundschaft? War es die Synthese aus beiden Dingen?

»Das ist deine Sache«, antwortete Natàlia.

»Aber wie soll ich mir eine solche Beziehung ausdenken können, wenn ich noch keine ähnliche erlebt habe?«

»Mußt du denn alles erlebt haben, was du schreibst?« fragte Natàlia. »Möchtest du alle Figuren gleichzeitig sein?«

»Und du, Natàlia, hast dich noch nie in die Rolle einer verheirateten Frau hineinversetzt, um die Frauen zu verstehen, die noch verheiratet sind?«

»Ich spiele nicht eine Frauenrolle. Ich bin eine Frau.«

»Du hast die Rolle für Jordi Soteres gespielt, vier Jahre lang hast du sein Leben gelebt . . .«

»Das ist nicht wahr, du lügst«, Natàlia wurde wütend. »Ich habe an seiner Seite gelebt, aber ich bin ich selber geblieben.«

»Wir verändern uns alle, wenn wir an der Seite eines Menschen leben, wenn wir lieben. Auch die Männer.«

»Ich nicht, ich nicht . . .«

»Manchmal wirkst du wie ein Insektenforscher deiner selbst«, warf ihr Norma vor. »Du beobachtest dich, als wärst du ein Insekt, um dich unter Kontrolle zu halten und deine Schwachstellen nicht zu zeigen.«

»Was verstehst du schon davon . . . Du bist nicht der liebe Gott, Norma.«

Natàlia hatte recht. Sie war nicht der liebe Gott. Sie konnte nicht über das Ende von jemandem, über die Geschichte von jemandem, entscheiden. Sie war sie, nicht jemand anders. Aber sie konnte schreiben und Alfred mitnehmen, und Ferran. Und den alten Lagerhäftling. Alle Personen.

Es fehlte ihr nur noch wenige Seiten, um den Roman über Judit und Kati abzuschließen, als eines Abends Alfred sie anrief:

»Endlich habe ich dich gefunden! Was machst du denn da?«

»Ich habe mich hier eingeschlossen, um zu schreiben.«

»Ich muß dich sehen, Norma.«

»Hast du einen Tag frei?« Die Ironie tat ihr weh.

»Du weißt ganz genau, was los ist . . .«

»Ich weiß ganz genau, was los ist. Und ich habe keine Lust, dich zu sehen.«

»Norma . . .«

»Ich will dich nicht mehr sehen, hörst du?«

»Ich liebe dich, Norma. Aber ich kann doch auch meine Frau nicht verlassen. Sie braucht mich.«

Norma legte auf und sah eine ganze Weile lang das Telefon an, als ob sie es durchbohren wollte. Er soll wieder anrufen, um

Gottes willen, er soll wieder anrufen. Sie hatte den Hörer aufgelegt, und jetzt tat es ihr leid. Mußte sie denn alles sofort wieder bereuen? Das Telefon blieb stumm. Jetzt ruft er gleich wieder an, und ich werde ihm sagen, daß ich ihn liebe, daß ich ihn sehen will . . . Aber nichts, kein Klingeln war zu hören. Im Haus herrschte Schweigen. Nur das Knacken der Holzwürmer im Balken und der Wind, der die Blätter an den Bäumen rascheln ließ, waren zu hören. Plötzlich klingelte das Telefon doch, und Norma stürzte hin, um abzuheben. Nein, sagte sie sich, er soll nicht merken, daß ich auf seinen Anruf gewartet habe. Sie ließ es vier, fünf, sechs Mal läuten, und dann, endlich, hob sie ab. Es war der ehemalige Lagerhäftling, der aussah wie Louis de Funès:

»Norma? Sind Sie Norma?« hörte sie seine ganz schwache Stimme.

»Ja . . .«

»Ich rufe Sie aus Paris an. Ich flehe Sie an, verlassen Sie mich nicht.«

»Was ist los mit Ihnen?«

»Ich glaube, ich werde an Krebs sterben. Meine Frau will nichts mehr von mir wissen, sie hat mich zu Hause rausgeschmissen. Die Kinder sind weit weg, im Ausland. Ich würde Sie gerne sehen. Kommen Sie zur Einweihung des Friedhofs für die im Exil verstorbenen Republikaner?«

Norma konnte dem Mann kaum zuhören, der ihr alles gegeben hatte, was er jahrelang im Schrank aufbewahrt hatte, seinen Schatz aus Informationen und Zahlen, damit das Buch über die Lagerhaft geschrieben werden konnte. Sie wurde nervös, die Zeit verging, und vielleicht versuchte Alfred, sie von einer Telefonzelle aus anzurufen, sie erwartete seinen Anruf und verlor die Geduld. Sie wollte alles Leid der Welt vergessen, sie wollte nur Alfreds Anruf, ihm sagen können, daß sie ihn sehen wollte. Sie wollte alle Häftlinge vergessen, die Vernichtungslager, die Schornsteine des Krematoriums, die Gaskammern. Die gespenstischen Bilder auslöschen, die Leichenberge. Alles vergessen, nur Alfreds Stimme hören. Die Einsamkeit des ehemaligen Häftlings aus ihrem Gedächtnis streichen.

»Am meisten gefällt mir an dir«, hatte Alfred einmal zu ihr gesagt, nachdem sie zusammen geschlafen hatten, »deine Lebenslust. Du liebst das Leben geradezu hedonistisch, frech. Du verstehst es, diese Liebe auf die Menschen deiner Umgebung zu übertragen, bereicherst mit deiner Liebe die anderen.«

Norma hatte Alfred in die Augen geschaut, die bohrend waren wie die Patricks, und hatte, Verständnis vortäuschend, geantwortet:

»Das kann man lernen.«

Sie log, wußte, daß sie log. Lebenslust? Für die anderen? Tatsächlich konnte sie das Leid der Leute nicht ertragen. Aber es stimmte auch, daß sie sich davon freimachte, sowie sie nur konnte. Und jetzt hatte sie große Angst vor dem Gedanken, daß sie, wenn diese Liebe gescheitert war, wieder über die Geschichte schreiben würde, über die Vergangenheit. Das war eine Rückzugsmöglichkeit oder büßte sie vielleicht für eine Sünde? Gott, dachte sie, warum sind die Liebe zu den Menschen und die Liebe zur Menschheit nicht miteinander vereinbar? Mußte sie über das Leiden der anderen schreiben, wenn ihre Liebe in Vergessenheit geraten war? Wir Schriftsteller sind wie Aasgeier dachte sie, und wenn kein Stoff da ist . . . Nein, sie war nicht in der Lage, sich um beide Lieben zu kümmern.

»Ich werde Ihnen helfen, machen Sie sich keine Sorgen«, sagte sie ohne Überzeugung zu dem alten Lagerhäftling. »Bestimmt ist es nichts Ernstes, ganz bestimmt sind Sie nicht so krank, wie Sie glauben.«

Sie wollte das glauben, sie versuchte erfolglos, den alten einsamen Mann zu überzeugen, der von Anfang an zu ihr gesagt hatte:

»Die Wahrheit werden Sie nie erfahren.«

Sie wollte auflegen. Und wenn Alfred versucht, mich anzurufen, und merkt, daß besetzt ist? Aber der Alte hörte nicht auf zu reden, als ob sie ihm nur dadurch zu leben helfen würde, weil sie am anderen Ende der Leitung hing.

»Werden Sie auf den Friedhof kommen?«

»Ich weiß es nicht . . . Ich habe viel Arbeit. Ich rufe Sie dann an.«

Der Alte bemerkte ihre Zurückhaltung und legte bald darauf auf. Warum bin ich so?, fragte sie sich. Ich, die ich keinerlei Verständnis für Ferran hatte, ihm vorgeworfen habe, daß er Germinal einsam hat sterben lassen . . . Ich tue genau das gleiche, sagte sie sich. Aber wenigstens wußte Ferran jede Liebe richtig einzuordnen. Sie nicht, sie brachte alle Gefühle durcheinander. Und sie glaubte, daß sie in allem gescheitert war. Sie beneidete die Lesbierinnen. Sie dachte daran, wie sie einmal bei einem Abendessen gewesen war, das zu Ehren einer französischen Schriftstellerin gegeben wurde. Sie hatten viel über die Liebe zwischen Frauen diskutiert. Norma und Natàlia hatten Gegenpositionen bezogen. Die Diskussion war entbrannt, sie unterhielten sich angeregt. Die Französin sagte:

»Wir sind den heterosexuellen Frauen überlegen. Wir brauchen keinerlei Allianz mit dem Feind, nämlich dem Mann, einzugehen. Unsere Welt ist eine reine Frauenwelt, und wir fühlen uns sehr wohl darin.«

Aber Norma konnte sich nicht von der Welt des ehemaligen Lagerhäftlings absondern, ohne sich schuldig vorzukommen. Wie sie sich auch nicht von Ferrans Welt hatte absondern wollen. Noch von der Germinals. Von der aller Männer, die im Laufe der Geschichte verloren hatten. Jedenfalls fiel es ihr leichter, die Männer im Abstrakten zu lieben, als im Konkreten. Wenn sie einen von ihnen liebte, wie in diesem Fall Alfred, dann begann ein eigenartiger innerer Kampf, dann prallten die Gegensätze aufeinander, der Drang nach Freiheit und der, besessen zu werden.

»Jetzt gehörst du mir, mir«, sagte Alfred, wenn sie den Höhepunkt der Liebe erreichten.

»Ich gehöre niemandem, hörst du?«

Sie genoß es und lehnte sich dagegen auf. Alfred sah sie verwirrt an:

»Ich möchte auch dir gehören . . .«

»Ich werde niemals das Objekt irgendeines Mannes sein.«

Aber sie hätte es immer wieder gemacht, ein ums andere Mal. Bis zur Selbstaufgabe. Bis zum Untergang.

»Ich werde niemals das Objekt irgendeines Mannes sein«, das war sie einmal gewesen und hatte genug davon. Neun Monate als Frau eines Gefangenen, neun Monate auf der anderen Seite des Gitters, ohne etwas entscheiden zu können, neun Monate, in denen sie zurückgezogen gelebt hatte, gefangen und dabei ihm die Treue gehalten hatte. Eine Zeit des Stillstands, sie tat nur das, was sie tun mußte, um als Genossin dazustehen, die sich nicht unterkriegen ließ, die allzeit bereit war, dies war die Rolle, die der antifranquistische Widerstand den Frauen der Inhaftierten aufzwang. In Erwartung des Augenblicks, in dem sie sich dem Mann, der auf der anderen Seite der Gitterstäbe saß, hingeben konnte. Für ihn, nur für ihn hatte sie neun Monate lang die ganze Spannung ihres Körpers aufgespart, die drückend unausgefüllten Nächte, die Morgenstunden, in denen sie sich Mut zusprechen mußte. Wie eine Verurteilte hatte sie neun Monate in tausend Ängsten verbracht und dabei gedacht, daß die Begnadigung in dem Augenblick eintreten würde, in dem sie sich ihm hingeben könnte.

Und sie gab sich ihm nicht nur mit ihrem Körper hin, sondern auch mit ihrer Angst, der Abgeschiedenheit, in der sie gelebt hatte. Aber Artur zog sich ganz schnell aus und sprang ins Bett. Komm, sagte er zu Norma. Sie hätte es gerne in Ruhe gemacht, langsam, wie ein Ritual. Sie kroch unter die Laken und erwartete den Kuß.

Wenn du noch Sehnsucht hast, küß noch einmal
denn das Leben ist kurz.

Aber Artur sagte nichts, bediente sich ihres Körpers mechanisch, ohne die Hingabe anzunehmen. Er ignorierte Normas körperliche wie seelische Bedürfnisse, Artur drang gleich in sie ein, und da er beim ersten Mal Schwierigkeiten hatte, rief er lachend aus:

»Du hast ja Spinnweben da drin!«

Danach erzählte er das dann seinen Freunden. Wißt ihr? Norma hatte Spinnweben drin, vor lauter Warterei auf mich! Und jetzt fiel ihr das wieder ein, ausgerechnet jetzt, nicht damals, als es passiert war. Warum fallen einem die Dinge, die weh tun, immer so spät ein?, fragte sie sich. Vielleicht hatte sie dieses Erlebnis, unbewußt, die anderen Männer, die sie später geliebt hatten, büßen lassen. Sie wußte nicht mehr, wo sie gelesen hatte, daß wir alle zwei Gedächtnisse haben: Das Kurzzeitgedächtnis, das dazu da ist, das zu behalten, was klein ist, und das Langzeitgedächtnis, das dazu da ist, das zu vergessen, was wichtig ist. Und jetzt wollte sie eine Liebe beenden, die noch aktuell und wirklich war, wegen der Vergangenheit. Sie war nicht in der Lage gewesen, die Umstände zu ertragen, wenn die Liebe wirklich kam. Warum kam sie immer zur Unzeit? Das war Kati auch widerfahren. Ihre Liebe zu Patrick war zu spät gekommen. Und, wenn die Liebe zur Unzeit kommt, kann nur der Tod sie lösen.

Die Leiden der Vergangenheit gehen niemals zu Ende, dachte sie, manchmal sind sie wie Wachposten, die schlafen, aber sie wachen immer wieder dann auf, wenn du es am wenigsten erwartest. Und dann wirst du irrational, aggressiv. Das kannst du nicht verhindern.

»Ich gehöre niemandem, niemandem, hörst du?«

Alfreds Augen verschwammen, wie vorher die Ferrans verschwommen waren. Sie war gemein zu Alfred gewesen, weil sie zu ihm gesagt hatte, daß sie ihn nicht sehen wollte, aber je gemeiner sie war, desto mehr litt sie selbst. Sie konnte sich nicht beherrschen. Norma ließ sich vom Zorn mitreißen, der ihr zuflüsterte:

»Du hast ja Spinnweben da drin!«

Der Häftling hatte ihr, immer und immer wieder, die Nutzlosigkeit ihres Opfers vor Augen geführt. Und die neuen Liebeserklärungen erreichten ihr Ohr verzerrt, weil sie zornig war. Wir rechnen nie im richtigen Augenblick und nie mit dem richtigen Menschen ab, sagte sie sich. Alles ist ein Abrechnungsfehler. Das Telefon klingelte nicht. In der Stille des Hauses hallten nur Alfreds letzte Worte nach:

»Ich liebe dich, Norma. Aber ich kann auch meine Frau nicht verlassen, sie braucht mich.«

Jede Liebe ist ein Kompromiß, hatten sie die Religion und die Politik gelehrt. Ein Kompromiß mit wem? Mit der Vergangenheit? Alfred war verheiratet, aber er liebte sie, dessen war sie sicher. Was wollte sie noch? Hatte sie nicht in mehr als einem feministischen Vortrag gesagt, daß die Männer ihre Ehefrau genau dann zu verlassen pflegen, wenn sie eine andere Frau als Ersatz gefunden haben? Wenn sie die Ehefrau nicht mehr brauchen? Sie war auf einen verantwortungsbewußten Mann gestoßen. Einen Mann, der das Leiden seiner Ehefrau nicht ertragen konnte, der sich vorgenommen hatte, ihr zu helfen, sie nicht zu verlassen, der sich vorgenommen hatte, sich nicht aus dem Staub zu machen. Und sie konkurrierte mit der Ehefrau. Worum konkurrierte sie? Darum, mit ihm eine Beziehung anzufangen, die langsam zu Ende gehen würde? Mit der Agonie des Zusammenlebens? Sie wußte, daß sie das häusliche Leben mit ihm nicht ertragen würde, von wegen Gasrechnung bezahlen, sich darum kümmern, daß der Kühlschrank voll ist. Jeden Abend den Mülleimer hinausstellen. Nein, das hatte sie mit Ferran erlebt, und als die Liebe aufgehört hatte, war nur die Erinnerung an die Mülleimer und die Rechnungen geblieben, die sie hatten aufteilen müssen. Sie und Ferran waren zu weit gegangen: Das Leben draußen, die angebliche Liebe zur Menschheit hatten sie entfremdet, bis sie nur noch zwei nebeneinander herlaufende Einsamkeiten gewesen waren.

Ferran . . . Jetzt, wo er nicht mehr an ihrer Seite war, dachte Norma an ihn als einen Mann, der ganz verwirrt vor der Gefühlswelt stand. Norma hatte sich da hineingestürzt, und Ferran konnte ihr nicht folgen. Ferran konnte nicht in Worte fassen, was er empfand, Alfred konnte es, doch dann wich sie aus und fürchtete die Worte. Sie wollte nicht mit Ferran zusammenleben, sie wollte nicht zu Alfred zurückkehren, aber sie hatte panische Angst davor, alleine zu leben. Sie verstand sich selbst nicht. Ob sie wohl kurz vorm Durchdrehen war?

»Du hast ja Spinnweben drin!«

Sie gehörte niemandem. So hatte Ferran es verstanden. Du bist frei . . . Frei? (Aber als Ferran tagelang nichts zu ihr sagte, sie nicht fragte, wohin sie gehe, war Norma enttäuscht. Ferran hatte nie in ihr persönliches Tagebuch geschaut, und wenn er es doch getan haben sollte, dann hatte er nicht darüber gesprochen. Er hatte keinen ihrer Briefe gelesen, noch ein unvollendetes Manuskript sehen wollen. Er wartete geduldig, bis Norma es ihm zeigte. Ferran war tolerant und respektvoll. Niemals fragte er sie, wohin sie abends ging, noch, mit wem sie ausging. Hatte sie aus diesem Grund angefangen, wie unbeabsichtigt Alfreds Briefe auf dem Tisch liegen zu lassen? Hatte sie sich aus diesem Grund nicht mehr verstellt, wenn er anrief? Hatte sie sich vielleicht Alfred hingegeben, weil sie vergeblich das Gespräch mit Ferran gesucht hatte?) Rein äußerlich galten Ferran und Norma als ein Musterpaar. Sie waren das Sinnbild für eine Übereinkunft, die Bewunderung hervorrief: die vollkommene Harmonie zwischen zwei Freiheiten. Noch nie, hieß es, hatte ein Mann eine Frau so behandelt. Die Freundinnen beneideten sie. Aber jetzt, wo Ferran nicht mehr da war, fragte Norma sich, ob Ferran aus Respekt oder aus Gleichgültigkeit so gehandelt hatte. Drückt nicht Neugierde manchmal eine Art Liebe aus? Vielleicht waren es zwei verschiedene Bedürfnisse gewesen, die sich in der Zeit, die sie zusammen gewesen waren, gedeckt hatten. Vielleicht hatte sich Norma die Freiheit nicht erkämpft, wie sie sehr oft geglaubt hatte, sondern man hatte sie ihr aus Bequemlichkeit zugestanden.

Eines Nachts, Ferran war nicht da, hatte Norma mit einem Mann und einer Frau geschlafen. Sie hatte viele Nächte alleine im Haus in der Talsohle verbracht, weil Ferran eine lange Reise hatte antreten müssen, um Gelder für die Partei zu sammeln. Sie hatte auf der Landstraße ein Hippie-Pärchen aufgelesen und sich gedacht: Da werde ich neue Leute kennenlernen, Erfahrungen machen. Sie lud sie zum Abendessen ein, und das Pärchen sprach kaum. Auf Normas Fragen antworteten sie einsilbig. Schließlich zog der Junge hellen Tabak und ein bißchen »Shit« heraus. Er drehte einen Joint. Schweigend. Sie boten ihn ihr selbstverständlich an. Sie rauchten bis zum Morgengrauen. Zuvor hatte Norma versucht, eine passende Schallplatte auszusuchen. Sie hatte vor allem Platten mit klassischer Musik und mit Protestsongs. Sie erwartete irgendeinen ironischen Blick von dem Pärchen, aber die beiden waren bereits entrückt. Wenigstens sah es so aus. Norma rauchte mit ihnen, nachdem sie Alkohol getrunken hatte. Das ist eine neue Erfahrung, sagte sie sich immer wieder. Aber sie wagte nicht, sich einzugestehen, daß sie nichts spürte, allenfalls eine gewisse Gefühllosigkeit. Das muß an meiner puritanischen Ader liegen, sagte sie sich. Und zu guter Letzt wälzte sie sich mit zwei Körpern herum, lustlos, äußerst müde. Voller Neugier streichelte sie die Brüste der Frau, um zu fühlen, was die Männer fühlen. Aber ihr Verlangen erwachte schlagartig, als die Frau sie auf die Scheide küßte. Ein sehr starkes, drängendes Verlangen. Und sie hatte Angst. Sie versuchte, an Ferrans ruhiges Gesicht zu denken. Aber dies gelang ihr einfach nicht, es war in tausend Einzelteile zerfallen. Der Mann küßte ihr das Handgelenk, und die Frau drückte ihre Schamlippen. Sie dachte, daß sie nicht sie selber war, sondern nur noch ein Körper aus Stroh und Draht, der sich treiben ließ. Wie eine Spielzeugpuppe. Sie lagen auf dem Teppich im Eßzimmer, vor einem Gasofen, und die Körper nahmen rötliche, künstliche

Umrisse an. Das ist eine andere Welt, sagte sie sich, und ich muß sie kennenlernen. Ich bin eine Spielzeugpuppe, so habe ich mir's gewünscht. Und Ferran Gesicht wurde kleiner in ihrem Kopf, als versuchte es, darin zu verschwinden.

Am nächsten Morgen war das Pärchen verschwunden, und sie mußte Maruja zu Hilfe rufen, um die Kinder anzuziehen. Als sie weg waren, übergab sie sich ausgiebig. Sie streckte sich auf dem Bett aus, ihr Körper war ganz steif. Sie erinnerte sich an alles, was in der zurückliegenden Nacht geschehen war, wie in einem Film. Sie hatte starke Kopfschmerzen und fühlte sich niedergeschlagen. Sie verfluchte ihre Schwäche, die sie einen Arbeitstag kosten würde, und fragte sich: Bin ich lasterhaft? So was Blödes, sagte sie sich später, was habe ich mir denn vorzuwerfen? Vor welcher Instanz muß ich Rechenschaft ablegen? Habe ich dieses Hippie-Pärchen nur aus Neugier eingeladen? Sie hätte gerne Ferran an ihrer Seite gewußt, denn der hätte sie schweigend verstanden . . . Aber, bedeutete denn sein Schweigen Verständnis? Ihr war schwindlig. Wenn Ferran hier wäre . . . Und sie fragte sich, warum sie, ausgerechnet in diesem Augenblick, die Hilfe eines Mannes herbeisehnte. Ich stehe in einer puritanischen Tradition und bin nicht in der Lage, mich damit abzufinden, sagte sie sich immer wieder. Sie sehnte sich nach häuslichem Frieden, und gleichzeitig suchte sie das Verrückte. Ich verstehe mich nicht, sagte sie sich, ich bin wild darauf, mich ganz und gar gehen zu lassen, und wild auf ein ruhiges Leben. Der häusliche Herd und das Abenteuer. Die konservative Häuslichkeit und Unbehagen über alles, was nutzlos, unnötig ist. Ich stehe zwischen logischen, vernünftigen Schemata und dauernder Zeitverschwendung. Sie fand sich nicht zurecht.

Wenn Ferran nicht soviel zu tun gehabt hätte in der Zeit, als sie zusammenlebten, wenn er verstanden hätte, daß ihre Eskapaden ihr Verlangen danach ausdrückten, sich verständlich, auf sich aufmerksam zu machen.

Da kehrte der Kindheitstraum wieder. Die Nonnen zerrten sie nackt durch alle Klassenzimmer. Im Hof, wenn es kaum noch hell war, versammelten sich die Riesen: die Oberin, Männer ohne Gesicht, die die Autorität darstellten. Stiefel, Ledergürtel . . . Sie durfte nur die unteren Hälften der Riesen sehen, und von Zeit zu Zeit mußte sie ihnen die Schuhsohlen lecken. Keiner der Riesen hatte Nase, Ohren oder Mund, es waren platte Gesichter. Sie versammelten sich rund um einen U-förmigen Tisch vor den Resten eines Festessens. Sie sah nur die schwarze Kutte der Oberin, die Stiefel und die Spitzen der Tischwäsche. Unter einem Hagel von Peitschenhieben mußte sie an jedem Stiefel vorbei-kriechen, immer und immer wieder. Und auf Befehl der Oberin mußte sie ihre Scheide zeigen, mit offenem Loch. Das Gelächter dröhnte ihr in den Ohren. Alles paßte in das Loch, es war ein grundloser Brunnen, die Kloake des himmlischen Grafen, die Waschschüssel des Aristoteles. Die gesichtslosen Männer und die Oberin brachen in Gelächter aus und deuteten mit dem Finger auf sie. Du Hündin, du Hündin, kreischten sie. Und sie mußte kriechen, weil sich niemand ihrer in dem Traum erbarmte. Sie mußte ihnen ihre Schweinerei, ihren Schmutz zeigen.

»Du hast ja Spinnweben da drin«, hatte der Ex-Häftling zu ihr gesagt, der Mann, den Norma hingebungsvoll geliebt hatte, dem sie sich hingegeben hatte, nachdem sie in der Wartezeit enthaltsam gelebt hatte, bis er aus dem Gefängnis gekommen war. Lange Zeit hatte sie ihre Scheide niemandem gezeigt. Bis Ferran kam. Sie gab sich wieder hin, und der Kindheitstraum wurde nach und nach verschwommener. Als Ferran sie zum erstenmal auf die Scheide küßte, glaubte Norma, daß sich ihr Warten gelohnt hatte.

Norma wünschte sich, daß Ferran ganz in sie eindringen sollte, wie ein Kind, das wieder in den Schoß der Mutter zurückkehren will. Und das Loch wurde zu einer feuchten Höhle, bereit, ihm Unterschlupf zu bieten, oder aber zu einem Strudel, der ihn verschlingen würde, um ihn gegen alle Gefahren der Außenwelt zu beschützen. Norma umklammerte ihn mit ihren Beinen, nur der Kopf schaute noch heraus. Und sie wäre gerne explodiert, untergegangen, gestorben. Alle möglichen gegensätzlichen Gefühle überkamen sie, sie wollte neu anfangen und sterben. Sich verletzen, sich zerreißen. Sie sah Ferrans Augen, voller Verlangen, und sie drückte mit aller Kraft seinen Kopf. Wie Kirke hätte sie ihn gerne verzaubern und ihn ganz zu sich holen wollen.

Sie erinnerte sich an einen der Augenblicke, als sie am glücklichsten gewesen waren. Sie waren in Urlaub gefahren, hatten eine gemeinsame Woche vor sich. Ohne Hetze und ohne Heimlichkeit. Die Stundenzeiger existierten nicht. Sie waren im Schwimmbad, und Norma tauchte in das Wasser ein, als würde sie hineingezogen. Alfred saß auf dem Treppchen und beobachtete sie. Norma streckte die Beine hoch, und Alfred sagte zu ihr, du siehst aus wie Esther Williams. Es gefiel ihr, daß er sie beobachtete, sie bewegte sich nur für Alfred. Norma dachte bei sich, daß es in dieser Liebe viele Wasserszenen gegeben hatte, in der Badewanne, unter der Dusche, im Regen . . . Als sie aus dem Wasser kam, war ihr kalt, und er lieh ihr sein kariertes Hemd. Alfred zog Normas lila T-Shirt an. Es war ihm zu eng, und er witzelte: Ich sehe aus wie ein Gigolo. Sie setzten sich ins Gras, in ihrer Nähe tummelten sich lärmende Familien. Sie sagten sich ganz oft, daß sie sich liebten. Auf einmal sagte Alfred:

»All diese Leute sehen glücklich aus . . .«

»Sie sind im Urlaub«, erwiderte Norma, »du solltest sie sehen, wenn der Alltag sie wieder hat . . .«

»Vielleicht sind sie glücklich, weil sie den Alltag akzeptieren.«

»Wenn sie wissen, daß sie ihn akzeptieren, sind sie nicht mehr glücklich. Heutzutage hat die Familie keinen Sinn mehr . . . Außerdem ist es die Frau, die am meisten in der Ehe verliert. Was sagt eigentlich deine Frau zu alledem?«

»Meine Frau sagt, daß sie den Feminismus von einigen militanten Frauen nicht versteht.«

Da lief es ihr eiskalt über den Rücken. Ihr ging durch den Kopf, daß sie sich mit dem unklarsten aller Gefühle auseinandersetzen mußte: Wie konnte sie die Liebe aus Leidenschaft mit der Solidarität unter Frauen in Einklang bringen? Sollte sie einer Liebe entsagen, die angefangen hatte, ohne daß sie es gewollt hatte, ganz natürlich? Sie dachte an die Dinge, die Agnès ihr zu Beginn ihrer Trennung von Jordi Soteres anvertraut hatte, an die langen Vorträge, die sie ihr gehalten hatte. Du mußt du selber sein, sagte sie zu ihr, wir können ganz ausgezeichnet ohne Männer leben. Wir brauchen sie zu nichts. Sie manipulieren uns, wollen uns vereinnahmen . . . Und Norma wollte nicht auf Alfred verzichten, während seine Frau die militanten Feministinnen verachtete, weil sie ahnte, daß eine davon ihr den Mann weggenommen hatte. Die Ehefrau wob geduldig ihr Scheitern in der Einsamkeit aller Penelopes. Und sie, hatte sie denn keine Geduld? Natàlia sagte zu ihr: Ich verstehe nicht, warum du ihn nicht verläßt, siehst du denn nicht, daß er alles haben will, das Haus, die Familie und die Geliebte außerhalb? Und du redest soviel über die Selbstbestimmung der Frau?, warf sie ihr vor. Aber Norma glaubte, ihn zu verlassen, wäre ein noch viel größeres Versagen. Und dann dachte sie immer mal wieder, trotz alledem, daß sie sich das Scheitern nur eingebildet hätte. Daß sie es als literarischen Stoff bräuchte. Sie konnte sich aber auch den Konflikt nicht eingestehen, mit ihm zu leben. Natàlia, ja, die konnte das. Natàlia hielt sich von der Verrücktheit fern und verstand den Konflikt. Bedeutet, fragte sie Natàlia, das Annehmen des Konflikts nicht ein Nachgeben? Du wirst nie erwachsen, stellte ihre Freundin fest.

Norma dachte, daß sie Alfred gerade deswegen so liebte, weil er so voller Zärtlichkeit über die eigene Frau sprechen konnte. So, als ob sie sich auch in ihr erkennen könnte. War sie nicht in den feministischen Vorträgen für die Frauen eingetreten, die sich von Geburt an ausgebeutet fühlen? Hatte sie nicht geschrieben, daß der Mann die Selbstbestimmung der Frau nur dann befürwortet, wenn er sie loswerden will? Nun, jetzt hatte sie es mit einem Mann zu tun, der sich damit solidarisch fühlte. Und sie, blind wie sie war, weigerte sich, das zu sehen. Da war nichts zu machen. Wenn sie sich wieder treffen würden, würden sie intensive Augenblicke miteinander erleben, aber Alfred würde zu seiner Frau zurückkehren, deren Schwäche einfach über ihn siegte. Aber, wer, wenn nicht die Männer, hatte sich denn die angebliche Schwäche der Frauen ausgedacht? Und Norma liebte wie verrückt einen dieser Schöpfer.

Trotzdem hatte sie große Angst davor, idealisiert zu werden. Diese Liebe war zu heimlich, sie kannten voneinander nur die Schokoladenseiten, teilten nichts Materielles miteinander. Da gab es nichts Wirkliches. Ein Traum. Andererseits fragte Norma sich, ob Alfred in ihr nicht die freie Frau liebte, die kaum existierte, allenfalls theoretisch. Sie war sorgfältig darauf bedacht, ihre Schwachstellen nicht zu zeigen, die er abgelehnt hätte. Ihre Penelope-Anteile, die sie im Haus in der Talsohle gelassen hatte, die sie nur Ferran gezeigt hatte. Norma sah sich oft als Schatten vieler Frauen, die ihr ähnelten, und sie wußte nicht, ob das eine der Wurzeln des Wahnsinns war. Sie wollte sich auch nicht von den Frauen abgrenzen, sich anders fühlen, wie Natàlia das tat. Sie liebte die Frauen, aber ihre Liebe war komplizenhaft, weil sie den Schmerz dieser Frauen teilte. War das Liebe? Es gibt so viele Definitionen wie Arten der Liebe, hatte Natàlia ihr eines Tages gesagt, ich weiß nicht, warum du dich darauf versteifst, sie alle durcheinander zu bringen. Wahrscheinlich hatte sie recht.

Alfred rief nicht an. Verärgert über die Funkstille, beschloß sie, zur Einweihung des Friedhofs für die spanischen Flüchtlinge in Südfrankreich zu fahren. Dort begegnete sie dem ehemaligen Lagerhäftling, der aussah wie Louis de Funès. Er lief abseits der anderen, gebückt und von der Krankheit gezeichnet. Er sprach

mit niemandem, und die zornigen Augen wirkten kleiner, einge-
sunken, funkelnd, als wollten sie krampfhaft das Leben zurück-
halten. Norma ging unter lauter alten Republikanern, inmitten
einer Totenprozession. Sie dachte an Alfred.

»Mein Kind, man sagt, daß jeden Frühling die Lachse aus dem
Meer kommen, in dem sie den Winter über gelebt haben, die
Flüsse hinauf schwimmen, gegen die Felsen prallen, wo manche
zerschellen, aber andere durchkommen und ganz oft da sterben,
wo sie geboren wurden.«
    »Warum, Mutter? Mögen sie denn das Meer nicht?«
    »Doch . . . Aber vielleicht kommt es ihnen zu groß vor.«
    »Ich mag das Meer.«
    »Ich auch.«
    »Vielleicht finden sie, daß es dort zu kalt ist.«
    »Vielleicht, ja.«
    »Warum schwimmen die Lachse an den Ort zum Sterben, an
dem sie geboren sind? Wie können sie sich daran erinnern?«
    »Sie haben eben ein gutes Gedächtnis. Sie schwimmen ins
Meer, weil es groß ist. Und tief. Aber dann ruft der Fluß nach
ihnen.«
    »Die Lachse verstehe ich nicht.«

Norma fühlte, wie ihre Haut vor Kälte aufsprang. Sie war vor
kurzem aus dem Süden angekommen, wo es im Herbst noch
recht warm war. Sie stieg den Weg, der zum Friedhof führte, mit
dem alten Republikaner hinauf, der ihr Photos von seinem Pferd
zeigte, ähnlich wie ein Opa voller Stolz die Bilder von seinem
Enkelkind zeigt. Ich komme nur mit Tieren aus, hatte er zu ihr
gesagt. Der Friedhof schmiegte sich in eine friedliche Landschaft, die von leicht hügeligen Bergen umgeben war, eingebettet
zwischen Weiden und Weinbergen. Eine geradezu klassische
Umgebung.
    Auf jeder Seite des Friedhofs hatte man einundachtzig ganz

junge Pinien gepflanzt. Jede Pinie stand für ein Grab. Es gibt noch Leute, die sich an den Tag im Februar erinnern, als ein ganzer Haufen verdreckter, zerlumpter Republikaner hier ankam.

Die Erinnerung daran fällt nicht schwer: Es war ein eiskalter Winter, die Flüsse waren zugefroren, die Weinreben erfroren, die Wege voller Schlamm. Es regnete unablässig, und der Schlamm bedeckte die Schützengräben, in denen die Männer, die aus dem Süden kamen, ohne große Hoffnung Schutz suchten.

Der Republikaner sprach unablässig, mein Leben ist wie ein Roman. Weißt du, Norma, im Konzentrationslager mußten wir in Holzkisten die Scheiße der anderen KZ-Häftlinge, die im Steinbruch arbeiteten, hin und her schleppen. Wir stiegen die Stufen hinunter und rutschten andauernd aus wegen dem Eis und der Sauerei. Man lud uns die Kisten auf den Rücken, und dann ging's los. Stufen und Steilhang. Immer nach oben, pausenlos. Wehe dem, der stehenblieb. Norma fror sehr, es war bitterkalt.

Die Leiber, die in den Gräbern lagen, lösten sich im Laufe der Jahre auf. Brombeeren und andere Sträucher überwucherten sie. Die Namen verwitterten, die Grabsteine wurden vom Stechginster überwuchert. Das französische Katasteramt teilte jedem Hügel einen Namen zu. Jede Nummer, *un rouge espagnol*. Die Baracken des Lagers zerfielen auch, wurden als Schuppen genutzt, in denen ein Bauer sein Werkzeug unterstellen konnte. Die Toten waren in dieser Ecke begraben worden, weil sie *Rouges* waren, und *Rouges* dürfen bekanntlich nicht auf einem katholischen Friedhof begraben werden.

»Und viele von den Lachsen sterben, bevor sie ans Ziel kommen. Sie kämpfen gegen die Wasserfälle an, versuchen sie zu überspringen, aber sehr oft fallen sie wieder herunter, und die Strömung zieht sie aufs Meer hinaus. Aber sie versuchen es noch einmal, weil sie sehr hartnäckig sind. Sie sind so stark, daß sie bis zu fünf Meter hoch springen können, um die Wasserfälle zu überwinden. Sie schwimmen gegen den Strom.«

»Was bedeutet das ›sie schwimmen gegen den Strom‹?«

Man schnitt das Unkraut ab. Nach und nach kamen die Grabhügel wieder zum Vorschein. Und man legte auf jedem Hügel ein Grab an. Ein Grab mit einem Grabstein und einer Rose. Auf jedem Grabstein ein Name. Und das Pferd, erzählte der ehemalige Lagerhäftling, wiehert schon, wenn es mich hört. Mit seinem Maul fährt es mir über den Rücken und übers Gesicht, drückt es gegen meine Hände. Es freut sich. Sein Wiehern dröhnt durchs Tal, und es wirft die Mähne zurück, wenn es sich auf die Hinterhand stellt.

Norma sah zum Himmel auf, der sich über die Gebirgskette hinaus erstreckte, er sah so aus, als berührte er die Gipfel. Grün in tausend Schattierungen leuchtete in den Weinbergen. Der Republikaner erzählte weiter: Und die SS-Leute hoben Löcher aus, ungefähr sieben Meter tief, um darin Juden zu ertränken. Aber ich machte mir nur Sorgen um die Kiste voller Scheiße, die ich hin und her schleppen mußte. Du ahnst ja kaum, wie schwer die war, wenn ich diese verdammten Stufen hinaufsteigen mußte. Ich dachte an nichts mehr, nicht an den Krieg, nicht an den Grund, warum ich dort war.

Norma fror immer mehr. Sie dachte daran, wie sehr sie ihn liebte. Und an das drängende Verlangen ihrer letzten Liebesnächte. Es war unmöglich, zur Ruhe zu kommen, die Gedanken kamen immer und immer wieder und waren nie befriedigt. Norma wollte weg, der Luftzug war eiskalt. Die Wolken ballten sich am Horizont zusammen und kündigten ein Unwetter an. Der Republikaner schwieg, die Worte taugten nicht mehr, und jetzt überdeckte die Stille alles. Nur noch das Raunen des Windes war zu hören, hinter den Weinbergen, ein sanftes Raunen, das von den Bergen herunter kam. Vielleicht war es das

Murmeln der Toten, die zurückkamen, um sich nicht so einsam zu fühlen.

Irgend jemand neben Norma sagte: Siehst du, diese Fahne da, das ist unsere. Für die Fahne der Republik sind viele Menschen gestorben. Und jetzt, wer denkt da noch dran? Wer erinnert sich daran, Norma? Und Norma preßte die Augen ganz fest zu. Von rosa bis nachtschwarz. Sie wollte wieder seine Haut fühlen, die erste Berührung nach einer langen Trennung. Norma überlegte sich, wenn ich ins Hotel komme, werde ich ihn anrufen. Ich werde zu ihm sagen, daß wir uns wieder vertragen müssen, daß ich ihn nicht vergessen kann, daß ich kein Mitleid mit der Frau, die ihn auch liebt, habe. Warum soll ich ihn vergessen?

Die Gespenster begleiteten das Raunen der namenlosen Toten. Die Gespenster kamen und gingen, tanzten einen Reigen. Sie sagten nichts, nur weit aufgerissene Augen, die sie nicht schließen konnten. Wir vergessen nicht, sagten die Augen, sagte das Raunen.

Ein Alter auf Krücken näherte sich einem der Gräber, ein bißchen Staub lag auf der Rose auf dem Grabstein. Lluïsa, die Lagerinsassin, hatte ein kreideweiß gepudertes Gesicht, so, als wollte sie gleich ein Drama aus dem achtzehnten Jahrhundert aufführen. Sie flüsterte Norma ins Ohr: Wir kommen vom Têt, dem Fluß, der soviele Kinder, Alte, Frauen, Kranke mitgerissen hat, alle sind ins Meer gespült worden. Acht Tage später wurden immer noch Leichen am Strand von Argelers angeschwemmt. Sie waren still begraben worden, aber die Toten schweigen nie, Norma, die schweigen nie.

Im Hotel, überlegte Norma, werde ich ihn anrufen. Ich will seine Stimme hören, ich will sie hören, wissen, daß er existiert, daß er lebt. Die Alten liefen, fast tänzelnd, zwischen den Grabsteinen herum. Die Pinien wiegten sich in einem langsamen, stummen Tanz. Jemand sprach im Namen aller, vielleicht ein Toter, der zurückgekommen war? Wir sind hierhergekommen mit der gleichen Fahne, mit der wir 1939 die Grenze überschrit-

ten haben, und ich glaube nicht, daß irgendwer uns zurückweisen kann, zurückweisen, zurückweisen . . .

Norma überhörte die letzten Worte. Der Wind blies sie fast
weg. Und die Kälte brannte auf ihrer Haut und drang in ihren
Körper. Ich werde dich anrufen, aus der Ferne, nur, um dir zu
sagen, daß ich dich liebe. Zurückweisen, zurückweisen, ich liebe
dich, ich liebe dich. Ich begehre deine junge Haut, bis ich sterbe.
Und den wohlig warmen Kuß, mein Engel. Und die Gespenster
schwebten kraftlos um sie herum, verbrannte, trockene, ge-
schwärzte Häute, tiefe Furchen in den Wangen. Sie tanzten den
Totentanz. Ich möchte gerne das Gedächtnis verlieren und in dir
verschwinden. Und dich empfangen, als wäre ich die feuchte
Erde. Oder mich auf deinem Körper ausstrecken, als seist du die
Wurzel und ich der Baum, der sich zum Himmel erhebt.

Schon bald überwucherten die Sträucher die Erde wieder. Das
Unkraut überwucherte die Nummern. Der Wind blies seinen
Tod dorthin. Die Baracken des Flüchtlingslagers stürzten ein,
denn es gab Unwetter und böige Winde. Und Regen. Die
kreidebleichen Gesichter der Gespenster strichen um Norma
herum. Sie wollte fort. Daß ihr nicht einmal die Erinnerung
daran bliebe. Streichen . . . vielleicht die Worte? Norma dachte
an ihren Engel, der war faßbarer, wirklicher im Traum, sie
sehnte sich danach, ihn zu küssen und bis zur Besinnungslosigkeit geküßt zu werden. Norma wollte vergessen.«

»Und die Lachsweibchen irren sich nie, im Ort nicht und im
Fluß nicht.«

»Die irren sich nie, Mutter?«

»Nie.«

»Und die Lachse, die auf der Strecke bleiben, die an den
Felsen zerschellen?«

»Ihre Leichen werden von der Strömung mitgerissen und
wieder ins Meer gespült.«

»Schade um diese Lachse.«

Die Wirklichkeit war ganz anders gewesen, und vielleicht würde Natàlia ihr das vorwerfen. Die Männer, die auf den Friedhof gekommen waren, um der Flüchtlinge zu gedenken, die nicht mehr in ihre Heimat hatten zurückkehren können, waren keine Gespenster. Aber Norma hatte sie als solche gesehen. Hatte Alfreds Schweigen sie in Gespenster verwandelt, in Normas Augen? Gingen sie ihr auf die Nerven?

»Du bist keine Romanfigur, mein schönes Kind«, würde Natàlia sagen, »du bist ein wirklicher Mensch. Warum willst du unbedingt aus allem Literatur machen?«

Weil Norma wollte, daß der Traum Wirklichkeit wird. Und auch das Vergessen der Vergangenheit, der Geschichte sollte eintreten. In der feministischen Theorie war die leidenschaftliche, intensive, totale Liebe zwischen einem Mann und einer Frau nicht vorgesehen. Oder war auch die irreal?

Der Lagerhäftling, der aussah wie Louis de Funès, sprach kaum ein Wort zu Norma, solange sie auf dem Friedhof waren. Beim Hinausgehen drückte er ihr ganz fest den Arm.

»Wissen Sie, ich habe so eine Vorahnung, daß wir uns jetzt zum letztenmal sehen. Falls Sie nicht nach Paris kommen, und sei es auch nur für ein Wochenende . . .«

»Kommen Sie, jetzt übertreiben Sie aber . . .«

»Aber, werden Sie kommen?« Die Augen des Häftlings glänzten fiebrig.

»Ich weiß nicht . . . Jetzt habe ich gerade viel zu tun.«

Norma wollte die eingefallenen Wangen des Alten nicht wahrhaben. Auch nicht die Knochen, die sich unter seiner Haut abzeichneten. Noch wollte sie seine Totenblässe wahrnehmen. Sie machte sich sanft los. Norma ließ ihn hinter sich zurück, mischte sich unter die anderen Friedhofsgäste. Der Alte schleppte die riesige Aktentasche mit sich herum, in der er für sie die Listen mit den Toten aufbewahrt hatte. Er lief zwischen den Weinreben herum, langsam, hinter den anderen her, war bald nur noch als ein schwarzer Punkt zu erkennen, so, als wollte er sich zwischen den Grabsteinen verlieren, die eine Rose und einen Namen trugen, so, als wollte er sich in eine der frisch gepflanzten Pinien verwandeln.

Sie kehrte in das Haus in der Talsohle zurück. Das Manuskript über Judit und Kati hatte sie fast schon abgeschlossen. Seit Tagen hatte sie nichts von Alfred gehört, und nachts rollte sie sich unter den Laken zusammen und träumte, er läge neben ihr. Wer? Ferran? Alfred? Alle beide. Manchmal nahm er sehr konkrete Formen an, dann wieder hörte sie seine Stimme, die ihr ins Ohr flüsterte. Ferran würde nie mehr zurückkommen, Alfred war weit weg. Und jeden Morgen mußte sie sich zwingen, sich die Liebe zwischen Kati und Patrick vorzustellen. Wie waren die beiden wohl in Wirklichkeit? Kati, eine Frau mit Erfahrung, zum erstenmal verliebt, nachdem sie Sex im Übermaß genossen hatte, ohne wählerisch zu sein. Eine Frau, die bewußt gefährlich gelebt hatte, weil sie ein Leben wie ein Mann geführt hatte, weil sie die Männer im Bett so hatte behandeln wollen, wie diese oft mit den Frauen umgehen, bis der Krieg und der Tod ihr den Kopf verdreht hatten und sie gelernt hatte zu lieben.

Norma ging ins Bett, massierte ihre Füße, sie waren eiskalt. Ihr wurde einfach nicht richtig warm. Warum haben wir Frauen immer wieder kalte Füße?, fragte sie sich. Wie war Kati wirklich gewesen? Und Judit? Oder habe ich sie etwa nur erfunden? Nein, Frauen wie die beiden Mundetes waren keine Erfindung. Jeden Tag triffst du an jeder Straßenecke auf eine von ihnen. Ebensowenig ist Tante Patrícia erfunden. Das sind die Gespenster, die nicht reden konnten, als sie lebten, und jetzt kommen sie, um mir alles zu erzählen. Warum schreibe ich immer über Gefühle, die scheitern? Das Leben ist doch auch nicht so . . . Oder doch? Wer konnte ihr diese Frage beantworten? Vielleicht wird Natàlia, die immer vernünftig ist, zu ihr sagen:

»Gefühle scheitern eben immer. Wenn wir sie nicht selbst zerstören, dann ist es der Tod, der ihnen ein Ende setzt.«

Nein, das wollte sie nicht wahrhaben. Sie wollte jetzt glücklich sein. Warum schrieb sie dann also? Wir wiederholen dieselben Worte, sagen alles noch einmal, glauben immer, daß wir es
gerade erst entdeckt haben. Wir halten uns für Kinder, die eben
erst die Welt entdeckt haben, sagte sie sich. Und trotz alledem
wollte Norma das aufschreiben. Die Farben beschreiben, die
Nuancen, die uns in der realen Gegenwart entgehen, das Licht,
das uns bezaubert. Die Gefühle, die wir haben, nachdem wir
geliebt haben, diese Mischung aus Genuß und Schmerz, die sich
irgendwo im Körper auf einen Punkt konzentrierte . . ., das
überwältigende Gefühl der Freude und der Melancholie, sie
wollte die obskure Gefühlsbewegung erklären, die lebendige,
sinnlose, kindliche, glücklich unschuldige Übereinstimmung,
die uns dank des Mysteriums des Unbewußten überfällt . . . Sie
hätte gerne schreiben können, was sie gesehen hat, was sie
gefühlt hat, was sie gedacht hat, alles zusammen, so daß die
Vernunft und die Unvernunft ein harmonisches Ganzes bilden
würden . . . Aber sie fühlte sich wie ein kleines Kind, dem man
das Werkzeug zum Bau einer wunderbaren Maschine geschenkt
hatte, und das jetzt voller Verblüffung feststellte, daß es damit
nicht umgehen kann. Das Werkzeug zieht es magisch an, so daß
es fasziniert davor stehenbleibt, mit weit aufgerissenem Mund,
gebannt. Das Kind weiß genau, daß es mit dem Werkzeug eine
wunderbare Welt aufbauen könnte, ganz anders als alles, was
es bis dahin gesehen hat, aber das Mysterium macht ihm angst.
Es hat Angst davor, etwas Neues zu schaffen. Und Norma
überlegte sich, daß Schaffen bedeutet, daß man sich derartig auf
das Werk einläßt, daß man nie mehr darauf verzichten kann.
Denn sie wußte, daß, letztendlich, das Leben sich mehr der
Kunst annähert, als die Kunst dem Leben, wie das ja schon sehr
oft gesagt worden ist.

Sie wollte über die Beziehung zwischen Kati und Patrick
schreiben, aber es fehlten ihr nähere Angaben, und ihre Beziehung zu Ferran nützte ihr dabei gar nichts, um sie zu verstehen.

Ebensowenig wie ihre leidenschaftliche Liebe zu Alfred. Jedesmal, wenn du liebst, glaubst du, daß alles besser werden wird. Warum haben wir sowenig Erfahrung in der Liebe?, fragte sie sich. Warum hat man sie uns in der Schule nicht genauso gelehrt, wie man uns die Fibel hat auswendig lernen lassen? Shakespeare hat schon alles gesagt in punkto Liebe. Weswegen wollte sie die Geschichte von Kati und Patrick schreiben? Um vor ihrer eigenen Verwirrung zu fliehen?

Während Natàlia ein Segel beobachtete, das am Horizont flatterte und sie an ein weißes Augenlid erinnerte, schrieb Norma über die Liebe zwischen Patrick und Kati und versuchte gleichzeitig, sich die Haut der beiden Männer, die sie am meisten geliebt hatte, in Erinnerung zu rufen. Sie wird euch als etwas Kurzlebiges gegeben, wie ein Geräusch, wie ein flüchtiger Schatten, kurz wie ein Traum, der vom Hunger der Finsternis verschlungen wird, sagt Shakespeare über die Liebe. Flüchtig und kurz wie ein Traum, genau.

Sie rollte sich unter den Laken zusammen und versuchte, sich an das Gefühl zu erinnern, das sie empfand, wenn sie seine Haut berührte. Die Alfreds, die Ferrans . . . Du kannst dir die Schönheit eines Körpers dank der Bilder, die sich in deinem Inneren eingeprägt haben, in Erinnerung rufen. Aber wie kann man sich an die Berührung einer Haut erinnern? Der ›Sehsinn‹ ist nicht der Tastsinn, sagte sie sich. Das Gesehene kann mitgeteilt, auch verstanden werden. Der Tastsinn ist intimer. So richtig zu lieben fängst du mit der Berührung an. »Du berührst den Himmel, wenn du den Finger auf einen menschlichen Körper legst«, hatte Norma in einem ihrer Romane geschrieben, nachdem sie den Dichter Aleixandre gelesen hatte.

Sie bemühte sich, sich an dieses Gefühl zu erinnern. Die noch nicht geküßte Haut am Morgen abzulecken. Eine warme Oberfläche? (Einmal hatte ein großer Schriftsteller aus Normas Heimat, der auf die achtzig zuging, zu ihr gesagt: »Beschreiben ist nicht leicht, Senyoreta, alle glauben, es zu können. Mal sehen, könnten Sie mir erklären, welche Farbe diese Flasche hat?« Und Norma sah die Flasche eine ganze Weile lang an und konnte ihre Farbe nicht beschreiben. Sie spürte nur, daß es nicht reichen würde, wenn sie sagte, daß sie grün war, denn sie war nicht ganz grün. »Sehen Sie?« sagte der Schriftsteller. »Wenn Sie mir diese Farbe nicht beschreiben können, wie werden Sie dann mit dem Beschreiben von Gefühlen fertig?«) Sie würde es versuchen: Es war eine im wahrsten Sinne des Wortes nackte Haut, ganz und gar bloß, sie gab sich der darüberstreichenden Luft hin. Glatt, eine Haut, die mit der Geduld der Jahrhunderte auf sie gewartet zu haben schien. Als sie zum erstenmal aufeinander gestoßen waren, schien es so, als ob ihre beiden Häute, Stimmen ihrer Körper, sich wie zwei bekannte Wesen begrüßen würden. Seine Haut war einzigartig, eine Haut, die sich bis zu diesem Zeitpunkt verirrt hatte und die sich nun auf vollkommene Art mit ihrer Haut verband. Aber über welche Haut sprach sie eigentlich? Über die Ferrans? Die Alfreds? Sie massierte ihre Füße, sie blieben eiskalt. Sie rollte sich unter den Laken ein, aber das Bett war keine Zuflucht, sondern ein Weltraum. Vielleicht dachte sie sich die geliebte Haut aus, jetzt, wo sie alleine war? Nein, man braucht sich nichts auszudenken, nur vorzustellen. Patrick und Kati waren auch keine Erfindung. Judit auch nicht. Sie hatten an irgendeinem Ort existiert, zu irgendeinem Zeitpunkt, dessen war sie sich sicher. Wie die Stimmen, die um sie herumschwirrten und irgendwann einmal zu ihr gesagt hatten: Ich liebe dich. Man mußte sich etwas vorstellen, die Vorstellung ist eine gute Verbündete der Erinnerung. Sie lächelte, würde sie wie Judit enden? Würde von jetzt an ihr Leben nur noch aus Erinnerung bestehen?

Sie hätte sich gerne zwischen die beiden Häute gelegt, jetzt, wo sie anfing zu begreifen, daß das Verlangen durch die Erinnerung ersetzt wurde. Sie wird Ferran nicht mehr sehen, Alfred wird nicht anrufen, und falls er es doch tun sollte, wird er über kurz oder lang immer zu seiner Frau zurückkehren.

Unter den Laken drang das Nagen der Holzwürmer im Balken an ihr Ohr. Das Haus in der Talsohle verwahrloste nach und nach. Am Morgen hatte sie versucht, im Garten die Dornenbüsche und Sträucher auszureißen. Wie auf dem französischen Friedhof, hatte sie gedacht. Mit Ferran hatte sie versucht, Vogelstimmen zu erkennen. Die Nachtigall kündigte den Frühling an, die Lerche den Morgen. Die Vögelchen sangen zu allen Stunden. Der Efeu hing schlaff, verwelkt an der Mauer. Norma war mit dem Finger über ihn hinweggefahren. Der Pfirsichbaum war eingegangen, und der Wind blies die Glockenblumen aus der Weinlaube überallhin. Hier bin ich glücklich gewesen, sagte sie sich. Und vielleicht fange ich neu an zu leben wie eine Rentnerin, fügte sie in Gedanken hinzu. Ferran würde zu ihr sagen, daß sie ihre Gefühlsausbrüche im Zaum halten müsse, denn die wären geradezu affektiert. Weiß der Himmel, ob er nicht recht hat . . .

Sie war in das alte Haus in der Talsohle zurückgekehrt, um die Geschichte von Kati und Patrick und von Judit zu schreiben, aber die Erinnerung an die beiden Häute, die sie am meisten geliebt hatte und noch immer liebte, verfolgte sie. Im Bett hörte sie den durchsichtigen, klaren Gesang der Lerche. Ich bin zu sehr Stadtmensch, um mich hiermit identifizieren zu können, dachte sie. Aber mit Ferran hatte sie gelernt, den Wechsel der Jahreszeiten zu erkennen und die kleinen Knospen der Blüten zu schätzen. Der Garten quoll über vor Flieder, Blüten, die so flüchtig wie ein Gedanke waren. Die Liebe zur Allgemeinheit hatte sie in all der Zeit, die sie an Ferrans Seite gelebt hatte, hochgehalten, aber jetzt, wo sie nicht mit Alfred zusammen sein konnte, mied sie den alten Lagerhäftling. Sein eingefallenes Gesicht und seine tiefliegenden Augen, die den Tod ankündigten, flogen ins Zimmer herein und hinaus, während sie versuchte, ihre Füße zu wärmen.

Sie stand auf und zog sich gleich Strümpfe an. Durch das

Fenster drang das Morgenlicht herein, ein fahles, milchfarbenes Licht. Sie ging ins Bad, um sich das Gesicht zu waschen und ganz wach zu werden. Sie versuchte, sich im Spiegel anzuschauen, und ihre Augen ertrugen ihren eigenen Blick nicht. Der Anblick wurde ihr unerträglich. Dieser Blick konnte sie nicht täuschen. Da war nicht der mitleidige Ausdruck wie gegenüber dem alten Häftling, noch der theatralische Ausdruck der erfahrenen Frau wie gegenüber Alfred, noch erkannte sie den neckischen Blick gegenüber Ferran wieder. Sie selbst wollte sich verstehen, begreifen, wer sie war, nicht in den Augen der anderen. Deswegen hatte sie auch aufgehört, Interviews zu machen, eines Tages war ihr bewußt geworden, daß sie fremde Lebensläufe vorstellte, um vor sich selbst zu fliehen. Sie hatte Angst davor, in sich selbst einzutauchen, panische Angst, alles leer vorzufinden.

Die Stille im Haus in der Talsohle lastete auf ihr, die Holzwürmer hatten ihr Knabbern eingestellt, und man vernahm kaum das Flüstern des Windes, der am Dach rüttelte. Bin ich jemals fähig gewesen zu lieben?, fragte sie sich. Und die Augen im Spiegel durchbohrten sie. Sie wirkten nicht fordernd, wollten nicht hinter den eigenen Blick schauen. Einmal fragte Natàlia sie:

»Hast du schon mal versucht, dir selbst in die Augen zu schauen, vorm Spiegel?«

»Das machen doch nur die Verrückten, denen es nichts ausmacht, alle Grenzen zu überschreiten, die keine Angst haben, sich lächerlich zu machen«, erwiderte sie.

»Also, ich glaube, wir müssen das tun, wir müssen in uns hineinschauen können. Innehalten.«

»Ich habe Angst davor.«

»Ich glaube, wir haben alle einen verrückten Anteil in uns drin. Ich habe das kurz vor Vaters Tod begriffen. Ich habe ihn erst richtig verstanden, als er im Irrenhaus war, nicht vorher.«

»Ich entdecke gerne, was es außerhalb meiner selbst gibt.«

»Aber der Tag wird kommen, wo die äußere Welt dich zwingen wird, dich deinen eigenen Augen zu stellen. Und dann wirst du nicht fliehen können.«

»Ich hab' dir doch schon gesagt, daß ich Angst davor habe.«

»Ich glaube, daß wir erkennen müssen, was es alles an Gutem und an Bösem in uns gibt, erkennen müssen, daß wir auch nicht so großzügig sind, daß wir es vielleicht fertig bringen werden, denjenigen, den wir lieben, seinem Schicksal zu überlassen. Und das müssen auch wir Frauen tun.«

»Nein, das ist nicht wahr.« Norma wurde wütend auf Natàlia. »Wir Frauen sind besser als die Männer.«

»Komm, bring mich nicht zum Lachen. Wir sind nur nicht so grausam oder ungerecht, weil man uns nicht die Gelegenheit dazu gegeben hat.«

»Und . . . wenn du dann gelernt hast, dich anzuschauen und dich auf eine Art und Weise siehst, die dir überhaupt nicht gefällt, wie kommst du dann wieder zurecht?«

»Dadurch, daß ich mich akzeptiere, nicht wahr?«

»Glaubst du nicht, daß das eine Niederlage ist? Ein Verzicht?«

»Nein. Erst wenn du dich selber hast anschauen können, wirst du lernen, deine Umgebung richtig anzuschauen. Vielleicht wirst du dann die Menschheit und die Menschen gleichzeitig lieben können.«

Sie lebte gerne die leidenschaftliche Liebe bis an ihre Grenzen aus, die leidenschaftliche Liebe zu ihrer Heimat, zu den Leuten, zur Vergangenheit. Deswegen war sie Interviewerin geworden. Deswegen hatte sie auch jede Art von Liebe ausprobieren wollen. Die Leidenschaft und die Gelassenheit, die heimliche Liebe und die Ehe, Ferran und Alfred. Und auch die Liebe zur Allgemeinheit. Ohne groß auszusuchen, ohne wählerisch zu sein. Und vielleicht hatte sie niemanden zu lieben gewußt. Sie hatte alles verloren. Sie hatte Penelope und Kirke sein wollen, Kalypso und Athene. Genau das hatte Natàlia ihr von der Insel aus geschrieben, auf der sie den letzten Urlaub mit Jordi Soteres verbrachte. Sie kam nicht zurecht, vielleicht verbarg sie den verrückten Anteil hinter einer Fassade aus Frivolität, sie wollte ihre Grenzen nicht kennenlernen, nein, nicht wie Natàlia das getan hatte.

»Aber wir töten doch alle den verrückten Anteil in uns ab, nicht wahr?« hakte sie nach. »Wir bringen ihn zum Schweigen, quälen ihn, oder aber wir ignorieren ihn. Wir haben Angst vor unserem verrückten Anteil. Und er bricht wie ein eingesperrtes Tier aus, wenn wir am wenigsten damit rechnen.«

Deshalb hatte Norma bis jetzt den bloßen Anblick der eigenen Augen nicht ertragen können. Bis sie in das Haus in der Talsohle gezogen war und unwillentlich, nach und nach, die Trennung von Ferran wieder hochgekommen war, Germinals Tod, Katis Selbstmord, Judits Tod noch zu ihren Lebzeiten, ihr Desinteresse für den ehemaligen Lagerhäftling. Und die Angst davor, Alfred zu verlieren. Eine kleine, schwache Norma, unfähig, die Gegensätze zu vereinen, war herausgekommen, um die Norma der feministischen Vorträge, der Diskussionsrunden über die Selbstbestimmung der Frau zu verdrängen. Dem mußte sie sich stellen.

Es war so, als würde sie zerrissen, als würden Stücke ihrer selbst notdürftig zusammengehalten, nur ungeschickt wieder zusammengesetzt. Wie der Archäologe, der nicht weiß, ob er das Stück rekonstruieren und ihm seine ursprüngliche Form zurückgeben kann. Und auch so, als ob der Lauf der Zeit sie schwächer gemacht hätte und die Erfahrung sie nicht hätte festigen können. Noch mied sie ihren eigenen, völlig bloßen Blick. Als trüge sie den Tod in den Augen, oder die Wahrheit, die sie sich in ihren Interviews nicht zu sagen getraut hatte. Norma hatte sich ein Bein ausgerissen, bei jedem ihrer Interviews, bei jedem der Insassen der deutschen Konzentrationslager. Sie wiederholte sich darin, zerfledderte sich. Sie empfand jedes Gespräch, als ob es das einzige, das allerwichtigste wäre. Als ob jedes Wort, jeder Satz für sich selbst eine Bedeutung hätte, in einer Art und Weise, die nicht einmal der Interviewte selbst verstehen konnte. Jede Persönlichkeit hatte einen Wert für sich, war einzigartig. Jedes Interview war ein kurzer aber intensiver Liebesakt gewesen. Und auf diese Weise flüchtete sie. Sie mußte nicht in ihre eigenen Augen schauen.

Sie hatte den Schlußpunkt unter das Manuskript über Judit und Kati gesetzt, an der Stelle, an der Judit beschließt, kein Tagebuch mehr zu schreiben, an der sie beschließt, nur noch in der Erinnerung weiterzumachen. Sie dachte, ich werde Alfred anrufen, ich muß ihn sehen, will ihm sagen, daß ich ihn liebe. Das Telefon klingelte, es war der ehemalige Lagerhäftling.

»Werden Sie mich besuchen kommen? Es geht mir sehr schlecht . . .«

»Ich weiß nicht, ob ich kommen kann. Ich habe viel zu tun.«

Das war gelogen, sie hatte ein paar Tage frei. Die Kinder waren in den Ferien bei den Großeltern, nichts hielt sie ab. Nichts? Alfred, das dringende Bedürfnis, ihn wiederzusehen. Der Mann ließ nicht locker, die Krankheit wird immer schlimmer, die Behandlungen sind äußerst schmerzhaft, manchmal verliere ich das Bewußtsein . . . Norma legte auf, ohne ihm etwas zu versprechen. Sie redete sich ein, daß das die typischen Übertreibungen eines Mannes seien, der die Lagerhaft durchgemacht hatte, eines Mannes, der nicht in der Lage war, sich der Wirklichkeit der anderen, der sogenannten Normalen, anzupassen. Der sich Krankheiten einbildete, um die Aufmerksamkeit auf sich zu lenken. Jedenfalls wollte sie sich selbst beruhigen und rief einen Verwandten des Alten an. Der Mann bestätigte ihre Theorie:

»Sie wissen ja«, sagte er zu Norma, »er ist ein komischer Kauz, fühlt sich von aller Welt verlassen. Er bekommt eine Grippe und denkt sofort, daß es Krebs ist. Uns geht er auch auf die Nerven. Machen Sie sich keine Sorgen.«

Norma beruhigte sich. Schon bald würde sie die Geschichte

der Lagerhäftlinge, der Gespenster, die aus der Vergangenheit heraus von ihr forderten, in ihrem Gedächtnis fortleben zu dürfen, vergessen. Die Geschichte war in ihrem Buch aufgeschrieben worden, das war ihr ehrendes Gedenken, was wollten sie noch? Und sie widmete sich dem Warten auf Alfred. Sie wollte glücklich sein, jetzt, sagte sie sich immer wieder.

DIE OFFENE STUNDE

Natàlia liest auf einer
Mittelmeerinsel die *Odyssee*

Ich schaue aufs Meer, als ob aus den schäumenden Fluten ein weißes Schiff auftauchen und mich mitnehmen würde. Oder ein Ritter auf einem weißen Pferd. Ein geflügelter Ritter, mit blondem, glattem Haar, wie ein Parzival nach modernistischem Vorbild. Ein junger Mann mit tiefblauen, unschuldigen, durchdringenden Augen und dem jungen Körper eines springenden Hirsches. Reif und jugendlich. In meinem Traum vermischen sich Taubenflügel, im Wind flatternde Umhänge, zerzauste Haare, Goldfäden, und das Pferd galoppiert weiter. Es kommt aus dem Meer, und das Pferd verschmilzt, bisweilen, mit den ausgebreiteten Segeln eines Schiffes. Über allem dominiert die Farbe Weiß. Und das Pferd hört nicht auf zu galoppieren, sanfte Wellen streicheln seine Hufe. Gleichzeitig sieht es so aus, als hätte das Pferd Flügel. Wild durchpflügt es die Meereswogen, die, vom Felsen aus, so aussehen, als flimmerten sie. Die Szenen aller möglicher Filme, die ich gesehen habe, kommen mir ins Gedächtnis, zusammengefaßt in einen Metro-Goldwyn-Mayer-Schluß: Ja, es wird ein Schiff mit flatternden Segeln kommen, ein Schiff, das die Wogen durchfurchen wird, und auf diesem Schiff wird er sein. Oder sie? Wer, mein Gott? Mir kommen die Verse des Dichters in den Sinn:

Ich werde leben, wenn mir noch Zeit bleibt zu leben,
als Überlebender eines uralten Gesanges ...

Überlebende eines uralten Gesanges, Jordi. Und welche Musik werde ich dazu auflegen? Vielleicht Mahler. Aber den ergreifenden, wagnerähnlichen Mahler. Den Mahler, der nicht besiegt werden will als Jude oder als Nichtpatriot. Er – oder sie? – wird auf diesem Schiff kommen und mich mitnehmen. Und wir werden zusammen weggehen, bis zum Tod. Es wird keine Rechnungen mehr geben, die bezahlt werden müssen, keine Kinderpisse, die weggewischt werden muß. Auch kein Geschirr, das gespült werden muß. Noch werden wir jemals wieder den Geruch nach Blumenkohl aus den Lichtschächten der Stadt wahrnehmen, noch den Geruch nach paniertem und gebratenem Fisch, noch den nach mehrmals verwendetem Öl. Noch werde ich je wieder die Menstruation bekommen, noch werden uns die Brüste herunterhängen, noch werden wir unseren Bauch schlaff, voller Runzeln finden. Wir werden in die Kindheit zurückgekehrt sein.

Und der Traum wird wahr werden.

Natàlia saß auf einem Felsen, abseits vom Haus. Sie schaute aufs Meer, ein Meer am Morgen. Die Sonne wärmte noch nicht, aber sie war vielversprechend. Die Sonnenstrahlen bildeten eine Stele auf dem Meer, die auf die Mole wies. Sie hörte die Wellen, die ganz leise den Sand berührten. Natàlia saß am Ende eines unbefestigten Pfades. Mit einem Stock machte sie dort jeden Tag ein Zeichen. Jeden Tag hoffte sie, es wiederzufinden, aber jeden Tag war es von Fußtritten verwischt worden. Das Zeichen stellte einen Kreis mit einem Kreuz dar und war zu ihrem Freund geworden. Dem einzigen Freund auf der Insel. Wenn die Verzweiflung sie übermannte, dann dachte sie daran, ins Wasser zu gehen. Sie würde loslaufen und dabei in die Sonne schauen, ganz langsam. Wieviele Leute waren nicht schon so gestorben, indem sie langsam ins Meer hinaus gegangen waren, mit den Taschen voller Steine? Zu Beginn des Jahrhunderts war mancher katalanische Dichter, der heutzutage in den Schulbüchern nicht erwähnt ist, auf diese Art gestorben. Vielleicht verstanden sie ihr Jahrhundert nicht, wer weiß.

(Jetzt hört Natàlia den Motor eines Bootes stotternd tuckern, das in die Bucht einfährt. Das Geräusch des Motors weckt in ihr viele Erinnerungen: Einmal hatten sie sich in einem halb verlassenen Haus am Meer geliebt. Und als Jordi in sie eingedrungen war, war gerade ein Boot vorbeigefahren und hatte sie mit seinem Scheinwerfer angestrahlt. Das Geräusch war meereinwärts langsam abgestorben, und sie hatten sich geschworen, daß sie sich immer daran erinnern würden.)

Sie ließ Jordi Soteres mit dem geistesabwesenden Blick zurück. Sie näherte sich dem Leuchtturm. Es war schon früher Abend, die Sonne ging im Westen unter und ließ die nackten Körper wie Kupferstücke aussehen. Das Wasser kräuselte sich träge. In der Ferne war der Klang einer Gitarre zu hören. Das Wasser war grünlich, und die Felsen hatten goldene Flecken. Ein nackter Körper streckte sich oben auf einem Felsen. Gitarre und Gelächter. Weiter hinten aß ein Pärchen Meeresschnecken. Eine rote Boje wie ein obszöner Blutklumpen schwamm und dümpelte herum wie in einer Babywiege.

Die Tage auf der Insel gingen zu Ende. Sie waren langsam vergangen, aber nun gingen sie zu Ende. Sie und Jordi Soteres waren wie zwei Schatten ihrer selbst gewesen. Sie erinnerte sich noch an ihr letztes Gespräch:

»Die romantische Liebe hat uns sehr weh getan«, sagte Jordi. »Sie hat unsere Gefühle kultiviert, hat uns in dem Glauben bestärkt, daß die Liebe möglich ist.«

»Aber diese Art Liebe haben wir so sehr verinnerlicht, daß wir nicht mehr wissen, was an ihr natürlich ist und was kulturell«, entgegnete Natàlia. »Und warum müssen so tiefe Empfindungen vergänglich sein?«

»Vielleicht zum Überleben.«

Natàlia schluckte die Tränen hinunter, sie wollte, daß Jordi ihre heitere Seite in Erinnerung behielt. Natàlia war einundvierzig Jahre alt, Jordi gerade dreißig geworden. Irgend jemand, sie wußte nicht mehr, wer, hatte zu ihr gesagt, daß diese Liebe unlogisch wäre. Unlogisch für wen? Für Norma vielleicht, die sich später in die, noch unvernünftigere, leidenschaftliche Liebe zu Alfred stürzen wird? Die Liebe kommt nie zur rechten Zeit: entweder zu spät oder zu früh.

Natàlia schlug die *Odyssee* zu. Sie hatte sie in einem Zug ausgelesen. Sie hatte die Verse der Kalypso unterstrichen:

Zäh seid ihr Götter und Eifersucht quält euch mehr als die andern;
Tut so verwundert, wenn offen und frei eine Göttin zum Manne
Schlafen sich legt . . .

Und jetzt würde sie zu Tante Patrícia zurückkehren. Sie hatten sich verabschiedet, hatten beschlossen, daß sie sich nicht mehr treffen würden. Oder zumindest für eine lange Zeit nicht mehr, bis ihre Beziehung sich so verändert haben würde, daß sie sich wie Freunde begegnen könnten. Jetzt würde sie warten müssen, und sie wußte nicht, worauf. Warten, passives Schicksal der Frauen (all die Kundgebungen und Bücher über den Feminismus nützten ihr gar nichts, hätte sie gerne zu Norma gesagt. Der einzige Unterschied ist der, daß sie jetzt wußte, daß sie ihr nichts nützten.) Sie mußte warten, vor dem Telefon warten, den Apparat anstarren, als hätte er ein Eigenleben. Das Telefon würde menschliche Gestalt annehmen, würde sie nahezu gleichmütig anschauen. Die Stille würde in ihren Ohren dröhnen, während das Telefon stumm blieb. Sie würde, wie schon öfter, zu sich sagen: »Ich werde bis ans andere Ende des Flurs gehen, und wenn ich bis dahin kein Klingeln höre, dann gibt es Gott nicht.« Und sie würde feststellen müssen, daß es Gott nicht gibt, denn das Telefon würde stumm bleiben. Oder aber sie würde ein Kreuzworträtsel lösen und zu sich sagen, »Wenn ich alles rauskriege, wird er anrufen«, aber das Telefon würde nicht läuten. Oder vielleicht würde sie auf das unwahrscheinliche Läuten an der Tür warten, während das Miauen der Katze an ihr Ohr drang, oder Tante Patrícias Stöhnen, die sich im Bett krümmte – weil sie wieder Dünnpfiff bekommen hatte, sie hörte nicht auf zu saufen. Sie wird Schritte im Treppenhaus hören, die nicht an ihrer Tür stehenbleiben werden, die weiter nach oben gehen werden. Niemand wird läuten. Sie wird es sich immer wieder sagen müssen, um sich zu überzeugen, niemand wird läuten, niemand wird läuten. Und sie wird zu sich sagen: »Du bist eine blöde Gans, eine dumme Kuh, eine dumme Kuh. Norma hat recht.« Und endlich wird sie sich damit abfinden, dank der alten, geliebten Vernunft, daß alles aus ist. Aus. Und, wer weiß, vielleicht wird es ihr über kurz oder lang nichts ausmachen, alle halten sie für stark – das sagt wenigstens Sílvia – und daß sie der Geschichte in die Augen sieht, ihrer Zeit, der gemeinsamen Stunde . . .

Norma stand am Bahnhof, beladen mit einem Koffer und der Schreibmaschine. Sie hatte die Geschichte von Judit und Kati zu Ende geschrieben, aber sie hatte das Natàlia noch nicht gesagt. Sie wußte nicht, ob es ihr gelungen war. Sie setzte sich auf eine Bank, der Zug würde bald einfahren. Jemand hinter ihr rief ihren Namen. Es war ein Ingenieur, den sie bei einem Abendessen für Intellektuelle, zu dem die Kommunistische Partei eingeladen hatte, kennengelernt hatte. Der Ingenieur war ein etwa fünfzigjähriger Mann, hatte eine gute Figur, man sah ihm an, daß er Sport trieb.

»Wohin so schwer bepackt?« fragte er sie.

»Ich warte auf den Zug . . .«

»Soll ich dich im Auto mitnehmen?«

Wenige Augenblicke später saß Norma in einem ultramodernen, schnellen Auto mit weicher Federung. Auf dem Vordersitz saß die Frau des Ingenieurs, sie war etwa fünfundvierzig Jahre alt und trug ein Hemdblusenkleid im italienischen Stil. Der Ingenieur fing an, drauflos zu quasseln. Er sagte zu Norma, daß sie einer der Menschen sei, die er am meisten bewunderte in diesem verfluchten Land, das so voller kaschierter Mittelmäßigkeiten steckte. Vielleicht hätte sich Norma zu einem anderen Zeitpunkt geschmeichelt gefühlt, aber jetzt bemerkte sie, daß der Ingenieur sie als einen anderen Menschen betrachtete, weil sie Erfolg und ein gewisses Prestige hatte. Der Ingenieur stellte ihr seine Frau als »meine Gattin« vor, und Norma erfuhr ihren Namen nicht. Während der Rückfahrt hielt der Ingenieur Norma einen langen Vortrag darüber, daß der moderne Mensch immer noch ein *pitecantropus erectus* sei (er erwähnte ein Ereignis, das gerade in einer Kolonie der Vereinigten Staaten, in Guyana, passiert war: Achthundert amerikanische Fanatiker, Anhänger einer komischen religiösen Sekte, hatten Selbstmord begangen, aus Gehorsam gegenüber ihrem Führer).

»Liegt denn die Polemik immer noch zwischen Vernunft und Barbarei?« fragte Norma, obwohl sie nicht sonderlich Lust hatte zu reden.

»Vielleicht ja«, erwiderte der Ingenieur. »Der moderne Mensch hat die neue Biologie noch nicht ganz begriffen, deshalb verhält er sich immer noch wie die Höhlenmenschen. Aber das menschliche Gehirn hat sich verändert.«

»Wenn das menschliche Gehirn sich verändert hat, warum muß dann der Mann unentwegt den Jäger spielen? Warum hört er nicht auf damit?«

»Oh, der Mann! Warum sagst du der Mann? Auch die Frau . . .«

Norma machte es Spaß, zu beobachten, wie unbeschwert der Ingenieur vom theoretischen Vortrag zu konkreten Fragen überwechselte. Sie antwortete wie aus der Pistole geschossen:

»Ja, aber die Frau ist doch keine Jägerin gewesen. Die Kriege, die Zerstörungen, die großen Grausamkeiten waren im Prinzip nicht ihre Ideen. Abgesehen von Ausnahmen.«

»Ich glaube, sowohl der Mann als auch die Frau wollen den Krieg und die Zerstörung. Aus biologischen Gründen. Sieh mal«, der Ingenieur versuchte, die Ruhe zu bewahren, »während der Mann in den Wald auf die Jagd gehen mußte, blieb die Frau zu Hause, um sich um die Kinder zu kümmern. Sie akzeptierte die Rollenverteilung, weil es ums Überleben ging.«

»Einverstanden, nehmen wir mal an, daß zu diesem Zeitpunkt die Dinge so laufen mußten. Aber warum hat der Mann das Gesetz geschaffen, den Mythos, die Religion? Warum hat der Mann sich ein System ausgedacht, in dem es der Frau so schlecht gehen mußte?«

»Dieses System haben sich sowohl die Frau als auch der Mann ausgedacht. Es ist ein Werk der Biologie.«

»Schön und gut«, Norma geriet in Rage, »dann zählen also Kultur und soziales Gefüge nicht? Wer hat die Gesetze gemacht, wer die Waffen erfunden?«

»Was ich sagen will«, der Ingenieur legte zunehmend mehr Geduld an den Tag, »ist, daß diese Situation sowohl durch die Frau als auch durch den Mann geschaffen wurde. Und jetzt müssen wir alle gemeinsam damit fertig werden.«

»Deiner Meinung nach sind dann also sowohl die Frau als auch der Mann von Natur aus böse . . . Die biologische Veranlagung treibt sie in den Tod und in die Zerstörung . . . Welche Rolle spielt denn die Kultur dabei?«

»Die Kultur ist eine Möglichkeit, die Biologie im Zaum zu halten.«

»Schön, und glaubst du, daß auch die Frauen die Kultur brauchen, um die Biologie im Zaum zu halten?«

»Klar!«

»Aber ich weiß sehr wenig über die Frauen. Ich weiß nicht, ob sie damit einverstanden wären . . . Plinius, Homer, Ovid waren Männer . . .«

»Ist dir schon aufgefallen, daß auch Mozart ein Mann war? Warum sind Genies Männer und nicht Frauen? . . . Da muß doch etwas dran sein, nicht?« Das sagte die Frau des Ingenieurs, die bis dahin den Mund noch nicht aufgemacht hatte. Norma beobachtete, daß sie beim Sprechen ihren Mann anschaute, etwas von ihm erwartete.

»Ich weiß nicht, warum ihr Frauen uns Männer als Feinde betrachtet. Ich zum Beispiel, ich akzeptiere euch, ich behandle euch wie Gleichberechtigte.« In der Stimme des Ingenieurs schwang eine gewisse Erregung mit, der er allerdings keinen freien Lauf ließ.

»Aber warum akzeptierst du uns, damit wir wo Zutritt haben?«

»Na, eben in der Welt der Jagd. In den Vereinigten Staaten gibt es viele Frauen als Unternehmerinnen, und sie legen ebensoviel Aggressivität an den Tag wie ein Mann.«

»Ich will aber kein Mann sein. Ich glaube, daß die Welt der Jagd so verändert werden müßte, daß sie keine Welt der Jagd mehr ist. Und ich will sie als Frau verändern. Ich will meine weiblichen Attribute – oder was auch immer – beibehalten.«

»Das stimmt«, stellte die Frau des Ingenieurs nachdenklich fest. »Als ich an der Universität Chemie studierte – ich hab' das Studium nach der ersten Halbzeit abgebrochen –, trugen alle Frauen, die studierten und die sehr intelligent waren, einen Schnurrbart. Jetzt verstehe ich, warum ich soviel Erfolg hatte!«

»Manche von euch Frauen wollen die Welt in zwei Lager spalten. Die Männer auf der einen Seite und die Frauen auf der anderen«, meinte der Ingenieur. »Und so werdet ihr nichts erreichen.«

»Wie dem auch sei, glaubst du nicht, daß dieser erste Schritt notwendig ist? Glaubst du nicht, daß der Bruch sein muß, damit wir uns danach wieder versöhnen können?«

»Das verstehe ich nicht«, der Ingenieur hatte aufgehört, sich brillant formulierter Sätze zu bedienen. »Ich verstehe nicht, was ihr Frauen wollt . . .« Mit einem Mal wirkte der Ingenieur sehr verärgert, so, als ob er sich an etwas Unangenehmes erinnerte. »Verdammt, ich verstehe einfach nicht, warum ihr die Penetration ablehnt, wenn sie doch schließlich und endlich nichts anderes als ein Kuß ist. Es handelt sich um den feuchten Kontakt zweier Körper.«

»Aber ist es nicht so, daß viele Frauen die Penetration aus symbolischen Gründen ablehnen und nicht den Akt als solchen?«

»Ich akzeptiere gleichermaßen, daß meine Frau auf mir liegt und daß sie unter mir liegt!«

»Warum fühlst du dich angegriffen? Ich wollte nicht darüber sprechen, wie *du* dich beim Geschlechtsverkehr verhältst.«

»Sieh mal, zu Hause habe ich meine Frau immer respektiert. Ich bin kein Macho.«

»Wenn du schon unbedingt über dich reden willst, dann wüßte ich gerne, warum sie das Studium mittendrin an den Nagel gehängt hat.«

»Weil sie es wollte, nicht wahr?« Der Ingenieur bat mit den Augen seine Frau um Unterstützung.

»Ja, ja, klar . . . Ich hatte das so beschlossen.«

»Aber eine Frau konnte keine gute Chemikerin und gute Ehefrau gleichzeitig sein . . . oder? Du willst kein Unterdrücker sein, aber man hat dich dazu gezwungen, einer zu werden. Und wenn du deine dir aufgezwungene Rolle nicht hinterfragst, wenn du nicht merkst, daß du auch ein armes Schwein bist . . .«

»He, du!« Der Ingenieur fiel Norma verärgert ins Wort. »Ich bin kein armes Schwein!«

Norma hörte auf. Vielleicht, weil es der Frau peinlich war – sie sah es ihr am Nacken an, der sich immer mehr verspannte. Vielleicht weil sie einfach zu faul war, weiterzumachen. Es war ein Gespräch, das sie schon auswendig kannte, und es brachte nichts, es in abstrakten Begriffen fortzuführen. Alle fühlten sich betroffen. Worte, Worte, die sich im Kreis drehten, die sich wiederholten und nicht zu leben halfen. Sie betrachtete den Nacken der Frau, der sich immer mehr verspannte. Hatte Natàlia am Ende recht, wenn sie sagte, daß viele Frauen Sklavinnen waren, weil sie es so wollten? Nein, überlegte sie, den Freiheitsdrang kann man jemandem nicht aufzwingen, er ist unübertragbar . . . Kati und Judit hatten versucht, frei zu leben, und die Geschichte hatte es nicht zugelassen. Wenn sie jetzt noch leben würden, würden sie vielleicht jetzt das gleiche sagen wie die Frau des Ingenieurs. Vielleicht . . . Und Agnès, was machte die wohl gerade im Augenblick?

Als sie vor ihrem Haus angekommen waren, trug der Ingenieur ihr das Gepäck bis zur Tür und ließ es abrupt fallen. Mit den Augen sagte er zu ihr: Siehst du nicht, daß du mich brauchst? Er verabschiedete sich leicht verärgert von Norma. Es war eine elegante, unterdrückte Verärgerung. Norma stieg schwer atmend die Treppe hinauf, in der einen Hand den Koffer, in der anderen die Schreibmaschine. Sie fühlte sich ein bißchen schuldig: War ich zu fanatisch?, fragte sie sich. Sie war sich da nie sicher. Sie betrat ihre Wohnung und lief durch alle Zimmer. Sie setzte sich ein Weilchen vor den Schreibtisch. Seit Ferran weg war, war das Arbeitszimmer ihr Lieblingsraum. Die Plakate, die Bücher, die Pflanzen, alles gehörte ihr und sie mußte sie mit niemandem teilen. Die Stille der Wohnung empfing sie und leistete ihr Gesellschaft. Sie hatte die Augenblicke gern, in denen sie zu ihren Sachen zurückkehrte. Sie sagte zu sich, ich nehme jetzt ein Schlafmittel und trinke ein Glas Wein, und morgen werden wir weitersehen. Sie ließ im Flur lauter Gegenstände fallen, niemand würde sie wegen der Unordnung tadeln, bis morgen könnte jedes Teil so liegen bleiben. Den Kulturbeutel, die schmutzige Wäsche, die Strümpfe, die Schuhe . . . Stücke, die ihr selbst gehörten. Sie betrachtete eine Weile die Pflanzen, die noch am Leben waren. Sie legte eine Platte auf, *Norma* von Bellini, unter der Dusche hörte sie die *Casta Diva,* gesungen von Montserrat Caballé. Seit wie langer Zeit hatte sie unter der

Dusche nicht mehr geweint? Morgen würden die Kinder aus den Ferien heimkommen.

Auf den Tisch, die Seiten fein säuberlich übereinander gestapelt, legte sie das Manuskript von Judit und Kati. Ihr fiel auf, daß es nur eine Romanskizze war, daß sie den Dingen nicht auf den Grund gegangen war. Die Gegenwart bedrückte sie, verfolgte sie, lenkte sie von dem Judit-Projekt und von dem Kati-Projekt ab. Sie gehörten der Vergangenheit an, basta. Und der Literatur. Aber die Frau des Ingenieurs existierte. Und Agnès. Und Natàlia. Und sie selbst. Natàlia würde ihr vorwerfen, daß sie es nicht fertig gebracht hätte, etwas zu erfinden. Aber sie konnte nicht mehr. Sie dachte nur noch an Alfred. Morgen wird er mich anrufen, sagte sie sich.

Am nächsten Tag kam nur ein Anruf aus Paris. Es war ein Freund des alten ehemaligen Lagerhäftlings, der aussah wie Louis de Funès. Er rief sie an, um ihr zu sagen, daß der Alte im *Hôpital de la Ville* gestorben sei. Er habe ihr etwas zu bestellen, fuhr der Freund fort, der ehemalige Häftling habe ihr einen Haufen Photos hinterlassen, falls sie eine Reportage über den Friedhof der Flüchtlinge machen wolle. Er hat sehr darauf bestanden, sagte der Mann, er sagte, daß Sie eine Freundin von ihm wären und daß Sie bestimmte Sachen nicht vergessen dürften.

Jetzt, wo er tot war, mußte sie von ihm reden . . . Aber sie hatte ihn einsam sterben lassen. Wie Germinal, den Jungen, der Flash Gordon hatte sein wollen . . . Sie hatte ihn einsam sterben lassen, und wenn sie über ihn und den Friedhof der Flüchtlinge schreiben würde, würde das ihn auch nicht wieder lebendig machen . . . Warf sie Ferran deswegen seine Unfähigkeit, konkrete Menschen zu lieben, vor? Der Häftling hatte existiert, und jetzt lebte er nicht mehr. Nein, diese Schuld würde sie auch mit allen Büchern der Welt nicht abtragen können. Und sie hatte ihn nicht besucht, aus Angst, Alfreds Anruf zu verpassen . . . Hatte der alte Lagerhäftling sterben müssen, damit ihr bewußt wurde, daß es keine ausschließliche Liebe gibt? Daß jede Liebe Zeit und Raum braucht? Nicht nur der Häftling tat ihr leid, sondern auch der Schrifstellerfreund, Villapalacios, Marie, die Frau, die aus Liebe den Verrat ihres Mannes auf sich genommen hatte. Und Patrícia . . . Das war ihre Sache. Und Judit, und Kati. Sie selbst war auch in die Geschichte verwickelt. Und sie würde ihr nie entrinnen können. Auch wenn die Geschichte ein Alptraum war, auch wenn sie voller Schatten war . . .

Erst wenn du dich selbst hast anschauen können, wirst du lernen, deine Umgebung anzuschauen, hatte Natàlia zu ihr gesagt. Vielleicht könnte sie jetzt anfangen, das zu tun, jetzt würde sie sich nicht mehr zu den anderen flüchten müssen, auch nicht mehr zu den beiden Männern, die sie am meisten geliebt hatte. Vielleicht würde sie jetzt glücklich werden, weil sie nicht mehr ihre Schuldgefühle dadurch verstecken mußte, daß sie die anderen verurteilte, die so waren wie sie. Das wäre nicht das sanfte, flache Plätschern des Flusses, der sich den Berg hinunter schlängelt. Sie würde glücklich sein, nachdem sie das Leid kennengelernt hatte. Ihre Angst, ihre Mittelmäßigkeit, ihren Besitzanspruch . . . Das Glück ist also groß und klein zugleich. Wer weiß, ob sie im Laufe ihres Lebens lernen würde, es zu teilen. Wenn auch nur für ganz kurze Zeit. Für flüchtige Augenblicke. Solche Momente hätte sie gern, die sie auf ein Nichts reduzieren könnten. Auf die Erinnerung und auf die Erfahrung, ein Grundstock aus kleinen Wahrheiten – bei denen es auch Enttäuschungen geben wird, wer weiß –, ein Grundstock aus kleinen und großen Dingen und auch aus ihrer Wut, wenn sie nichts begreift und alles begreifen will. Sie wird nicht mehr wie ein Aasgeier nach menschlichem Leiden suchen, um es zu beschreiben und ganz schnell vor ihm zu flüchten.

Die Teile hatten sich zerstreut, das stimmte, aber mit Worten würde sie sie wieder zusammenfügen können. Die Trennung von Ferran, die sinnlose, stürmische Liebe zu Alfred, der Tod des alten Häftlings, der ihr seinen Schatz vermacht hatte . . . Alles würde sich wieder zusammensetzen, aber nicht auf friedliche Weise. Sondern auf kämpferische. Der Kampf, aus der kollektiven Liebe und der individuellen Liebe eine einzige zu machen.

Und vielleicht würde sie jetzt der Geschichte von Judit und von Kati auf den Grund gehen können. Vielleicht.

Jordi sagte nichts über das rosa Kleid, er sah es sich nicht aus der Nähe an, um dann zu sagen, daß das Muster von weitem aussah wie Muskatrosen und daß es aus der Nähe Ameisen seien. Er sagte nur zu ihr, im Auto, mit ausgeschalteten Scheinwerfern: Ich hab's mir gut überlegt, Agnès, und ich glaube, wir könnten alles noch einmal kitten. Und Agnès zögerte lange mit der Antwort. Nach einer Weile sagte sie nur: Nein. Nein was?, fragte Jordi. Aber sie sagte nur: Nein, nein. Sie sagte nein, und das Herz tat ihr weh. Und sie wußte nicht, ob sie gemein war. Und sie sagte es nicht zu ihm wegen des Jammerns ihrer Mutter, die ihr geraten hatte, Geduld zu haben, noch wegen der Vorträge von Norma, ebensowenig wegen der Worte von Kapitän Haddock, der zu ihr gesagt hatte, daß wir uns nicht damit abfinden können, das zu verlieren, was wir lieben, aber vielleicht sagte sie wegen alledem zusammen: Nein. Und Jordi sagte zu ihr: Nenn mir irgendeinen Grund, ich weiß ja, daß ich mich dir gegenüber nicht gut benommen habe, aber es gibt soviele gemeinsame Dinge, all die Jahre des Kampfes, Schwierigkeiten verbinden, weißt du? Aber sie sagte nur: Nein. Und sie konnte ihm nicht erklären, warum. Nicht weil er sie betrogen hatte, auch nicht weil sie seinetwegen ihr Studium abgebrochen hatte, auch nicht, weil er Kleinchen zu ihr sagte. Wegen dieser Dinge sagte sie nicht nein zu ihm, denn das waren Kleinigkeiten aus der Vergangenheit, an die Agnès nicht mehr dachte. Sie dachte auch nicht mehr an den grauen Staub, der sich in ihrer Nase festsetzte, noch an die Schlange, die jeden Morgen pünktlich angekrochen kam, noch an ihr Schuldgefühl, soviel Groll gegen

Natàlia zu empfinden. Es lag nicht an diesen Dingen. Jordi war traurig und versuchte sie zu streicheln, und sie ließ ihn gewähren. Denk an die Kinder, Agnès, wir wollen uns ihnen zuliebe zusammenreißen . . . Aber Agnès sagte nur: Nein. Nicht wegen des Kulturbeutels, der jeden Sonntagmorgen auf der Konsole im Badezimmer wie auf einem Altar abgestellt worden war. Es war so, als ob sie endlich durch die Wohnungstür ginge, an die sich ihre Mutter geklammert und dabei diese langen, abgehackten Klagelaute ausgestoßen hatte. Sie war durch die Tür gegangen und sagte: Nein. Und Jordi versuchte, sie ganz fest zu umarmen, wie früher, und er fragte sie: Gibt es da etwa einen anderen Mann in deinem Leben? Liebst du ihn etwa, möchtest du mit ihm zusammenleben? Und Agnès lächelte nur.

Formentera, Caldes de Malavella, Arsèguel
und Canet de Mar, 1978–1980

Adios

Bevor ich anfing, diese Zeilen zu schreiben, nahm ich noch einmal die spanische Ausgabe von *Die violette Stunde* zur Hand und stieß gleich zu Beginn auf ein paar Stammbäume, die Montserrat Roig für ihre Personen, die Mitglieder der Familien Miralpeix und Ventura-Claret aufgestellt hat. Am Fuße der Seite steht dazu eine Anmerkung der Autorin:

»Einige Personen in *Die violette Stunde* kommen auch in *Ramona, adéu* oder in *Zeit der Kirschen* vor. Ich habe deshalb die Stammbäume der zwei wichtigsten Familien als Orientierungshilfe für den Leser aufgezeichnet. Sollte es in Zukunft weitere Romane geben, können diese Stammbäume ergänzt werden.«

Ich hatte diese Zeilen völlig vergessen, denn seit Jahren hatte ich das Buch nicht mehr aufgeschlagen. Nun las ich sie wieder, und der Glaube an die Zukunft, der in ihnen steckt, rührte mich tief: Ein unbegrenzter Horizont. Das noch unbestimmte Projekt eines sehr umfangreichen Werkes. Zehn Jahre sind seither vergangen, und Montserrat ist tot. Zur Unzeit, zu früh gestorben, im Alter von nur 45 Jahren. Mit ihr sind die Miralpeix und die Ventura-Claret für immer gegangen: Zwei Familien, die verschwinden, die aussterben. Adios also auch den Familienmitgliedern und dem großen Werk, das Montserrat Roig noch in sich trug.

In Spanien war Montserrat sehr bekannt. Sie war eine vielgelesene Romanschriftstellerin, aber auch eine außergewöhnliche Journalistin; sie machte denkwürdige Interviews und war Autorin einer ganzen Serie von Artikeln – kleinen literarischen Schmuckstücken übrigens –, die unter dem Namen *Melindros* in der Tagespresse erschienen. Außerdem arbeitete sie für das Fernsehen, wo sie verschiedene Sendungen gestaltete und moderierte. Neben ihren Romanen schrieb sie Essays, Reiseberichte und dokumentarische Bücher. Sie war eine progressive und kämpferische Frau mit klarem, kritischem Verstand. Ihre ganze Persönlichkeit und ihre Rolle innerhalb der Gesellschaft waren so bedeutend, daß sie zeitweise ihr erzählerisches Werk beinahe in den Schatten stellten. Und dennoch war gerade dieses ihre große Leidenschaft, ihre Herausforderung, das tiefste und innigste Abenteuer ihres Lebens. Montserrat Roig war vor allem eine große Romanautorin. Und genau das wollte sie von klein auf sein; in dieses Ziel setzte sie ihre ganze Willenskraft und ihre Hoffnung. Aus diesem Grunde tauchen in ihren ersten Büchern immer wieder dieselben Personen auf: weil Montserrat sich gleichermaßen in der Realität und in ihrer Phantasie bewegte. Schreiben war für sie die beste Art zu leben.

Nach dem Roman *Die violette Stunde* jedoch verschwanden die Miralpeix und die Ventura-Claret aus ihren Erzählungen. Es gibt zwar noch Hinweise auf sie, aber sie sind nicht mehr die Hauptpersonen ihrer letzten Romane. Montserrat war reifer geworden, hatte Erfahrungen gemacht, hatte an Tiefe und Erkenntnis gewonnen bei der allmählichen Entwicklung ihres Werkes. Der Rahmen ihrer ersten Bücher war ihr zu eng geworden; sie war noch zu sehr mit ihrer alltäglichen Welt verhaftet und brauchte mehr Raum für Phantasie und schöpferische Freiheit.

In diesem Sinne muß man *Die violette Stunde* als Abschluß einer ersten Etappe, als das gelungenste Werk ihrer Jugend betrachten. Ein offenes Buch, zeitweise zeugnishaft, zeitweise poetisch, mit einer vielschichtigen Erzählstruktur. Ein Buch voll vielstimmiger Reflexionen über die eigene Realität, denn Montserrat ist Norma und auch Natàlia und selbst noch Agnès; und in den zwei Kindern von Agnès, Marc und Adrià, könnte man durchaus Montserrats eigene Kinder erkennen. Aber täuschen wir uns nicht: es ist kein autobiographischer Roman; es wird vielmehr literarisch eine ganze Generation zum Leben erweckt. Wir alle tragen in uns eine unendliche Menge von verschiedenen Personen, möglichen Lebenswegen, unterschiedlichen Daseinsformen. In diesem Roman hat Montserrat auf einige ihrer inneren Stimmen gehört und es verstanden, sie zu Papier zu bringen. Und da sie eine großartige Schriftstellerin war, erkennen wir uns in den Porträts wieder: diese anderen Frauen, das sind auch wir.

Nach *Die violette Stunde* kamen ihre Romane *La òpera cotidiana* und *La veu melodiosa* heraus und ein wunderbarer Erzählband mit dem Titel *El cant de la joventut,* das letzte erzählerische Werk, das von ihr veröffentlicht wurde. Und jedes ihrer Bücher war besser als das vorhergehende. Vor ihrem Tod arbeitete sie an einem weiteren Roman, einer faszinierenden Geschichte, bei der der Teufel eingreifen sollte, und die jetzt ebenso unterbrochen und verschwunden ist wie die Stammbäume der Miralpeix und der Ventura-Claret.

Der literarische Stil Montserrats ist kraftvoll, leidenschaftlich und zugleich elegant, lyrisch und zugleich spöttisch. Für mich liegt ihre größte Gabe jedoch in der Fähigkeit, dem Lauf der Zeit, der Melancholie des Abschieds und des Nichts literarisch Ausdruck zu verleihen. Heute hat die in ihrem Werk so allgegenwärtige Zeit sie selbst eingeholt: zum großen Leidwesen all ihrer Leser brach für Montserrat Roig die eigene, unwiderrufliche »violette Stunde« an.

Rosa Montero

Einige Personen aus der *Violetten Stunde* kommen auch in *Ramona adéu* oder aber in *Zeit der Kirschen* vor. Ich habe deshalb die Stammbäume der zwei wichtigsten Familien als Orientierungshilfe für den Leser aufgezeichnet.

DIE FAMILIE MIRALPEIX

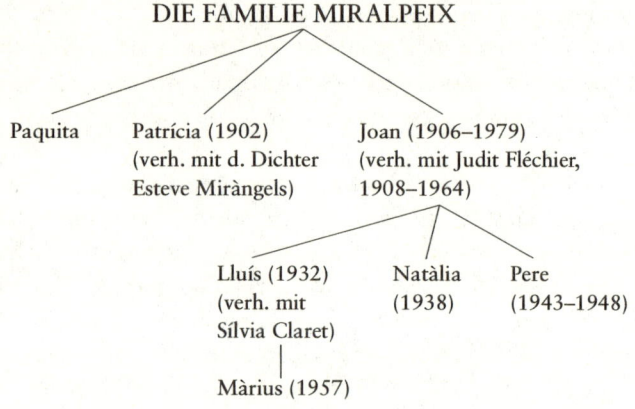

Paquita   Patrícia (1902)   Joan (1906–1979)
          (verh. mit d. Dichter   (verh. mit Judit Fléchier,
          Esteve Miràngels)   1908–1964)

Lluís (1932)   Natàlia   Pere
(verh. mit   (1938)   (1943–1948)
Sílvia Claret)

Màrius (1957)

DIE FAMILIE VENTURA-CLARET

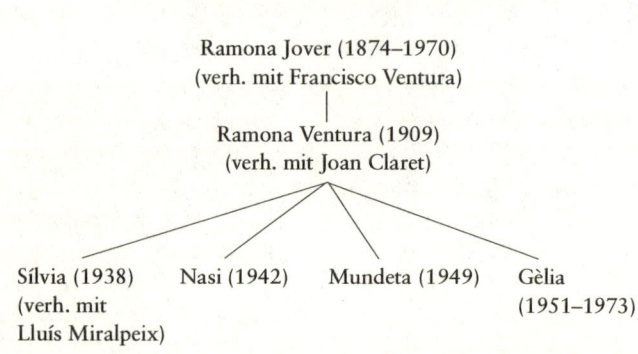

Ramona Jover (1874–1970)
(verh. mit Francisco Ventura)

Ramona Ventura (1909)
(verh. mit Joan Claret)

Sílvia (1938)   Nasi (1942)   Mundeta (1949)   Gèlia
(verh. mit   (1951–1973)
Lluís Miralpeix)